漫娱图书

惹眼
Catch one's Eyes

三三娘·著

长江出版社　漫娱图书

公车减速缓缓停靠，纵然如此，仍激起了一片尘土。城中村的景致沿着站台后的水泥路向两侧铺展开，楼与楼之间距离密集，近到可以开窗握手。千篇一律的红黄小格瓷砖贴在楼房外立面，暮色中很难分辨哪栋是哪栋。

柯屿沿大路走着，步调不快，路上碰到卖橘子的小卡车，便停下来提了两斤。岔路口右转，一家肠粉摊正在营业，肠粉车的机器和风扇一起发出嗡嗡声，焦色的烧鹅悬挂在窗口下，油腻腻的窗户上贴着红色胶带字：招牌狮头鹅。

他没有和任何人打招呼，径自走入一条狭窄小巷，身影一拐，踏上楼房内的水泥台阶。眼前的防盗门近乎样子货，钥匙拧转，柯屿走进门内，打开了吸顶灯。

光线很暗，是惨白的，灯罩当初摘下来洗过一次，里面积了厚厚一层飞虫尸体。房子不大，七十平左右的空间被隔成了三室一厅一厨一卫，装修简陋，很多地方就是裸露的水泥板或者大理石板。

刚坐下手机就响了，经纪人麦安言在电话里问："到了？"

柯屿"嗯"了一声。他上午去公司开会，下午自己坐公交回来。从市中心到这儿，转三趟车，车程两个半小时。麦安言垮着个脸："我的哥，采风真没必要到这地步。"

他接了部文艺片，片酬不高，但剧本很喜欢。导演唐琢是编剧转行，算是个新人，两人定角色时聊了一宿，柯屿看出了导演的野心，导演看出了他的"尚可救药"，最后一拍即合都挺期待，只有麦安言气得够呛，因为柯屿接完角色就说要下去采风，完了随便一收拾就在一破城中村安营扎寨了。

柯屿从塑料袋里把促销买的生活用品一一码好，明显敷衍地对麦安言说："好的。"

麦安言鸡同鸭讲，提醒道："你注意点，不要被粉丝认出来。保镖助理一个都没带，到时候我看你怎么办！"电话那头突然沉默下来，麦安言直觉不好，狐疑地问："你不是已经暴露了吧？"

柯屿不是演技派，虽然一直在演戏，但属于介绍词写"青年演员"都会被群嘲的那种——但他同时也不是流量，话题度跟那些偶像艺人不能比。麦安言自认柯屿的路人缘还没下沉到这份上，他在城中村相对还是安全的。

　　柯屿支着腮，眼里有一点笑意："等公交的时候听到了两位女观众的指教，受益匪浅，出于礼貌拉下口罩对她们表示了感谢。"

　　麦安言一听血压就要飙，边打手势指挥助理 Nancy 搜他的微博广场，边对电话求饶："这样不行，我头发要掉光了！一个月太长了你行行好，一个星期够了吧我的哥哥？"他就差没明说了——以柯屿的悟性，在城中村住一年也未必能演出那个劲儿。反正都是烂，何必过多地投入成本？要知道为了这一个月，他推了八个通告！

　　柯屿把手机夹在耳下，解放双手开始拆新买的保鲜膜的包装，又是一声"好的"。他的"好的"，基本上相当于"知道了，但我不听"。麦安言察觉出他想挂电话的念头，见缝插针地"哎——"了一声，飞快地说："明天晚上 GC 文娱有晚宴，继承人会出席，你记得过来。"

　　柯屿花了两秒确认了一个事实，指明道："我没有 GC 的项目。"

　　麦安言痛心疾首："我有！"

　　"应隐会过去。"他想了想，"应隐的新电影是 GC 投资的，她是一线女星，够了。"

　　麦安言知道他不喜欢应酬。之前柯屿已经表露过解约意向，他其实有点怵了，不太敢拧着他去饭局酒桌。但 GC 的地位不同，他苦口婆心："GC 十二月份要开发布会，圈内已经有风声了，明年'明锐'计划的投资和规模都会升级，到时候会有一堆好本子、好项目、好导演递过去，你去见见没坏处！"

　　柯屿从沙发上起身，开始归置那些拆了包装的日用品：垃圾袋、保鲜膜、消毒水、洗衣粉……薄薄的刨花板柜子开开合合，他沉稳地说："GC 继承人，是之前圈内很多传闻的那个？"

　　麦安言在电话那端张了张嘴，柯屿没给他解释的机会，直接明说："不去。"

楼房共四层，一二楼自用，三四楼出租，四楼住了五户租户，唯有三楼宽敞，只住了一个人。房东走在前头这么介绍，同时扭头对商陆讪笑了一下："那个租客干净，你先看看，不行的话，我再问问别的房子。"

商陆点点头，两手插在裤兜里，他不说话时的气质有点高冷，高冷到近乎迫人，压得房东不敢多说。他刚从法国回来没几天，私人飞机降落在宁市勤德置地总部顶楼，之后打了近一小时车才到这里。见房东前，他刚挂了小妹商明宝的电话，小丫头以为他回去玩什么新鲜玩意儿，他随手拍张照片过去："来吗？"商明宝吓到装睡不回。

房东脚步放轻，即使走在前头，也忍不住咽了咽口水。他远房表哥的堂兄的女婿的表弟辗转告诉他，有个有钱人家的小孩儿图新鲜，要来城中村体验生活，让他给安排安排——要稍微像样儿，但又不能太像样儿。至于多有钱，这远房的远房的远房倒没有明说。房东常在市井江湖里厮混，看到人的第一眼，先上下打量了个透彻——估计……也就是个家里趁百八十万的主儿吧。

楼梯转了一层又一层，粗糙的水泥砖，黑乎乎的地缝，吊顶上缠绕着裸露的电线。电线末端悬着一盏电灯，天色暗了，房东按下开关，光线跳了一跳，钨丝灯亮起。商陆全程没说话没问话，视线跟着脚步，脑子里像有个镜头推进，几幅分镜图在脑子里一闪而过。

上三楼，玄关狭窄，小门紧闭。这样的房子指望不了隔音，一阵炝锅声响起，门缝里飘来香味。房东回头指指门笑道："很懂生活！"

懂不懂生活他不知道，闻着挺香。

肋排切段，铺在平底锅中用小火慢煎至微焦金黄，用筷子一一夹出。热锅热油下葱姜蒜花椒爆炒出香味，青椒蒜苗段下锅，柯屿对着食谱有样学样，还没来得及翻炒，就听外面传来一阵敲门声。

正常来说，这里是不会有人来敲他房门的。他既没有拖欠房租，也没有停水停电，也没到查燃气的时间。房门没猫眼，柯屿从挂钩上取下口罩戴好，等敲门声再度响起时，他拧上煤气，打开了门。

瘦小的房东站在门外，脑门因为长久出汗而油亮，一开口口音浓重。

"靓仔。"房东笑道。

柯屿点点头，视线往上一移，只看到另一个人的脖颈胸口。纯黑色宽松T恤，脖子上挂着条克罗心银链，没带吊坠，两手原本是插在工装裤兜里的，察觉到柯屿的视线，那人伸出一只手，道："你好，我姓商。"

柯屿有点洁癖，很快地与他一握，同时觉得握手礼出现在这儿，有种怪诞的滑稽感。

他自我介绍道："木。"

在一墙之隔的晚市喧闹中，这声音有一种失真处理后的质感，很动听。对方长得太高，柯屿不得不仰头抬眸，恰对上一双冷淡却又迫人的眼。

柯屿在他的外貌中怔了一瞬。

过于英俊了。

他尚未来得及收回视线，便看到对方很浅地冲他一歪头，唇角勾起，神情有些戏谑。他说："木先生在家里也戴口罩。"

柯屿垂下眼眸，解释得不冷不淡："毁容了。"

他的视线重新回到房东身上，房东见状便说："这是我远房侄子，刚到宁城没着落，在这里暂时住一个月，你行个方便？"

房东走了，商陆留了下来，手指勾着钥匙，进门不动声色地扫视一圈。合乎他意料的简陋，出乎他意料的整洁。一眼扫过，虽然山寨货的劣质塑料占了半壁江山，红红绿绿的廉价色彩也让人眼睛疼，但收纳得很整齐。家具多是刨花板打的，台面用大理石充当，切割的边缘甚至没有打磨，但无一例外都很干净。

不大的面积隔出三室一厅，只为了多租点人多赚点钱。出于礼貌，商陆没有进主卧，只看了另外两间次卧。小的十平方米不到，里面堆满了脚手架和油漆桶。他退了出来，两手插兜探身看了另一间。

"就这儿吧。"

柯屿象征性地问："你行李呢？"

商陆站在门边："马上。"

过了十分钟，门再度被敲响。柯屿打开后，先看到一面巨大无比的乳胶床垫。工人歪着脖子扛着，气喘吁吁："商陆吗？"柯屿回头，商陆倚门抱臂，一扬下巴，天然命令的姿态："进来。"

床垫被搬进次卧，原本的铁艺弹簧床被毫不留情地扔了出去。过了片刻，工人又从楼下货车上搬下一张书桌和一把办公椅。书桌是黑胡桃木的，卡其橙色的办公皮椅，不用上手就透着一股子细腻高级。两样东西按吩咐被贴墙摆好，搬家工作便潦草地结束。

"你……"柯屿眼睛一瞥，看到办公椅品牌，一瞬间想问的话从嘴边消失了。

商陆很快说："都是假的。"绅士地一点头，"感谢收留，相处愉快。"紧接着门便被毫不犹豫地关了，充满了不言自明的疏离。

柯屿回到厨房，将排骨装盘，又盛了一小半碗饭。麦安言要是知道他片刻之间给自己找了个室友，估计会气到当场暴毙。

他的新片角色名叫飞仔，从老家来到都市城中村，一面被繁华的金钱物欲冲击裹挟，一面又以令人绝望的姿态在排挤中挣扎。

"人是一种很奇怪的生物，刚进坑里的时候会拼命想爬出来，时间久了就会说，'其实在坑底也挺舒服的'。"导演唐琢当时抽着烟，将这句话作为了整部电影的注脚。

柯屿接到试镜邀约时很惊讶，显然，这种片子是奔着拿奖去的，他的演技会令他首先被排除在外。

唐琢那天跟他聊了十个小时，从成长经历到电影、人物，无所不谈，最后才说："我看过你在栗山那里演的乞丐，柯老师，不知道别人怎么评价，但我知道你是做过功课的。"

必须承认，唐琢的这句话打动了他。

柯屿在玻璃餐桌前坐下，陶碗与桌面轻叩，发出一声清脆的动静。要认真采风的话，他必须把自己放置在绝对真实的环境中，不仅是一个旁观者的身份，更要切实参与——千言万语，商陆出现的时机很对。

　　餐桌玻璃下压着缠枝花桌布，桌面上只是简单的一碗一筷一盘。箸尖伸入盘中，另一只手却夹着一本掌面大小的笔记本，柯屿单手翻开了书签页。

　　商陆出来时看到的就是这么一幅场景。

　　这位木先生口罩半摘堆在下颌，两眼专注地只盯着手里的本子。本子不大，故而他单手便可以轻易翻页，这让他在专注之中又多了丝随性的慵懒，让商陆想起留学时，在街角常见的抽着烟的法国人。

　　画面有点意思。

　　商陆抱臂倚墙站着，长腿屈膝交叠，唇角微勾。再看两秒，他眼里才注意到了些别的内容。譬如木先生虽然自称毁容了，但从侧面看却是骨骼流畅，从眉骨到鼻基底再到下巴，曲线在过分硬朗前绝妙地有了点温润的弧度，是一张浓烈又并不让人觉得有攻击性的脸。

　　佳骨天成。

　　柯屿咀嚼的动作很慢，看的速度也很慢，再翻页时，眸光微瞥注意到商陆，拿筷子和翻页的手便同时顿住。商陆反正也是偷得正大光明，被撞破并不觉得尴尬，反倒漫不经心道："在看什么？"

　　柯屿不回答他，先"啪"地单手将笔记本一合，再慢条斯理地拉上口罩。这样的脸还要藏着掖着，商陆猜测，或许是另半边脸有胎记，或者疤痕。

　　天色尽黑，气温降下，风吹过带出些凉意。两边临街店铺更显热闹，热气氤氲，模糊了许多贫穷的细节，满目只有烟火气。商陆很少吃晚饭，万家灯火，他径自一人漫无目的地闲逛。等看到一家士多店时，顺便走了进去。接到商明羡电话时，他正在琳琅杂乱的货架上挑选日用品。

　　"大姐。"

　　商明羡每天不是在开会就是在去开会的路上。她步履很快，细高跟在大理石地面发出笃笃声,但讲话的气息完全不喘:"听明宝说你去宁市了?"

"嗯。"她进电梯,从高层下来的员工个个低头叫"晚上好Monica",接着便自觉地鱼贯而出等下一班电梯。商明羡按下楼层,银色电梯门合上,照出一道着职业套装的纤细身影。

"明宝给我发了照片,你怎么去那种地方?"

"采风。"

"胡闹,"商明羡以长姐的姿态训斥一声,"香岛的贫民窟不够你采?"

"不一样。"商陆把手机夹在耳下,只言片语回得漫不经心,腾出手从货架取下两瓶沐浴露,开始比较。凭良心讲,他在十四岁去国外前根本就没自己花过钱,对这些牌子陌生不说,对价钱也毫无概念。

"好吧,回头大哥问起来,我可什么都不知道。"商明羡笑着叹了口气。

她松口了,商陆也仍是神色淡淡,只说了声:"谢谢大姐。"

"注意安全,凡事低调,不要跟人起冲突。有事给我电话,或者找明叔,知道了?"

商陆这才笑了一声,他笑起来是漫不经心的,但又带点坦荡的味道,看着很倜傥:"低调什么?你是众星拱月惯了,才觉得自己走到哪里都是焦点。"

商明羡吃了一记微讽,倒不觉得生气。电梯下到VIP地下车库,她赶时间赴宴,上车一边脱高跟鞋一边笑骂道:"没大没小。总之呢——"

"总之呢信号不太好——"电话传来忙音,商陆不等她说完就挂了电话。等他拎着两大兜日用品回到出租屋时,柯屿已经洗过了澡。屋子里没有多余的桌子,他伏在打扫干净的餐桌上写字,听到动静并没有抬头,只礼貌性问候:"回来了。"

手机里传来一道女声:"你在跟谁说话?这套呢?快看一眼!"

声音一出,柯屿明显身体一僵——是应隐缠着他为明天的晚宴选造型,又东拉西扯聊八卦,他没那个耐心,便开了外放边听边梳理账单,完全忘了商陆随时可能回来。

应隐声音很嗲，见他没回答，便撒娇赌气叫一声："柯老师！"

柯屿手比意识更快，一个条件反射就挂了电话。

"柯老师？"商陆微挑眉。

"木柯，"柯屿掩在口罩下的面容冷静，"姓木，名柯。"

商陆饶有兴致："柯老师是二十四小时都戴着口罩吗？"

"是。"

"那么想必睡觉也是不摘的。"他问得戏谑，但听在柯屿耳朵里有种咄咄逼人的味道。都说星光养人，他是明星，合该气场更强，但跟商陆相处不过几小时，却好像总是落于下风。手机振动把柯屿从发脾气的边缘救了回来。他拿起手机，是应隐一口气给他发了十几张试装照。

商陆在玄关柜上放下东西，以他的角度，只看到一个漂亮的女人在屏幕上一闪。但他对脸的印象小于对衣服的——那件衬衫裙商明宝前几天刚买了一条，而小姑娘的置装费是他们兄妹里最奢侈的。

心念疾闪间，商陆微怔。这位木先生的气质很好，好到即使穿着廉价，也跟这个世界格格不入。娇滴滴的漂亮女人、颇有情趣的"柯老师"、出众的外貌和杂乱廉价的生活环境……商陆眼神微眯，玩味地反应了过来。

柯屿浑然不觉，等到商陆夸他女朋友漂亮时，竟也没听出弦外之音，只想着多一事不如少一事，敷衍着"嗯"了一声。

没想到他漂亮的"女朋友"第二天就找上了门。

"他连看都没多看我一眼你知道吗？"应隐衣服没换，还穿着赴宴的小礼服裙，揪着披肩愤恨地骂道，"还让服务生给我拿披肩！"她忙活了一个白天加一个晚上，折戟沉沙铩羽而归，正在柯屿面前要把那个天杀的 GC 继承人陈又涵大卸八块。

柯屿睐光扫过披肩："你还带回来了。"

"你不懂，我要随时提醒我自己——"应隐咬牙切齿，"有钱了不起啊！"不等柯屿说话，她又"嘤"了一声，"呜呜呜有钱又长得帅真的好了不起。"

大概谁也想不到当红小花应隐私底下是这个样子。她很漂亮，游走在妩媚和天真之间，是这一代小花里公认最星途无限的一位。对男人，她更是游刃有余手到擒来。柯屿完全理解她为什么如此意难平，甚至气到要连夜找上门来吐槽。他坐在沙发上，一手搭着沙发靠背，笑叹了一声："靓女，你看到婚戒时就应该知难而退。"

"我以为他跟那些男人一样，"应隐抬着胸口平静了会儿，声音低了下去，"他们那种人哪里有真的婚姻？"

"我教你，"他似笑非笑，"既然他和太太这么恩爱，你不如顺便再相信爱情一次。"

"柯老师！你到底是安慰我还是想气死我？"应隐跺了下脚，"一想到这么好的男人不属于我，我就更要气死了！"

柯屿忍着笑，但到底也是没忍住，毫无同情心地大笑了起来。笑声遮掩了铝合金门开合的动静，商陆从漫长的睡眠中清醒，穿着Ｔ恤运动裤，一脸困倦地走了出来。

他看着明艳照人的应隐，英俊的脸上有点蒙。

应隐一愣，手忙脚乱地背转过身。柯屿比她还措手不及——睡得好好的起什么床？！是他掉以轻心了，之前接应隐上楼时，商陆便已经睡下，他的口罩也被顺手扔在了茶几上，现在特意去拿的话简直是此地无银。

商陆对这隐藏的兵荒马乱一无所察，慢吞吞地给自己倒了杯水。没戴隐形眼镜的视线模糊，他放下杯子，不自觉微眯眼看向柯屿的方向："打扰了，女朋友？"

完全人畜无害的眼神和语气，跟昨天令人无处遁形的强势判若两人。

柯屿一愣，观察他两秒，不动声色地试探说："不打扰……对了，今天是几号？可以帮我看一眼日历待办吗？"

日历在电视柜边，离商陆大概一米多一点的距离。大晚上的看什么待办？应隐翻了个白眼，没想到商陆昨晚画分镜画了个通宵，加上时差的缘故，脑子比视线还模糊，竟然遗憾地抱歉："对不起，我近视。"

他一说完，屋子里两个人都明显松弛了下来。

"我去拿眼镜。"他转身回屋。

"小鬼好乖。"应隐有点意外。

他再戴着眼镜出来时，她明显被帅到了一下。一件普通的圆领白T被穿得肩宽背直，有型有款，银边细框的近视镜戴在脸上莫名贵气。商陆两手插在运动裤兜里，俯身看了眼："今天27号，没有待办。"

一扭头，两个戴着口罩的人"嗯嗯"点头，应隐捂着胸口浮夸地说："哦是吗真是太好了！"

商陆：……

垃圾演技，还有种被提防的不爽。

出于家教，他冲应隐简单地打招呼："幸会，商陆。"接着便打算回屋继续工作。

耳熟的名字让应隐下意识出声："商陆？这姓很少见。"她是豪门通，这一带的豪门她一清二楚如数家珍，立刻道："商宇的二公子也叫商陆。"

商陆并不慌张，淡淡地问："是吗？"商家是最低调的家族，向来只有大哥大姐在外面抛头露面，二姐在国外做学术，剩下一个商明宝。小姑娘虽然整天花枝招展，追星追得废寝忘食，但对外也用小名。他敢保证，哪怕现在翻遍互联网，也绝对找不到他们三兄妹任何一张照片。

应隐笑道："不过据说他长得很丑。"

商陆：这是哪个小报造的谣？

应隐对此很肯定："很显然，如果帅的话早就被曝光了。"

商陆含蓄地辩白："也许他只是比较低调。"

场面莫名其妙就诡异了起来，应隐跟他针锋相对："商宇的大公子我是见过的，大哥既然这么其貌不扬，二公子很难长得好看。"

"你见过？"商陆狐疑。

"电视。"应隐得意扬扬。

商陆忍辱负重："据我所知，他长得不比陈又涵差。"

乍一听"陈又涵"三个字，连柯屿都没反应过来。应隐一愣："你听到了?"

迷迷糊糊听到一点,只能怪应隐每次提及这三个字时都音量拔高情绪激动。刚开始他还以为是做梦,被恶寒得一激灵:他没事梦见陈又涵干什么?吓醒才发现声音来自客厅……行,这美女还有点人脉。

"你怎么会认识陈又涵?"应隐戒备地打量他。

贵气并不比贫穷好隐藏,眼前这个人的确从头到尾都跟"穷"字搭不上边。商陆轻描淡写:"不认识,听过。"GC是宁市龙头企业,听说过陈又涵的确很正常。

"你又知道他长得帅了?"应隐眯眼。

"电视上见过。"商陆原话奉还,却听到柯屿笑了一声。他沐浴灯光而立,虽然戴着黑口罩,但过分好看的眼里都是笑意。

"那你又知道商陆不比他差?"应隐跟他杠上了。

"猜的。毕竟,"商陆勾起半边唇角,"我很难认为跟我同名的人会长得有多丑。"他这一句年轻气盛,应隐一愣,再开口时已经是另一种语气眼神,她手指撩着头发说:"宝贝,你好可爱。"

商陆眸色一变,警觉地往后退半步。这姐姐怎么回事?当场挑逗可还行?到底年轻,被这么一撩有点措手不及,他又瞥了眼柯屿的方向,喉结上下滚了滚,他最终十分委婉地说:"谢谢姐姐,我还年轻,不想那么早放弃努力。"

到城中村的第三天,柯屿顺利找到了一份临时工——帮一个阿姨看士多店。

这家店藏在一个斜巷里,正对着一个繁忙的三岔路口。阿姨前些日子摔了一跤,她老公白天要送外卖,孩子也不在身边,柯屿主动提出帮忙一段时间。看到对方眼里浓浓的怀疑和戒备,他略微思索,主动摘了口罩:"鼻子过敏。"他笑了笑,复又拉上。

对方一看就松了口:"你会些什么?"

"会用收银系统,能帮你上下架理货。"

更多的功能阿姨也不需要了。她坐在收银台后面思量，三秒后又打量了柯屿一眼，小伙子一米八几的个子，看着就是个乖的："阿姨我丑话说在前头，可付不起多少钱啊。"

柯屿这些天揭了十几张临时工小广告，对这里的薪资待遇烂熟于心，闻言眼睛弯了一弯："一天60，早九晚七，等您腿好一点我就走。"

当下便拍板上岗。

晚上七点之后是自由时间。他随心所欲地逛，穿过街巷，走过夜市，在小吃摊的塑料凳上喝完一碗艇仔粥。要走出这片庞大的城中村需要一个小时，柯屿试过。村子后是一条江，连着一个几乎废弃的小码头。偶尔还会有船只在这里卸货，最热闹的时候是早上六七点，会有新鲜的海鲜叫卖，沿着马路摆出一条近三十米的长龙。

他有时晚上逛到这里，会拉下口罩点起一支烟，一边抽一边走。路灯橙黄，港口漂泊的烂渔船探照灯在海面倒映出长长一条灯影，柯屿便抿着烟，在这些灯影里慢慢地穿行而过。

商陆遇见他是在一星期之后。

明明近十一月，午后的太阳却晒得人想发脾气。周围的音浪被板车拖车所统治，到处都是令人烦躁的"唰唰"声。这儿的暗巷里不知道藏了多少个家庭作坊，缝纫机声从早到晚都不会停，这些板车便拉着成捆的布头拉链穿梭于巷中。自动贩卖机掉出凝着冷气的冰可乐，商陆俯身捡起，仰头灌下半瓶。视线再回焦时便看到了对面小店里人影一闪。

他采风到这儿，不是没注意那间店，因为开间不够宽而又太深的缘故，看上去很暗。人影闪过的时候他还没反应过来，只觉得原本死气沉沉的画面忽然生动了起来。高大的环保桶发出重响，商陆把还剩小半瓶的可乐随手扔了进去，掏出手机打开了摄像头。焦段、快门速度、ISO、光圈。画面在手机屏幕上流动，他不算很认真地盯着，几秒过后，眼神渐渐专注起来。

那个人一身黑，从店里走到外面时，有一种由暗至明的感觉。门口小三轮货车正一箱箱地卸货，那人弯腰抱起两箱沉重的矿泉水，体态却还是漂亮，一看就是常年进行身体管理的人。等搬了五六趟，货卸完，他一边拉下口罩喝水，一边从货车老板手里接过红联对账单。

"没错吧，都在这里。"

柯屿很快地扫过："没错。"两指夹住单子，拧上瓶盖拉上口罩，对老板笑了一下，"辛苦了。"

商陆愣了一下，还真是他神龙见首不见尾的合租室友。

不是，他不是有个有钱的女朋友吗，怎么混得这么惨，白天还得看小卖部？商陆收起手机，往后靠上墙角，隐入一片暗影。这类人无非是爱慕虚荣又挥金如土，但他的室友哪样都不符合。他衣着简单，吃穿用度都看不出奢侈挥霍的影子。如果他真是吃女友软饭，那又何必白天给人看店？他眉心微蹙，看着柯屿回到收银台后。

小店没有客人，柯屿没有看电视，也没有刷手机，只是站着，低着头，偶尔抬头看一眼外面。商陆很快意识到他是在记录着什么。这里仍然是一个嘈杂、市井、混乱的世界，到处是穿着拖鞋叼着烟的搬运工，他们有的穿梭于街市之间，有的躺在板车上等待下一次雇佣，或者干脆蹲在阴影下凑作一团打纸牌——柯屿记得很快，俚语、脏话、微表情、抖腿的动作和输了钱插着腰摸脑袋的无赖窘迫。他低头写字的模样漫不经心，当镜头对准他时，一种从容的孤独从画面深处涌起。

商陆眼神一凝，一股难以置信从心头蹿起——怎么可能？是有无数的天才可以仅凭眼神、姿态、身体动作来完成一种氛围或者故事感的营造，但这一切看似轻巧的背后是精妙的轨道机位、光影的设计、道具的陈列和背景的布置。任何一帧漂亮的镜头，被推到镜头前的是演员，镜头后却是无数人有条不紊的配合。电影是造梦的艺术，落脚点是梦，但发力点是"造"。而他的舍友甚至根本都不知道机位隐藏在哪里，仅凭自己的气质便在平庸杂乱的画面里完成了氛围感的营造。摄像机运转五秒，商明宝来电，他中止了拍摄。

"商明宝，你最好是有正经事。"商陆冷冰冰地说，一边往柯屿的方向撇去一眼，发现他也拿起了手机。

"什么嘛,人家想你了不行?"

商陆冷笑一声:"钱又花光了?"

她才刚成年不久,又是追星又是买这买那,零花钱又被家长卡死,每个月都要靠跟几个哥哥姐姐撒娇来渡过难关,这里借一点,那里赖一点。大哥大姐虽然最有钱,但是两人如父如母,不爱惯她这臭毛病,二姐做实验一闭关就是十几天,到头来每每还是商陆倒霉。

"人家今天看到一双鞋子好漂亮,羊皮摸起来无比光滑,要五个阿嬷绣一千二百个小时才绣得出一幅鞋面……借我啦好不好,下个月就还你。"

"多少?"

商明宝乖巧地报了一个不菲的数字。过了会儿手机转账,商陆边看着柯屿走出店外,边说:"多一块不用找了。"

商明宝气急败坏:"多转几万凑个整数就穷死你啦?"

"大小姐,从一月份到现在您已经累计欠款一百——"

"啊!我不要听!"

商陆笑了一声,跟在柯屿身后绕过巷口。他走得不快,好像并没有什么着急的事情。商陆眼看着他做了个拉下口罩的动作,而后从裤兜里摸出一包烟。点烟的时候他站住了,从背后看,他微微侧过脸,脖颈顺着动作低了下去,露出干净的一截曲线。

柯屿完全不知道自己被人跟踪,只是单手插着裤兜,步履从容。不抽的时候,烟就夹在指尖垂在身侧,他偶尔熟练地掸一掸烟灰。到巷口,经纪人麦安言等在黑色加长路虎里,已经快不耐烦,远远看到人影,立刻便下车迎了上去。柯屿在墙角顺手按灭烟:"久等了。"说是这么说,刚才的步幅可完全看不出一点要赶路的自觉。

商陆看着他上了路虎后才如梦初醒,一种莫名的烦躁从心头涌起。他跟着他做什么?以为他要回家,结果是去陪女朋友!

商明宝啰里吧嗦说了半天都石沉大海毫无回音,这会儿生气地威胁:"你到底有没有在听我讲!我生气了!"

"别气,"商陆扭头往回走,眼底深沉但仍漫不经心地哄道,"哥哥给你买裙子。"

商明宝噎了一下,不情不愿地"哦"了一声。

柯屿在车上边换衣服,边听麦安言絮叨:"是栗导忽然要介绍你,不看我的面子可以,栗山的面子你总是要看的。"T恤脱下,露出了肌理漂亮的身体,柯屿慢悠悠套上衬衫系好扣子:"你紧张什么?"

麦安言松了一口气,顺便翻一个白眼:"你不喜欢应酬这我知道,你看我这不是最近都没安排你吗?哥,我对你的好你可得千万记着点。"

柯屿闻言笑了一声,低头钉上袖扣:"记着,记得比我女朋友的生日还清楚。"

麦安言要哭了:"你都没有女朋友。"

生活助理盛果儿正开着车,忍不住爆笑了一声,被麦安言敲了个脑壳:"没大没小,还好意思笑我?你看你哥穿的是什么?吃的是什么?有没有进行碳水管理?一天抽几根烟?你知道吗你?回去就扣工资!"

盛果儿有苦说不出,委屈巴巴地喊冤:"那柯老师也不让我料理这些啊。"

柯屿对着后视镜系领带,手指修长姿态娴熟:"栗老师怎么突然想起我?"他问,又接过麦安言递过来的香水,在腕间轻点两下。

"他在谈项目,资方都在,想推你一把。"麦安言语气兴奋起来。

柯屿这运气啊……真够邪门。栗山是国内名望最高的老导演,这一代演艺圈的执牛耳者。他钟爱柯屿,这是全世界都知道的秘密。无论柯屿戏多烂、台词多差,他的片子永远都为他保留角色。扛不起主演,他就年复一年地让柯屿在里面镶边——镶的不是花边,是金边。

这些角色虽然戏份不重,但出彩有记忆点,不需要演员雕琢,仅靠人设、情节、台词就可以立起来。柯屿现如今的所有成绩,都是靠"吃角色"而立起来的,而他那段有关柯屿"氛围感"的著名评价,更是成了名言。

氛围感……柯屿笑了笑，只是点点头，说了一句"知道了"。相比于麦安言，他的反应可以说是冷淡。

正是下午三点多的光景，席面早就撤下，一行大佬移步花厅喝茶。柯屿到的时候，茶已到第二泡，开阔的中式庭院里茶香四溢，院外鸟鸣声脆，一道江南小桥从溪上轻巧横过，两边红枫竹叶掩映。服务生领着他们分花拂叶，一路穿过连廊绕过屏风，麦安言跟在柯屿身后。脱了鞋的脚步落在地板上寂静无声，一时之间只听到众人喝茶闲谈的声音越来越近。

"老师。"柯屿先弓腰跟栗山打了招呼。

栗山年过六十，头上却一根白发都没有，相貌周正而眼神锐利如鹰，威严也带着笑，笑也带着威严。他保持着一天喝八杯咖啡的记录已经二十年，每天凌晨4点起床开始工作，因为这是他灵感最充沛的时候。不过纵然如此挥霍身体，他也依然精神矍铄，看着不过五十左右。

"小岛来了。"栗山示意，"坐。"

柯屿在他旁边的蒲团上盘腿坐下，茶艺师对他微微鞠躬颔首，用竹木镊子为他夹了一支濯洗过的瓷盏。茶台旁一共团坐了七八个人，除了栗山和他的御用编剧沈聆，投资方的面孔柯屿并不熟悉，栗山为他一一介绍，几个出品人的名字真是如雷贯耳。他知道为什么麦安言电话里要用那种语气恳请他一定要来了——现场只有他一个演员。

"听安言说，你下去采风去了？"

"提前熟悉一下环境。"柯屿谦逊地回答。

栗山对众人笑道："我说小岛对表演认真讲究，肯下功夫，你们不信，这在他这个年纪的演员里很少见。"

麦安言马上捧上："哎哟，栗老师您真是说到我心坎儿里了！采风一月进组仨月，到年底的通告可全推了，您说我心不心疼？"

他一卖惨，大家都笑。

茶艺师掂起茶海，再度为众人一一添满茶水。沈聆握盏浅饮一口，安慰道："唐琢的本子我看过，是可以期待的。"

麦安言仿佛刚想起似的，轻轻一拍大腿："对呀！唐导是您的门生——沈老师您说，我们家小岛能拿下这角色，是不是您给说好话了？"有麦安言在，柯屿仿佛可以不用开口。

"这么说，老师的下个项目你是没有空了？"栗山拍了拍柯屿搭在腿上的手。茶艺师目不斜视，沈聆偏头望着廊下停留的云雀，剩余的人，目光里都藏着心照不宣。

麦安言咳嗽一声："栗导您说哪儿的话！"还想调侃两句，柯屿清冷的声音响起："老师说笑了。"他的声音有一种仿佛经过失真处理后的感觉，很特殊，即使快三十了也还是带着少年感，说这句话的时候，虽然脸上没什么表情，但并不会让人觉得冒犯。

栗山收回了手，目光柔和下去："这是部群像武侠，在大西北拍，我想让你演男二号，你吃不吃得了苦？"这话一说，麦安言倏然坐直了，连柯屿都意外地抬眸。"有很多动作戏，要吊威亚，我不用绿幕，所有戏份全部实景实拍，除非是专业动作，我不允许用替身。"说完这句话，他意味深长地顿了顿，道，"不是你这样肯下苦功的演员，我是不敢带进组的。"

他这话一方面是跟柯屿说的，一方面也是跟投资方说。话说完，室内果然安静了下来，沈聆笑而不语，目光从几个老板脸上很快扫过，半晌对柯屿说："小岛，这个角色我们为你量身定做，这一回你是要做个不世出的武学天才了。"

栗山接过话，两手半举做了个运镜的手势："你的出场是最早定下的，我已经想好了，要在最漂亮的雪山脚下，万马嘶鸣，天才少年从天而降，只见他足尖在马背轻点数下，整个人像一片叶子一样飘然而落又倏然而起——"

沈聆笑着按住他："打住，打住。"项目还在起草阶段，剧本还没有最终打磨好，但因为栗山从不失手，所以才会风声一出投资方已经排队上门。

柯屿定定地看着栗山。他的目光像栗山描述过的那片雪山下的星星，自夜空中一点一点地亮起。

麦安言到回程的时候都还在搓鸡皮疙瘩。栗山的男二号，这是多少演员流量虎视眈眈梦寐以求的机会！他手上有应隐这样的一线女星，早就过惯了项目方排队上贡的日子，说句眼高于顶不过分，却还是为了这个消息而内心战栗："天，真的，我到现在还觉得是在做梦。"

盛果儿听完描述，握着方向盘的手都在发抖，忍不住语无伦次道："我们这算不算走后门啊！"话一出，麦安言猛地打了她一下，边回头看了眼柯屿。

柯屿两手插在西装裤兜里，闭着眼睛的脸看上去面无表情。车子驶过，橘色的霓虹灯影在他脸上变幻。他仿佛只是累得睡着了。麦安言"嘘"了一声，对盛果儿摇摇头。从下午三点陪到晚上九点，又是茶又是酒的，柯屿还行，麦安言自己是真的快虚脱了，一半的酒都是他挡的——天地良心，柯屿要再提解约，他就立刻不活了！

车子驶下环城快速，路况明显差了很多。柯屿睁开眼睛，看着窗外的景致又回到了他熟悉的破旧冷清。不知道看到了什么，他眼神一顿："停一下。"

麦安言不明就里，顺着他的目光看去，还算热闹的街道旁夜宵棚连绵一片，一辆银色保时捷911扎眼得要死，挂的还是港牌。车旁站着一男一女，女的踮脚跟男的贴面，还牵了条杜宾。杜宾犬腿长个高，一对剪刀竖耳机警又威风凛凛，可能是因为见到了熟人，看着有点不太安分，少女紧紧握着牵引绳，几乎就快拉不动它。

商陆跟商明宝行完贴面礼，半弯下腰轻车熟路地揉狗后颈："你怎么来了？"边安抚道："嘘——奥丁，乖一点。"

"你这人！我下午不是跟你说了要来看你吗！"

"是看我还是追星你最好讲清楚。"商陆好笑地睨她。

商明宝犯厌地一嘟嘴："追星。"又献宝似的说："你看，你送我的鞋子,是不是很好看?"

大晚上黑漆漆的能看出个什么?商陆敷衍地"嗯"一声,商明宝得意扬扬地说:"哥你不知道,好好摸,比我的小腿还要光滑。"

商陆眼神一变,训斥道:"商明宝,你要是敢跟别的男人这么讲话,信不信我打断你的腿?"

"怎么了?"麦安言不明就里,光看了好几秒男女谈恋爱撒娇。

柯屿升上车窗,阻隔了夜风和空气中的海风味:"没什么,走吧。"

车子缓缓开出,方才柯屿靠着后座面向窗外,把商陆拉少女胳膊哄人的一幕从头到尾看了个一秒不落。

"好了行了,不要生气了。"商陆哄起人来没耐心,透着一股敷衍,商明宝噘着的嘴就没放下:"你刚刚好凶!我说一下怎么了?"

"女孩子不可以这么讲话。"商陆耐着性子开导她,"不要把这些挂在嘴边。"

"天啊商陆,你好保守!"商小妹有点鄙夷,好歹在国外过了十几年,还是在法国读的大学!

"你不了解男人,"商陆帮她捋了捋头发,"他们会用一切方式幻想你。"

商明宝懵懂地眨眼,拖长音调慢吞吞地"哦"了一声。扔在驾驶座上的手机连续振动,她为了看商陆从香岛大桥那边开车过来,已经好几个小时没看手机,满打满算脱离粉丝圈都快一天了——娱乐圈瞬息万变,这还得了!

商明宝打开车门取出手机,上下滑了两下屏幕后脸色一变:"我的天!"惊叫完自知失言,掩住了嘴害怕地偷瞄商陆。

她哥居高临下地看着她,脸上都是无奈:"又怎么了?"

"我哥对家发微博挂热搜一天了!"

"你哥我没有对家。"商陆冷酷地说。

这哪能治得了商明宝?她嘻嘻一笑美滋滋地说:"好嘛,是我老公的对家。"

商陆对娱乐圈的事没兴趣，把奥丁哄进副驾就想走，被他妹一个眼疾手快拉住："别走哥……你看你看，天啊怎么会有这样的人，太心机了！"

手机屏幕举到眼前，上面显示出界面，有个明星转发了一条微博。

南瓜马车：@柯屿哥你好久没营业了。

柯屿：当我消失了。

发博时间是下午三点十分。

商明宝咬牙切齿："可恶！装什么真性情！"

商陆中肯地说："还好。"

"哪里还好？你不觉得他很心机吗？看上去是在打粉丝脸，实际上是另一种讨好粉丝的方式！"

商陆揣着裤兜微微欠身："不觉得。"

商明宝要气死了，脾气噌上不管不顾地说："你快点答应我，以后你回国内拍戏，一定不选他当主角！"事业还没开展就被亲妹绑架，商陆无语："我拍的戏他未必感兴趣。"

"我不管！他演技超烂！你一定不要给他机会！"商明宝过来扯他的袖子撒娇，他们一对俊男靓女在保时捷旁边站着，活像打情骂俏。商陆不爱当这西洋景，只好丧失原则答应道："行。"

"配角也不可以！"

"答应我！"商小妹气鼓鼓地盯着他，要他当场允诺，同时机智地打开了语音备忘录。

"好，"商陆拖长语调敷衍地应一声，"主角不找他，配角也不找他，永远不找他。"

"哼。"商明宝得意扬扬地点击保存，觉得自己为偶像完成了一件大事，一抬头，发现她哥已经走出好几米远了。

"喂。"她跺脚喊了一句，看到商陆懒洋洋地抬起胳膊冲她挥了挥，连头都没回。

加长版路虎不好停在楼下，柯屿在城中村外围就下了车，自己走回去。

近十点，除了消夜其他的摊子都收了，街道冷清了很多。他换下的衣服扔在了车上，身上仍穿着衬衫，解开两颗扣子的领口隐约可以看到锁骨。海风一吹，港口的鱼腥味散了很多，柯屿站着静静地抽完了一根烟。他站的姿态很放松，一手搭着栏杆，一手松垂夹着烟，包裹在西装裤里的长腿在小腿处自然交叠，橘色的路灯只够照亮他半边侧脸。

商陆顺着港口远远地走过来时，看到的就是这样一幅画面。灯光将对方映照得蒙眬，在昏暗的光线下，他没有分辨出那个人就是柯屿。

拍摄的本能是强烈而直接的，商陆举起手机，在没有稳定器的情况下完成了一段简单的运镜。

一束灯光由远及近刺破画面，是一辆深夜的空出租。车子降速而未停，车窗降下，只听到里面的人问："走吗？"

柯屿的手从嘴边夹走烟，一道声音随后淡漠响起："不走。"墨绿色的车子一脚油门，很快地驶过镜头。

商陆关掉录制，走得更近一点时，才从那极佳的侧脸线条中分辨出那个人是谁。真是见了鬼了，采风一周，只涌起两次创作欲望，一次是因为柯屿，另一次还是因为柯屿。他的脚步在距离五六步远时便停了下来，"柯老师。"

柯屿好像从自己的世界里被惊醒，愣了一下，没有立刻回头，而是先扔下烟蒂捻灭，再从容地从小臂上摘下口罩，有条不紊地套上、压平。

商陆饶有兴致地看着他，等他戴上口罩后才继续走近："这么巧？"

他个子太高，柯屿要仰起一点头才能看清他的脸。不知道为什么，商陆觉得这道目光停在自己脸上的时间，比前几晚都更长一些。

柯屿再次确认了他有当小白脸的本钱。

等再靠近一点时，商陆才从咸腥的海风依稀闻到他身上的酒味："你喝酒了？"

"嗯。"

"回去吗？"

"好。"

商陆垂目端详他的状态，确定他脚步稳当之后才跟他并肩而行。沉默中，只有风卷着一点花瓣从两人之间涌过。

"柯老师晚上有应酬？"

"有女朋友吗？"两个人同时开口，柯屿一顿，抬眸，见商陆笑了一下："还没有。"

柯屿脑子被酒精侵犯得有点模糊："这样。"原来还不是正式的交往关系。

他思考了一会儿，委婉地问："如果有一个很漂亮很有钱的女生提出和你交往，但又不是正式的关系，你会怎么做？"

商陆：……

心情有点复杂。懂了，一定是上次那位有钱姐姐想跟他"长期交往"，他权衡不了。坐拥一片花海的人自然不想只采摘一朵，这是人性趋利的本能。虽然不是很能理解为什么这种问题要请教一个刚认识的合租室友，但商陆还是务实地帮忙分析道："要看投资成本。如果同意，相当于把自己的时间成本由多线收缩到一线……"说不下去了，商陆拧着眉尴尬地说："你、你能明白吧？"

柯屿：好现实！

一双眼睛从微醺的迷茫中缓缓清醒："我、我明白……"他点头，按下心里的震惊总结道："所以吃软饭你也可以接受？"

什么叫"你也可以接受"啊，我又不是……

"我不能接受，"商陆严谨地说，"只是从现实角度我建议这样考虑。"

柯屿给面子地附和："对，是不能接受，只是随便聊一聊……"心里想，还挺强的自尊心。

商陆居高临下地瞧他这此地无银三百两的劲儿，白天看着他登上路虎的烦躁又不受控制地涌了出来。

到客厅分别，柯屿最终还是说："那种关系，怎么会长久呢？"这小屁孩能听懂吧？商陆脚步停下，回首，见柯屿握着门把手仰头看他，目光认真地又强调了一遍："你说对吗？"

商陆当他是出于自身经验有感而发，心情微妙地"嗯"了一声。

门关上，商陆顺势坐到床垫上松了一口气，而后拉开办公椅拧亮台灯。画了很久的分镜稿在书桌上整齐地摞成一叠，钢笔压在最新的一页稿纸上，纸面画了许多凌乱的线条，除此之外便是沾染的黑色墨迹。他打开白天扫街拍下的视频，有的是作为灵感素材记录的，有的却直接可以剪进成片——柯屿的那两段就是。

在小卖部穿着T恤搬水看店写字的柯屿，跟晚上这个在江边穿白衬衫抽烟带着微醺的柯屿形成了两个极端，却又似乎有着某种可以摸索到的统一。一个沉醉在纸醉金迷中的堕落者，一个无所事事消磨着午后的青年，包括他刚才问"那种关系怎么会长久"的眼神和表情都在眼前渐渐浮现。

商陆深呼吸，打了底子的纸张被揉成一团，他拧开钢笔笔帽，重新起了第一笔。比纸厚不了多少的水泥墙在隔音方面形同虚设，浴室传来的花洒水流声与静谧里"唰唰"的落笔声在耳边交融。

柯屿洗过澡后才有空打开微博看一眼。他的营业频率不高，今天如果不是麦安言非让他上线一下，他也想不起去互动。麦安言看完他的回复脸都绿了，没想到峰回路转，粉丝好像吃这一套，在评论区疯狂尖叫夸他可爱，刚发半小时就上了热搜。喂到嘴边的流量还能给飞了？麦安言反手就安排了几十个营销号联动，热搜被硬生生续命到了晚上。

柯屿在最新热搜扫视一圈，确定自己的大名已经成功退了下来，才放下手机睡觉。他觉浅，听到一阵"乒乒乓乓"翻箱倒柜的声音就醒了过来，睁开眼的瞬间耳边又听到铝合金门在墙上猛地"哐当"一下，像是谁夺门而逃。惊天动地的动静中，传来商陆惊慌失措的一声怒骂："什么东西？！"

从深眠中被动惊醒的身体以最快的速度下床，柯屿打开卧室门冲了过去："怎么了？"

商陆紧紧贴着铝合金门一脸崩溃："知了！大晚上怎么会有知了！"

"知……"柯屿顺着他的目光看过去,什么知了,他抄起手边一沓A4纸一个眼疾手快反手猛抽,商陆只觉得眼前幻影一闪,一只背壳黝黑发亮的不明生物瞬间翻到了他心爱的昂贵书桌上。

救命好丑的玩意儿!就是这个东西在他睡觉的时候爬过了他的脸吗!还会飞!

商陆看着它翻着肚皮六腿挣扎的模样百感交集:"怎么会有这么丑的知了!"

柯屿淡定地瞥了他一眼:"是蟑螂。"

商陆:不,不可能——怎么可能会有这么大、这么肥、这么亮又会飞的蟑螂!

"你骗我。"商陆冷静地说,"它刚从我脸上爬过去了。"

柯屿怜悯地说:"没关系,其实蟑螂很爱干净。"同时不动声色地后退一步拒绝道:"你别过来。"

商陆委屈又屈辱地看着他,接着目光一定,意识到了什么:"柯老师。"他指了指自己的脸。

柯屿不明就里,顺着他的动作抬手碰了碰,狐疑地问:"怎么了?"他被商陆搞得一惊一乍疑神疑鬼的,甚至怀疑是不是自己脸上有只小蟑螂。

"这就是你所谓的毁容了?"廉租屋的灯光暗淡笼罩,是一种毫无美感的惨白,柯屿穿着睡衣站在这样的灯光下,先是明显一愣,继而反应过来,神情一变猛地就要转身——商陆一把抓住了他。他拽着他的胳膊,居高临下:"你跑什么?"

手里一沓纸捏紧了又松,柯屿冷冷地说:"放手。"

商陆看好戏般望着他隐隐动怒的脸。不知道为什么,眼前的人好像很紧张,紧张到浑身都不自然地紧绷,甚至连呼吸都不敢用力。这场景像极了烂俗电视剧里的桥段,商陆失笑一声,放开了手,戏谑道:"柯老师,你把我稿件拿走了。"

柯屿窘了一下,垂眸:"谁要你的稿子……"眼神停顿,这是,"电影分镜?"

"你是学电影的?"

商陆的话半真半假:"不算,喜欢。"

"给我看看。"

目光从分镜稿上抬起,商陆意外地看着柯屿:"你看得懂?"

柯屿眼也不眨:"不懂,感兴趣。"一张一张从头到尾很快扫过,又回到第一页。这一次,他看得慢了许多,只是第一幕的十二幅镜头就看了两分钟。商陆用钢笔作画,笔触豪放不拘小节,但鲜少涂改——他好像在下笔的那一刻,就对自己充满信心。

商陆低咳一声:"只是草稿。"

目光凝在一个大远景构图上,柯屿认出这是城中村那个三岔路口,淡淡道:"机位很漂亮。"

商陆从凌乱的床上摸出手机:"这里有正式的,你要看吗?"

柯屿这才注意到:"你就睡在床垫上?"抬眸扫过卧室,一张宽大的乳胶床垫席地而放,靠着窗口光源的地方有张书桌,上面放着一盏随手买的工作台灯,几套衣服挂在简易衣架上,一目了然的简洁。他明白过来,商陆跟他一样,并不会在这里久住。

"我认床,"商陆回答,"搬家会带着床垫。"他在法国时经常跑到乡下写生采风,一住就是几个月,一张床垫跟着他走南闯北,有时候还要漂洋过海。闭塞的乡村庄园里,地陪接人迟到,最后是在稻草堆里先找到那张巨大无比的床垫,接着才看到跷着二郎腿仰躺着晒太阳的他。毛茸茸的收音话筒固定在半空中,风吹过,他对地陪"嘘"一声,用法语说:"稍等,请让这阵风先走。"

柯屿笑了笑,发现商陆向来有问必答,桀骜之外给人意外的乖巧感。他看着眼前这个高大的、带着床垫搬家的青年:"好任性。"

"我不喜欢将就。"商陆说着,打开手机相册,"看吗?"墨色的线条变成了饱满浓烈的彩色,笔触依旧豪放,大开大合的走势给了画面难以言喻的冲击力。

柯屿一瞬间忘了呼吸。与刚才的草稿不同,这些画面不需要他的想象,好像已经将现实直接演绎到了他眼前。

"我能多看几幅吗?"

"请便。"

屏幕右划,出现一个港口。雨过天晴的天空中,天光刺破云层,灰色海水随风荡漾,蓝色渔船连绵起伏。背着行囊的游客自闸口涌出,面对镜头的是一个抱婴儿的妇人,寒风吹乱她的头巾和裹着的长毯。

"她刚到香岛,虽然身无分文前路渺茫,但看着镜头外的世界,她也生出了憧憬。"柯屿说,"像一个故事的开头。"

"你怎么知道是香岛?"

"猜的。"

商陆接回手机:"那你觉得,镜头外的世界值得她憧憬吗?"

柯屿琢磨着他这一幕的色彩。阴沉的天空,被光照的地方却亮得反光,街道和港口在这样的天气下显得惨白,只有妇人裹着的长毯成了浓郁的视觉中心。商陆见他目光沉郁下去,便知道他看懂了,无声地勾起唇角,俯身从书桌上拿起个什么东西。

"柯老师——"

柯屿从思绪中清醒,看到商陆单手戴上眼镜,带着笑意说:"对不起,这次我才是真的看清楚了。"

柯屿:被套路了。

"虽然不知道你为什么要一直戴着口罩,不过,你长得很好。"他的声音低沉,夸人的语气散漫,好像只是顺口一说,但莫名让人觉得是真心的。

娱乐圈真真假假的捧场客套谄媚柯屿听到耳朵起茧,更夸张更唯美更疯狂的文字他都见过,但在商陆简单的话语言里,柯屿愣了下,平静道:"谢谢。"

第二天当商陆出现在士多店时,柯屿听到柜台后的阿姨小声嘀咕了一句:"靓仔。"

他正要下班,听到声音抬眸,恰巧看到商陆站在墨绿色的雨檐下:"两听可乐,谢谢。"

柯屿只好帮他打开冷饮柜门:"六块。"

"好贵。"商陆笑着说,接过了柯屿抛过来的两罐冰可乐,扫码付款后,又扔回一罐,"请你。"

柯屿没跟他客气,拉环被拽开,冒出碳酸饮料独有的气泡声。他仰头喝了一口才说:"谢了。"

"柯老师,"见他又要拉口罩,商陆出声叫住他,"见我的时候,可不可以不戴口罩?"

"凭什么?"虽然这样问,但柯屿的动作到底停住了,一张脸暴露在晚上七点的光线中,被路灯照着,被商陆看着,被往来的行人扫过,好像没穿衣服般不自在。

但感觉并不坏。

"这样我会怀疑你是不是什么明星。"商陆随口乱说。

柯屿一瞬间心跳停止,佯装镇定地说:"过奖了。"

喝了半罐的可乐被扔进垃圾桶,柯屿点烟出门左转,自顾往前走,步速从容,没有等他的意思,但如果商陆要追的话,好像又在说"请便"。

"那么昨天晚上问我的问题,你想清楚了?"商陆慢悠悠地跟上。

昨晚上问什么了……哦,柯屿再度站住,夹着烟的手抱臂搭着:"想清楚了,我觉得不好。"柯屿娴熟地掸掸烟灰,"有机会的话,还是要改邪归正的,对不对?"

改邪……归正?商陆心里莫名一松,果然,这个柯老师并不是无可救药。一个念头模糊闪过——总算没辜负这张脸。

"就比如你,"柯屿拍了拍他肩膀,扔下烟蒂,"那种情况下,还在努力学电影。有梦想谁都了不起。"

商陆还没欣慰完就开始怀疑人生:"我?什么情况?"

"我看到了。"柯屿慵懒地靠着墙,"你开保时捷的女朋友。"

"那是我——"一个"妹"字硬生生被咽下，商陆忍辱负重地说，"你看到了。"

柯屿："挺漂亮的。"

商陆只好说："你的也漂亮。"

"我说保时捷。"柯屿挑眉。

商陆礼尚往来："我说路虎。"

柯屿终于没忍住笑了起来："行吧，你有天赋，坚持下去会成功的。"

话都聊到这儿了，商陆开门见山："我缺个演员。"

"不行。"柯屿拒绝得不容置喙，眼眸抬起，扫过巷子对面两个穿校服的女生。商陆跟着看去，只觉得对方似乎正兴奋地对这边指指点点。

"怎么——"话音未落，他的手便被不由分说地抓住，他回眸，只见柯屿脸色一变迅速拉起口罩："跑！"

风在耳边涌起，模糊了远处的声音："那个是不是柯……"

柯屿跑得很快，商陆被他牵着，跑过刚出摊的晚市，跑过批发市场，跑过川流般的电瓶车。街景凌乱地在视线里后退，风混杂着海的咸腥和面包坊的甜香。

"跑什么？"不知道跑了几百米才停下，商陆扶墙咒骂，气息急促。

"仇家。"柯屿道。

"你有仇家为什么要带着我跑？"

柯屿在剧烈的喘息中失笑，抬眸看他："很危险的，弟弟。"掩藏在刘海后的双眼因为汗水而微红。话音刚落，巷口便传来一阵更激烈的喘气声："是往这边跑了吗？怎么不见了？是不是小岛？"

"天啊——"另一个女生颤抖着边哭边叫，"肯定是他！不是他他跑什么？！人呢！"老天，这是派了两个长跑冠军来耍他吗！

被暮色涂抹的狭窄巷口，两道穿校服的影子被刚点亮的路灯拉长。又躲了好久，两人才听见一阵推搡着跑远的脚步声，晚风中，两个女孩气喘吁吁地互相埋怨："都告诉你不是啦！小岛怎么会在这里！"

两人没敢轻易出去，又等了一会儿。趁此机会，柯屿经受了审问。

"小岛是你?"

柯屿硬着头皮说:"假名。"

商陆挑眉:"两个女高中生追你做什么?"

"她、她们……"能有什么正当理由!柯屿闭起眼睛,破罐子破摔地说,"我欠他们钱!答应帮她们倒黄牛票,没倒到没退钱!"

商陆:失敬了。

既然给人添了麻烦,柯屿总要请吃饭。

饭店不好找。商陆跟在他身后穿过六七个巷口,路过了无数家天南海北各种饭店小吃摊夜宵棚,终于忍不住问:"喂,请问你是还不饿吗?"

柯屿抛给他一根烟:"快到了。"

商陆接住:"我不会抽烟。"他不说"我不抽",而是"我不会",柯屿被措辞微妙触动到,似笑非笑:"不会啊,我教你。"

两人最终在靠港口的地方进了一家汕市餐馆。不大的铺面里只摆了五张桌子,老板显然对柯屿眼熟,当即从柜台后迎出寒暄:"今天好像晚了些嘛。"

柯屿点点头,拉开椅子。"生腌虾——等一下,"看向商陆,"吃过生腌虾吗?"

"没有。"

"那就不要了,白灼吧,蚝烙、炒花甲、番薯叶、姜汁芥蓝,今天有东星斑吗?"

老板忙点头:"有,有,早上到的。"

"好,再加一份卤水拼盘一份鹅肠,一份水蟹粥。"

"吃不完。"

柯屿利索地拆开碗筷:"多吃点。"

商陆跟着他烫碗洗筷,动作生疏。柯屿看了两眼,耐心告罄,对他招招手。"给我。"又说,"你不是宁市人。"

"你又知道了?"

"没见过蟑螂,不会烫碗,"柯屿把筷子递给他,"还是说,你是什么高高在上的大少爷？"

商陆咳了一声："当然不是。"

"嗯，我想也没有哪个大少爷住这种地方。"

店里没别人，柯屿先喝了口茶，想了想，悠然地问："喂，我能跟你聊聊我自己的故事吗？"

柯屿的新电影是一个滑向深渊的故事。县城青年飞仔从老家来到宁市打拼，从最初的奋力憧憬到堕落寂灭，他跑过外卖、送过快递、搬过砖、通过马桶，在楼道里遇到菲姐时，他没有意识到，这个穿着旗袍、大腿上文着文身的女人，就是他最后的宿命。

"菲姐坐在那张床上，蚊帐垂了一点下来，遮住她浓妆的面容。她夹着烟，两根大腿很紧地交叠，露出侧面褪了色的青虎玫瑰。她轻轻吐出一口烟，说：'飞仔，姐姐可以疼你。'闷热的小屋里，电风扇的摇头吹不散凝滞的空气。飞仔闻到了菲姐的洗发水香味。"

惰性是让人上瘾的东西，但没有人在一开始就会爱上躺在坑底的感觉。柯屿饰演飞仔，他想尽可能真实地知道：当他跟在菲姐的身后，走向她粉红色又闷热的小屋时，心里到底在想什么。

商陆一怔，不知道他想聊什么。柯屿却仍是托着腮的姿势，一双过分好看的眼里都是笑意。他指腹摩擦着杯沿："我跟你不一样，你交往的是有钱小姐，我交往的女朋友，都比我年纪大一点。"他笑了笑，"也不是没交过同龄人，不过我想，应该是我个性里懦弱胆怯的成分还是多一点，更容易被年龄大的女人吸引，也更吸引她们。"

商陆神色微妙，吃惊于他的坦诚，又被他这段自我剖白里若有若无的故事性吸引了注意力。

"所以我对我交往的老女人印象深刻——不好意思，你不要误会，是因为对于我来说，的确是老女人了，这是个中性词。"这真像电影里飞仔会说出的话，戏谑、又透出廉价懦弱的辩解，"我还记得第一次跟在菲姐身后时，只觉得那道楼梯怎么会这么长——又黑，又长，也很潮湿，靠近门边的楼道里充满一股难以描述的气味。"

这是柯屿给飞仔写的人物小传,开篇第一句。

年轻的喉结上下滚动,商陆心里冒出一行字:这不是他该听的,但嘴里却诚实地问道:"菲姐是谁?"

"还算有钱的老女人,不,也不算有钱,是个保险员,还算成功的那种,"柯屿淡定地说,"我的第一个大龄女朋友,上四十了,比我大二十三岁,我们很合拍。上楼梯时,她裹在旗袍里的身体一直在我眼前摇摆,不知道为什么,看着这一幕,我脑子里划过的是我爸妈的脸,因为我妈妈和她一样大,但看着却老得多。是的,菲姐保养得很好,有钱人都这样。我在心里说,姆妈,是她勾引我。她说我给她交往的快乐,她给我很多零花钱,而且我也可以获得快乐。我觉得很有道理。"

"她没有……结婚吗?"商陆不自觉问。

"嗯,也许,我当时不太清楚,而且……她也许想要年轻的快乐,正如我喜欢老女人。"

商陆脸瞬间烧了一下。柯屿说着这些的时候,脸上仍是云淡风轻的表情,仿佛是谈论路边的一朵残花。商陆以为会看到一些憎恶、痛恨或者后悔,甚至一些怜悯,但柯屿眼神情淡然,看他的眼眸像一张空白的纸张,什么情绪都没有。

"虽然的确很喜欢,相处也很愉悦,不过心里还是有很多厌恶。你知道,虽然我们是正式交往关系,但一个二十二岁的男人时常出入于一个四十五岁女人的公寓,还是有很多异样目光,那些人虽然什么话都没说,但给了我压力,因为二十二岁的我还很懦弱,所以我顺理成章地迁怒到了菲姐身上,"柯屿说到这里停顿了一下,用一种不确定的语气问,"这种情绪正常吗?"

"正常。"

"厌恶她的同时——"

"等等。"商陆打断他,柯屿不明就里,抬眸看到老板端着卤水和鸭肠出来,"先吃饭。"商陆说着,帮他取过对面的筷子和碗,两人便并排坐着，吃饭时都默契地绝口不提这些。

一顿饭吃了近一个小时，出来时已过八点，沿江路灯亮起，两个流浪汉拖着麻袋，用一根长长的钳子夹起路边的塑料瓶。江和码头的海水都有股腥臭味儿，白色泡沫泡在黑色的水里，随着波浪反复地靠近又漂开。

"柯老师，你在恨她的同时，又怎么？"

柯屿转身，面对着商陆一步一步地退着走，又点起一根烟。眯眼吁出的时候，烟雾顺着风飘到了商陆的呼吸里。

"少抽点。"

"烟吗？"柯屿比了比指间的烟，又垂眸看了一眼，笑了笑，"习惯了。每次从菲姐那里出来就会忍不住。"他顿了顿，"我厌恶她，但的确迷恋她，她的成熟让我着迷。我嘛，一个人来大城市，有女人愿意走在前面带着我，我也就跟着走了。从这方面来说，她很有经验，虽然年过四十，但是在那种光线下，还是有她该有的魅力。她……"

柯屿停住，看到商陆举起手机，镜头对准了他。

"我同意你拍了吗？"

商陆看着画面里的他："可以删掉。"

路灯笼罩着柯屿的眉眼，他拉上了口罩。商陆等着他，目光直接和他对视。

过了两秒，戴得严实的口罩再度被拉下。柯屿的脸暴露在镜头中。他一边往后退着走，一边自如地叙述着。说完这些的时候，他自嘲地笑一下，玩世不恭地问："喂，你有没有把我拍好看？"

商陆没有回答，柯屿不抱希望地走向他："看完记得删掉——"

"她的声音不怎么好听……"商陆举起手机，将屏幕转向他。手机的防抖算法已经很强大，以至于他拍了这么长一段，跟随镜头竟然都很平稳。灯光没有经过设计，但是他调整了参数，这让柯屿在光影中的进出都更强烈。往来的车灯凌乱地从他眉眼上扫过，他的眼神便时而有光，时而又寂灭下去。他低头抿烟时，蹙眉的侧脸更被光线强烈切割。

他的脚步不自觉慢了下来，最终停住。柯屿屏住呼吸看完整段视频，戛然而止的结尾,他听到商陆说——

"做我的主角。"

柯屿出道至今，一共饰演过二十七个角色，有一闪而过的龙套，也有戏份多达 1030 场的剧集主角，有乞丐、富二代、纨绔公子，也有赛车手、通缉犯、记者和学生。最初的时候，主创都会因为他的脸而有所期待，作品几次面世之后，他们也终究学会了只去期待他的脸——因为柯屿这个人，除了一张脸和一身气质，就再也不剩什么了。柯屿不是不知道圈内对他的评价——花瓶。为了照顾栗山的面子，便说他是娱乐圈第一花瓶，仿佛是种褒赞。

　　两年前有剧组的聊天截图流出来，内容瞬间被疯传：

　　"服了，柯屿一场吃面戏都能 NG 三十次。"

　　"笑死，面都吃不好吗？好差劲啊。"

　　"到后面都催吐了。"

　　"你第一次跟柯屿的组吧？他要来，导演制片开机仪式都得额外多上一炷香！"

　　剧组鱼龙混杂，上百号人能挖出上千个群，根本排查不了源头。那段时间柯屿的粉丝甚至不敢说话，不是觉得丢人，是委屈。

　　那场戏是角色的重头戏。他在牢里三年出来，兄弟死了，老婆改嫁了，仇人混得风生水起，他为之顶包的发小成了仇人的左膀右臂。知道这些消息的时候，柯屿饰演的角色就在发小妈妈开的小面馆里。热气腾腾的面上来，他闻到飘香，说一句"好香啊"。这是他出狱后的第一碗面。吃的时候，有一段很长的台词。

"婶婶，我看你也老了，我在牢里过了一千天，最想的就是这口云吞面。干，监狱食堂的饭真难吃。你看你这个云吞，哇，还是跟小时候一样，香，真香——不过我要问你，阿良在哪里？你不要骗我，我刚从牢里出来。"这场戏很复杂，面第一口下去，恍如隔世，说台词，唏里呼噜地吃面，擤鼻涕，抽纸巾，再挑两筷子，才问到阿良。

栗山说，人一辈子能经历的情绪是有数的，都要在这个镜头里。眼里要有眼泪，但不能流下，要有杀意，但很平静，而且绝望，因为吃完这口面，他就要去杀人。镜头就对准他，浅景深的镜头模糊了背后白发苍苍的妇人，他始终背对着婶婶，一边大口吃面，一边说完这段台词。栗山和他反复说戏，每个动作每种情绪全部掰开了揉碎了教给他。

但是柯屿还是演了三十遍。演到后面他闻到味道就想吐，一口下去眉头因为忍吐本能蹙起来，栗山便喊"咔"，再换一碗。好不容易演到后面，不是眼泪掉下来，就是杀意明显，栗山便气急败坏，于是又从头开始吃。胃装不下只能催吐，吃一碗吐一碗，后两天因为习惯性反酸引发急性胃炎，不能掉进度，便在片场打点滴。他出道这么多年，"高光"时刻都奉献给了栗山，但跟基准线比起来，也不过是及格而已。更不要说脱离栗山后那些惨不忍睹的表现了。柯屿的目光在夜色下闪过一抹慌乱，喉结滚了滚，他难以启齿般问："我可以再看一次吗？"

商陆把手机塞进他手里："好。"

"她的声音不怎么好听……"柯屿认认真真从头看完，不过二十秒的片段，还是这样乱七八糟的光源光线，这样简单的设备。但他确定无疑，这是他几千场戏里，表现最好的一场。

很奇怪，到底哪里出了问题？

"做我的主角。"商陆再次说，开了一点玩笑，"你看，我可以把你拍得很好看。"心跳一瞬间失控，柯屿仓促转身："那是我本来就好看。"

"嗯，像明星。"

"哪个明星？"柯屿心慌意乱，因为在镜头里的表现太过意外，他的手冰凉，甚至微微颤抖。

商陆失笑："抱歉，我对娱乐圈不太了解，真的有明星长得像你吗？"

柯屿不信："你不是想当导演吗，怎么会不了解娱乐圈？看电影的时候，不会注意角色演员吗？"

商陆认真想了想："我只关心镜头语言，演员我当然会注意，但仅限于角色。"他身上有股坚定的自信和高傲，谈论这些的时候，好像他不是一个籍籍无名住着廉租屋的待业青年。

柯屿忍不住说："你还真是自信。"

"当导演当然要自信，不自信对于导演来说是个灾难。"

柯屿笑了笑："等你面对一屋子大大小小的制片人、经纪人、出品人、明星赞助商时，就不会这么想了。"

大导才有自信的资格，即使到栗山那个级别，也还是要受人掣肘。说到底，大家都不过是一条生物链上的一环。弱肉强食，地位高的压制地位低的，地位低的再去找更底层的茬儿，一层吃一层，一层剥一层，还有什么自信坚持可言。

商陆看着他："你很了解？"

柯屿胡扯："看综艺知道的。"

商陆失笑，跟上他并肩而行。两人走得不快，到之前柯屿抽烟的地方，商陆说："那天在这里也录了一段，不过最开始不知道是你。"

"你还拍了什么，一次性说清楚吧。"柯屿抿着烟，有点无奈，但也不算生气。

商陆很诚实："士多店。"

柯屿面无表情地看完，只夸："手机不错，不过有云台的话更好。"

商陆这一趟纯为采风，一切影像记录只当素材，他并没有带专业设备。

"买个云台吧。"在他怔愣的当口，柯屿已经自顾自向前走去。

商陆后知后觉："你答应了？"

柯屿并没有回头，只是抬起手扬了扬："仅限于讲完这个故事。"

等洗完澡，他又突然想起来，擦着头发敲商陆的门："喂，拍归拍，不可以外传。"威胁的语气像是开玩笑，"不然我就告你侵权，告到你有钱的女朋友也赔不起的程度。"

商陆"嗯"一声，从电脑屏幕前抬起头："这有点难。"

柯屿扫过笔记本上的logo："怎么不找她当主角？她漂亮，也有钱，你把她拍出名了，两个人可以一直搭档。"他善解人意地为他想出路。

商明宝的脸从脑中一闪而过，商陆脸色一变："不了吧……"

"她只有你一个男朋友？还是有很多？"

商陆只好编："很多。"不夸张，全娱乐圈她最起码能数出十个老公，柯屿饶有兴致地观察他："你不嫉妒？"

"不嫉妒。"只要别带着她那些鸡毛蒜皮的事儿来烦他，一切都好说。

"所以你其实不爱她。"

商陆真心实意地说："确实。"

第二天，拍摄就开始了。

"爱到底是什么？这个问题我说不好，像是吃饱了饭的人才有余力思考的问题。我在菲姐那里玩了半年多，夏天的下午无所事事，我们就随便玩，你知道的……还挺花的。"他支着墙托着腰，嘴边咬一根烟，讲话的时候烟头就跟着上上下下，因为嘴巴张不开，台词听着便有种含糊。讲完柯屿取下烟，笑着问："这是可以录进去的话吗？"

商陆给他设计的都是直面镜头的机位，很考验功力，镜头的手摇感让画面如同纪录片。黄昏日暮的时候，商陆让他从弥漫的烟火白气中穿过。这是一条热闹的小吃街，空气飘香而呛人，露天的餐桌连绵接起，背后往来穿梭的都是工人，穿工地背心戴安全帽，手里拎一盒烧鸡，寒风中也趿拉着夹脚拖。

柯屿在其中自在地穿行，说的每一句都平静坦然，像谈天气，偶尔抬起下巴掸掸烟灰，看看天。那种姿态似乎在说别人的故事，那是一种时过境迁的姿态:"老话说有一就有二。后来菲姐去了丽城,她带我去见了她的好姐妹。在她家,我见到了许多有钱又有闲的老女人。好姐妹还有更有钱的姐妹,她们带我喝酒按摩,参加聚会。

"我又想起了菲姐,她在丽城买了院子,听说日子过得不错。我坐火车去找她。"

丽城的片段,是唐琢电影里唯一明亮、温暖的画面。他要让观众像飞仔那样,想起午后,脑中就只有菲姐摇晃咯吱的弹簧床、凝在皮肤上的汗珠和嗡嗡的电风扇,好像这样的沉闷永远到不了头。

商陆白天从不找他,他的所有独白都发生在日暮之后。地方都是商陆找的,江滩、巷子、小酒馆、夜市和地铁站。橙红色的马赛克墙被顶灯一照有些泛黄——这是宁市最早的几个站之一。空气里有陈旧的霉味,也没有玻璃防护门。柯屿站在警戒线旁,地铁启动经过的风带起他的额发,谈到丽城时,他半转过脸,对镜头孩子气地一笑。故事断断续续地讲了九天,商陆每天都在下班时准时出现在士多店门口。

"两听可乐,谢谢。"一罐自己喝,一罐扔给柯屿。

"今天去哪里?"两个人便握着可乐罐,慢悠悠地晃荡过去。

到第十天,故事讲完,柯屿以为商陆不会再来,但拉下卷帘门准备走的时候,还是在街角看到了正在打电话的他。

他走过去:"等我?还是恰巧。"

商陆手指抵唇做了个嘘声的动作,见柯屿像要走,便拉住了他。他的力气很大,拉着人时有股理所当然、不容分说的强势。柯屿的小臂被他握在掌心,不由好笑地歪头看他。

商陆不得已拿远手机,做唇型轻声:"等我。"

柯屿便真的站着等他,顺便看他。

对于宁市来说,现在就是冬天了,路上行人都穿外套,只有商陆只穿了一件黑色半袖T恤。他领口还是挂着那条克罗心银链,大概是女朋友送的。他长得不单纯是帅,眉眼里还有股桀骜。柯屿无聊地想:他这样的进娱乐圈,恐怕拍不了两部片就会被拐去当流量。

风吹过，柯屿穿着卫衣都觉得冷，再看商陆，他好像甚至都没感受到那股风。商陆打完电话后一垂眼，发现柯屿脸色有点红。

"你脸红什么？"

"你瞎了。"柯屿淡定地说，把脑子里菲姐那句要命的"年轻的快乐"给硬生生压下。

商陆锁屏手机："这几天拍摄辛苦了，请你看电影。"

柯屿心里有不好的直觉，现在是淡季，因为都压着要去春节档厮杀，上映的片子寥寥无几，而其中票房最好的就是栗山的片子。

"看哪部？"他不抱希望地问。

商陆没给他选择的机会："栗山的。"

柯屿：……

他果然不是一个运气好的人。

"不巧，我今晚上有事。"柯屿拉下口罩，公式化地微笑一下。

商陆有点意外。"这样。"他无奈地一耸肩，倒也没有勉强柯屿的意思，只略微遗憾地说，"那我只好自己去了。"

人走出两米远，柯屿反应过来了，既然对方无论如何都会去看，他在旁边似乎还能更坦然一点。

"等一下！"他叫住商陆。

"怎么？"

"我跟你去。"

商陆挑眉："你不是有事吗？"

"怎么，又不欢迎了？"口罩被手指勾下，柯屿露出似笑非笑的神情，"那我走了。"

商陆一把拉住他，无奈地叹口气："柯老师，你真的很会欲擒故纵。"

柯屿一歪脑袋："过奖了。"

城中村附近都是小电影院，看栗山这部纯胶片拍摄的大片很浪费，商陆选了市区的GC中心，要打车过去。两人一同坐上出租车后排，三十分钟的车程，商陆全程都在聊微信，偶尔想起来瞥一眼，发现柯屿头歪在车窗上，已经睡了过去。大概是呼吸窒闷的缘故，他并没有完全戴上口罩，而是把口鼻留在了外面。他睡着后也是一副淡漠的样子，长而直的睫毛在眼底投下一洼暗影，从驾驶座车窗灌入的夜风带着凉意，随着转弯、直行、红灯、绿灯的节奏，反复将他的额发吹起，又落下。

"师傅，麻烦把窗户关上。"商陆的声音低而有磁性，伴随着车窗升上的摩擦声，一起温柔地渗透到了柯屿浅睡的梦里。

车子在商场正门停下，商陆扫码付款，等下车时他发现柯屿不仅把口罩戴得严严实实，还顺便拢上了黑色卫衣兜帽，鼻梁上也架上了不知道从哪里变出来的一副银色眼镜。

他还没问什么，柯屿先说："冷。"指为什么戴帽子，"近视。"指为什么要戴眼镜。

商陆：……

《山》是一部基于架空背景的、纯现实主义手法拍摄的片子，同时却也有很强烈的象征性，以至于上映至今，影评人一直对这部片究竟是现实主义还是表现主义而争论不休。故事讲述的是现代文明下，最后一个高山部落的故事，一蓝一红两个山寨从内讧敌对到联手抗敌，最后一起战死。整部片子充满着暴力美学与古典悲剧之美，正因为故事如此沉重，出品方才放弃了春节档大盘。事实证明，这一策略是正确的。影片上映近一个月，票房走势还在持续上升，虽然不是周末，但夜间场次依然爆满，需要排队进场。

商陆从巨大的喷绘海报前经过，五个主演都在，柯屿就在左二的位置。他脸上浓彩涂抹，手里握着匕首做出格斗的姿势，面无表情而眼神锋利。商陆一眼扫过，无动于衷，一错眼，瞥见柯屿偷偷勾起了唇。

"你笑什么？"

柯屿压下上翘的唇角，小小地吹了声口哨："没什么。"

电影很长，两个半小时，柯屿的角色在二十分钟左右登场。他饰演的是部落里最年轻、身手最好的猎手。出场的时候，伴随着一声呼哨和一阵密集的鼓点,他仿佛一头鹿,敏捷轻盈地跨过倒地的腐朽巨木,跨过山涧,跨过密林间的光线光点,跨过敌人破风而来的箭矢。

黑暗的放映厅里一阵骚动。

"是柯屿!"

"哇,我好激动!身材太好了吧……"

柯屿吸了一口可乐,俯身点点前面一个压抑不住心花怒放的粉丝,很温柔地"嘘"了一声。粉丝果然不负所望,并没有认出他来。

栗山给他的镜头充满了偏心。他杀人手起刀落,淬了毒的匕首寒光一线,血溅满他的脸,而他倏然隐没,等待着下一次的猎杀。他沉默不语但无所不能,救少女、暗杀敌方首领、从兵荒马乱中轻巧地捞起一只孱弱的山羊崽——只要他出场,必定能化险为夷。大战前夜,他自己一个人坐在巨大的树丫上,在月光下用叶子轻轻吹了一首歌。这是整部戏唯一一段有旋律的配乐,像那晚的月光一样,浸透了透明的哀愁。

影片的最后,他最后一个被杀。

栗山给了一个美到极致的镜头,波光粼粼的溪水中,他游得简直轻盈。血染红了溪水,又很快被稀释,观众知道他是要顺着流水游向山外,提心吊胆之下便松一口气,只是尚未完全松出,破风声响——一道巨大的鱼钩骤然落下!只是眨眼之间,戟般的倒钩打断脊柱,剜住血肉,他仿佛一条鱼般硬生生地被凌空吊起。镜头从极端的角度俯视而下,他垂着头和手,仿佛一只被钉死在幕布上的标本。

没有人知道这个风一般的猎手的死亡,就好像他死了之后,也不会有人为这个部落吊唁。

一切都来得悲壮而猝不及防,但栗山处理得那么轻巧,一切声音消失,宁静中,只有自然收录的风声、鸟鸣和很好的阳光。

直到片尾曲唱完,观众才开始陆续离场。除了首映,这是柯屿第一次在电影院看这部片,离开了影评人、同行和自媒体的客套或挑剔,他认真把所有反应收入眼底。

这是他拍得最苦的一部片,大量的动作戏,奔跑、格斗、射箭、厮杀。

为了最后一幕在溪里游泳的镜头，他请教练反复纠正自己的姿势和力度，才勉强达到了栗山要求的"像落花流水，优雅而残败"的意境。

"怎么样？"他看向商陆，目光坦然。

"还不错，节奏有点问题，我相信他应该不得已删了很多镜头。"

柯屿承认道："是这样，听说原本成片是四个小时，分上下两部。"这是向审核和商业化妥协的结果，事实上，所谓四个小时的导演剪辑蓝光版已经制作完毕，只等下映后上线各大平台网站。

这是个巨幕厅，一散场，通道里挤满了人，乌泱泱的都在讨论剧情。有人撞了柯屿一下，商陆眼疾手快护了他一把，耳边听到人说："我去，柯屿这戏份真够可以的，栗山简直当儿子一样在拍他。"

几个女生一起挤眉弄眼，哈哈大笑。

商陆觉得柯屿这个名字有点耳熟，回忆了一会儿才想起是商明宝"老公"的对家："柯屿演的是哪个角色？"

柯屿：……

虽然感觉这样被问有点怪怪的，但他还是回道："那个杀手，最后死的。"没等商陆说什么，他低咳一声，终究还是忍不住问道，"你觉得他演得怎么样？"

商陆轻描淡写："全片的戏眼，不过被他浪费了。"

走得好好的脚步倏然停顿了一瞬，柯屿用力捏着已经空了的可乐纸杯，笑了笑："是吗？"

"导演对他很偏爱，虽然加起来出场戏份不超过二十分钟，但几乎都是最好的镜头，包括最后的结尾。他的死有很强烈的象征意味，观众可能会忘记这部片子，但一定会记得这个角色。"

柯屿"嗯"了一声。

"其实他有很多可以发挥的空间，不过，"商陆停顿，认真思索了一下，"他流于表面，给我的感觉是……"

"是什么？"

"欠缺想象。"

他的四个字居高临下、漫不经心，等他回头看的时候，柯屿已经微微低下了头，垂敛的眉眼藏住了里面所有的情绪。商陆只能问："怎么了？"

柯屿跟上他的脚步，呼吸放得很轻，声音也很轻："还有呢？"

"也有优点。"商陆客观地评价，"他在镜头里很漂亮，我可以理解栗山为什么这么偏爱他。"

"你有没有看过栗山的其他片子？"

"没有。"

"为什么？他是中国最好的导演。"

"他很商业，我之前在国外——"

"国外？"

商陆差点咬到舌头，咳了一声淡定地说："国外的网站，我看老片比较多。"

"栗山的确很喜欢拍他。"柯屿没有情绪地说。

"嗯，也许栗山不适合他，好苗子是要调教的。"

"栗山？不会调教？"他好像听到了什么天方夜谭。全国影迷都知道，栗山是全中国最会调教演员的导演，任何一个人经他点拨都能有拨云见日般的进步。柯屿自嘲地想：嗯，任何一个人，除了这个叫柯屿的。

商陆漫不经心地说："他没有找到这个演员——是不是叫柯屿？没有找到他的根本问题。"

柯屿把纸杯扔进垃圾桶："你想多了，可能只是这个柯屿特别无可救药。"

"不过柯老师……你跟他长得挺像的。"商陆就站在扶梯入口等他，两手插在裤兜里，人群川流般上上下下，衬得他鹤立鸡群般惹眼。柯屿靠近时，冷不丁听到他在耳边沉声说，再抬头时，只见到他嘴角一抹笑玩味地勾起。

"是吗？"柯屿并不辩驳，反而从从容容地开玩笑，"那你觉得我可以去娱乐圈吗？"

"你演技比他好。"

柯屿笑了一声,或许是越想越好笑,忍不住在口罩下放肆地笑了起来,只是握着扶梯的手却很用力。

"你不相信?"商陆停下脚步,游刃有余的自信,"明天可不可以陪我补镜头?"

直到凌晨三点房门被敲响,柯屿才知道商陆所谓的"补镜头"是认真的,他连分镜都画好了。敲门声响起时天都还是黑的,写满批注、贴满标签的剧本就压在脸下,柯屿反应了会儿才想起,自己是背台词睡着了。灯开着,从门缝漏出一线,在黑暗的客厅里显得扎眼。

商陆又敲了一下:"柯老师,你睡了吗?"

柯屿披起外套,把剧本塞到枕头底下才打开门:"有事?"他按亮手机……见鬼,凌晨三点。

他眼前一花,是商陆抬手晃过,继而他感觉头发被扯了一下。商陆两指夹着蓝色的便笺纸:"赶着考研?"

他敛目垂眼扫过上面的内容:"飞仔在这个时刻意识到自己爱……"还没看完便手里一空,被柯屿劈手抢走:"年轻人要讲礼貌。"

"你的日记?"年轻人得寸进尺。

柯屿冷道:"管得着吗?"

商陆无所谓,只把手中的一沓稿纸递出:"分镜。"

一共二十张,色彩浓烈,但并不乱。柯屿一眼就看透了:"晚上是橘红色,白天泛白低饱和——同一个人,24小时的两种世界。"

商陆一手扶着门框,懒洋洋地问:"为什么晚上是橘红色?"

柯屿看着他隐藏在眼镜后的双眼,看上去似乎困倦极了,但依然有那种游刃有余的坚定。他揣摩着镜头:"你考我?"

"你是主演。"

"色彩是电影的情绪,橘红色是热烈,或许也是一种神秘,白天的低饱和我不懂。"柯屿如实说。

商陆勾起唇角不置可否,只说:"开始吧。"

纵使是宁市，冬天天也亮得很迟。只是四点的光景，月亮很淡，像画在空中的。整个城中村都还在安睡，空气中弥漫着一夜夜宵后的炭火味。垃圾桶满得溢出，两只流浪猫蹲在盖子上舔爪子，见有人经过，漆黑的眼睛严肃地注视着他们。

这一拍就拍到了日落。所有的拍摄地点和机位商陆都提前踩过。柯屿跟在他身后，穿过买菜的婶婶伯伯，穿过接孙儿回家的大爷大妈，倏尔想起昨晚上在GC中心时的摩登大楼，一恍惚，满目就又是布满电线的天际线了。

这里的巷道错综复杂，但商陆轻车熟路。柯屿手里握着纯净水，嘴里咬着烟，从背后眯眼打量这具年轻的身体。对方背影高而挺拔，略收身的T恤勾勒出他的肌理线条。两侧旧楼林立，千篇一律的红黄小方格，就连店铺的名字和招牌也毫无美感，只有商陆的背影格格不入。

"你什么时候对这里这么熟了？"柯屿收回目光，指间夹着烟没话找话。

"你在士多店上班的时候。"

"你把这里都走遍了？"

"每一条巷子。"

柯屿没加他微信，心里想，那他每天的微信步数一定很可观，大概能霸占他的朋友圈封面。这个念头悄无声息地划过，一念之间，他意识到自己并没有商陆的任何联系方式。

到黄昏时，商陆敲响了一户阿嬷的门。大约是提前打过招呼，对方并不意外。商陆用一口流利的方言与她聊谈，带着柯屿上四楼。一道狭窄的铁门上挂着把已经打开的小锁，被推动时发出"咯吱"的声响。

入目是一片开阔的阳台花园。平整的水泥地上或高或矮地种了十几盆月季和山茶花，另外还有一些蔬菜瓜果和藤蔓植物。牵牛花和爬山虎的绿藤缠绕着竹编的凉棚，下面摆了两张躺椅和一张小圆木桌，南天竹修长，鸡蛋花茂盛，皂荚树的叶片在阳光下有轻盈的透亮。露台一角是两根晾衣绳,主人家的白色汗衫在日暮前的风中鼓荡。

"很漂亮。"柯屿礼貌性地在门边掐灭烟,仿佛怕香烟唐突了这些开得很好的月季。

"季羡林写过一篇文章,《自己的花是让别人看的》。他在德国游学时,看到家家门前窗口都有种花的热情。其实宁市也一样。"

"是吗?那篇文章怎么写的?"

"记不清了,"商陆回忆了一下,"在屋子里的时候,自己的花是让别人看的;走在街上的时候,自己又看别人的花……大概是这样。"

"有道理。"

"宁市有它的魅力,像这样的城中村,不了解的人觉得这里就是泥潭深坑,但是走在路上,偶然一抬头,也许哪个黑色的窗口就会探出一株开得很好的三角梅。"商陆指着其中一张躺椅,"柯老师,麻烦你去那里。可以抽烟,就当作自己的花园。"

"飞仔是养花的人吗?"柯屿问,用谈论一个心照不宣的秘密的语气。

商陆看着他的眼睛:"他会的。"

柯屿在刚点燃的烟雾中笑了笑:"我记住了。"

门被敲响,阿嬷拿过来两罐啤酒,打开拉环,气泡声让人好像回到了夏天。

夕阳晒着啤酒,柯屿躺在躺椅上,抿着烟仰头看着天空,眼睛眯起,唇角没有用力的痕迹,但在镜头里仿佛是带有一点惬意的。他想,在这样的黄昏底下,大约飞仔也是自由的。

一条过,商陆收起云台和手机。柯屿听到掌声,回头看,见商陆慵懒地给他鼓掌:"柯老师,恭喜杀青。"掌声响在安静的露台上,"杀青"这个词让柯屿觉得身份倒错,恍惚回到了片场。

"好有仪式感。"他跟着一起轻轻鼓掌,"是不是少了捧花和蛋糕?"

他是揶揄,但商陆认真地"嗯"一声:"对不起,没来得及。"

太阳还没有落下,月亮倒已经升了起来,日落烧了晚霞,落到末尾,凝为柯屿鼻尖上的一点旖旎颜色。他在这样的霞光中偏过头来,有些好笑地说:"倒也没到要说对不起的程度。"

明明掌镜时那么说一不二,怎么又这么认真这么乖。

"本来是要准备的,但是包括今天的拍摄在内,都是意料之外的状况。"商陆顿了顿,在晚风中说,"柯老师,我要走了。"

柯屿嘴角的笑凝住一瞬,又了无痕迹地温和抿开:"这么快。"

"我有个朋友受伤了,我必须去看他。"

"看来是很好的朋友。"

"是,很重要。"

柯屿从椅子上捡起外套慢慢穿上,不知道说什么,便顺着社交礼仪说:"祝他早日康复。"

循着楼梯下到一楼,阿嬷坐在堂前的八仙桌旁,正在掰豆角。商陆从口袋里摸出一沓钱递到她手里。他没数,柯屿也不知道究竟有多少,只觉得他明明自己都沦落到这个地步了,竟然还挺大方。

"说好了,素材只允许自己练习,就算剪出了成片也不能对外分享。"柯屿旧话重提,"否则……"

"否则就告到我有钱的女朋友也倾家荡产的程度。"商陆帮他把话说了,问,"所以呢,是多少?"

柯屿顺口说:"一百万。"

商陆漫不经心地回:"那她完全赔得起。"

柯屿看他一眼,从他身上看到某些纨绔的影子,又觉得是自己多心。"五百万。"他黑心加码。

"五百万?"商陆重复了一遍,"你确定?"

"怕了吧。"柯屿用手拍了拍他的肩头,仗着年长而明目张胆地挑衅,"弟弟,要好自为之。"

弟弟并没有被他唬住:"你说的。成交。"

七点多的光景,柯屿没吃晚饭,打开房门,阳台涌入的对流风吹起他的额发。他拧着门把手,一目了然的安静,像他初来乍到的那几天一样。

次卧门开着，商陆什么东西都没搬走，但人已经不见。从下午就莫名不安的心在此刻尘埃落定，柯屿想起自己这一路比往常更快的脚步，自顾自低声说了句："丢人。"

他拉开椅子缓缓坐下，餐桌上，往常喝水的瓷杯下压着一沓东西。柯屿内心一动，意识到这是商陆留给他的。他拿起，看到自己的照片时微怔，继而抿起了唇角。

"柯老师，请原谅我的不告而别。虽然只是二十天的相处，虽然至今也不知道你到底是不是叫木柯，你的艺名到底是小岛还是飞仔，也依然很高兴认识你，而且我想这些并不重要。

谢谢你为我提供的故事、素材和一切拍摄。这是我的邮箱，如果你想看到后续剪辑和成片，可以给我发送一封邮件，让我知道这是你。

照片是这几天拍摄时的重要时刻，你是天生适合镜头的人，希望你会喜欢。乐谱是昨天我们一起买下的，弹贝斯的样子很适合你，这首歌就留给你。虚假的关系不能长久，我想你也不是仅止步于此的人。如果有一天你真的进了娱乐圈，我一定帮你保密这段经历。

无论如何，请不要放弃自己，飞仔是会养花的人。"

眼睛扫过最后一句话，柯屿莫名笑了笑。

商陆留下的照片有十几张，大部分是夜景。有他咬着烟翻看报纸的样子，偏头点烟的样子，带点笑直视镜头的样子。柯屿猜商陆是个摄影高手，他的照片有一种生动的故事感，比那些封面作品更好。想到他赶着看朋友之前还特意去打印照片，柯屿心里便饶恕了他只留邮箱的傲慢。

柯屿打开 App。他的工作邮箱由麦安言亲自打理，里面塞满了行程、剧本邀约和通告，他只偶尔看一眼。切换到私人邮箱，他犹豫片刻，在正文打下了"我是小岛"四个字。

五线谱并不工整，上面还有涂改的痕迹，是昨天从夜市的乐队手里买下的，商陆掏的钱："这首歌很适合贝斯弹奏，是为了贝斯写的。"

柯屿的情绪都藏在口罩之后："你怎么知道我会弹贝斯？"

"昨天晚上我敲你房门，看到床边摆着。"

柯屿意识到，商陆就是这样的人，在不动声色中藏着对一切的敏锐洞悉。他随手翻阅曲谱，嘴里跟着轻声哼了一段，意识到商陆对曲子做了改动。看不出来，他一个小年轻居然又会拍片又有音乐素养。

邮件发送，同一时刻，飞机滑出宁市仙流机场，在十几个小时后降落在了法国巴黎。

裴枝和是腿部受伤了，但没有伤到筋骨，现在正在医院里养伤。商陆从机场直接赶过去，风尘仆仆的样子让裴枝和发笑："大少爷，你还真赶过来了啊？"

"医生怎么说？"

"命大，没有伤到骨头，"裴枝和无所谓的样子，支使商陆，"给我削个苹果？漂洋过海来总得有点用武之地吧。"

商陆洗过手，从果盘里捡了一个苹果："他们要抢什么给就是了，争什么？"抬眸看了裴枝和一眼，"你觉得你争得过吗？"

裴枝和是提琴手，生得眉目如画，气质温柔而又脆弱，穿着西装坐在首席位子上时，聚光灯一打，让观众都不由自主地放轻呼吸。

"你送我的琴，怎么能让他们抢走？"裴枝和接过苹果，清脆地啃了一口。

"幸好伤的是腿，如果是手呢？"他半坐在窗台上，光线从肩后越过。逆光中裴枝和看到他平直的唇角，察觉出他动了气，安静了一瞬，笑了笑："你怎么不问如果是命呢？"

"对你来说，我的手比命更值得珍惜是不是？"好酸，吃了还不如不吃。他眉头一蹙，任性地把只啃了一口的苹果扔进垃圾桶，讽刺道："裴枝和是拉小提琴的，命都可以不要，但手不能不要。"

商陆听出他的言外之意，态度温和下来："我不是这个意思。"

"无所谓。"裴枝和很快地回答。

他是因为拉琴的天赋才跟商陆交上朋友，手就是比命重要的。他顿了顿："你这次回国怎么样？有什么收获吗？"

柯屿的脸在回忆里一闪而过。他昨天晚上试弹了那首曲子，曲子里的贝斯音符恒定，充满着一股冷漠的、随意的无聊感。那个画面让商陆在一瞬间决定好了短片的名字。

"问你话呢，你笑什么？"裴枝和扔他一个抱枕。

"没什么。"商陆单手接住，又摸出了手机。

邮箱里躺着一封未读邮件，干净的页面上写了简单的"我是小岛"四个字。

裴枝和发现商陆居然笑了一声。认识十几年，商陆不常笑，不常在没人互动的情况下自顾自地唇角上扬，好像想到了什么不得了的开心的事。裴枝和歪头打量他，眼神渐渐冷淡，两手无意识地揪着雪白被套。其实只是小伤，他有意跟商明宝说得严重了些，傻丫头回头就添油加醋转告给了商陆。商陆现在就站在病房里，不辜负他的期待。只是人回来了，神却好像落在了国内，落在了他照片里破烂肮脏、市井的烂渔港城中村。

"布宜诺斯艾利斯那边发了邀请函，我帮你放在书桌上了。"裴枝和边挑他感兴趣的话题，边不动声色地观察他。

商陆"嗯"一声："我收到邮件了。"手指在屏幕上移动，像在打字。

"距离申请时间还有十五天，你来得及吗？"

布宜诺斯艾利斯导演影像协会，一个创办在南美的小众电影协会，致力于发掘、鼓励独立创作者，获奖作品将会在合作平台和全世界的艺术院线公映。虽然名字取为"布宜诺斯艾利斯"，但实际上成员和评委分散在世界各地，这一名字似乎只是为了和位于北美的主流奖项分庭抗礼。讽刺的是，虽然在创办之初就充满了叛逆变革的影子，但随着名气逐渐扩大，它渐渐地开始被圈外人亲切地称为"小众独立电影界的主流奖"。

"来得及。"

"什么故事？"

商陆想了想："一个无所事事的故事。"

柯屿从店主手里接过微薄的工资，又交还了卷帘门的钥匙、台账本和进货单,他最后一次拉开冷饮柜,从里面习惯性地取出两罐可乐。

没人接另一罐。

柯屿觉得自己昏了头,平静地放回去一罐。

阿姨问:"那个小伙子呢,每天来接你下班的?"

柯屿扫码付款:"走了。"

老阿姨惊讶道:"嗳!我还以为你们关系很好啦!"

"没有的事。"他无奈地笑道,抽出两张纸擦了擦黑色卫衣,脸没抬起,"萍水相逢而已。"

萍水相逢的人的邮件就躺在邮箱里。他的衣食住行都被人安排得明明白白,并没有随时查看邮件的习惯。一定要为他为什么会在这个时候下意识打开邮箱找个理由的话,也许只是因为宁市今天回温了,他心情很好。连入了夜的风也带有微妙的暖意,迎面吹来时,让人不由自主地期待起什么。柯屿慢悠悠地喝完一罐可乐,又点了一支烟,风抽一大半,他抽一小半。沿着街边走的脚步不紧不慢,有他固有的从容节奏。到时间了,路灯渐次亮起,临街的铺面食客往来,缭绕的烟火中,他点开邮箱,一封未读邮件顶着红标。

点开,是带原文的回复,柯屿那条"我是小岛"上多了一行字。

"我是陆地。"

柔风荡过,柯屿对着"我是陆地"四个字一愣,继而扬起了唇角。他没有回复,只是把手机揣回兜里,最后一次在将暗的幕色中穿过巷道。回到出租屋,他的背包和贝斯已经收拾好,生活用品和衣服都是就地买的,房东想要,特意让他不用扔。钥匙压在门口花盆底,门"咔哒"关上,他转身,只剩一阵风将晾衣绳上的衣物温柔荡起。

盛果儿开着车等在上次的巷子口。走过去的几分钟里,柯屿思索着措辞,直到打开邮箱也没想好回复什么,最终只问:"你朋友的病好点了吗?"

商陆没回。

他正在工作间里剪片子。十天的素材,他预计最后成品在二十分钟到三十分钟,可以参加短片单元的比赛。他一进入工作状态就专注得可怕,习惯于把自己关在房间里断网断联,连手机都扔在外面。除了送餐进来的管家,全世界都找不到他。

裴枝和跟他住在一起,这是他妈妈拜托的。商陆没什么意见,毕竟他这发小的确是一副除了拉琴就万事不行的模样。管家郑时明从护工手里接过轮椅,推着才住了七天院就出门的裴枝和进花园。阳光晴好,他问:"商陆一直在剪片子?"

郑时明是商家的人,唤作明叔。商家五个兄弟姐妹各有专人照顾,都是从小陪伴到大的,明叔就是商陆的贴身管家。裴枝和不把明叔当外人,使唤起来并不见外。

"是,一星期了。"郑时明回答。

"你推我进去见他。"

明叔虽然为难,但面目还是温和,连眉头都没有蹙一下,只说:"少爷会生气。"

"不会,我是病号。"裴枝和啃完了一个苹果,把果核扔给随侍在一旁的用人,"明叔,求你啦,他工作不能总是这种方式,对吧?"

这句话说到了郑时明的心坎里。商陆这样废寝忘食的状态的确让他担心,商家掌门人商縶业并不赞成少爷做导演,也是有这部分的顾虑。"剪个电影比我管公司还忙!"商縶业不屑一顾,只得到小儿子气定神闲的一声"确实"。

敲门声响起,商陆连眼神都没动一下,只说:"放桌子上。"还以为是又到了吃饭的时候。

裴枝和"噗"地一笑:"我应该被放在哪张桌子上?"

商陆这才从巨大的四屏屏幕前分神,仍是没回眸:"出去。"

明叔适时出声:"今天枝和出院,是不是要庆祝一下?"

裴枝和脸色难看,眼睛定在屏幕的画面上,尴尬和怒气随着怔愣平息,继而被另一种微妙的情绪代替。

"把同情和爱混为一谈是个错误，不是吗？"音响流淌出台词，云淡风轻的，演员眼神停在镜头上，带点自嘲和游离。

"哪里找来的演员？"裴枝和看着屏幕上的脸，问。

这一次商陆没有赶他，回道："不是演员，是在城中村遇到的。"

"遇到？"

"室友。"

画面还在走，裴枝和看到那个人被黄昏照亮的双眸，和被风带起的额发，淡淡地说："城中村还有这样的人，国内的星探是集体罢工了吗？"

商陆闻言也是笑了一下："是很奇怪。"

"你说的那个故事，就是他演的？"

"算是吧。"回完这句话，一直心无旁骛的商陆突兀地开了个小差。他想，不知道柯老师有没有回我信息？上次的回复像个调侃，如果他生气的话，现在再去道歉大概是来不及了。

"明叔，把手机给我。"郑时明取过他的手机，等开机的过程商陆看了裴枝和一眼，"伤怎么样了？"

伤口隐隐作痛，但裴枝和倔强地说："好多了，难为你操心。"

商陆"嗯"一声，好像没听出他的弦外之音，又说："好了的话帮我做首曲子。"谱子他誊抄了一份，本来就惦记着找人制作出来当片尾，既然裴枝和出院了，自然是不做他选。

裴枝和接过他扔过来的曲谱。他坐轮椅和坐乐团首席的感觉没什么区别，单薄的脊背挺直，眼里眸光凝住。他就是这样，一聊起音乐相关就好像变了一个人。比起任性的他，商陆更愿意看到这样会发光的裴枝和。

"贝斯这么……"裴枝和没说完，屏幕画面走到了柯屿弹贝斯的样子。他顿了顿，捏紧了乐谱的边缘，"你想让我做什么？"

"后半段用小提琴垫一下。"

裴枝和愕然："你让我堂堂一个首席去给贝斯做配？"

说得未免上纲上线。商陆轻描淡写："怎么了？"

裴枝和冷笑一声："小提琴是'乐器之后'，会喧宾夺主，贝斯这种乐器恐怕不配。"乐谱被怒气冲冲地摔下,他没等明叔便自己转着轮椅转身,倔强中藏着笨拙。商陆起身捡起散落一地的纸,没有去追,只是递了一个眼神给明叔。他点开手机 App,已经一周未查收,未读邮件塞得满满当当。他滑过两屏,发现柯屿在七天前回的信,问他的朋友病好点了没。可能是看他没回,便也没有再发新的。

商陆犹豫片刻,点击回复:"好多了,感谢关心。"

录综艺不比拍戏轻松,下了录制现场,盛果儿立刻递上泡了西洋参的热水。她老板录制节目时,她就在后台待命。这是个恋爱观察类的综艺,柯屿是这一期的飞行嘉宾。节目一开场按照老规矩,让几个常驻嘉宾猜他谈过几次恋爱。众人在板子上亮出猜测,镜头一一扫过,现场观众笑疯了——没有一个人写的在五次以下。

柯屿淡定从容,微微一笑中透出无奈:"我在你们眼里就是这样子的人啊。"

常驻女嘉宾施蕊捂着心口大呼小叫:"你们看你们看,又来了!就是这样!真的就很天然!"

主持人史嘉文问:"所以呢,小岛今天可不可以给我们节目组一个面子,首度公开曝光他的恋爱经历是……"

"六次。"镜头扫过,柯屿搭着二郎腿,嘴角凝着一抹云淡风轻的戏谑。

史嘉文掩嘴:"你好坦诚。"

柯屿:"不,我还是有所隐瞒的。"

综艺效果拉满,施蕊笑得都东倒西歪了,史嘉文无奈地说:"都说你是主持人杀手,我现在很同意。"

到休息室,盛果儿帮他拉开椅子,问:"真的六次啊?"

柯屿反问:"你觉得呢?"

盛果儿试探地问:"十二次?"

施蕊说得对,他的确从容得不得了。

柯屿笑了笑,没说话,只吩咐她:"手机给我。"

盛果儿比往常更殷切地把手机递上，神情隐约激动。柯屿越看她越不对劲，握着杯子好笑问："你给我水里下毒了？"

"当然不是！"盛果儿抱着他的外套，"前几天不是让我打理邮箱吗，还老问我今天有没有新邮件？之前都没有，今天有了呀！"

盛果儿把手机递给他，果然有封未读。不用点开就看到正文预览了，言简意赅的一行字："好多了，感谢关心。"

柯屿没有点进去，看完这行字也没有回复，只是退出程序，将手机交回给盛果儿。

"怎么？"盛果儿直觉敏锐，只觉得一眨眼的工夫，休息室里的气氛就冷淡了不少。

"把这个账号从你手机里移除吧。"

"不跟了？"盛果儿怔愣。

"不跟了。"

他脑海里回忆起节目对话。被观察的一对男女嘉宾聊天，施蕊断言道："你看，这个男的肯定对她没兴趣，我觉得他可能更喜欢二号女嘉宾。"

话一出，几个嘉宾都问为什么。

"他跟小艾说的每句话都不像要她接的样子，每一句——注意，是每一句都是话题的结束。小艾如果要跟他继续交流的话，自己就必须反复起一个新话题，真的很累哎。"施蕊分析完，不忘 cue 一下在场这位"谈过六次恋爱"的话题中心，得意地问，"对吧小岛？"

柯屿在这一时刻，在读到商陆邮件的这一时刻，觉得她说得很有道理。

他刚回来没一周，先是给代言的轻奢品牌新店站台，继而又来录制这档综艺，一口气没来得及喘，后天就该进组了。

他把注意力从商陆身上转移："沈医生约好了吗？"

盛果儿心一沉，看着他靠在沙发上的模样，不情不愿地回答："约好了。"

搭着额头的手背挡住了室内灯光，仰躺的脖颈曲线没入领间，柯屿的脸上一点表情也没有。半晌，他微微勾起唇角，用一种自嘲的口吻平静地说:"搞艺术的人,还真是擅长自我糟践啊。"

宁市顶级的私人医疗机构里,心理医生沈喻是数一数二的。上午十点,他迎来了他的老客户——是个明星,咖位远未达一线,但话题却总是很有热度。他也曾去影院看过他的片子,的确生硬拙劣,难以入情。说起来,他无非是个"花瓶"。

"柯先生,上午好。"

柯屿轻车熟路地在那张橄榄绿沙发上坐下,沈喻拿着病历本坐在他对面:"昨天晚上看到你又上热搜了。"

综艺把他谈过几次恋爱的片段单独剪出来,做了先导预告。虽然柯屿不是偶像,但麦安言深知他这张脸的价值,早就设计了人设,让他务必说自己从没谈过恋爱:"学生时期谈的不算!"

柯屿认真地说:"二十九岁还没有过对象,听着好惨。"

麦安言:……

他昨天有事没去现场,晚上便在毫无准备的情况下迎接了热搜的洗礼。当听到柯屿轻飘飘地说出"六次"时,他瞬间两眼一翻、血压飙高,助理南希眼疾手快地一把将办公椅推到他身后,准确地接住了她老板瘫软无力的屁股。

"领导,吸氧吗?"

"滚!"麦安言捂着心口喘了口气,"回来!现在评论什么风向?"

南希把平板递给他:"想跟柯屿谈恋爱。"

麦安言下滑评论区,又搜词条实时广场,一脸怀疑人生:"我是不是老了?"

评论区都在说柯屿好可爱,要不然就是:"他肯定隐瞒了!节目组给我挖!""跟小岛谈恋爱一定很舒服吧,呜呜呜,又会哄又会撩!""别人家男艺人:我单身,我没谈过恋爱,我好纯情;我们家柯屿:六次,经验丰富,骄傲。"

南希冷静地劝导:"儿大不由娘。"

麦安言挥挥手：“算了，跟营销号那边打声招呼，不要再发酵扩散。最近热搜上太多，对家一家接一家，观众也要起逆反心理了。”

"好的。"南希收走平板电脑，离开前回头看了麦安言一眼，"领导，你对小岛真好。"

麦安言扶着额自嘲一笑，不耐烦地挥手："滚滚滚。"

柯屿接过助理递过来的热水，听他提起热搜，脸上倒很平静，淡淡地说："透支热度罢了。"

沈喻很敏锐，从他一瞬间的眸色中察觉到了隐隐的厌倦厌恶："既然这样，不如聊点开心的。过去一个月，有没有什么开心的事情值得分享？"

指腹沿着杯口缓缓摩挲，柯屿陷入回忆中。他的行程很赶，永远都在赶通告和进组的路上，上个月是他今年难得的喘息之机。他笑道："认识了一个人，还算不坏。"

"不坏？"

"一个在坎坷人生中也不忘记自己艺术理想的年轻人。他很有天赋，拥有我这辈子都无法触摸到的天赋。"

"听着很有意思。"

"嗯，他对我有些误会，但还是愿意让我当他的主角，还让我养花。"

沈喻看着柯屿不自觉抿起的唇，笑了笑："交朋友了吗？"

"没有，他给我写了一封邮件就消失了。人的缘分就是这样，不能强求。"

"也许你可以主动写一封信给他。"

"你知道我的，沈医生，人进一步我进一步，人退一步，我掉头就跑。"柯屿开玩笑似的说，"我柯屿虽然演技不怎么样，表演退堂鼓倒可以算得上殿堂级艺术家。"

沈喻无奈地一推眼镜："你在这方面的自我保护，就跟你的轻度抑郁一样固执。"

柯屿一欠身："过奖了。"

盛果儿始终在走廊上等他，人一出现，她立刻迎上去："还是一样吗？"

柯屿垂目看着手里的药片，"嗯"了一声。他从三年前开始服用，中间断了半年。但半年后，他还是重新走进了沈喻的诊疗室。他的诊断很恒定，永远都是轻度抑郁，不会加深，却也似乎无法痊愈。沈喻有时候觉得他是装的，但柯屿的陈述无可挑剔。

盛果儿难以理解。在她看来，柯屿虽然好像总在游离，但并不悲观，也不怠惰。但她不敢问，抑郁症患者的世界非常人可以理解，她生怕任何一点小心翼翼的试探都可能戳破他刻意维持的平静。

小岛

唐琢的电影是小成本，大部分取景地都在宁市城中村。柯屿并不想搞特殊化，便没有住家里，而是去了统一安排的酒店。盛果儿跟组，家里的五只猫便被安排给了麦安言。麦安言不是第一次上门去伺候，但这并不妨碍他在进门的瞬间就被一白一黑两道飞影吓得原地立正。

柯屿视频拨过来时，麦安言正在兢兢业业、如履薄冰地用铲子把小仙人掌重新铲回陶土盆里。

"进组顺利吗？"

"还行，"柯屿应一声，漫不经心地嫌弃，"靓仔，你很靓，但麻烦把镜头给迪伦。"

麦安言：……

金渐层迪伦的大脸从摄像头前一闪而过，柯屿轻车熟路地逗，耳边听到麦安言说："今天汤总问我你解约的事了。"

柯屿"嗯"一声，笑了笑："让你费心了。"

"违约金那么高——我知道辰野很多地方让你不爽，但是赔这么多，值吗？你是辰野一哥，所有优质资源都会倾向你！签约五年，哪一年你不是片约不断？你不喜欢上综艺，半年就只给安排这么一档；你不喜欢曝光多，粉丝活动一律不参加，ok，也没问题。小岛，"麦安言静了静，近乎掏心掏肺，"你想清楚，离开辰野，你可能再也拿不到顶级的项目。"

"我明白。"柯屿对着迪伦喷两声，手里拿根逗猫棒隔着镜头来回逗弄，搞得迪伦圆圆的眼珠子好生迷惑，"小言，同事一场，我很感激。请你转告汤总，这栋房子我已经挂牌出去，违约金我赔得起。"

"你疯了！这是你在宁市唯一的资产！"柯屿这栋平层近乎完美，一线江景、私密物业，四百六十平方米的面积正好装下他一人和五只猫。但他很懒，懒得填充，好像知道这一切并不会长久地属于自己，整个房子一目了然的苍白简单，家政上门甚至都不知道从哪儿下手。

柯屿轻描淡写："再赚就是了。"

"离了辰野你到哪里去赚钱？以汤总在圈内的人脉，要封杀你易如反掌，谁还敢用你？"麦安言的着急情真意切。柯屿是他一手带出来的，哪怕不谈利益分成这些伤感情的话，他也不愿意看到他在娱乐圈走投无路。

"没关系，"柯屿语气轻缓，终于把目光从迪伦移到了麦安言身上，还算温柔地看了他一眼后，勾了勾唇，"以后再说。"

片场的城中村比柯屿采风的更为偏远，尘土飞扬之中，垃圾桶的酸味弥漫，所有人都叫苦不迭，唯独柯屿一脸淡然。宾利停在巷口，原本锃亮的引擎盖已落下一层灰。过了一会儿，一双纤尘不染的牛津皮鞋踏上巷道。远处摄影机后，导演唐琢盯着监视器，蹙起的眉头已经压不住烦躁——这是这场戏的第七次 NG 了。

柯屿穿着一件领口洗到变形的 T 恤，藏蓝的颜色已经发白，他从戏中抽离，刚才还发亮的眼睛迅速沉寂下去："对不起，唐导。"

"哟，怎么了唐导，大老远的听您一声咔，戏走得不顺？"

制片主任是江湖里混上来的老油子，比唐琢更快地反应过来："汤总！您看这……今天什么日子什么风，怎么把您给吹来了？"

统筹跟场务窃窃私语："是辰野的汤总。"

"他怎么来了？"

柯屿浑身一僵,但并不让人看出,神色自如地打招呼:"汤总好。"

唐琢离开监视器,伸出手:"汤总,好久不见了。"

他和汤野只在柯屿签约时见过一面。这个汤野是辰野的大股东,在娱乐圈素有人脉和名望,近四十的年纪倒还算保养得英俊。唐琢在圈内多年,也算见识过些场面,但大老板出现在一部普通项目的签约现场,倒是少见。现在看来,他不仅要亲自看着柯屿签合同,还要亲自看他拍戏。

柯屿是辰野一哥,流量和口碑直接关系着公司的进账。唐琢为汤野的出现找到合理的理由,姿态松弛下来:"哪儿的话?柯老师表现得很稳定。"他说完后才意识到,这素来恭维人的话,放在柯屿身上好像在骂人。

汤野微微一笑,睨柯屿一眼:"演的什么?"

柯屿不想听,跟唐琢打了声招呼后转身就走。盛果儿捧着热毛巾给他擦手敷脖子,有些忐地对汤野弓腰点了点头:"汤总好。"

汤野习惯性地转了转食指上的戒圈:"照顾好小岛。"

制片主任老杜给唐琢和汤野一人敬了支烟,汤野吸了一口从嘴边取下:"小岛在片场也抽这个?"

老杜一头雾水——他可是向来一视同仁的啊!柯屿这种咖位他怎么敢怠慢?点头道:"自然!柯老师烟抽得也蛮凶,幸好不唱歌。"心里嘀咕完后半句:还不讲台词,净配音了。

汤野吁一口,把剩下的一长截烟按灭在墙上:"他不抽这种,太浓,给他换云烟。"

老杜傻了一下,浮夸地一拍脑袋道:"嗨,瞧我这记性!"

副导演搬过一把椅子要请他坐下休息,汤野摆摆手:"没时间,顺路过来看看而已。"又揽过唐琢肩膀,"唐导,借一步说话?"

经纪公司的老板能有什么悄悄话要说?唐琢心知肚明,果然听到汤野说:"小岛入戏慢,您多担待。他是肯下功夫的,否则沈老师和栗山不会向你推荐,您说对吗?"

唐琢叹一口气,欲言又止。他知道柯屿下功夫采过风,人物的动作

都是设计过的,那种精准甚至偶尔让唐琢惊艳,但怎么说……

"也不是特别差,但怎么讲……是柯老师他缺了股神。"像按部就班做动作的空壳子,让人挑不出错,但很奇怪,没有任何打动人的内核。

汤野并不意外,笑了一笑:"我明白,您多给讲讲戏。"

他是可以跟栗山谈笑风生的人,唐琢素来清高,但也在他这种恳求中飘了一下,猛抽一口烟后点点头:"那是自然,那是自然。"冲柯屿天天剧本不离手的劲儿,以及那本打满补丁批注、都快被翻烂了的剧本,他也愿意对柯屿多一点耐心。

他惶恐又自得的微表情闪过,并没有躲过汤野的视线。司机兼助理阿州侍立在一侧,见老板回来了,顺从地打开车门。汤野不多话,只是淡淡地一挥手,宾利无声滑过巷口,过十几米转进另一条小巷后,汤野道:"你去盯着。"

"好的。"

盛果儿将热毛巾烫了三次,直到把颈后皮肤都烫红了,听到柯屿"嘶"地叫了一声,她才如梦初醒。翻开他的后领口一看,肩膀被担子压着的地方不仅有一道深深的红印,甚至都已经磨破了皮:"对不起对不起柯老师,我去给你拿冰块。"

"不用。"柯屿转了转肩膀,"汤总走了吗?"

盛果儿从窗户里看一眼,正巧可以看到摄制组所在的位置,监视器后只有唐琢和摄影老师在沟通:"走了。"

柯屿淡淡"嗯"一声:"把药给我。"

盛果儿猛地转身:"哥……"

抗抑郁的处方药,有轻微的成瘾性。"还没到吃药的时候呢……"盛果儿下意识地绞紧了毛巾,热水滴滴答答地顺着地面洇进地砖缝里。

柯屿睁开眼睛,没什么情绪地吩咐:"去帮我拿两个创可贴吧。"然后便径自走向沙发,从盛果儿的帆布背包里翻出了药剂。懒得倒水,他闭眼仰脖,用力咽下。

老杜刚好这时候来敲门，亲自请柯屿："柯老师？您休息得怎么样？咱们可以开始了吗？"

柯屿稳步踏出。下午的光线刺目，老杜多嘴说道："您说您对烟有偏好，怎么不早跟我说呢？我给您准备云烟啊，您说是不是？这这这……嗨！"

"不用，云烟已经厌了，我和你们抽一样的。"柯屿淡淡道，在老杜迷惑的目光中走向片场。

这是飞仔到这里的第一天，正午之后的阳光很好，高高地垂直投下，将那些逼仄街的道阴影都照得亮堂。他初来乍到，肩上一根扁担，一头挑着白色油漆桶，一头挑着红色塑料水桶，里面沉甸甸的是被褥、衣服鞋和从老家带来的土特产。大城市就连城中村也匆忙，飞仔逢人便拉住问："你知道汕市来的梅叔吗？他是我表叔。什么，您知道在哪儿？我上哪儿找他呢？"

礼貌、热络、天真。眼里有光，带着股热腾腾的傻气。

这是除了丽城外唯一明亮的戏份。这场戏是开头，但拍摄顺序在最后，因为唐琢想做一个蒙太奇，他觉得演完所有后，再来演这第一场，应该能有更多层次出来。但十一月份的宁市连日阴天，剧组查了历史天气，这一天的大晴天机不可失，他只能把这场戏提前。

第六次 NG 的时候唐琢摔了导筒，怒气冲冲的声音顺着脚步从监视器后迫近："飞仔这个时候是充满希望的：初来乍到，有老乡的表叔投靠，听人说宁市送外卖送快递一个月都能赚一万，你眼里的光呢？"他猛地握住柯屿的肩膀，拇指掐进伤处，挑担应声而落，柯屿眉都没蹙一下，只说"对不起"。

"对不起……对不起有什么用？柯屿，别嫌我脾气差，台词背得再熟，动作设计再流畅，你没那个情绪都是白搭！白搭！"

副导演连忙出来打圆场："老唐，老唐，嗳，你急三火四的干什么？柯老师，这样……怎么说，就像小时候您第一次被爸爸带去游乐园，或者考了张一百分的卷子，您一路跑着要把分数报给家长看，就那种心情？您……您能明白吧？"副导演的手势都快扭曲了，"就……迫不及待，

特别好——对,前面有个特别好的东西在等你!"

等到第七次 NG,副导演放弃了绝望了,闭嘴了,他的鸡同鸭讲算是彻底失败。柯屿蹲下身,在道具师的帮助下重新担好担子。闲杂人退出片场,柯屿闭眼,深呼吸。"像爸爸要在周末带你去游乐园""像你考了 100 分举着卷子飞过巷口",死气沉沉的意识深处仿佛有污泥翻涌,涌出一点黑色的波浪。

他睁开眼睛:"准备好了。"

场记举板:"第 13 场 5 镜 8 次——"

唐琢捏紧导筒:"Action!"

人流穿梭,趿拉板儿在水泥地上发出散漫的脚步声,这是宁市城中村下午的独特节奏。飞仔挑着担子,抓住人问:"嗳你好?"腰微躬,身体前倾,是一个卑微讨好的仪态。唐琢第一次看时,就很满意他的这个设计。

"你知道汕市来的梅叔吗?我是他表侄。"讲话带着汕市口音,生硬,有点土。

飞仔问了三次,也被拒绝了三次。挑担太重下滑,他抖抖肩膀,重新在肩上扛好。血洇进 T 恤,幸而衣服是蓝色的,让唐琢以为只是汗。三次后,终于有人来拍他肩膀:"你是梅叔侄子?他在前面的垃圾站。"

柯屿仰起头,一迭声的"谢谢",笑容讨好惶恐。汗水滴进眼睛里,他条件反射地眯了下眼睛。

唐琢沉声:"不要停,保持,保持住。"

没有听到"咔"声,柯屿抬手擦过眼缝,被辣得微红的眼睛看向路人指的方向。就是这一眼……

唐琢屏住呼吸:"准备好,一号镜推特写——好,咔!"

这是个不动声色的隐喻。飞仔的终途是别人随手一指的垃圾站——这是一开始就注定的结局。

唐琢扔下话筒如释重负:"来,小岛!"行啊!唐琢在这一刻总算明白,只要情绪到位了,柯屿能在镜头里焕发出十倍百倍的故事感!栗山果然不是白捧他!

镜头推入特写,柯屿看到自己冒着傻气的希望,很淡地勾了勾唇:"谢谢导演。"

唐琢向来对事不对人,冲柯屿肩膀猛地一拍:"谢什么!"

盛果儿把惊呼咽进喉咙里,攥紧了手中的创可贴。

阿州串巷而过,听到两个群演蹲在角抽烟唠嗑:"就那么普普通通一个镜头,来回演八遍,导演还得供着。哎我说这……不是哥们儿酸吧?"

"怎么的,你又没这脸,脸,"群演拍脸的啪啪声透着奚落,"脸懂吗?"

"听说辰野老板亲自来看他?"

"嗨。"一阵大笑飞过狭窄的小巷。

阿州目不斜视地走过。宾利车窗被敲响,黑窗降下一线。

"老板,过了。"

汤野眼皮子没抬,不咸不淡地"嗯"一声:"今天收工了吗?"

"还没有,晚上还有一场戏。"

汤野静了片刻,转了转指上戒圈:"请他过来。"

阿州是他的心腹,领了命令过去,但对柯屿很恭敬:"柯先生,汤总请您过去一叙。"

没听到回音,他抬眸,眼前撞入一片血色。血凝住了,在麦色的皮肤上,结成一片血痂。为了处理伤口,柯屿脱了半边袖子,从阿州的角度,可以看到他半露的腰身和手臂,是完全流畅的、紧实的、漂亮的肌理。

盛果儿咳嗽一声,往伤口上擦着碘酒,柯屿淡淡地回眸瞥了他一眼:"看够了吗?"

阿州垂下眼眸:"汤总在第六场就过来了,等了您两个小时。"

他虽然恭敬,但是为汤野做事,到底还是强势。盛果儿察觉到空气里隐约的对峙,拿着碘酒瓶和棉签无所适从。柯屿慢条斯理地重新套上T恤:"行。"

阿州提醒他:"是不是该换一件衣服?"

他还穿着这件戏服，上面浸满了汗臭、血腥和尘土，破而发白。柯屿揉了揉同样受了伤的手腕："别得寸进尺。"

一路上，两人都没有开口。阿州只是领着路，从脚步声中判断出柯屿的敷衍和散漫。到巷子深处，宾利横停，汤野靠着引擎盖抽烟，见阿州身后跟着柯屿，笑着掸了掸烟灰："来了？"白色烟雾弥漫开，遮掩了他本就深沉的、令人难以猜透好恶的面容。

阿州打开后门："柯先生请。"

柯屿脚步没动，汤野并不着急，阿州也很有耐心，沉默的对峙转瞬即逝，柯屿躬身上车，汤野随后。

"我听安言说，你已经把房子挂出去了？"柯屿不回答，汤野吁一口烟，眉眼垂下，带着笑，"怎么，你就这么急，一定要马上跟我解约？宁市房子涨势这么好，抄底收购的买卖，明眼人都不会放过的。"他注视着柯屿，"你说对不对，小岛？"

柯屿心里一动，压着眉间的淡漠："你什么意思？"

"怎么，中介还没有给你打电话？我要这个房子。"语调是花花公子般的温柔。

"我不卖。"柯屿终于看了他一眼，"这个房子，我不会卖给你。"

汤野意味不明地笑一声，表示遗憾："你跟我解约了，你去哪里？安言的话都是我的意思，你这么喜欢演戏，想要演好戏，离开辰野还怎么上戏？"

"无所谓。"当群演，演配角，从头开始，去话剧社，从收入最微薄的话剧演员开始慢慢历练。他有很多条路，很多条微不足道——但好的路。

汤野一根烟燃到了尽头，盯着他的眸色晦暗下来。他抬手将烟捻灭在宾利奢华的驾驶座真皮椅背上。空间里散发出淡淡的皮革焦味，皮质紧缩，烫出一个灰烬般的圆洞。"嗯，我想你也是无所谓的，去蹲剧组，去小话剧社，你是不是觉得可以这样？"汤野讲话的语调始终温柔，"可是小岛——你的资质，你的病，你无药可救的先天缺陷，除了我让栗山捧着你、吹着你、托着你，你以为谁还愿意找你拍戏？"

柯屿不说话，汤野便很有耐心地垂眸凝视他。这张嘴对任何人都能散漫风趣地讲上一二，唯独对上他，能张一张口多说两个字，都算是给他这个老板面子了。

"小岛，真的一定要解约？"汤野伸出手，把他耳侧吹落的黑发轻轻拨至耳后，"你还记得吗，就连'小岛'这个小名，都是我取的。"

黑暗的、熏着冷气的独立艺术院线放映厅，连演职人员表都已播到末尾的小众文艺片，三三两两离场的观众，以及一张被屏幕荧光照亮的、仰起的侧脸。柯屿久久地坐着，好像忘了离场，光甚至给了他皎洁的味道。

他坐了多久，汤野就在暗处看了多久。

直到保洁人员开始催促，汤野才看到他起身。他倚着门，低头点起一支烟，等人走到面前时才伸手拦住去路，姿态慵懒："有兴趣当明星吗？"

那时候的柯屿只有二十二岁，而他也不过三十二岁。他捧了柯屿七年，让"小岛"这两个字成为演艺圈家喻户晓的名字，嘴唇一张，就有股亲昵的味道。也许是这句话勾起了对方同样的回忆，汤野看到他冷淡的眉眼中有了些微迟疑，但只是转瞬即逝。

"听说你晚上有清吻戏？"汤野不辨喜怒地笑了一声，"我派老师教你的，你都学会了吗？"

谢淼淼是文艺片小花，年纪比柯屿小得多，她走的是小众的拿奖路线，这种年纪敢接这种戏的也就只有她了。在片中，她饰演的是飞仔的初恋女友阿美，一个漂亮的美甲师。这一场戏虽然发生在出租屋里，但阿美的房间温馨简洁，粉色的碎花床单，窗台上有一盆多肉。蕾丝床帐在亲吻中晃动，柔荡着台灯的光线。

开拍前，唐琢贴心地清场，只留下了必要的拍摄人员。谢淼淼已经做好了造型，妆容清纯，短裙包裹着她穿着高跟鞋的长腿。她要跟柯屿从楼道里开始亲吻，嬉戏的笑声顺着水泥台阶上升，到房间，两人齐齐

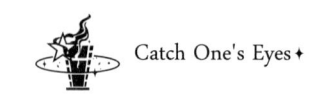

倒在床上，笑得像两个孩子。

很难演的长镜头，唐琢不得不再次重复强调："是很干净的戏，明白吗？就像两个孩子在玩儿，就是玩儿一样。"

谢淼淼靠近柯屿，小声说："柯老师，请多关照。"

打板声干脆响亮，摄影指导亲自执镜，画面紧贴跟随。昏暗的楼道口，飞仔和阿美从带着乡音的蜜语中停下，视线对上，画面安静下来，收入蟋蟀的鸣声。柯屿捧住谢淼淼的脸，吻了上去。谢淼淼心里重重地咯噔一声，说不清什么情绪。她闻到了柯屿口腔里的干净清新，想起他不久前那个"六次恋爱"的热搜，在他真正吻过来时爆红了脸。

谢淼淼心想：他好熟练。

"咔！"唐琢从预览框后抬起头，"淼淼，给点反应。"又看向柯屿，"小岛很好。"

谢淼淼立刻鞠躬："对不起。"

柯屿也对她说对不起，用只有两人听得到的声音和平淡的语气说："希望没有冒犯到你。"

谢淼淼紧张得浑身紧绷："不不，没有，是我表现不好……对不起柯老师，这次我会更投入一点。你、你……你吻技很好。"说完以后她惊觉自己傻得要命，更拼命地鞠躬，用快哭的声音说，"我不是那个意思。"

柯屿安静地看着她，把盛果儿倒的热水递给她："没关系，别紧张。"

第二次开演，谢淼淼果然比第一次表现得更好。柯屿对她的肢体触碰有限但精准，他好像吃透了镜头，不用看也知道画面什么时候移开，立刻便会绅士地松回手。

"阿美，美美。"唇分，飞仔很近地贴着喘息，唤她的小名，看她的眼神温柔，"你好软。"

阿美比他羞涩，轻声说着"讨厌"，捶他的心口。阿飞笑一声，又笑一声，抓住她的手腕咬住她的下唇。月光照着小小的多肉，长达五秒的静止性蓝色画面里，呼吸声一声声，像刚到世界的小野兽。

唐琢满意喊咔，从相机后站起身："好，很好。"

的确是很干净的画面,并没有任何出格的东西,一切都在画面外,这是最含蓄的张力。

相比于下午的烦躁,晚上的柯屿简直脱胎换骨。导演的眼神里都是欣赏和意外,拍这种戏的导演和演员都越来越少,不少演员要么要求替身,要么扭扭捏捏 NG 一遍又一遍,他没想到柯屿竟然如何干脆利落、精准到位,所有肢体动作都让这场戏多了另一层张力。

谢淼淼也跟着附和:"柯老师真的很厉害。"她听多了柯屿的恶评,又亲眼见过不少他在片中的糟糕表现,以为非得被多亲几次才会过,甚至隐约怀疑,柯屿会不会故意 NG 来占她便宜。

柯屿还是一贯的淡然:"过奖了。"

这是氛围戏,灯光和镜头的旖旎可以弥补他天然的冷漠,加上肢体的设计,所以才可以表现到位。如果镜头扫到他的脸,便会发现他依然跟下午一样,充满了抽离的冷静。被清空的片场重新热闹起来,副导演从监视器后迎上来:"漂亮啊老唐!这段长镜头太漂亮了!"

唐琢把摄影机交还给摄影师,点点头,发现了监视器旁的汤野,顿了一顿:"汤总怎么也在?"

制片主任老杜在肚里嘀咕。这姓汤的在监视器里原原本本地看完了全程,饶有兴致,但气息深沉,带着笑的脸上却有股令人胆寒的冰冷。汤野两手插在裤兜里,用四十岁的倜傥云淡风轻地说:"听说晚上要拍戏,我们家安言不放心又走不开,只好我亲自帮他盯着小岛了。"

柯屿的脚步在看到他的瞬间就猛地停下,谢淼淼不明就里:"柯老师?"

汤野用不大,但足够清晰的音量说:"小岛,你学得不错。"

城中村的路灯高而晦暗,一条不宽的长巷总有照不到的角落。

柯屿低头点起一支烟,露出的颈侧让他眸色暗沉。他抿一口,戏谑地问:"汤总,九点了,这把年纪吃得消吗?"

"真是无情,"汤野低沉,像逗一头小猎物,"我可是专门抽了一

天时间来探班的。"

柯屿抱臂："那真是辛苦了。知道我要解约了，你舍不得我，倒也不用这么殷勤。"

汤野道："真是牙尖嘴利，看到别人这么认可你、欣赏你，你知道我心里什么感觉……真想让他们看看你被打得奄奄一息像条狗的样子。"

柯屿身体一僵，再不掩饰自己的厌恶。汤野的语气恶心，肢体恶心，香水味更让他反胃。两人凑得极近的一瞬间，柯屿不合时宜地想起了商陆。奇怪，在这样狼狈肮脏的时刻，他居然想起了商陆身上的气息，想起他同样靠近自己的面容和眸光，他不由分说地扣住自己手腕的热度。

汤野看到他的眼神迷离而温柔了一瞬。

"你笑什么？"他眯眼蹙眉，看着眼前这个说得上是陌生的柯屿。

柯屿微微一笑："关你屁事。"

他今天洗澡久违地认真，淋浴，泡澡，再淋浴，手指都泡得发白。躺回床上时，他拇指下意识地打开微信又退出，犹豫片刻，他重新下载了邮箱客户端。这个酒店哪里都好，只有网不好，一个 App 下得断断续续。过了一分钟进度条未过半，柯屿打电话给盛果儿。

跟组是个累人的活儿，盛果儿早就熟睡，但长期颠倒性的工作早就让她练就了条件反射的本领，接起电话的瞬间就用非常清醒的语气问："哥，怎么了？"

柯屿难以启齿，手指摩挲杯口两秒，他端起杯子，欲盖弥彰地喝口水后才淡然地问："之前我的私人邮箱，你移除了吗？"

事涉隐私，盛果儿哪敢怠慢，斩钉截铁地回："当然，说的那天就移除了。"

电话里传来一瞬沉默，柯屿点点头："是吗……那就好。"

盛果儿是个心思缜密敏锐的人，否则麦安言不会把她派给柯屿。虽然还未完全清醒，但她立刻意识到，柯屿不是在问邮箱，而是在问邮件。她马上改口："不对……等等，哥，我再确认一下，好像忘记删了。"

柯屿握紧了杯口:"那你现在去……"

"我现在就点进去删掉。"盛果儿接过话,以最快的速度打开备忘录,复制账号记下密码,在邮箱里输入登陆,语调自然地说,"真的忘记删了,不过里面有一封未读。哥,需要我帮你查阅吗?"

柯屿一瞬间捏紧了手机,又缓缓松开力道,心口便如这力道般一紧一松,生出无尽的疲乏。声音在深夜里显得低沉微哑,他喉结滚动着,说:"不用,我自己看。"

盛果儿笑了一下:"好嘞哥,晚安,早点休息!"

"晚安。"

一分钟的电话好像给酒店无可救药的无线网续了命,等再度打开,App已经下载完成。柯屿走到落地窗前:这里没有什么景观,入了夜,四周一片死寂,他面对着黑沉沉的夜输入邮箱地址。

未读邮件顶着一个小红点。

"柯老师,十四天的日夜兼程,片子已经完成。因为某种不方便透露的原因,我暂时不能把成片分享给你。另:我朋友病得不重,已经恢复得很好,谢谢你上次的关心。

自从上次之后你一直未回邮件,或许是日常很忙,希望这次没有打扰到你。

Sean·商陆"

柯屿不知道是不是自己多心,他好像从商陆的最后一句里感到了某种微妙的不爽。商陆会不爽吗?会因为自己没有回复邮件而不爽吗?柯屿轻微地深呼吸。"某种不方便透露"的原因又是什么?拍了他、剪了他竟然还要卖关子……

柯屿点击回复,犹豫的时间很短,他回道:"强制看我十四天,听着像一种酷刑,希望没有让你厌恶。我不忙,可以打扰。"轻点发送,邮件瞬间飞越海峡,柯屿完全没想到自己收到了秒回的信息,以至于那封未读回来时,他甚至在地毯上绊了一下。

商陆在邮件上写:"那我现在就想打扰,可以吗?"

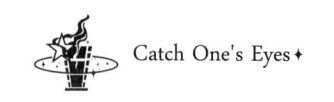

商陆没收到回信也不意外。这座"小岛"踪迹不定而令人琢磨不透,仿佛被一层雾遮着,只月光明亮的夜晚才会在蓝色海面上倏然浮现——不是那么好捉住的。

裴枝和倚着洗手间的门,看商陆把手机放回台面,对着镜子启动剃须刀。真够拼的,十几天硬是没出房间一步,终于赶着最后的截稿日提交了短片。这是他重见天日的第一天,裴枝和早就预约了一家高级餐厅要为他庆祝。

他看着镜子里的商陆,微微笑:"你什么时候回信息这么积极了?"

"邮件。"商陆纠正他。

"朋友?"

"你见过朋友用邮件联络的吗?"水龙头打开,冲刷刀头的水流声模糊了他低沉磁性的声音。说得也有道理,裴枝和无聊地乱猜:"不会是这个男主角吧。"然后就听到商陆笑了一声。

裴枝和站直身体,抱着的两臂也垂了下来:"真的是他?"

"是他。"

裴枝和想到商陆给他看的成片。暧昧的光影,浓重象征意义的色彩和滤镜,以及……天衣无缝的独白。三十分钟的短片看完,他第一次不为商陆的才华而骄傲,而是始终回想那张脸,令人厌烦地挥之不去。

因为熬夜,镜子里的那张脸苍白无血色,眼底有淡淡的青色阴影,但眼神依然锐利坚定,藏着凌厉的桀骜和一看就没有受过苦的意气风发。商陆洗过脸,两手撑着大理石台面,勾起唇角说:"他是个天生的演员。"

他说这话的模样,让裴枝和想起了从前。他是对小提琴很有天赋,但真正下定决心要走职业道路,是那一年商陆笃定地说:"你是天生要站在聚光灯下的。"他那时候的语气和眼神,好像给裴枝和懵懂混沌的状态撕开了一道口子,又强行蛮横地闯入了一道强光。为此,他不惜放弃家里安排的出路,只身一人远赴重洋。商陆就是有这样的能力,他觉得你可以的时候,你便觉得自己就是天赋的宠儿,就是独一无二的那一个。

裴枝和冷笑："怎么，你想捧他？"

"不一定，看他自己。"商陆想到这里，又拿起手机拨了个电话出去。

"是我，Sean。嗯，好久不见，对，还没有回国……好，自然，"商陆一边自在地寒暄，一边走出洗手间，见裴枝和板着脸，顺手在他头上揉了一把，"有个事想拜托你。"

裴枝和脸色古怪地盯着他的背影，唇角渐渐不可控制地向上翘起。

律师黎海遥接到了委托，觉得有意思。商陆侵犯了肖像权和名誉权，要求他与对方私底下赔钱和解，但不可以首先把底牌亮出，而要出两套方案进行试探。一套，进娱乐圈拍片，但赔偿金分文不取；另一套，拿了钱江湖不见。

"大少爷，"黎海遥转着转椅笑得无奈，"你是故意捉弄我还是捉弄他？"

商陆挂了电话。裴枝和难以置信："这么多？！邵哥和明羡姐都不会饶了你。"

他跟着商陆走近衣帽间，看他不避嫌地脱下黑色 T 恤，从衣柜里挑了一件法式衬衫。年轻的躯体随着穿衬衫的动作散发出力量感和荷尔蒙。他一颗一颗地扣上扣子，纨绔地说："这点钱还用得着他们？"

商家是旧贵巨贾，虽然商陆只是个刚毕业的学生，但也向来不太把钱放在眼里。裴枝和看着商陆慢条斯理地叠上双叠袖，又拉开首饰抽屉摘出一对绿松石掐金袖扣，抬腕戴上。他慢悠悠地说："一部片酬这个数，是我占便宜。"

"他只是个贫民窟的。"

商陆瞥了他一眼："小枝。"裴枝和瞬间闭嘴。

西服套上，商陆又从衣柜里取出一条丝巾。到底年轻，且是搞艺术的，他不喜欢过于正式的穿着，常用丝巾代替领带。除了必要场合，他不常穿如此正式的着装。裴枝和盯着他的背影，又见他转过身便等了他一会儿，嘴角含笑。伦敦萨维尔街的 Huntsman 每年三次美法巡回，商陆的

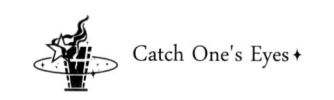

西服都在这里定制。一米九的个子被剪裁西装完美包裹，袖扣奢侈低调，和他整个人的气质一样，有一种古典又高贵的现代感。

裴枝和久未和他见面，直到侍应生为他拉开椅子请他入座，他才回过神来。刀叉与瓷碟偶尔发出清脆的磕碰声，商陆吃饭时话很少，裴枝和不得不主动问："你确定要回国发展？"

"嗯。"

"法国有什么不好？欧洲独立艺术院线那么成熟，审查也更包容，你想拍什么片子都可以，何况这几年的大师班，你的导师也都在欧洲……"我也还在欧洲。

商陆两指夹着按住高脚杯，娴熟地轻晃醒酒。红酒在杯壁挂上复又滑下，他注视着沉吟："我不喜欢在另一套文化体系的凝视下做内容。你知道我欣赏的始终是东方式的内核，道德、人伦、生死观和人生观，这些'形而上'的东西我愿意回到中国的语境下去探索，也只想探索东方语境下的这些命题。"他顿了一顿，"小枝，我的事业注定在国内。"

裴枝和放下刀叉，垂目盯着餐盘："那我呢？"

商陆理所当然地笑了一声："你当然要留在欧洲了。"见裴枝和情绪消沉，他又道："怎么，不舍得我？我保证，每年你回香岛时，我都一定在。"

商家和裴家世代交好，裴枝和比他小两岁，却比他更早地在欧洲求学，孤单坚韧而令人心疼，他习惯了像对待商明宝那样迁就他。想到他在裴家的处境，他又难免多了一丝怜悯。他知道，裴枝和是因为跟他交好的缘故，才在裴家过上了比小时候更好的日子。他一回国，裴枝和有不安也是正常。

裴枝和深呼一口气，知道留不住他，满脸苦涩地问："那你准备什么时候回国？"

商陆没有犹豫："这周就走。"

"这么快？"

"不快，布宜诺斯艾利斯一个月完成评审和公示，"商陆勾起唇角，自信而从容，"我要在结果出来的同时，就找到我的主角。"

飞机滑行至香岛国际机场，明叔和两名空乘推着三辆堆成山的行李车，而他的大少爷只单肩背了一只黑色背包，棒球帽檐压低，黑色口罩半拉，一身黑色工装穿出了生人勿近的气场。VIP通道向来人少安静，今天却一反常态，外围聚集了很多拿捧花和条幅的姑娘。他一出现，人群瞬间躁动，快门和闪光灯晃得人睁不开眼，尖叫声此起彼伏，隐隐有失控的趋势。

商陆皱眉，没等开口，明叔已经上前挡住围过来的女生，空乘解释："商先生很抱歉，钟先生也走的贵宾通道。"

商陆想起那是头等舱除了他之外，唯一的一名乘客，对方卡着最后几秒钟登机，在舱内只有两人的情况下，给他递了张写有电话的纸巾。原来那是个明星？商明宝把他对娱乐圈粉丝文化的好感都给追没了，他眉眼中厌恶未敛，居高临下地俯视着一个挤到眼前要签名的小姑娘，冷冰冰道："走开。"

姑娘眼神一厉，嘴一撇往后退了一步，逞强道："凶、凶什么凶！比钟屏差远了！"

商陆：小小年纪眼睛怎么就不好使了。

现场一片混乱，安保和空乘齐齐维持着秩序。他跟明叔艰难脱身，等到停车场，车已等候多时。商明羡站在车边打电话，见人出来，随便抬手给了一个拥抱。

商陆无奈："真是亲姐。"

商明宝从后面跑车蹿出来："还有亲妹！"钻进他怀里撒娇道，"小哥，我的伴手礼在哪里？"

真好意思说，要东要西地装了一整个二十四寸行李箱。明叔已经把行李搬上商务车后备厢，商明宝跑过去找到她的目标，当场就开箱从里面拿了一双球鞋出来。全球限量，多少名网红抢破头，能拿到亲绘版的人数更是不超过一双手，商陆直接找了联名合作的画家才拿到。

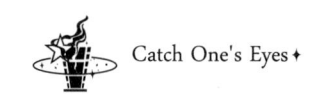

见商明宝要跑，他眉一蹙："你跑去哪里？"

"接机！"商明宝抱着鞋子，"我老公马上出来！"

商陆手一伸，揪住她的后领："哪个是你老公？"

"我都说了一百遍了！钟屏——钟屏！"

商陆一怔，咳一声："看一眼你老公。"

大尾巴狼今天转性了？竟然主动要求看她老公！商明宝一个激动，哆嗦着从包里摸出手机献宝道："你看你看你看，帅吧！"

商陆手指在屏幕上一滑，再一滑，"嗤"了一声把手机扔还给她："就这？"也就比真人好上那么一点，比……他脑海中不合时宜地掠过柯屿的脸。他脸色微妙，一句"比柯老师差远了"被摁灭在心里。

商明宝竖起眉："什么叫就这？"懒得跟她不开窍的哥哥计较，她抱住球鞋就要跑路，"我要去找他签名！"

商陆血压都飙高了："你要这双鞋子就是为了去见他？"

商明宝爱抚地摸着鞋面的彩绘刺绣："那当然！"

商陆冷冷吐出两个字："找打。"

两辆商务车一前一后启动，快速滑入机场。商明羡跟他并排而坐，淡淡道："babe 也没有说错，我看你对裴枝和比对她还好，她老是吃醋，说你不要妹妹。"

"小枝跟她不一样。"

商明羡追问得尖锐："哪里不一样？"

当然不一样，裴枝和的妈没有名分，是上位失败的过气女星，算起来，他不过是裴家半路认领的私生子而已。商陆拧开水喝了一口："小枝十二岁就去了法国，裴家连一个保姆都没有配，只给他找了寄宿按时打钱，他有今天很不容易。"

"他对你倒是依赖。"商明羡拍拍他的腿，"你要有分寸，连 babe 都嫉妒，裴家人也看你的面子对他好，你要知道……"她想了想，终究没把话说全，但已经足够商陆明白。

"我知道。"他笑了笑，"这回你怎么不想着给我介绍女朋友了？"

商明羡斜他一眼:"过完年二十四了弟弟,你倒是交一个让我安心啊。"

车子径直去了酒店。集团旗下的绮迤酒店新店刚落成剪彩,商明羡是绮迤的主理人,正为西餐厅的主厨头痛。商陆刚回来就被抓了壮丁,商明羡义正词严:"法餐嘛,肯定你更能品出好坏了。"

饱受长途飞行折磨的味觉能有什么鉴赏力?商陆兴致缺缺,商明羡却不放过他,问他今后的打算:"既然决定去宁市,云归的那栋别墅就给你住好了,空着也是空着。"

云归是宁市数一数二的高档楼盘,坐山望海,业主专享山海缆车,海边水清沙幼,葡式餐厅和海边咖啡馆比邻而居、私密开放,中转半山腰又有落日悬崖酒吧,当时商明羡眼红得要死,直想把绮迤开到这里。这是商明羡送给商陆二十岁的礼物,在他生日前按照他的喜好做了装修。

"前段时间已经让人重新收拾过。"她把房卡推给他,"想添什么自己买。"

商陆对居住要求可以很低,也可以很高。从小睡到大的床垫因为生产厂商要改参数,他睡不惯,所以独自跑到美国谈下买断生产线,就为了能永远睡到硬度、触感、压力都熟悉的床。但同时他也可以睡廉租屋,忍着霉味而面不改色。搬家琐事都有明叔操心,他一回国内就径自去了城中村,也许还能见到那个木柯。

月余而已,空气里的气味让他熟悉。他很少开车,觉得停车麻烦,直接打车到巷口停下。一进楼道,还是熟悉的阴暗潮湿,一盏悬在空中的电灯倏然灭了,传来房东的振振有词:"天还亮着开什么灯?你看不见吗?电费你补给我啊靓仔?"

商陆勾勾唇角。律师黎海遥接了他的案子,千叮咛万嘱咐他不要私下接触,但其实他们一直有联络。邮箱记录着往来对话。

"*柯老师,你现在有空吗?*"

柯屿放下默背的剧本,在盛果儿疑惑的注视下佯装淡定:"刚好有。"

"*为什么你的女朋友要称呼你柯老师?*"

看到这个问题,他在片场不自觉地勾唇……盛果儿更疑惑了。

"有情趣啊。"

如果是当面聊起，商陆一定会发现他那种冷感的戏谑，但写在文字上，感觉就很奇怪。

"你总是一本正经的，你女朋友不嫌你无聊吗？你想学的话，也叫我一声老师，我给你开课。"

这人怎么回事！商陆的脚步在第三级台阶停下，为柯屿信手拈来的调侃而莫名愤怒。说好的自力更生自强不息，他却似乎早就把这一套刻入骨子里，对谁都滥施技巧，毫不自爱！房东的数落还在继续，夹杂着房客理直气壮的争辩。商陆转身向下，双拳攥紧，就连背影也充满着一本正经的怒气冲冲。

"哥，你这……跟谁发邮件呢？"盛果儿小心翼翼地递上一杯咖啡。她英俊的老板今天莫名有点水肿，从早上开始化妆师就给他冰敷推脸，咖啡更是一杯接一杯。

柯屿面不改色地喝完一杯，问："怎么了？"

"你一直在笑。"

被拆穿的人耳尖飘红，两秒后："是我订阅的笑话大全。"

盛果儿：……

柯屿用一种淡漠的正经说："是真的，沈医生说我应该多笑，所以我就订阅了笑话推送。"

盛果儿：……

化妆师麦琪走进来，身后跟着她的化妆团队。"第几杯了？"她笑着弯下腰，说了声"冒犯了"，用化妆刷柄拨开他额前刘海，"好了，再过半小时就可以改妆。"她是首席，今天是因为唐琢要调整妆容才来的。戏拍一半重新定妆的情况不多见，虽然没明说，但谁都知道，是因为柯屿本身没有演出那种阴郁偏执的感觉，才需要在妆容上找补。

麦琪加重他眼底下淡青色的黑眼圈，叹口气："难的是嘴上的伤口。"

这个伤口是跟菲姐接吻伤到的，反反复复结了痂又撕开，成为一个象征。麦琪是设计了的，但每天上妆卸妆，很难保证那种糜烂感。

她沉吟着想办法时，柯屿淡淡道："我有办法。"然后就面不改色地咬破了下唇。

血珠成流，盛果儿惊呼一声，连扯两张纸巾贴了上去。

麦琪倒抽一口气："柯老师……"

柯屿捂着纸巾，从镜子里找到她的视线："没关系。"

重新出现在片场时，唐琢明显眼前一亮，制片主任老杜恭维着："麦琪老师不愧是圣手！"

麦琪张唇想要分辨，柯屿不动声色地按住她，从容地说："谢谢麦琪。"

演菲姐的程橙是圈内老戏骨，年过五十但风韵犹存，镜头下的身材丰腴妩媚，裹着丝袜的脚从高跟鞋伸出，挑逗地绷直，袜尖有一点黑。镜头在朦胧月光和床头灯下扫过，让人怀疑能闻到那股高跟鞋的脚臭味，跟阿美的戏形成了鲜明的反差。从这里开始，影片的镜头语言便始终充斥着阴暗、逼仄和难以言喻的臭味。

程橙早已对柯屿有所耳闻，等真演上了对手戏，才知道自己心理准备还是做少了。两人的第一场戏就是在楼道里的相遇，飞仔帮雇主通完下水管道，一身蓝色工装浸满汗水和扳手机油，与菲姐擦身而过时，对方叫住了他。

牡丹旗袍曲线曼妙，菲姐指间夹着烟，眯眼吁一口："喂，靓仔。"

一场戏下来，所有人都为她鼓掌。只有柯屿的表演仍还是冷漠——木。麦安言对盛果儿悄声说："不愧是橙子姐，姜还是老的辣。"

第五次，程橙终于气笑："小岛，你跟谢淼淼的对手戏不是很漂亮吗？换我就不会了？哦，我知道了，你是不是嫌橙子姐老了？"

麦安言立刻打圆场："哪里的话，橙子姐！"

程橙懒得听他鬼扯，一把拽住柯屿手腕："你不是谈过六个女朋友吗，这点暧昧都不会？"休息室门被摔上，留下所有人面面相觑。麦安言伸出手"哎"一声，眼看着柯屿被她挤在窗角，接着窗帘一拉，彻底阻隔了众人的视线。

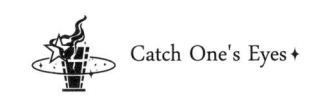

"真想知道你是真不明白,还是装不明白。"

"我新到的咖啡很好,到我楼上去喝杯咖啡?"程橙道,"这句话背后的含义,你总该知道吧?"

柯屿:……

"你知道我在邀请你,我也知道你知道我在邀请你,但是你假装没听明白,我也假装你没听明白。懂?人家说上去喝杯咖啡啊,你说,好啊,你俩都很正经,道貌岸然,好像就真就是上去喝咖啡……还不懂吗?"

好像懂了,又没敢太懂。

程橙饶有兴致地看着他红起来的耳朵:"这么纯啊?你不是谈了六次恋爱吗?"

走出休息室时,柯屿的眼神都有点游离……学到了,毕竟他只会真的以为是上去喝咖啡。

从这之后到月末,柯屿的嘴唇始终处在愈合又破的边缘,到后来伤口快咬烂了,牙尖一磕就是一道口子。这时节是宁市一年中最干燥的时候,他刻意不涂润唇膏,以方便干裂时能更快破开。一场戏演到末尾,盛果儿眼看着他饭吃得越来越少,粥喝得越来越多。

麦安言后来终于发现了猫腻:"柯屿啊柯屿,高调做事低调做人懂吗?做了什么功课,要放到台前让别人知道才不算白做!要不是我眼尖,有谁知道?导演知道吗?橙子姐知道吗?说出去都说柯屿是个没悟性的木头!你既然努力了……"

柯屿瞥他一眼:"算不上努力。"

麦安言被噎住:"好,行,你最有主意。"

柯屿云淡风轻,他这个经纪人可不是吃素的,当即拉着他拍了张人像照,回头就发到了自己的微博上。照片上的柯屿面容苍白、刘海微垂,青色的胡茬冒出一点,眼神冷然但漂亮的下唇却破了,伤口是糜烂的红色,看着让人既觉得痛,又觉得荼蘼。

照片一发出就被粉丝狂转。"哥哥的嘴唇是我咬破的!""天啊看着好疼!"

商明宝撇撇嘴:"就咬破个嘴啊,这也值得发出来?"

商陆从画中回过神。雪白的墙上挂着《蓝色辰星》,这是当年大哥商邵花了大价钱拍下送他的,之前一直挂在商家的主宅,他现在搬到宁市,自然割舍不下。

"商明宝,"他无奈一声,"你可以自己出去玩。"

"我不,"商明宝亲亲热热地凑过去,"我给你看我老公对家。"

商陆皱眉:"你是不是有毛病?"一天天的关注对家比关注自己偶像还勤快。

"你才有毛病,"她挤进他怀里,"不能白看,看完帮我一起骂他!"

一张照片占据屏幕,照片上的脸淡漠英俊,眼神冷感但唇形天然带点上翘的弧度。商陆一愣,猛地夺过手机:"你上次说他叫什么?"

"柯屿。"商明宝不明就里,"怎么了?"

"我好像看过他演的电影。"

"《山》?"

上一次的《山》,柯屿的角色始终涂有油彩,虽然感觉到了他和"木柯"的相似之处,但更多只是一闪而过的念头。这一次,这张脸直接出现在屏幕上,商陆第一次清晰地认识到……这岂止是像,简直是一模一样。

"他演技很烂吧。"商明宝得意扬扬,"都跟你说了他就是块木头,跟钟屏比差远了,钟屏去年可是拿了星云奖最佳提名的。"

商陆一言不发地站起身。

"喂,你去哪儿?你怎么啦?哥?"

影音室的门悄无声息地惯性合上,商陆找到柯屿主演的片子。五分钟后,他点开邮箱。

"柯老师,你知道柯屿这个演员吗?他和你长得很像。"

他内心其实有一个答案呼之欲出——只是很像、像到极致、像到不合理,但绝不是他。很简单,木柯的演技浑然天成,台词、对白、神情、眼神和肢体,没有一样短板,在镜头下有着天然的氛围感,这种演技,

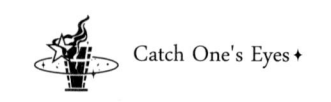

是即使顶着一模一样的脸也无法复刻的。而反观这个柯屿，却完全可以称得上是灾难般的演技，放在商陆的眼里，还得加上一个"史诗级"的限定词。以他的高标准来看，多坚持一秒都是折磨，多看一眼都是浪费时间。

会有人在一个名不见经传的陌生人那里演得如影帝般精彩，却在名导的大荧幕上演成这副鬼样子吗？

不会。

除了睡觉，盛果儿寸步不离柯屿，眼看着他以唇角上扬的表情打开邮箱的推送提醒，又在眨眼之间恢复到了面无表情的状态——邮箱上明明只是短短的一行字。

是这个笑话不好笑吗？盛果儿想。

柯屿的唇平直地抿着，心里有一个声音在下沉，像一颗石子在无止境的下坠过程中终于触到了冰冷的实地。

游戏结束了。

他已经看见了他的脸，听过了他的声音，只要动动手指就会知道圈内和粉丝都叫他小岛……上次被两个女生追到巷口，他是明明白白问过的。苍白的眼皮闭了闭，他在心里给这段关系判了死刑。

荧幕上画面流动，既放大了柯屿的美，也放大了他的缺陷。商陆沉吟着一语不发，半小时连换五部电影后，他一字一句敲下："他演技真的比你差。"柯老师在他的镜头下，演技浑然天成，而这个柯屿却是生硬单薄得令人尴尬。两人的相似是给柯老师入圈制造了一点麻烦——但也不算太难，毕竟一个花瓶性的竞争对手，还是很好打发的。

柯屿看完，自嘲地笑了笑。

他没有回，商陆想到上次两人在电影院的对话。他批评这个柯屿演技不好时，对方似乎很不自在，甚至隐隐为这个演员辩白……懂了，原来他是柯屿的粉丝。商陆掩在眼镜后的眉目始终微蹙，此刻却像是找到了一个合理答案般，整个人微妙地松弛了下来。他斟酌着宽慰："不过也许他很努力。我妹妹是他的粉丝,她给我看了他最新的照片,希望他的嘴唇可以尽快痊愈。"

柯屿面对着这封邮件微怔:这是……在关心他?为什么不戳破,反而要以这样含蓄的方式关心?幸而盛果儿注意力不在这上面,没看见他的紧张与坐立不安。

"挺疼的。"他回。

跟盛果儿没说,跟唐琢没说,跟麦安言也没说。他不屑于跟任何人说疼,也跟任何人都说不着。因为他演得不好,任何所谓努力的迹象都没有资格大声地说出来,否则就是哗众取宠。演得好了,别人才会说:天啊,柯屿为了演好这一幕竟然如何如何;演得不好,就成了卖惨。

盛果儿拿着手机新奇地问:"柯老师,你知道吊桥效应吗?"

思绪被打断,他下意识地问:"什么?"

盛果儿一字一句念:"吊桥效应,是指当一个人过吊桥时,会不由自主地心跳加快……"

吊桥效应……柯屿的眼神在微怔后清醒。

原来这是吊桥效应。每次不是遇到粉丝就是差点被人认出,不然就是像现在这样被戳破的现场——原来都是应激性的生理反应。

再打开邮箱时,商陆的回信简短温和:"嗯,我想也很疼,所以他一定能演好这个角色。"

按照当地习俗,乔迁新居要宴请暖房,商家老头子自然没时间,大哥商邵正在南美考察,最后便只有他、商明羡、商明宝和明叔一起吃了饭。过午宴,天气正好,一行人换到空中花园喝茶。这里视野极佳,碧海蓝天一望无际,二楼的恒温泳池波光粼粼,商明宝换了泳衣,正悠悠地仰泳。商明羡叹一口茶:"爸爸他刀子嘴豆腐心,前几天还问我娱乐圈拍部片要投资多少。"

商陆笑一声:"让他省省吧。"

商明羡沉吟一下,委婉地问:"那你怎么找投资?"不靠商家,不

拿商家的名号，光凭他一个刚毕业的大学生，能拉到多少投资？

商陆没直接回答，望向远处比邻而坐的另一栋别墅。晴空下，装修声隐约，工人进进出出，商陆悠悠地问："那栋房子是姐夫的吧。"

商明羡白他一眼："姐什么夫。"

"听说陈又涵结婚了？"

"传闻。"商明羡脸色不自在，"提他干什么？"

"当然是找他拿钱。"商陆戏谑，"用你的面子，怎么也得多给我点儿吧？"

商明羡作势就要打他："胡闹！"

"GC文娱有一个新导演计划，年底召开发布会，我已经准备好了项目。"商陆又开始调侃，"回国这么久还没去见过他，怎么样，你要不要跟我一起见见？"

商明羡气笑了："我看你是欠打。"商家在国内最交好的就是GC，先前两家长辈都有联姻的打算，不想话一提便遭到了两人的激烈反对，便也作罢了。

商陆笑了一声，起身随手接过明叔递过来的排球，叫了声正玩水的商小妹："喂，商明宝……"他姿态慵懒地随意一击，白色排球直线飞出，商明宝尖叫一声钻进水里："商陆！你好无赖！"

楼顶的都笑作一团，商小妹气势汹汹地把球拍了回来："接招吧！"

嬉闹声掩盖了院外的门铃声，家政秦姨接起可视电话："您好商宅，请问哪位？"

听筒里传来一声绅士简短的自我介绍："陈又涵。"

秦姨仔细看着屏幕里的影像。今天回温，对方只在白衬衫外罩一件黑色马甲，袖口挽到手肘。秦姨在主宅远远见过他一两次："您稍等。"她挂了电话，舍了远程电动开关，到院门口亲自为他打开门："陈少爷。"

"你们家二少爷呢？"

"在楼顶用茶。"

陈又涵点点头。一样的格局，他轻车熟路地找到电梯。上三楼，听到商明宝气急败坏的咒骂声随着水声传上来,不由得笑了一声:"好热闹。"

商家人齐齐回头看,秦姨通报:"陈少爷来了。"

"要不是今天心血来潮说来这儿看一眼,都不知道你已经搬过来了。"陈又涵对商明羡点点头,"明羡也在。"

明叔忙为他搬椅子,商陆与他抱了一下,商明羡濯洗茶具,耳边听到陈又涵就座后问道:"怎么样,听说你正式决定要当导演了?看上什么明星的话,我帮你介绍。"

商陆语调慵懒:"别了,明星用不着,钱我就不客气了。"

"明锐计划月底开发布会,回头我让人给你发邀请函。"陈又涵漫不经心,"国内娱乐圈的导演、明星、制片人和出品人——有点地位的都会出席,你这么多年在国外,对娱乐圈的玩法一窍不通,又不认人,是该去一去。"

盛果儿老远被阿州叫住的时候,心里打了个冷战。阿州的出现就意味着汤野也在。他最近来片场好勤快,盛果儿想,也许是麦安言分身乏术,公司一哥又不能晾着,故而汤总才几次三番地来探班吧。

"汤总找你。"阿州言简意赅,瞥了眼片场小屋。柯屿正和程橙拍最后一场戏,仍然是清场的。盛果儿面对汤野,腿肚子都有点打颤。汤总快四十了,脸上不是不带着笑的,对下属也算温和,但从没人敢造次。

汤野坐在车里,车门敞开,盛果儿站在车下,他居高临下但并不看她,只闭着眼睛问:"小岛的嘴怎么样了?"

"还、还没好。"

汤野意味不明地笑一声,似乎很愉悦,又问:"我听说,他最近看手机很勤快。"

盛果儿心里一咯噔:"也,也没……"片场人多眼杂,谁告的密?

"是吗?"

小姑娘声音小如蚊蚋了:"是的。"

汤野掀起眼皮,瞥她一眼不带情绪,话却近乎循循善诱:"小盛,

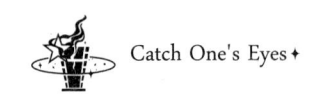

柯老师是公司最重要的艺人,如果他做出了什么对公司不利的事情,我这个做老板的不知道,你觉得这样好吗?"

盛果儿猛地低下头:"没有!柯老师没有!他都是看笑话推送,沈、沈医生说的,说柯老师病总是好不了,让他多笑笑减轻压力——"

"手机给我。"

"不,不在……他带去现场了,没给我。"

汤野眯眼打量她,盛果儿掌心攥出了汗,度日如年的几秒钟后,她看到汤野摆了摆手,终于心口一松。阿州送她回去,一路沉默,只在分别前递给她一个信封:"月底GC文娱年会,汤总让柯老师陪他一起出席。"

柯屿从楼道里出现时先深吸了一口气,才走向休息室。这场戏NG了三次,唐琢耐心渐失,还是程橙主动喊停,让他去休息调整状态。人一走,唐琢点烟跟程橙闲聊:"之前担心他走不出来,心理医生都咨询好了。"他笑着摇了摇头:"我看他的状态,别说出不了戏,连入戏都难。"

《坠落》这部片拍摄排期密集,环境也封闭,情感压抑而浓烈,又是大量反复的感情戏,唐琢一直偷偷观察柯屿下戏后跟程橙的接触状态,没想到他眼神淡得仿佛对方就是个同事。

老天,这可是娱乐圈头号风韵女神啊。

程橙拍了拍旗袍:"让他调整调整。小柯表现不错,比我预期的好得多。"聊到此,她想起来,"你知道他嘴上的伤口是真的吗?"

唐琢咬着烟,失笑:"怎么可能?这都多少天了,真破的也该愈合了。"

"所以他每天都会重新咬破。"程橙拍了拍唐琢的肩膀,"对他耐心点吧。"

唐琢怔愣,烟灰扑簌掉落。

手机屏幕点亮,进度条右滑,柯屿娴熟地拉向熟悉到会背的片段,不过两秒,盛果儿推门而入。见柯屿在,她猛然紧张,结巴地问:"哥你……你这就拍好了?"

柯屿瞥见她手里的信封:"汤野找你?"

"汤总他让我把这个交给你……"盛果儿走近，看到柯屿果然又在看那部片子。他遇到瓶颈时总是翻来覆去地看这些片段，盛果儿想，也许，这是他获得启发找到感觉的手段吧。

柯屿淡漠地拆开信封，看到邀请函一角便递了回去："打电话给安言，告诉他我在片场请不了假，他会转告汤野的。"

"汤总……汤总已经帮您请好假了。"

柯屿闭上眼睛，半晌，仿佛累极了般很轻地摆了摆手："知道了。"

盛果儿退出，房内又回到了寂静的状态。柯屿从她背包里翻出药盒，咽下两片之后，他又倒出了两片。这是处方药，沈喻开了两个月的剂量，现在已经提早见了底。半小时后，最后一场戏再度开拍，唐琢从监视器看到了柯屿最完美的状态。

着陆

　　南美洲正值盛夏，阿根廷色彩斑斓的街头，一面巨幅电子广告牌在骄阳下近乎亮得发白，画面每分钟轮换，一幅幅风格强烈的电影海报轮次出现，到《无聊》时，A film by Sean&Mr.Island 的英文打在画面底部，霓虹夜晚的街头，一个颀长的剪影低头点烟。

　　商邵叫停车子，拍下了这一幕。

　　"商老板对这部电影感兴趣？"客户带笑询问。

　　商邵指尖轻点大腿，口吻愉悦："是家弟的作品。"他是个大忙人，到晚上才得以松口气，把画面发给了商陆，附言"恭喜"。看到自己的海报出现在布宜诺斯艾利斯的街头，商陆才想起来这回事。正是上午八点，他却已经工作了三个小时。雕琢了一半的剧本点击保存，他摘下眼镜揉了揉眉心。明叔送咖啡进来："少爷，是不是要出去散散心？"

　　商陆没应，顺手点开邮箱。为了保持创作的心无旁骛，他已经很久没有处理社交信息，果然，主办方的入围通知在六天前就发送了。不算意外，但值得高兴。明叔看到他的少爷合上笔记本，推开椅子起身："到明天下午前不要打扰我。"

　　从入围到决赛，评审时间是七天。也就是说，明天就是最后出结果的日子。明叔看着他的背影，虽然已经很习惯他的作风，但仍然说："这么好的事情，不妨高兴得久一些。"

他的少爷总是刻意让自己不要沉湎在某种情感中。味蕾的使用过度会让味觉失去敏锐，情绪的体验过度，会让感知和共情变得粗糙、泛滥或迟钝。对于创作者来说，哪一种都是灾难。明叔很早就知道，商陆的高兴、厌烦、感动和悲伤都在人为的克制中。

画室的门被无声地推开，恒温冷气一瞬间冒出。为了更好地保存那些画，这里永远比实际气温更低。商陆在画架前坐下。绷紧的画布上，画作临摹近半，出神入化的笔触让明叔这个外行分不清它和真迹的区别。

"我知道，明叔，我已经高兴过了。"商陆拿起画笔，垂眸冷静地看着从手腕蔓延至手指的细微颤动，"已经够了。"

在彻底断联前，律师黎海遥的电话见缝插针地打了进来："你是不是耍我？木柯这个人我调查了，叫这个名字的有，但都跟你画面里的人是两回事。话说回来，有个明星跟他……"

"我知道，长得很像。"

"你确定这两个不是同一人吗？"黎海遥开玩笑说，"说不定你捡到的是个明星。"

"你见过明星住廉租房在士多店当收银的吗？"还毫不羞耻地把自己不光彩的过往挂在嘴边。

黎海遥被问住。"也是。"他耸耸肩，"无论如何，律师函已经按照你给的地址寄过去了。你的电影怎么样？听说入围了，还没恭喜你。"

商陆仰头凝视那幅《蓝色辰星》，寒暄："不知道你还关注这些。"

"我关注什么？助理告诉我的。你行啊！塞斯克也送了片，都没入围！你的预告片被他转了！"

"塞斯克？"商陆一怔——塞斯克·斯宾塞斯，近几年好莱坞最炙手可热的商业大导、票房收割机。这是同名？明叔正在书房收拾杯碟，"砰"的一声，门被撞开，商陆大步闯入，开电脑、输密码、登推特一气呵成，输入"塞斯克"，他的主页蹦出，商陆点入。

"Hey guys，你们知道，这几年总有人诟病我的电影如何商业投机，就在前不久，我制作的一部短片参加了布宜诺斯艾利斯电影节——Jesus，我竟然没有入围！在入围的候选片单中，我很荣幸地想要向你们推荐这部 *Boring*，导演 Sean，以及 Mr.Island（Interesting, huh），我必须要对你们说，这真是天才的作品，天才的表演！这就是我今年在电影界最大的惊喜了！以及 Mr.Island，真希望有朝一日可以和你合作。"

柯屿接到房东电话时，对方拿着律师函语气戒备："靓仔，我这里有一封你的信，咏诚律师……"他没有来得及听完，另一则电话便同时拨入，麦安言名字闪烁，与此同时，连着 WIFI 的微信疯狂跳动——

应隐："啊啊啊！小岛！热搜！"

柯屿心里一沉，又上热搜了。他还没理解应隐那条充满感叹号的微信是好是坏，门被"砰"地推开，盛果儿气喘吁吁地闯入，用力吞咽后惊恐地瞪着他："柯老师——"

亮着的平板上是微博界面。柯屿半抬手制止了她的话，对房东说："稍等，请十分钟以后再给我来电。"他挂断接上麦安言的电话，沉稳地问："什么事？"又冲盛果儿招手，命令她把平板递过来。他有条不紊，但盛果儿发着抖的指尖一片冰凉。

耳边麦安言的声音几乎要爆炸："柯屿！你干了什么！"

柯屿皱眉，把手机拿离耳朵两厘米，一手触碰屏幕，界面重新亮起。"柯屿 Mr.Island"话题热搜第一，后面跟着一个深红色的"爆"。

"布宜诺斯艾利斯协会是什么？你什么时候拍的片子？Sean 又是谁？塞斯克想跟你合作！"麦安言叉着腰在办公室来回转悠，脸上的兴奋混合着咬牙切齿。助理南希推着转椅眼观六路耳听八方，以保证能随时接到她六神无主的老板的屁股。

柯屿被问蒙，但还是冷静地扫过热搜榜，后面连续跟着"布宜诺斯艾利斯导演影像协会""Sean""柯屿无聊""塞斯克""柯屿演技"等一连串话题。盛果儿早就数过，目前热搜上柯屿一人独占十二个。麦安言喋喋不休语无伦次，柯屿冷质的声音响起："小言，冷静。"

"别……"还是被挂断了,麦安言一个瘫软跌到椅子上,南希一手端水一手端药,"喜事老板,看开点,是喜事。"麦安言仰面扶额,三台工作手机一起震动起来。外面大会议室,所有的执行经纪、编辑、运营、商务全部严阵以待,声音此起彼伏:"谢谢关心,我们也很意外,柯老师正在片场,后续合作请耐心等待。"一阵压抑不住的低笑自麦安言胸腔震出,逐渐失控为狂笑。南希冷静旁观,心想:老板疯了。

一个很浅的呼吸间,柯屿已经做好了心理建设。他点进那条"爆",爆料者是一个个人账号,只配了一张图,是塞斯克的推特截图,文案里挂了预告片链接。Sean……柯屿下意识念出声,是一个和"商"很像的发音。

转赞评数据通通爆炸,就连第一条热评的内赞都已经到了五万。那条热评写的是:"我是粉丝,但是这真的是我们小岛?如果明天是世界末日麻烦不要叫醒我。"下面都跟着排队刷屏:"真的!我都以为自己看错了!""卑微粉丝在线手抖。""我就不一样了!我让我妈扇了我一巴掌!好痛!"

当然也有质疑,譬如"笑死,布宜诺斯艾利斯是什么野鸡奖?粉丝不会以为名字越长地位越高吧",但下面跟了三千多楼基本都是反驳:"是是是,塞斯克都没你懂。"也有认真科普的网友:"布影协会成立于1976年,从创办初衷到审美都背离主流奖,以实验独立革新为己任——遗憾的是,它们同时又被群众亲切地称为'独立影像届的主流奖'。"

这条评论最和谐,下面全是哈哈哈。

"你看过视频了吗?"柯屿滑着屏幕冷静地问。

"看看看过了!"

柯屿勾了勾唇:"不要结巴。"

"看过了!"盛果儿终于从梦游般的激动中惊醒,浑身一个剧烈战栗,眼睛亮得几乎湿润,"哥,你演得太好了真的,你演得太好了……"

"别哭。"柯屿抬眸看她,笑了笑,"怎么还哭了?"他不说还好,一说,盛果儿便哽咽着捂住了脸,眼泪打湿指缝。她肩膀不停地抖,用力地呼吸,与其说是渴求氧气,不如说是在经年累月的谩骂、失望、唱衰、

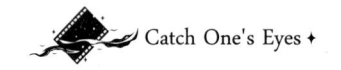

讽刺中，终于找到了一个出口。

预告片的声音在寂静的休息室响起："我还记得第一次跟在菲姐身后时，只觉得那道楼梯怎么这么长，又黑，又长，也很潮湿。"

"从东省到西南，要过很多个隧道山洞，那种时候我感觉自己好像一只蝙蝠。"

"那种感觉就像一颗蓝色药丸，让人迷幻，不过起效果的时间倒是越来越慢、越来越短。我头晕目眩，一瞬间忽然想起，我才二十二岁。"

"喂，你看，无论我多么平庸，都不妨碍这个夜晚很美。"

旖旎斑斓的夜，他穿过弥漫着烟火气的小巷；白得发亮的白昼，他停留在士多店的柜台后面无表情。电影名"无聊"出现在片尾，看到 A film by Sean&Mr.Island 时，柯屿很浅地抿起唇角。

"麻烦大了啊。"他轻轻叹息，不讲信用的小屁孩。

房东电话准时拨入："木先生，你这个律师函怎么回事？我先说好，你要是在我房子里做了什么违法……"

柯屿打断他："拆开，念。"

房东噎住，嘀嘀咕咕地打开信封，机械断续地念道："咏诚律所受商陆先生委托……根据我国《民法总则》第 110 条、101 条规定……对于侵犯您所享有的姓名权、肖像权、名誉权、荣誉权……商陆先生深感歉意，如阁下愿意，提供私下和解方案如下……"柯屿面无表情地听着，说到"五百万"时，房东的语气变了，他的眼神也变了。等一封函从头到尾念完，柯屿冷笑一声，什么不讲信用，原来是明知故犯："把律师电话给我。"

黑色碳素羽箭搭上美式猎弓，深呼吸推弓拉弦，弦满箭出，破风声响，箭头直入明黄靶心，箭羽嗡声震颤不止。商陆垂下弓把，包裹在运动 T 恤下的背肌由紧绷至松弛。塞斯克的转发打乱了他所有的预期，幸而他用的是英文名，除了极相熟的朋友，一般人并不知道。

导师打电话来时开玩笑："我的朋友都在问 Sean 是谁，你倒好，在中国不管不问。"顺便还埋怨了那老头瞎转发带来的流量，"布影不喜欢被过度曝光,投票就在今天晚上,这对你不是件好事。"导师沉吟,安慰他,"入围就是肯定,你不要太在意结果。"

商陆明白,流量的狂欢就是对这部短片最严厉的否定。流行和获奖,对于布影作品来说是二律背反。如果说最初的获奖概率是90%,那么现在几乎就等于零。

明叔摘箭回来:"一百二十环。"他的少爷宠辱不惊,心跳呼吸在这项精度极高的运动中沉稳如常。他探究地带着笑问:"不知道这辈子有没有机会看到你失手的一天?"商陆笑了笑,私人手机震动,上面显示商明宝的英文名"babe"。他把美猎弓抛给明叔,一边摘下护指,一边挂起蓝牙耳机:"喂?"

商明宝一声尖叫:"商陆你个坏人!你答应过我不找柯屿拍电影的!"

可以拉五十磅弓的手居然一僵,明叔看着他的少爷举着水杯半天不动,半晌,向来说一不二的人脸上出现了迟疑的神色:"你再说一遍——谁是柯屿?"一股诡异的安静在上午的庭院里蔓延,明叔听不到耳机里的声音,只知道商家二少爷在问出那句话后就陷入了沉默,脸色还很微妙。明叔猜,除非是商明宝说自己爱上了一个穷光蛋,并决定跟他一起私奔去当个渔民,否则商陆脸上绝不可能出现这种难以描述的神情,像震惊意外混合着后知后觉的"果然如此",终于还是演变成了恼羞成怒。

明叔悄声退出,体贴地拉上了玻璃院门。

上午十点,中环繁忙不歇,律师黎海遥雷打不动地准备一杯意式浓缩,只是刚端起还没来得及喝一口,电话就响了起来

"律师函发了吗?"商家二少爷语气不善,开门见山。

"发了啊!"

电话一阵沉默,黎海遥听他耐心不佳、咬牙切齿地反复确认:"你肯定是送到本人手上了吗?"天呐,瞧这问的!黎海遥清清嗓子,自信笃定地说:"我办事你还不放心?虽然已经人去楼空,但我可以保证,他已经充分、完全、仔细认真地领会了律师函的每一个字。"

商陆:……

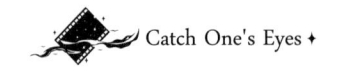

"有什么问题吗?"黎海遥脸上挂着笑。

"他是柯屿。"

"嗯?"好耳熟的名字。

两个助理律师从半敞的门前经过,闲聊声传入:"真没想到柯屿的演技居然可以这么好。"

"这个导演很会带演员,不知道小岛还好不好收人家片酬咯?"

"我听说他片酬很高哎。"

黎海遥手一哆嗦,嘴里一呛。

商陆沉声问:"和解方案提了吗?"

黎海遥皮笑肉不笑:"少爷,您是在质疑本所的职业素养吗?"

商陆惨不忍睹地抹了把脸。

拿了赔偿金滚蛋,或者分文不取当他的专属演员。柯屿眸色渐暗,终于低声骂了一句:"无耻。"手机输入律师号码,传来对方正在通话中的提示。柯屿挂断,还未等重拨,"砰!"休息室的门被一脚踹开,唐琢气喘吁吁地逆光站在门口。停顿两秒后,他一脚踏入,同时狠狠甩开后面拉着他的副导演:"柯屿,我需要你一个解释。"

该来的还是会来。

副导演和制片人都拼命冲他使眼色,制片主任老杜打圆场:"哎——哎,老唐,你冷静一点,这个事情肯定不是你想的……"

柯屿从沙发上站起身,一个眼神递出,老杜莫名哑火。场面安静下来,柯屿淡淡一挥手:"果儿,跟瑰丽定下午茶,我请。"又转向其余人,"我和唐导单独说。"

人退干净,柯屿给唐琢递一根烟。打火机燃起,他靠近,唐琢给面子地低头,深抿一口。柯屿请他在沙发上坐下,自己搭着二郎腿坐在他对面。"给你添麻烦了。"他呼烟掸烟灰,姿态放松,有一种娴熟的江湖气。

唐琢微怔。他是来兴师问罪的,但现在,他甚至开始怀疑自己是不是太过急躁,而误会了柯屿。他的导师沈聆曾告诫过他,柯屿是一个很复杂的人。唐琢后知后觉地回想到，虽然他演技很烂，但无论在片场被骂得多狗血淋头下不来台，柯屿也从没有红过脸、发过火，恼羞成怒或对别人撒气。他就像是一面透明的玻璃，看着干净易碎，很"乖"，但贸然撞上去，却可能头破血流。再开口，唐琢的火气已经收敛，虽然胸口仍起伏着，却斟酌着语句问："柯老师，你实话实说，这个片子到底是怎么回事？你知不知情？"

柯屿无奈地笑着摇了摇头，淡淡道："老唐，别这么给我面子。片子是在我同意下拍摄的，人物独白也是我设计的，你没有冤枉我。"

唐琢豁然起身："你开什么玩笑！"且不说剧本是他花了心血打磨的，关键是怎么跟投资方交代？！

"这是第一层实话，你不要激动，先坐。还有第二层实话，但我想你也未必愿意相信：成片我也没看过，最终到底剪出了个什么故事，我现在也不知道。"柯屿夹着烟的手一摊，一种慵懒的无奈，"我刚才接到了咏诚律所的律师函，对方想私了，五百万。"

"五百万，"唐琢气笑了，"老子告到他倾家荡产！"

柯屿搭着椅背的手揉了揉太阳穴，沉吟着说出第三层实话："这个导演没钱，而且他也不知道这个故事和人物其实是有版权的。我骗了他。"

唐琢：这比他的剧本还复杂，搁这玩套娃呢？

"他不知道我是演员，"看到对方呆滞的表情，柯屿也失笑，从容地调侃，"是的，你看，我还不够有名。他以为我说的是自己的故事。"

唐琢叉着腰，在休息室里转成了一只烦躁的陀螺，陀螺转到第五圈时终于失控——他一脚踹翻化妆椅。

"我会联系律师，这件事是我的问题，我来处理。"柯屿捻灭烟的同时也站起了身，"先交底，你是想要钱，还是流量？"

"你什么意思？"

"片子明天上线，不管成片什么样，到时候电影一上映，观众一定会有所联想。如果要钱，他应该赔不了多少；要流量，我有把握说服他。"

"你有多少把握？"

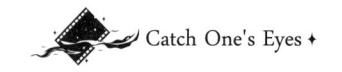

柯屿一勾唇："对付个小屁孩，我想我还是有办法的。"

唐琢还是不明就里："我不懂你的流量是什么意思。"电影内容提前曝光，这就是个死局，还有什么余地可以转劣化优、起死回生？

"这个短片的关注度已经爆了，全片三十分钟只有飞仔的独白，我想剧情重合度不会超过 20%。如果你愿意，可以把这部当作电影的先导片，版权归你，后续营销由辰野安排。"

"你们掏钱？"唐琢眯眼。

柯屿故意叹一口气，同时笑了笑："有什么办法？汤总不出，那就我出。从今天到明天的流量少说也值上千万，怎么样唐导？"他拍了拍唐琢的肩，又递了一根烟："我在圈里还混不混得下去，就在你的一念之间了。"

他在卖乖？唐琢抹了把脸。他被这股急火给闷了满身汗，现在骤然冷静下来，火转成刺挠挠的痒，一个劲地顺着毛孔乱蹿。愠怒未消，他最终不耐烦地一挥手："行行行，你不要给我来这套。热搜营销通稿，一个都不能少！"门一开，片场但凡有点职务能说得上话的人都围了上来。喧嚣被阻隔于门后，柯屿闭眼仰靠在沙发上，胸口随着深呼吸起伏。只是一口气的喘息，他便又睁开了眼睛。

一通新的电话进入。

他垂眸看着上面"汤野"两个字，自嘲地勾起了唇角。柯屿盯着屏幕两秒，选择了挂断。他几乎可以想到对方阴鸷冰冷的怒气，但他不仅没有害怕，反而快意地低笑出声。声音被严丝合缝的门窗压抑住，门外传来片场重新开工的忙碌声，灯光师大声吆喝着角度不够要再高点，场记听着副导演的安排把第一百二十三场戏提前，化妆师说笑着经过窗口。在这样的白日喧闹中，柯屿终于越想越好笑，越好笑越疯，连眼角都笑出了眼泪。深深低着的脸上，刘海遮住了他眼里所有的光。

电话进来时，他已经恢复好了情绪。他静静听完律师的道歉："商陆知道我的身份，是吗？"

黎海遥彬彬有礼："我谨代表我的委托人商陆先生再次向您致歉。"

"所以他的确知道。"

"的确知道。"

柯屿冷冷地笑了笑:"既然知道,五百万私了的信心是谁给他的?"就凭邮箱里几封不痛不痒、勉强可以算作关心的邮件?

"告诉你的当事人,我要见他。"柯屿一字一句,"他最好带上足够的诚意,放下足够多的傲慢,并祈祷他的女朋友足够有钱。"

做律师一天到晚受气是难免,黎海遥被挂了电话,也只是摸摸鼻子笑了笑,心想:商陆什么时候有了女朋友?

阳光被云层遮住,又是一个泛白的冬日阴天。柯屿推开门,楼道到外面水泥地上站满了人,一见他都鼓掌。唐琢带头站着,像是已经暂且将阴霾放下。柯屿举重若轻地笑一声:"怎么,我要提前过生日了?"

程橙冲他竖大拇指:"就看明天能不能获奖了。"

"还要看明天?"老杜鼓得最起劲,"是塞斯克啊!塞斯克亲自认证想合作的中国演员,这排面属咱圈里第一了吧?"

柯屿与唐琢交换眼神,又点点头。两人并肩分开众人往外走,柯屿云淡风轻地回答:"可惜了,我不喜欢他。"

或许是这天降流量给剧组打了一剂强心针,原本疲乏的片场又活泛了起来。柯屿一路过去,受到了远超咖位的待遇,所有叫得上叫不上名的演职、技术师傅、配角群演都对他鞠躬,不管真心假意,"柯老师"三个字此起彼伏。

还是原本的巷口,原本的墙角,阿州静默穿行而过,听到两句闲聊:"不说别的,那几句独白是真好。"

"抽烟的镜头是真漂亮,一个眼神穿过霓虹灯,那感觉,嚯!一下子就出来了!"

"要不栗山这么多年不离不弃?"伴随着啧啧两声,吞云吐雾中传来服气的感慨,"大导的眼光还是牛。"

阿州的眼神没有波动,这些声音和弥漫在口鼻间的垃圾酸腐味一样,仿佛不存在。或许是觉得他们这种言之凿凿的样子着实好笑,他还是不免

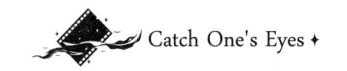

动了动唇角。

片场都是甜味儿，原来是下午茶配送到了。因为是临时预定，份数又多，盛果儿分别叫了瑰丽和半岛的，每个人都有份。从包装、气味到样子都甜丝丝的，连打结的丝带都透着贵。工人师傅们接到时都觉得意外，擦着掌心的汗受宠若惊地问："我也有？"有的没舍得吃，好好地收了起来，想着带回家给老婆孩子。盛果儿推脱说减肥，把自己的那份拿出来给分了。看到阿州，她知道柯屿这一天的好心情到头了。

柯屿刚下了戏，听唐琢说下午怎么敷衍投资方的追问，听了一半，余光瞥见跟在盛果儿身后的阿州，带着笑的神色果然收敛。

"GC 明锐计划的发布会就在明晚，汤总让柯老师也一起出席。"阿州向唐琢说明来意，要把柯屿带离剧组两天，后天归还。

刚好在宁市的戏份拍得差不多了，剧组从上到下都开始松弛，唐琢根本就没给柯屿找理由拒绝的机会，一拍额头道："嗨！我都忘了，我也要去啊！快快快，说得对。小岛，你是明星，得提前定造型。"

阿州一伸手："柯老师，请。"

盛果儿被拦住，柯屿想了想，吩咐她："你去安言那里把门禁卡和房卡取回来，在房子里等我。困了的话可以先睡，客卧的床品你知道在哪里的。"

不仅阿州，连盛果儿都意外了，欲言又止后问："您晚上还回来吗？"

她看到她老板临行前回眸瞥了她一眼，那一眼说不好，像是温和的悲凉。一眼过后，柯屿淡然地说："我会回来。"

阿州开商务车来接他，从后视镜里看，柯屿睡得沉稳，仿佛累极了。一个多小时后，车子在市中心的奢华酒店停下，从地下车库径自进 VIP 通道上顶层套房。落地窗外华灯初上，远处信号塔尖一闪一闪，汤野端一杯红酒搭腿坐在扶手椅上，正闭目听着造型师的建议。刷卡开门的动静让他睁开了眼，见柯屿进来，他笑着起身："准影帝，我还没来得及恭喜你。"

"汤总客气了。"

汤野放下酒杯，若无其事地拍手招呼道："来，我们的大明星来了，快，几套方案——"支着脑袋思索，"一四五，都拿来试一试。"

两个造型师都抱着西服，"咕噜"咽了口口水，求助地看向阿州。

阿州一点下巴，轻声："去。"

"愣着干什么，"汤野用力抿了抿唇，压下直冲心脏的烈酒辛辣，眯眼道，"给大明星更衣！"

"柯老师，得罪了。"造型师小声告罪，白贝母衬衫扣被一颗颗解开，在水晶灯下，柯屿无动于衷。这又如何？作为明星，他被人伺候惯了，并不觉得屈辱。相比起来，汤野看戏的目光更令他恶心。他就站在几步之遥的地方，转着食指上的戒圈。如果不是因为这屋子里的人都清楚这位老板喜欢高高在上地用言语侮辱人，像地主对待长工——如果不是他有这些暴力嗜好，他看上去，的确像个正常人。

衣服剥下，像剥去了一层皮肤，又被轻巧地扔在了地上。柯屿的上身毫无遮掩，肤色肌理都漂亮，只在腰背有几道快要消失的红印。

汤野伸出手，蹙眉道："拿来。"

造型师哆哆嗦嗦地递上。

递得慢了。

"拿来！"

西服随着胆战心惊的目光被捧到手上，汤野耐心地解开扣子，又亲自披上柯屿的肩膀："来，让我也享受享受为大明星服务的光荣。"

衣服穿好，他站远两步欣赏。

真漂亮。越漂亮的瓷器，打碎时才越有艺术感。何况柯屿不仅如此不屈不挠、不枝不蔓，他还有病，那些难言的疾病，让他变得更漂亮。而这种残缺的漂亮，可只有他这个老板才知道，只有他才能去折辱摧毁。

门被无声地掩上，不知道什么时候，阿州已经带着两人退了出去。汤野抵着下巴，笑容像浮着的面具。"小岛，我给你机会，"语气温和得很有迷惑性，"告诉我，那个导演是谁？是谁——敢把你拍得这么漂亮。"

凌晨两点，门铃声将盛果儿从不安的睡眠中惊醒。门打开，明亮到刺

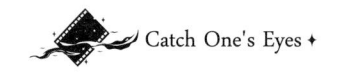

眼的灯光笼着柯屿颀长瘦削的身体。他撑着门框，苍白的脸上淡淡勾出一抹笑："抱歉，回来迟了。"

盛果儿惊醒过来："对不起，我实在太困了……"见柯屿还穿着从片场走时的衣服，她忙问："饿吗？要不吃点夜宵？要泡澡吗？我给你放洗澡水？"

柯屿摆摆手："我没事，你先去睡。"蹲下身的动作疲惫而小心，五只猫先后围了过来，迪伦最爱撒娇，把毛茸茸的脑袋主动歪到他掌下。只是主人今天的手掌并不温暖，反而浸透着冰冷的潮湿。

盛果儿给他端来一杯蜜蜂水："醒醒酒。"她跟着蹲下，一边逗猫一边天真地问："汤总是不是给你办庆功宴了？年终奖是不是得翻倍啊？"

柯屿"嗯"了一声："当然翻倍。"

多喝了两口，盛果儿尤记得提醒："喝多了水肿。明天晚上是晚宴，又是奖项公布的日子……哎哥，阿根廷跟中国时差多少？"

柯屿微怔，淡漠地摇了摇头。

盛果儿取出手机，声音跟着走动远远近近。"我以为你早就查过了呢。我看看，百度上这么说，"她跟着念，"中国大陆比阿根廷快十一个小时。公布时间是晚上九点……哎！那我们不是早上八点就知道结果了？！"她又掰着指头数了一遍："我没算错吧？高中地理没学好……"

柯屿撸着猫，淡淡"嗯"了一声。

"那我不睡了！"盛果儿伸了个懒腰，"我要清醒着迎接明天的太阳！"

柯屿失笑："快去睡，明天放你假，不是一直嚷嚷着要去补牙吗？"

盛果儿进客卧前又回头看了一眼，柯屿仍盘腿坐在地板上，孤零零的身影只围了五只小猫，小猫喵呜喵呜，稚幼的声音并不比他的动作更轻柔。她按灭大灯，黑暗中，只剩一盏筒灯孤寂地照着他。

她觉浅，何况在自己老板家，潜意识里就不敢熟睡，听到点动静就醒了。闷哼声在万籁俱静中有些诡异，盛果儿疑心是自己幻听，又怕是柯屿有事，一路寻着声音找到洗漱间门口。硕大的洗手台前，撑着一具裸着上身的身体。盛果儿退了一步，惊呼的瞬间又紧紧捂住了嘴——这张脊背上，到处都是纵横交错的伤痕。

呜咽声惊醒了深深垂首的人——柯屿半转过脸,因为忍痛而灼红的眼睛微眯,在瞬间爆发出了令盛果儿陌生的戒备。意识到是她后,紧绷的身体慢慢松弛,半晌,他平淡地说:"既然看到了,就帮我上药吧。"

眼泪迅速积蓄了眼眶,盛果儿拼命摇头:"怎么回事?谁打的?是谁打的?为什么会这样……"

是汤野养的狗啊。

柯屿轻柔地"嘘"了一声:"乖,别问。"

折叠式的药箱就放在一侧,柯屿濯洗毛巾,血迹顺着水流被稀释,打着旋儿地冲刷进下水道。他面无表情:"先用毛巾清理伤口,已经破了的地方不要沾水,用棉花沾碘酒消毒,然后抹药。破了的用这管,没破的用这管。"他递出两管不同的药膏,上面都是看不懂的外文。盛果儿分辨着,柯屿自嘲地一勾唇:"去疤的。"去疤的这管剩得更多,说明它用得慢。

柯屿提起药箱:"去客厅吧。"

一切都在沉默中进行,只有五只猫见怪不怪地盯着。或许眼里还是有疑惑的,毕竟从前,都是这男人一个人给自己上药。盛果儿没处理过这种事,下手没轻重,但始终没再听到他闷哼,最多……只是肌肉因为痛而神经性地紧绷。她手抖,眼泪不停地掉。柯屿趴着,叹一口气,这时候还失笑调侃:"果儿,别哭了,眼泪掉伤口上真的很痛。"

盛果儿发出一声似哭似笑的声音,用力吸了吸鼻子:"你别招我,否则我一瓶药酒全洒在你背上。"

"谋杀老板啊,那你年终奖没了。"

毛巾汰洗了五遍,一瓶药酒见底,断断续续处理了快一个小时才结束。柯屿束上睡袍:"睡吧,明天十点前不要叫我。"

"奖……"

"不重要。"瘦削的身影没入黑暗中,房门掩上,凌晨的冷意中,只有喵呜一声猫叫。柯屿解开睡袍,滑进真丝被单中。冰冰柔腻的触感减轻了因为摩擦而带来的疼痛,在入睡前,他最后一次打开邮箱。

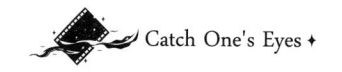

没有新的邮件，商陆连入围的消息都没有分享给他，只等着一纸律师函厘清所有：相遇、拍片、邮件往来，都是算计和欺骗。

柯屿想，自己是太不自信了，商陆他这个年纪，又是喜欢看电影的人，怎么可能会认不出自己？他又想，自己或许又是太自信了，凭什么相信一个初次见面、萍水相逢的人，会那么认真坚定地对他说"你是个天生的演员"，说"飞仔是养花的人"，会毫无缘故地关心他"一定很疼"。

他早就知道他是个演员，就连私了的费用也是套了话以后的精准计算。

柯屿清空往来记录，把这个地址标记入垃圾名录。

发布会下午四点开始，之后是晚宴。商陆正打着领带的时候，商明宝也赶到了。她本来昨天就要坐家里的飞机杀过来，奈何被她爸逮住，训斥了一下午，又乖乖陪着去吃了顿宴，就这样到了晚上，她也还要抓着商陆聊电话，翻来覆去地科普柯屿的黑料。今天早上一刷热搜——果然，还住着呢！这还得了！她无论如何都要回来！

商小妹的速度快得连明叔都拦不住，她气喘吁吁地出现在衣帽间时，商陆从镜子里睨她一眼："这位女士，要是这时候我没穿裤子，请问你怎么办？"

"少来，被本美少女看到是你的荣幸。"商明宝抓住秦姨递过来的水狂喝两口，"我昨晚上没讲完，讲到哪儿了？哦他跟栗山……"

"他跟栗山有不正当利益关系，"商陆娴熟地打好领带，吊儿郎当地拖长调子应了一声，"知道了。"

商明宝言辞凿凿："你不信是不是？"

商陆仿佛没听到，叠好双叠袖的手臂一伸，命令道："过来。"

商明宝挪过去，不情不愿地给他钉袖扣，边嘟囔："还有呢，除了栗山，那个汤野也牵扯不清。"

商陆不咸不淡地瞥她："你给他装摄像头了？"

"我就知道你不信！"大小姐脾气说来就来，袖扣被狠狠掷出，"他给你灌迷魂汤了？告诉你他演技差当不了主角，你答应得好好的，扭头就找他拍电影！告诉你他是资源咖你不信！好，我问你，昨天我告诉你以后，你看过他几部片子了？看一晚上了吧？有哪怕一帧入得了你的眼吗？声台形表，他哪样合格，哪样能配这么多资源？栗山捧他图什么啊？汤野做慈善啊给他一堆别人抢都抢不来的资源？！"

宝石袖扣在地上一摔，顿时崩得七零八落。商陆看着她，看她胸脯气鼓鼓地起伏，又在他没有情绪的注视中渐渐心虚，才笑了一笑："哥哥获奖了，你就这么祝贺啊？"

商明宝噘起了嘴委屈巴巴："一个额外的安慰奖还好意思说。"

上午八点，布影官网刊登了评选结果。在所有的奖项之后，主办方如此写道："托塞斯克·斯宾塞斯先生的福，本协会获得了自创办以来前所未有的关注，这一度导致我们的网站无法正常打开。而被塞斯克先生认可的这部短片——*Boring*，必须承认，在初次投票时，它获得了 14/16 的高票；而在事情发生后的二轮评审中，则可以预见地变成了 1/16。是的，布影从创办之初就以实验、变革、独立为宗旨，但在一切之上，我们认为，最重要的不是别的，而是公平。我很荣幸在此宣布，*Boring* 获得的是"独立奖"。这将是本协会有史以来第一次、也是唯一一次。"

商陆笑一声，弹商明宝一个脑壳儿："什么安慰奖，就是最佳短片奖。"

"便宜死柯屿了……"

"看了吗？"

商明宝拉长声音："看——了——"

"喜欢吗？"

那哪敢说不喜欢？商明宝与有荣焉，心想何况我哥本来就是天才，不喜欢的都是打娘胎里审美就没修炼好。

"喜欢，那就顺便喜欢柯屿吧。"

"什么叫顺便喜欢？我才不要！"

商陆握住他妹妹的肩膀，耐着性子弯下腰："小朋友，你哥哥我挑的是演员，他的其他事情既跟我没关系，我也没兴趣，明白吗？"

院外响起两声喇叭，商陆拉开自动上链表柜，从里面摘下一块名表，

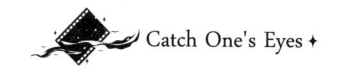

边扣表带边大步往外走，同时打发道："好了，别噘嘴，自己玩儿去。"

陈又涵的车停在门外路边，他刚好上午过来处理公务，下午便捎了商陆一起去发布会。等他上车时，对方便忍不住扶着方向盘笑："这位少爷，你这也不像想低调的样子。"商陆穿着高级定制西服，戴着限量款的表，加上这身高这相貌这气质，陈又涵未雨绸缪："待会儿你别跟我一起进去。"

"怎么？"

"你哥哥我风评比较差，你要是这样子跟我一起出席，宴会没结束你这小白脸的名号就坐实了。"

商陆：……

陈又涵笑一声，扔给他一个礼盒，车子沿着密林间的盘山公路优雅下滑。他玩世不恭道："恭喜你获奖。"打开礼盒，是宝铂的钢笔，他不客气："谢了。电影你看了？"

"你觉得可能吗？"

商陆：……

就不应该对这个男人抱有赚钱以外的幻想。

"电影我没时间看，新闻刚在电台里倒是听了不少。你的主演是柯屿？"

"你认识？"商陆微怔。

陈又涵睨他一眼，脸上有漫不经心的笑意："这个演员我不熟，不是我感兴趣的，不过听说了他老板的一些传闻。"

"什么？"

"他老板姓汤，风评也不是很好。你如果想继续跟柯屿合作，少不了要跟他打交道，所以我是建议你不如换个人。"

正午的阳光也透不进层叠厚重的遮光窗帘，柯屿摸到手机后才知道已近十一点。他换上睡袍开门，盛果儿正在门外一脸焦虑地握拳、跺脚、转圈圈。柯屿倚着门框欣赏了会儿，戏谑道："洗手间空着。"

盛果儿尖叫一声冲上来："哥你终于醒了！麦总十分钟后到，你再不起床我就要被他剁了！"

柯屿不为所动，只问："猫喂了吗？"

"喂了喂了喂了！"大布偶貌美如花，柯屿蹲下身喷喷两声，唤它"褒曼"。他云淡风轻的，盛果儿都快憋死了："哥你刷微博了吗？看微信了吗？看新闻了吗？你知道——"

"好消息就听，坏消息闭嘴。"

"好消息当然是好消息！你的短片在官网上线，流量都挤爆了，全微博都是这个！最高的那条累计播放量都已经过亿了！还有七七八八的转发转载，影评网也添加了信息但是分还锁着，下面长评过百短评过万——这才三个小时不到！"

柯屿把褒曼抱进怀里，沉默了一会儿才笑了笑："是吗？"

门铃声响，麦安言提前到了。盛果儿跑去开门，麦安言气势汹汹，南希拎着装了电脑的公文包跟在身后，对盛果儿偷偷甩一个眼色做唇形说："疯了。"

麦安言一个箭步冲上："两个问题：一是导演是谁，二是片子有没有唐琢的版权？"

"不认识，没有。"布偶猫喵一声，从他怀里跳走了。柯屿取了两只水晶杯，又拔开威士忌酒瓶，酒香在刚清醒的上午格格不入，他递给麦安言一只："cheers。"

麦安言："che——cheer你个头！侵权的你知不知道？昨天看预告片光顾着高兴了，我就说你柯屿什么时候转性了，能不惹是生非开始给我做好事了——"

"小言，冷静。"琥珀色的液体折射着冬日温柔的光线，柯屿摇晃着酒杯，没有沉吟便慢条斯理道，"我跟唐琢已经谈好，这部短片就作为先导片公布，刚好把流量引到《坠落》这部电影上。你后续安排的通稿和热搜，记得把电影名关联进话题。"

"你以为做慈善呢？汤总那边——"

"汤总你不用担心，他会同意的。辰野是这部电影的投资方之一，票房盈亏他也在意,有的救怎么会不救?"柯屿轻描淡写。

"听说昨天他找你了?"

盛果儿欲言又止,被柯屿一个警告的眼神制住:"聊解约,聊电影。祸是我闯的,你还想他来找你?"

麦安言直觉有哪里不对,但又说不出口。他从昨天到今天跟坐过山车似的,刷新页面看到获奖了差点心梗瘫椅子上,等三十分钟的内容看完,又开始绝望。这会儿杀过来看柯屿早就有了安排,他一颗心才算堪堪落了回去。不免还是心情复杂,既觉得对不起柯屿,又觉得他过于有主见。说出去没有人会信,他一个圈内数得上名号的大经纪人,其实从一开始就没有拿捏得住柯屿。

"晚上活动你跟应隐一起出席吧,现在梳洗下,吃过中饭后我带你去做造型。"

柯屿脊背一绷,不动声色地问:"怎么,汤总不过去了?"

"他去,但是你不用陪他了,你今天绝对是全场焦点,买一送一带上小隐正好给辰野提气。"

柯屿抿起唇,心里涌起悲哀的劫后余生之感。他明白,这是汤野短暂地对他厌恶了。如果是以前,他会天真地以为从今以后终于不用再面对他,会重拾生活重整旗鼓——直到下一次坠入深渊。后来他知道了,汤野对他的折磨,就像是猫捉老鼠,就连这种给予希望又重新剥夺的行为,也本就是其中的一部分。

通往造型工作室的路程需要半个小时,刚好够柯屿看完一部短片。前排麦安言与南希聊得热烈,盛果儿被放了假,没人注意他——他挂上耳机,深呼吸的同时点开了这部由他共同创作的电影。

车子滑下沿海公路,驶入环岛,陈又涵把钥匙抛给门童,与商陆一起步入旋转门。GC文娱的指示牌和礼仪在门口迎宾,两人步入专属通道,电梯门闭合,陈又涵道:"你跟我去见文娱总裁,我只出席发布会,晚宴让他照顾你。"

电梯到三十二层"叮"的一声停下,二人右转进贵宾室,水晶吊灯照着厚实的提花地毯,扶手椅上坐着一个戴眼镜的青年,助理正弯腰在他耳边低语,做最后的发言稿核对。

"陈董。"助理眼尖,一出声,屋子里形形色色忙碌的人都停了下来。

青年起身,迎过来的时候陈又涵介绍道:"GC文娱总裁,顾岫。"

"副的。"顾岫伸出手,"幸会。"

"导演商陆,你们应该都看过他的作品了。"

众人面面相觑,商陆与顾岫握手:"幸会,可以叫我Sean。"

"天——"文娱都是活泼的,氛围也没那么严肃,顾岫一听这个英文名顿时就惊呼了出来,被陈又涵似笑非笑地瞥了一眼,才后怕地捂住了嘴。

"晚宴我不参加,你把人照顾好。"陈又涵绅士地搭着顾岫的背,将人带至小会客厅,"这是商宇集团的二公子,你知道就行,不要声张,招待的时候把握好分寸。"

下午四点,明锐计划发布会如期开始,会议规模和出席嘉宾都快赶上圈内重量级的电影节了。邀请函分两封,除了那些已经自己做投资的明星,其余大多只拿到了晚宴邀请。三场发言和推介下来,撇开那些冗余的官腔,众人脑子里都被震惊得只剩下一个声音:百亿投资规模。什么概念?只做电影……这哪里是来扶持新人的,这是来当菩萨的!

当然,钱不是乱烧。任何项目的筛选都必须经过严格的递交、审核、现场陈述、圆桌对谈四个程序,最难的就是圆桌。明锐请了几十位业内大拿,包括资深出品人、制作人、导演、编剧、美术和电影工业技术团队,以便从各个层面对导演进行最严密的挑剔。

昏暗的灯光下,商陆勾起唇角,够会玩儿的。过六点茶歇半小时,之后众人便移步宴会厅进入晚宴环节。顾岫谨记陈又涵的叮嘱,把商陆寸步不离地带在身边,但又不主动引荐。商陆乐得轻松,端着香槟杯站在一边,有人上来给顾岫递名片寒暄,他就跟着一碰杯,单手插兜的样子贵气倜傥。顾岫这办法虽然偷懒但实用,他本来对国内娱乐圈一无所知,这一晚上却已经把该认识的、不该认识的都认了个七七八八。

应隐挽着柯屿的手入场，话题犹停在短片上："你是不是哪天睡觉被祖师爷亲了一口？太恐怖了我都起鸡皮疙瘩了你知道吗，大白天的我一边看一边想这是我认识的小岛吗？"

应隐嘴里吐槽，面上却端庄，遇上熟人甜美矜持地抬手勾勾手指："而且这个导演把你拍得比在栗山那儿还美？要不然咱俩凑个营业CP吧。"

柯屿淡淡道："谢谢，我不需要。"

宴会厅大得炫目，衣香鬓影、星光熠熠，谈笑声浮动在金色的淡香槟上，灯光倒映在剔透的水晶杯中，镁光灯闪烁不停，挂着工作证的摄影师和媒体有序地进行访谈。应隐拨了拨头发，抬头挺胸地拗出一个风情万种的直角肩："逮到了，GC文娱总裁顾岫，趁安言和汤总在忙，过去打个招呼？"

柯屿抬眸，尚未反应过来，应隐疑惑道："等等，那不是……上次出租屋里的那个商陆吗？"

他穿了西服，整个人都变得不一样，质地考究的面料在灯光下透着贵气，端着酒杯，唇角噙着一抹笑，大概是无聊，整个人都有种慵懒的桀骜，眸色分明戏谑，但一眼望去又绅士周全，仿佛在做无聊的社交游戏——而且非常熟练、游刃有余，像是烂熟无比。

"我去，帅啊。"应隐眼睛一亮的同时想到什么，又脸色一变，"不好，他上次听到了我勾引陈又涵未遂——等等，陈家和商家交好，听他的口吻又好像认识陈又涵，站在他旁边的是总裁顾岫，陈又涵心腹中的心腹……"女人直觉起来就是快狠准，拦都拦不住，应隐掩唇惊呼："救命！他就是商家二公子？"

应隐一顿分析，心中狂喜，立刻便要上前与他共忆前缘，谁知刚踏出一步就被拉了个趔趄，扭头一看，柯屿正低着头一脸要命地拉着她往反方向走。人群一阵低呼，应隐脚下一歪，以刻入基因的本能做好表情管理的同时娇喘一声"救命"，电光石火间，她攀着柯屿的肩膀，柯屿搂着她的腰，两人以烂俗偶像剧男女主相遇的姿势来了个探戈式英雄救美。

不知道哪里来的二百五开始鼓掌，还夹杂着阵阵笑意和调侃。

柯屿眼前一黑……又要上热搜了！

小范围的骚动并没有影响整个宴会厅的气氛,但已有人交头接耳、互相询问:"发生什么了?"柯屿扶着应隐站好,条件反射地回头往商陆站的方向看了一眼——对方端着香槟杯,眼里的意外一闪而过,接着便以一种百无聊赖的戏谑神态对他遥遥举杯。

　　他设想了一百种两人再次见面的方式,比如在双方律师的陪伴下,冷冰冰地交锋着关于金钱、流量、赔偿等无聊的问题,却从未想到会在这种名利场的宴会上重逢。灯光这么辉煌,把他尚未安顿好的心情照得惶惶无处遁形。宾客三三两两地围着,有人带头起哄,唤他"塞斯克的缪斯",虽然是调侃,但也分不清是恶意还是好心。

　　应隐捂着惊魂未定的胸脯巧笑嫣然:"柯老师你跑什么,人家只是想给你敬杯酒。"她落落大方地从侍应生高举着的托盘里端下两杯香槟,"都没来得及祝贺你的作品获奖。"应隐一起头,众人都顺势举杯。应隐把酒杯塞进他手里,杯壁轻磕发出剔透的响声,她眨眨眼:"恭喜。"

　　顾岫不知道什么时候到了,应隐会来事儿,惊喜地喊一声:"哎呀顾总!上次一别好久不见了,怎么样,您有没有看我们小岛的新片呀?"

　　顾岫点点头,虽然年轻但气场很稳:"上午看了,柯屿老师演得很好。"他是东道主,资本的代言人,这一说,众人便举杯再次祝贺。

　　应隐抿着笑,美目里眸光流转,顺其自然地看向了商陆:"商先生,别来无恙,您也看了?"

　　在场的没人知道商陆的身份,只当他是顾岫的贴身助理。应隐单独提到他,目光便齐刷刷聚了过去,商陆看着柯屿,眼神与他交汇。因为个子太高的缘故,他看人的时候总是敛目垂眸,给人一种专注深沉的感觉,但气质又是慵懒散漫的,于是便又让对方疑心他只是在耍他。话一说出口,罪名更坐实了,他漫不经心地说:"当然看了,柯老师的表演天衣无缝,是最好的男主角。"

　　这个说法太重,而他又是这样一个无名小卒,娱乐圈的都是人精,面上不说肚里话可多,都想你谁啊,这姿态、这说一不二的口吻,不知道的还以为是栗山亲临呢。空气静了一秒,都是心知肚明要给这不知天高地厚

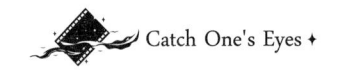

的毛头小子一个尴尬。柯屿接过话，不动声色地圆了场，淡淡道："言重了。"

"可惜今天导演不在。话说回来，这导演到底是谁？"

影片导演只有一个英文署名。他转发了塞斯克那条推，高冷地只附言"Thanks"，推特页面因此被扒了个一干二净。他没有任何私人信息，满满的都是随记：有生活画面，有乍现的灵感，也有影评。他偶尔晒一条听交响乐会的记录，称赞某位名为"枝和"的提琴手的天才演绎，或者是参加历年大师班先锋会谈圆桌影会的见闻。有人猜他是北欧先锋戏剧大师斯黛拉的弟子，有人猜他是外国人，也有人干脆认为他是内娱某个导演的披皮马甲。下午就有记者去连线采访栗山了，问这个短片是不是出自他之手。栗山以老前辈的立场给予了充分的肯定和嘉奖，同时坚决否认了这是自己会喜欢的风格。

"小岛，在场只有你清楚。你快说，这个导演究竟是什么来头？"

目光都探究地聚集在他身上，全场安静一瞬，只有管弦乐悠扬地拉着。柯屿看着商陆的眼睛，轻轻地说："是个骗子。"

"骗子？什么骗子？"众人面面相觑，交头接耳，柯屿再顾不得礼数，低声一句"失陪了"，便分开众人仓促离场。顾岫低咳一声看向商陆，后者好像被"骗子"两个字戳中，无奈地摸摸鼻子低笑一声，趁人不注意低调地尾随了上去。宴会厅的门厚重无声，上一次的开合轻晃还未停歇，便又被人一把推开。柯屿没走两步，手腕便被人一把握住："柯老师。"

柯屿没有回头，只冷冰冰地说："放开。"

"别跑。"

"有什么话你还是留着跟律师说吧。"

商家二公子是吗？他现在改变主意了，不仅要让这部片子成为《坠落》的附庸品、先导片，还要他赔得倾家荡产。五百万对他来说轻飘飘，可一两千万为人作嫁衣，他再有钱也该知道心疼。

走廊转角传过两道低语，柯屿脸色一变，尚未挣脱，便被商陆一把拽进休息室。

"听我说。"

"不听。"

商陆失笑一声："你怎么跟商明宝一样。"

柯屿目光迷惑。

"是我妹。"

柯屿冷冷道："我问你了吗？"

"你没问，是我自己迫不及待地要让你知道。"

柯屿垂下目光，一颗心在心口高悬不下。

"商明宝就是你上次见到的开保时捷的姑娘，她那天来宁市看我，你以为她是我女朋友。"

"你没解释。"

"我怎么解释？我总不能说我有一个开跑车的妹妹，我家里很有钱，我来城中村只是为了采风，这么说了，你还会理我吗？"

"不理。"

商陆垂眸看着他，虽然对方低着头，他根本什么表情都看不见，但仍然笑了笑："你没骗我？柯老师，你骗我不是一点点。"

"是你自己眼睛不好。"

"好，是我眼神不好，主演就坐在身边都没发现。你是不是在笑我？"

仿佛被戳穿，柯屿上翘的唇角立刻恢复平直："没有。"

"商明宝把你的照片摆在我眼前，我也没发现。"

忍不住了。柯屿垂在身侧的两手掌心都是汗，笑出来的同时欲盖弥彰地低咳一声。

"入围上热搜那天她打电话过来，我看到微博上铺天盖地的都是你的名字，我才知道我错得离谱。"

柯屿想了想，敏锐地捕捉到重点："你那天才知道我的身份？"

商陆无奈："你果然没有看我的邮件。"

"你那天不是关心我嘴破了，还安慰我？"

商陆无奈："我以为你是他的粉丝。"他复又注视着柯屿，轻轻说："发条片场路透热度就这么高，柯老师，过度曝光对于演员来说不是明智

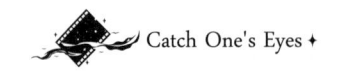

之举，我不希望我的主角一直被公众关注私生活。"

他的话说得霸道，柯屿冷哼一声："我说过要跟你合作了吗？"

"旧账算完了，我跟你算新的。"商陆站直身体，这才发现柯屿的手里一直紧紧攥着香槟杯，傻乎乎的。他轻笑一声，从他手里取下杯子，"你怎么这么紧张？"

酒都温了。商陆把酒杯轻放在吧台上。这里应该是贵宾休息室，有一大一小两个会客厅，还有化妆台和步入式衣帽柜。他倚着吧台斜站，长腿交叠的姿态是松弛的，给人一种很好谈判的错觉。

商陆沉吟须臾，说："如果我没猜错，你去城中村是为了目前正在拍摄的电影采风。不好意思，我让律师调查了你最近的行踪，从上个月进组开始，你就一直在《坠落》剧组里。这部片讲述的是县城青年飞仔来到宁市后，经历一系列真实绝望最后陷入黑色漩涡的故事。导演、编剧都是唐琢，在导演里他算是新人，在他的采访里，他提过这个剧本他潜心打磨了五年，等一切时机成熟才首次亲自执导——也就是说，这个项目就是他的命。"

"是。"

"你跟我说的故事，应该是你为飞仔写的人物小传。不过，这个故事没有讲完，所以我的短片也没有结局。但是飞仔和菲姐两个人物的交集和曲线都已经曝光，《坠落》一上映，提前观影的媒体观众马上就会在舆论和评论上进行联想，如果那个时候再解释，你们片方就会陷入被动。我说句实话，唐琢以前的编剧作品我已经全部拉过……"

柯屿震惊："全部？你没睡觉？"

商陆笑了笑："熟练的话拉片其实很快，我是没睡觉，不过主要还是在看你——"

柯屿：……

商陆慢悠悠地加上尾缀："的作品。"

柯屿冷眼："所以呢。"

"他不行。他有想法，可以做好的开头和中段，但所有作品全部烂尾。他喜欢做冗杂累赘的隐喻象征和一目了然的对比设置，很无聊，而且媚俗。你看过了完整的剧本，我说得有没有道理，你应该有数。"

柯屿想辩驳，但最终沉默了下来，只不客气地说："我没有你这么好的审美。"

商陆接了他的嘲讽："你提前曝光了他的剧本，就算他不找你的麻烦，投资方也会找你麻烦。这个问题本来是死局，他们可以来告我，但某种层面来说——柯老师，我也是受害者，对不对？"他温和地注视着他，目光并不移走，直到柯屿终于与他视线相碰，并点了点头。

"当然，你当初答应我是因为信任我，相信我绝不曝光的承诺，所以主要的错误还是在我。我听黎海遥说你要跟我见面，我已经让他约时间，没想到在这里提前见到了你。如果要打官司，坦白说，你们吃亏。咏诚是香岛最好的律所，商家是他们最大的客户，这个事情一发生，从昨天早上到今天下午，咏诚已经给了我几套方案。官司真打起来，电影会无限期延映，我的公关团队将会把每一场庭会反复曝光，《坠落》这片子的所有细节都会被嚼烂。"

"无耻。"

"一旦到了法庭，这便是两个资本之间的交锋，而不是我跟你的官司。"

柯屿点点头，淡漠地点起一支烟，似笑非笑："你这么自信，那么我这边一口咬定你是抄袭呢？对于一个创作者来说，抄袭的罪名是致命的，而且在这件事上，你根本没办法自证。我为了摘出自己，一定不会帮你。"

商陆失笑："好狠。"

柯屿掸掉烟灰："彼此彼此。"

"好，那我现在给你我的方案。首先，我会向唐琢和你道歉，这部短片我会放弃欧美的艺术院线展映。其次，它在华语圈的传播已经无法避免，既然是同一个人物的人生片段，我建议把它作为电影的先导片，这在电影界倒也不算孤例。只要唐琢愿意，这部片从今以后就作为《坠落》的附属品存在，我放弃一切版权。最后，你在宁市中心的公寓好像在急着脱手，开价远低于市场价。这样，我按溢价交易，房产归我，钱归你，你可以拿出一部分溢价去给片方做宣发人情。"

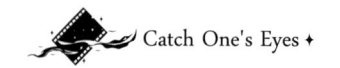

柯屿慢慢站直身体："你疯了？"什么毛病，刚才威胁得势在必得，扭头就用最自损的方式私了。

"这就是咏诚的业务能力？"

商陆笑了一声："怎么可能，这是我跟你私了。"

"什么意思？"

"我不怕跟片方打官司，但中间有个你。柯老师，我想要你——"

"我……"柯屿无所适从，西服刚已经脱下拎在手里，现在他不得不扯着领带骂道，"把话讲完整！"

"好好好，"商陆半举起手投降，收敛了玩笑认真地说，"柯屿，我想你做我的男主角，可以吗？"

柯屿转开目光："你有钱有才有人脉，不用在我身上浪费时间。"

"你怎么会觉得——"话未尽便戛然而止，走廊上传来说话的声音，下一秒，门被"砰"的一撞。柯屿脸色一变，眼疾手快打开衣柜，拽住商陆猛地钻了进去——柜门缓缓合上，"咔嗒"一声的同时，休息室门被拧开。

衣柜里一团漆黑，只从几道缝隙中渗进光，模糊地看到一点人脸。商陆一手撑着柜顶，保持着被他拉进来的姿势。就这么屁大点地方，空气闷热升温，把彼此今天喷的什么香水都闻了个一清二楚。好闻的味道伴着气息钻入耳中、沁入呼吸，商陆的香水是带苦味的柑橘调，橙味清甜，木质香味沉淀。黑暗里听觉和嗅觉都变得敏锐，满室寂静中，两道交谈声伴着无声的脚步缓缓进入，一个懒散中带着谄媚，一个慵懒中不改高高在上，但因为隔着距离和柜门，一时之间听不太真切。

"你倒是识时务。"

柯屿如遭雷击，眼睛蓦然睁大，整个人都僵住。来的人是汤野。汗沿着脊背下滑，洇入抹了药膏的伤口中。柯屿甚至都无暇去感受到痛，只用力地猜测——另一个是谁？为什么他们有话不在宴会厅谈，要来这里私聊？

贵宾包厢隔音极好，远处宴会厅的热闹分毫没有浸染到这里。打火机的声音响起,深抿吁烟的气息绵长,浸透了惬意。另一道男声响起:"识时务者为俊杰,我就当汤总在夸我了。"好耳熟的声音。年纪不大,但也不小,耳熟,说明曝光度可以……对着汤野懒洋洋的,是场面上听惯了的那种谄媚,这让柯屿短时间内难以把他跟圈内的谁对上号。

商陆听到"汤总"两个字,不动声色地垂眸扫了柯屿一眼。从刚才开始他就魂不守舍,看来的确是他的老板汤野。

汤野对柜子里的动静一无所知,他低笑一声,道:"怎么?等不及要过来了?"

"你答应过我,会签我进辰野当一哥的……"对方似真似假地抱怨,"每次都是说得好听,还不是有好的都捧给了柯屿。"

"你也知道你老板难对付,五千万的违约金你怎么补给我?"声音低下去,似乎意有所指。

五千万违约金!按咖位,或者说商业价值来说,比柯屿更高。这身价怎么也是头部艺人了,男的,老板难对付……柯屿蹙眉思索,听到两人低低说笑:"我们叶总终究是个女人,你还怕她?"

叶瑾!这次柯屿和商陆都瞬间反应了过来。昂叶文艺投资,宁通商行大小姐叶瑾的产业,那么这个人就是昂叶一哥——钟屏。

一声清脆的磕碰声,像是金属打火机在桌面磕了数下,汤野命令他:"你不用急,时机到了我自然会跟叶瑾要人,现在你先出去。"

听声音,钟屏还是不情不愿的,跟他在粉丝面前的洒脱反差很大:"一年又一年,反正柯屿也是废物,你捧他干什么?这次的片子是不是也是你安排的?什么导演这么会教戏?"

话说出去没了回声,钟屏抬头,见汤野目光冰冷、脸色阴鸷,心里条件反射地打了个寒战。汤野冷冷地说:"管好你的嘴。"

沉重的隔音门被推开。安静地等了两分钟,柯屿想出去,被商陆轻巧按住。他摇了摇头,无声地说:"再等等。"

又等了五分钟,商陆手按上柜门,无声道:"我先出去。"

他轻推柜门,脚步迈出的瞬间,灯光骤然刺目,一声轻笑响起:"好

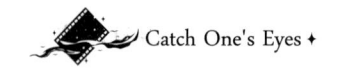

听吗？"僵硬只是一瞬间的事情，商陆活动颈椎，揉着手腕头也不回地走离衣柜，从容地说："还行。"

汤野咬着烟，眯眼打量他："你是今天顾总身边的人。"双方碰杯时见过，他只当对方是顾岫助理，因为外形出众才额外多看了一眼。

"抱歉，本来只想偷个懒。"商陆玩世不恭地说。

汤野哼笑一声，不把他这无名小卒放在眼里，威胁藏在玩笑里："你听到了什么心里有数。"

商陆很上道，"啧"一声后遗憾地说："吃亏了，耳朵不好，什么都没听到。"

汤野的目光最后不动声色地扫了眼紧闭的衣柜门，从名片夹里抽出一张名片扔了过去："GC混厌了可以来找我。"

商陆笑了笑，并不觉得被侮辱，玩儿似的弯腰捡起名片，又亲自把人送出休息室，目送他进入宴会厅，才慢悠悠地扬声说："出来吧。"

他很有素质地把名片扔进了垃圾桶。

柯屿听了个一清二楚，忍不住嘲讽他："当孙子好玩吗？"

商陆鼓鼓掌："体验新鲜，代入感很强，已经忍不住想安排收购公司了。"

柯屿失笑："年纪不大，口气不小。"

"公司没什么兴趣，演员我有。"

"我，你也不必了。"柯屿愣了一瞬，转而笑了笑，拎着西服甩在肩上，"你没听到吗？我是废物，属于不良资产，要被低价出清的那种。"

商陆没想到他如此直白地说了出来。他是听到了那一句"反正柯屿也是废物"，也看遍了他过去糟糕的荧幕表现，但如果柯屿要辩白、要争取，他可以信。见他要走，商陆拉住他的胳膊："没关系。"他注视着柯屿，一字一句："我相信你，就算你真的没有演戏天赋，而是废物，也没关系，我可以帮你。"

"是吗？"柯屿眨了下眼，意味不明地说，"你真的很善良，也是真的傲慢。告诉你我是吃软饭的，你不在乎，拉着我拍电影、参奖、赔我五百万、捧我入圈； 告诉你我是废物，是烂泥扶不上墙，你也不在乎，一样要捧我当主演……"

不知道为什么，有点难过。在看短片的三十分钟里，他无数次地走神回想过拍这个镜头时他们在哪里，在做什么，发生了什么对话，商陆又是如何一次次地肯定他的对白、台词、镜头感和天赋。被他注视着的时候，就像一个柔软的乌托邦，他被托着，以为自己就是那个独一无二、被天赋选中的人，谁不喜欢被坚定选择的感觉？

他也天真地想过，如果他现在还是个素人，哪怕他真的是见钱眼开、无可救药的混子，他也一定毫不犹豫地选择不要五百万——我跟你走。四个字在唇边咀嚼，要出口的瞬间又下咽——他猛然清醒，他不是什么素人，他是出道七年毫无天赋，只能日渐被遗忘的花瓶。再漂亮的瓷器在漫长的岁月中也会蒙上灰尘。一批又一批漂亮新鲜的花瓶面世，他在长久的注视中落满尘埃，看着跟那些普通的陶罐没有任何不同。

他看着商陆："你的确不在乎，是不是？"

商陆没听懂，肯定地说："是。"

柯屿心口一松："房子成交，你挑个时间过户吧。我后天就去丽城，你不着急的话，就等我回来再处理。唐琢那里我会安排见面，后续营销我们会把握方向，还有什么？算了，让你全香岛顶尖的律师团队去想吧，有事随时联系。"

"柯老师，"商陆仍没松手，"我没有你的电话，也没有你的微信。你是不是把我的邮箱拉黑了？我给你发了邮件。"

"是吗？"柯屿勾了勾唇，"说了什么？"

"你自己看，好不好？"商陆柔声问。

"好。"柯屿想了想，"电影我下午看了，真的很好，唐琢今天给我打电话的第一句就是，'他是个天才，对吗'，我说对。你可以找更成熟或者更有潜力的演员合作，我跟你是不可能的。"

"为什么？"

"因为……"因为汤野迟早会知道他就是那个 Sean，是把他拍得比

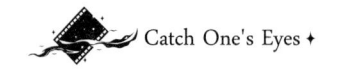

栗山镜头下更漂亮、更生动的人。汤野会让他在圈内身败名裂,那些肮脏的陷阱、脏水、难以辩白的黑料数不胜数,再有钱、再有好的律师和公关团队,商陆也招架不了。娱乐圈的规则是娱乐圈的。只要还背负着理想、初心,就有了无穷的软肋。

柯屿抬眸注视他,脸上有一层蒙眬的、难以捕捉的笑意:"因为你太好了,我的老板会生气。你想跟我合作,可是我要讨好他才能继续赚钱,怎么办?你知道吗,相比于成为一个合格的演员,我更想能轻松地赚钱。"

商陆盯着他,晦暗的眸子中浓云深沉,就连语气也沉了下去:"我不信。"

"去城中村采风只是做做样子而已,不要被我骗了,"柯屿轻轻地说,"傻子。"

不知道从哪里涌上无尽的疲倦在沉默的一呼一吸间,便席卷了四肢百骸。柯屿累极了般挣开了他的手,很轻易,因为商陆也松了力道。他没有回头,抬起手挥了挥:"拜拜,天才。"

金碧辉煌的宴会厅欢闹喧嚣,人们开始跳舞了。他远远看着,飘扬的晚礼服裙摆就像是一朵又一朵怦然盛开的花。

他直到回家才打开邮箱。

一盏筒灯垂直照射,在冰凉的地板上落下一个封闭的圆。柯屿屈膝坐着,面对着落地窗外无穷无尽的繁华。商陆的邮件被拦截在垃圾箱里。邮件不长,他逐字逐句地看:

"柯老师:

很抱歉我直到今天才知道了你的真实身份。你一定会觉得荒谬,但在此之前,即使我已经知道了柯屿这个演员的存在,我也依然坚定地认为你和他是两个人,因为你们在镜头下呈现的,是截然不同的生命力。

我是一个信任镜头的人,它捕捉到的瞬间、凝固下的美丽,比肉眼的转瞬即逝更可靠。电影的拍摄和剪辑一共二十五天,我熟悉的,是镜头下这二十五天的你。你可以为角色写出如此精彩的小传、设计如此漂亮的独白,这让我很难把你和荧幕上的柯屿联系在一起。这句话你看了也许会生气,但看着那些作品里的柯屿,我看到的仿佛并不是一个完整的你。

也许是我过度自信，我想，你在我这里，才真正释放了所有的灵魂。

你知道吗，我很喜欢你的那句对白：'无论我多么平庸，都不妨碍这个夜晚很美。'

在反复观看你的影像作品时，我忍不住思考：一个如此平庸、单薄、拙劣、苍白的明星，为什么会为了一个普普通通的项目，去城中村体验那么久的生活。我看到你在小卖部里不动声色地观察、思考、捕捉往来的市井形态，我找不到答案，直到看到你的这句对白。

这句话是你为飞仔设计的，但我想，也许它就是你演员生命的所有底色。

因为种种原因，这部短片的获奖对你来说已经不是一件好事，而会是一件麻烦事。为了表达歉意，我会给出一个你和片方都能接受的方案。

但愿你还记得我曾经对你说过的话：栗山虽然非常欣赏你，但这是一种消耗。一个演员的氛围感是有限的，请不要止步于在他的影片里做一个花瓶。一切结束之后，希望你能做我的主角。"

柯屿闭上眼睛。在筒灯灼热的灯光下，他鬼使神差地又想起了商陆那一晚的样子。他第一次帮他录下飞仔的对白，在漂浮着泡沫的烂渔港的马路上，他注视着他，坚定地说："做我的主角。"

迟归的渔船入港，长长的暗黄灯光照入两人之间。

向来害怕看影评的人，下午一反常态地点开了影评网站。

"导演是个天才，不仅是在三十分钟的容量内以现实主义的内容和象征的手法克制地白描了'什么是人生'这样'形而上'的问题，更在于他拯救了柯屿。很多年前我就说过，柯屿如果找到灵魂，将是一个前所未有的惊喜。感谢导演，让柯屿这个演员找到了他的生命力。人生就是'无聊'，但'平庸的你也可以让夜色更美'。"

柯屿点击回复，打满一行，又逐字删掉。五分钟后，他扔下手机，盯着夜幕下的江水。他是个有先天性缺陷的无可救药的人。如果五秒后，邮轮游弋而过，那么他就给商陆回邮件；如果没有……好，那就祝他一切都好。

柯屿深呼吸，秒针滴答，时间流逝于眨眼之间。

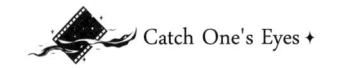

手机"叮"声响——这是他为邮件专门设置的提示声。

柯屿心里一震,冰凉的指尖无法控制地轻颤。命中注定要拯救他的游轮还没有经过,他却已经看到了商陆的新邮件:"柯老师,你生气还挺好哄的,所以我已经定好了去丽城的机票。你接待吗?"

深夜十二点,汤野接到了电话:"房子我已经卖出去了,违约金、这几年欠你的所有钱、疗养院的费用,我全部都还给你。"

寂静中,高空玻璃被砸得发出沉闷的一声"咚",汤野的手机在地上四分五裂。

进组

　　商陆上午五点起床，雷打不动地跑完六公里，喝一杯咖啡，吃一份英式早餐，在这之后会在庭院里射箭。碳素箭头破开清晨由海上弥漫至半山的雾，箭羽与鸟鸣声一起震颤。做完这些，明叔的茶也泡好了，他开始一天的工作。然而今天是不一样的，一盏茶没喝一半，手机反常振动，一则陌生电话拨入。

　　商陆划开接听："您好。"

　　电话那头语气急切："先生，亚运新城新盘惊爆抄底……"

　　电话挂断。

　　明叔笑一声："这么早就上班？比你还拼。"

　　商陆脸色不虞，过一会儿，陌生电话再度拨入。他耐心划开，一字一句："对不住，你好像打错电话了。"

　　对方的声音冷淡带笑："真的吗，那我挂了。"

　　茶盏被搁入碟心，捏着杯口的手失去了沉稳，以至于发出了破碎的晃动声。明叔饶有趣味地看了商陆一眼，觉得今天开了眼界。商陆推开椅子起身："等等。"

　　玻璃门晃动，明叔看着他的身影融入蒙蒙的天光中。

　　"没有打错。"商陆低声说。

"你知道我是谁吗?"对方故意问。

"知道。"

"是吗,我是谁?"

"柯老师。"

"好乖的同学,早上好。"

柯屿笑了一声,声音里带着愉悦。商陆被他占了便宜,发不出火,无奈地跟着勾勾唇:"哪里来的号码?"

"收买你的律师。"

"用什么?"

"一个给他女朋友的签名。"

商陆笑出了声,顺着院子里的石径一步步走得闲适:"你一大早给我打电话,不是只为了告诉我这个吧?"

"怎么会,你现在是我高贵的买方,我明天飞丽城,下午约了医生,给你两个小时的时间看房子,来吗?"

"看来你是真的很着急。"

"着急见你……"柯屿慢悠悠地说。

商陆不上当,脚步却下意识地停下,抬手摸上一片青竹。未散的露气沾湿了他的手指,他慵懒地说:"把话说完整。"

"着急见你金光闪闪的人民币。"

"没问题。"

明叔刚喂过杜宾犬,见商陆破天荒地问他要车钥匙,问:"这么早就出去?"

"买房子。"

明叔:……

你刚才不是挂了吗?不是,什么中介啊业务能力这么强?

铅灰色跑车沿山路驶上沿海公路,清晨的海边灰蒙蒙的一片,日出烧出朝霞,在远方天际残留一抹灿烂的尾巴。导航显示路程二十三公里,全程快速路段，他压着限时车速开进市区。幸而是周末，CBD一改繁忙，路上空得可以跑马。他一路风驰电掣，到目的地时比导航显示提前了五分钟。

柯屿喂过猫，一份吐司刚啃了一半，门铃就响了。他默默咽下面包，打开门："你真的很有效率。"

商陆穿着一身黑色连帽卫衣，克罗心坠在外面，整个人看着年轻桀骜："当导演不能没有效率。"

"行，您说得都对。"柯屿把人请进来。他提前换了T恤和运动裤，未经打理的黑发自然垂落，商陆盯着多看了两秒，莫名觉得手感应该不错。

"物业私密性还可以。"他中肯地给予肯定。外来访客需要留下身份证才可以换到门禁卡，一梯一户一卡不能串层，见到邻居的概率比碰到明星还低——当然，也有可能见到邻居的同时就意味着你见到了明星。

"因为私密性不错才买的。"

"为什么不住偏一点的地方？"

"不方便，我要叫外卖，也要带猫去宠物医院。"

"外卖？你连住家保姆都没有？"

"不喜欢。"

商陆目光一扫："所以你就吃这个？"

两片全麦吐司，一杯牛奶，一碗谷物零糖麦片，一颗切开的猕猴桃。

"不好意思，让大少爷您见笑了。"柯屿不见外地端起牛奶，"随便看。平层四百六十平方米，硬装改动得不多，买的时候什么样，现在就是什么样。"

房间内满是一目了然的空旷、干净和仿佛主人随时要拎包就走的冰冷感。柯屿抱着布偶猫坐回餐桌前，慢悠悠地吃他没吃完的低卡早餐，却半天没听到脚步声。他回头看，商陆正站在落地窗前，看着他昨晚上等待游轮驶过的江面。黑与白形成了强烈的对比，他站在那里，还没有付钱就让人觉得这个空间是属于他的。

真是见了鬼的气场。

柯屿挖了半勺猕猴桃:"江没什么可看的,你要是搬到这里来,每天看到你吐。你还是看看别的好,格局、采光、通风、浴室……"

商陆回过头:"等你。"

猕猴桃入口即化,带着冰过的冷意,柯屿咽下,怔怔地想,原来他是等我带他参观。他是觉得一个人贸然走动太失礼了吗?难怪城中村时就觉得他格格不入,原来是这种教养里的分寸感。

柯屿放下勺子抱起猫:"我吃好了。"

商陆看了眼餐桌:"没关系,我不着急。"

柯屿没理他,脚步顺着动线深入:"这是会客厅、餐厅,厨房分中厨和西厨,都没开过火。这是书房,影音室,起居室,客卧……"他脚步停在主卧外面的转角。

商陆似笑非笑地垂眸看他:"怎么?你女朋友还没起床?"

他的房子几乎没有沾染烟火气,只有卧室是真正的私生活所在。他不是没接待过意向客户参观,以前事无巨细地看过去,并不觉得不妥。但在商陆面前,他却莫名失去了陪伴他一起步入的勇气。难以言述的微妙感觉混杂着尴尬……神经病,柯屿在心里不可思议地骂自己——客户看房而已!

"谁说我有女朋友,"他咬牙切齿地再度调转脚步,半掩的房门一推,"看看看,随便看。"

"别说的好像我对你的卧室感兴趣一样,好吗?"商陆两手揣在裤兜里,视线停在柯屿脸上。

柯屿本来就心虚,不耐烦地凶道:"让你看房子,不是看房东!"

商陆笑了一声,只是象征性地停留了两秒就退了出去,声音随着走向浴室的脚步漫不经心:"那请问房东,昨天的邮件你看了吗?"

"没看!"

商陆停下脚步,"这样啊。"他摸出手机点开邮箱,进入已发送,屏幕送到柯屿眼前,"现在看。"

柯屿:……

他故作镇定地随便扫几眼,冷冷的:"你好煽情。"

"肺腑之言。"

柯屿冷笑一声:"很会哄女生吧。"

"自然。"商陆收回手机,"还有一封。"是说要去丽城的那封。

"接待吗?"商陆已经不满足于在邮件里问了,他要当面问出口,且笃定地要拿一个肯定的答复。

柯屿欲言又止。

"不接待也没关系,我接待你。"他游刃有余,"我有两个搞音乐的朋友在那边开了一个农场,养了边牧、兔子、荷兰猪和山羊,还有一只鸵鸟。农场葡萄藤爬满竹架,黄昏的时候,堆成山的玉米被照成了金黄色,白族老婆婆掰玉米的时候会唱歌,你知道唱的是什么吗?"

柯屿懵懵懂懂地跟着问:"什么?"

商陆勾了勾唇:"我也不知道。"见他的眸色由懵懂转为生气,商陆拉住他胳膊:"他们的农场只接待偶数位的客人,拜托,我一个人去不了。"

"神经病。"

"我也觉得他们神经病。你知道的,搞艺术的脑子都有点不太对。"商陆点点太阳穴,无奈地一勾唇。

柯屿抱臂冷讽:"你也是搞艺术的。"

"我没说我脑子正常。"商陆认真地说,"花这么多钱买这个房子,我的置业顾问已经问我是不是脑子不正常了。"

"你可以……"

他没骨气说出你可以不买,商陆已经断了他的退路:"别拒绝我。"

柯屿在他温柔又强势的注视里仓促地转下眼眸:"剧组很忙……"

"我知道,我已经拿到你们的排期。丽城的戏很难演,我可以帮你,顺便看看你在别人镜头下的表现。"

"你要跟组?"

"不算,我只探你的班。"大约是怕柯屿措手不及,商陆善解人意道,

"别紧张,我已经看过你所有的作品。"

他斟酌措辞,委婉地说:"应该不会比那些更差了。"

柯屿:……

你真会聊天。

菲姐的院子在一个叫石头村的地方,背靠雪山,面对着一片湖泊。雪山绵延,植被沿着海拔逐渐由森林自然过渡为灌木,直至变成草原。风从草坡上经过时,夹杂牛羊粪便被晒干后留下的淡淡气味。进村的路不好走,崎岖的羊肠小道被雨一淋就变得泥泞。越野车飞驰而过,柯屿下车时头晕目眩,见到又高又酷、一身工装的商陆时,觉得自己一个没有艺术天赋的脑子也不太正常了。

剧组拉拉杂杂的一共六七辆车,其中两辆设备器材工程车,另外几辆是演职人员的越野。柯屿和程橙有自己的商务车。到目的地下来乌泱泱一大帮人,师傅忙着卸器材,柯屿晕晕乎乎中不忘给商陆打眼神——怎么回事!自己都还没跟唐琢介绍,他就先出现了!

商陆眸中有隐约笑意,眼神在他身上轻扫后挪开,像羽毛落在手臂上,令人感觉有点痒。

摄影指导老傅比柯屿更早地迎上去:"来得比我还早。"

他是行业内有名的摄影指导,跟栗山合作过多次,唐琢非常依仗他的意见。商陆谦逊地鞠躬:"傅老师好。"

柯屿:……

商陆低头失笑一声,老傅顺着视线看去:"哦,那是柯老师,你是不是第一次见?"

商陆"嗯了"一声:"第一次见。"

柯屿眸光冷冷的,没有表情。骗子,惯犯。

老傅带着他跟柯屿问候:"柯老师,这是商陆,朋友的孩子。他对摄影感兴趣,刚好我在这儿,就来当个助理学一学。"

商陆一歪头,唇角一侧抿起:"柯老师好,我是您的粉丝。"

柯屿冷淡地"哦"了一声,叫一声盛果儿,手一伸:"马克笔。"

盛果儿从包里翻出笔递过去,"啵"的一声,感觉不是拔开笔盖,而是拔刀。

"手。"商陆揣在裤兜里的手伸出,柯屿冷冰冰地拉过,在潮牌外套上签下龙飞凤舞的"小岛"二字。

六万多的外套,明星宁愿跟品牌借、跟工作室借也要在机场街拍里穿一回。老傅被这说不出的奇怪气氛给整蒙了,"咕噜"吞咽一口,看看柯屿,又看看商陆。

柯屿眼也不眨,问:"喜欢吗?"

商陆微微一笑:"喜欢,回家就给裱起来。"

这个村子坐落得深,丽城好酒店不少,但剧组时间紧张,来来去去折腾得麻烦,干脆在村子里包了五栋纳西院子。院子原来都是作为客栈经营的,条件是比不上什么星级酒店,但床品布草都很上乘。何况花团锦簇,自雪山而下的溪流从院前潺潺经过,大片的三角梅灿烂浓烈,收了工还能在院子里喝喝茶,遛遛狗,晒晒太阳,实在挑不出什么不好了。

一天的舟车劳顿,制片主任老杜挨个儿递烟敬烟,让大家早点休息,明天一早开工。住宿早就提前安排好,除了唐琢、柯屿和程橙,其余人都是双人间,商陆临时加入落了单,所有院子都满了。老杜把目光悄么打量到导演那院子里,空房是有的,关键到那咖位的人都有点脾气,就怕谁不同意。趁抽烟放风,老杜凑上去,柯屿夹着烟:"怎么,小孩子没地方住了?"

商陆是老傅带来的人,老杜那是看碟下菜惯了的,要不是老傅面子够,他才懒得费劲。老杜立刻笑道:"临时来的,落单了。这不……你们三位院子里有空房?"

程橙好说话,抽着烟眯眼睨商陆:"这么帅的弟弟,我没意见。"

商陆不抽烟,站在稍远处,但听得清他们的每一句言语。他对于被人当面讨论这件事没有任何不自在,甚至礼貌从容地对程橙一点头。

"那……柯老师？"老杜知道，只要柯屿没意见，唐琢就肯定没意见。

柯屿一臂抱胸，搭垂着的手掸了掸烟灰："弟弟会抽烟吗？"

"不会。"

柯屿抛了根烟过去，商陆接得手忙脚乱，心口一怔，意识到柯屿是在报复他，目光无奈下来。柯屿吁一口，烟雾在暮色下淡淡散开："抽完这根烟，我就同意。"

商陆看着他，慢条斯理地把烟抿进嘴里："既然这样，柯老师教我。"高大的身影慢慢穿过烟雾，走近柯屿眼前。

老杜咳嗽一声，低声拉他："怎么能让柯老师给你点烟，小孩子没大没小一点规矩都不懂……"

"没关系。"柯屿手掌一伸，"打火机。"

老杜忙不迭地递上，不锈钢的打火机在柯屿指间娴熟地转了一圈，盖子被"啪"地按开。火苗燃起，商陆微微低头，同时闻到了柯屿腕间的香水和烟草味，耳边听到对方慵懒的命令："吸。"

一口气吸入，商陆剧烈咳嗽起来。

程橙笑得不行："小岛，你是不是欺负人？"

柯屿微微一笑："味道怎么样？"

商陆有问必答的乖巧又上来了："不怎么样。"话音刚落，抿在嘴边的烟就被柯屿抽走。

柯屿顺手在墙角捻灭："住吧，我没意见。"

老杜松了一口气，推了商陆一把："还不快谢柯老师！"

商陆看着他走远的背影，没说话，柯屿懒洋洋地一抬臂："不用谢。"

盛果儿为他体贴地收拾行李，剧本、便利贴和笔按老规矩放在床头柜。等人上楼，小姑娘扭捏地问："今天新来的那个，是谁呀？"

"哪个？"

"就让你签名的那个。"

柯屿饶有兴致地打量她，明知故问："傅老师啊，你不是认识吗？"

盛果儿急了："什么啊！是他旁边那个！"

柯屿失笑:"他助理。"

盛果儿帮他把衣服挂好,声音有点紧张:"你说他是单身吗?"

"我怎么知道。"柯屿琢磨过来了,"我帮你问问?不对,他就住在我们院子里,你自己找个机会问问?"

"不了不了不了,"盛果儿秒犯怂,"我就是觉得他长得帅,好奇而已。我有潮人恐惧症,离他一米内就会缺氧的!"

柯屿叹一口气,坐阳台上喝茶背台词的心情都不太好——拈花惹草的玩意儿。

商陆的房间就在一楼,正对着他的方向。雕花窗、薄纱纸,橙黄的光线透出一道人影。人影来回走动,放衣服,合上行李箱,把笔记本电脑扔上床,站在窗边打电话,留给柯屿一线勾勒得挺拔的剪影。

一盏茶喝完,盛果儿跌足惊呼:"一没看住就偷喝!会水肿的!"

柯屿端起茶壶:"再泡。"绘着兰草的纸灯笼垂着光,他翻过一页剧本:"飞仔觉得他爱上了菲姐,但他不确定那是爱还是欲望。"

商陆一通电话打得长久,从屋内打到屋外,一抬眸,正对着垂眸看剧本入神的柯屿。长长的阳台空无一人,只有他在。夜下寂静,人比夜更静;灯笼光净,人比光更净。商陆看了两秒,又两秒,对电话那头说:"挂了。"商明宝一愣,意识到自己又被他哥抛弃了。

楼梯传来脚步声,盛果儿看到她又心动又害怕的男嘉宾出现在走廊上,惊得水都洒了出来,烫了自己一手背,话也不会说了:"你你你怎么上来了?"她沮丧得垂下了头……这么大一真人大帅哥,她连腿都看软了。

柯屿头也不抬就从盛果儿这没出息的劲儿里猜到了是谁:"下去。"

商陆递出手机,上面一个二维码:"加好友。"

盛果儿惊呆了。柯屿静了一秒,拢起剧本,道:"是傅老师让你加的吗?"他从口袋里摸出手机,在盛果儿一脸蒙的表情下扫过二维码,发送好友申请。

要死，多少年了，向来都只有别人等他通过的份儿，他什么时候给别人发过申请了？

风起了，吹得灯笼晃悠。盛果儿看人下楼穿过院子，迷迷瞪瞪地问："奇怪，为什么傅老师要让他来加你的微信呢？"

柯屿捏着茶盏的手都透着心虚："可能是方便跟我沟通镜头吧。"

等洗完澡出来，他见对方连续发了两条信息，第一条大约是设置的好友通过后的自动问候语："你好，我是商陆。"第二条看得出就很无奈了，"我说过我会来剧组的，这次没有骗你。"

柯屿擦着头发给他回了条微笑的表情。

商陆："你果然比商明宝难哄。"

"你来当什么助理？吃饱了撑的？"摄影助理不仅仅需要搬脚架、搬镜头箱、搬苹果箱、推轨道，还需打点掌机和摄影指导的生活起居。他可以只凭一台手机和一台稳定器，就完成美术和语言水准都极高的镜头，还用来片场干杂活？老傅亲自掌镜都未必入得了他的眼！

商陆只回了他四个字："片场生态。"

柯屿微怔。商陆在国外留学多年，处世待人都是西方那一套。片场剧组就是江湖，有钱是很爽，但不一定就能玩得转，里面多得是能让人吃瘪穿小鞋还发不出火的门门道道，要不老杜油得比泥鳅还滑溜呢？那都是在剧组底层摸爬滚打多少年混出来的江湖经验。人情练达是要有一双火眼金睛，但这火眼金睛要在炼丹炉里反复烧了多少次才能给炼出来？商陆有钱有才，又是这样掌控全局型的导演，他压根就不知道"委屈"两个字怎么写。现在竟然可以为了电影做到这个程度。

柯屿抽着烟，不由得对着手机屏幕勾起了嘴角。

"当然，主要还是为你。我手上有一份分镜脚本，不够。你不介意的话，可以把明后天的剧本拍给我。"

"看来你是真的很想帮我。"

"你是有天赋的演员，最重要的是，你是我的演员。柯老师，这句话我不介意反复说，直到你有一天答应我。"

柯屿捏紧了药瓶。他昨天下午见了心理医生,可以像台词一样脱口而出的自我陈述竟然没有骗过他。沈喻高兴地恭喜他:"你的抑郁有减轻,这次我会给更轻的药,之前的药先断了。"

"我……"

"催眠这么多次,只有这一次你愉悦得像做了一个很好的梦。"

不,这些都不重要,重要的是之前的药——已经空了。他翻遍了药箱,也只找到五片。药盒轻晃,发出空荡的碰撞声。

只有五片。不够的。

柯屿扶在屏风上深深呼吸。高原反应带来的晕眩持续,他的太阳穴很疼,心脏更有一种难以呼吸的束缚感。难演的戏份不止五场。他是一个有先天缺陷的演员,没了这些药,他怎么演戏?紧闭的双眼再度睁开,橙黄的灯光在视网膜上烫下一朵金花,他看着屏幕上"有天赋的演员",自嘲地抿起了唇:好,既然你这么坚持——

"那就试试。"

只要进组,柯屿就会保持严格的作息时间,除非有夜场戏,他一般十一点就会睡觉。相对于宁市而言,西南简直干得可怕。大概是认床加上干燥的缘故,他一夜辗转反侧,睡得很浅,迷迷糊糊间一摸鼻子——流鼻血了。

他仰着头开灯起床,鼻血糊满指缝。窗外的月光与院子石龛里的灯光一起漫入。柯屿洗完脸,从镜子里看到一张苍白到没有血色的脸。屋子里闷得人头脑昏沉,窗格被他推开一线,凌晨的夜风袭入,神志清醒的下一秒,柯屿蓦然发现商陆房间的灯还亮着。

他唤醒手机,此时凌晨三点二十。摄影助理界四条铁一般的准则:提前到达、准时完成、认真工作以及——闭嘴。明天的戏是六点二十开拍,飞仔坐一夜的硬座来到这里,在蒙蒙亮的深蓝色黎明中,他敲响了菲姐的院门。这意味着商陆起码五点就要去做准备。

仗着年轻要当神仙吗?柯屿一手攥纸捂着鼻血,一手端保温杯呷一口。他没披衣服就走到了阳台,商陆没拉窗帘,白色纱窗映出他伏案对着电脑的身影。他住的是普通房间,没有一张像样的办公桌,只有茶几。他坐在沙发上,高大的身影躬着,两臂搭在膝盖上,侧脸也透着专注。

柯屿看了会儿,觉得脖子有点酸。他放下杯子,懒得打字,给商陆发了条语音:"这么晚不睡觉,修仙吗?"

商陆没回,甚至没有看手机。柯屿等了一会儿,最终还是没等到他的视线从电脑上挪开的那一秒,风吹得连保温杯的西洋参水都冷了,他终于受不住回去。鼻血止住,再上床后困意席卷而来,入睡前他蒙眬地想,一个可以用十块钱的洗发露却一定要带着床垫搬家的大少爷,认床到这份上,他是不是根本睡不着?

商陆熬了个通宵,到四点时勉强睡了近一个小时。客栈包食宿,但没这么早,他去摄影组在的院子里吃早餐。天都还黑着,路上有点距离,商陆点开柯屿的那条语音,声音的质感比这凌晨的空气还冷冽,又慵懒。他想了想,手机抵唇,在微弱的风声中说了一句"早上好"。

早餐是清粥小菜配水煮蛋,外加一碗西南标配的米线,红油上漂着葱花,一夜未眠的身体受不了一点油星子,他只礼貌性地吃了两口就放下了筷子。

老傅问他:"睡得怎么样?晚上是不是还是比较冷?做摄影助理就是有很多体力活,不睡好吃好可不行。"

商陆点点头,"睡得很好。"他咽下最后一口蛋白,想了想,乖乖对客栈管家招手:"再来一份。"

摄影机加三脚架能有七八十斤,快赶上一姑娘了。老傅笑得不住拍他肩膀,又指着对座一个圆肚子的光头中年:"这是我们掌机,蔡司老师。"

"蔡老师。"

蔡司点点头,有点颐指气使的劲儿。老傅虽然是前辈,但摄影助理在片场向来是透明人,何况商陆还是干杂活儿的小助理,多半也就是来开开眼界、见见世面。

吃完早饭就干体力活,搬完摄影机搬脚架,搬完脚架搬轨道,搬完轨道搬苹果箱。柯屿披着大衣进片场，刚好看他扛着箱子，沉默寡言、闷声不语的样子，忍不住笑了出来。开拍前彩排，摄影助理要站位标记对焦，调水平、调景别。蔡司站旁边盯活儿，跟柯屿寒暄："柯老师那短片的画面真漂亮。"

商陆盯着显示器，纤长有力的手指转动光圈环，头都没抬。柯屿在剧组不端着，虽然不主动聊天，但并不冰冷。他知道蔡司在拍马屁，当事人又在一旁，他饶有兴致地瞥商陆一眼，只看到他掩在刘海后专注垂敛的眉眼，嘴里顺着问一句："是吗？"

"是！审美构图都绝了！质感忒好！"蔡司啧啧称赞。

"只是手机拍的。"柯屿跟着镜头走位，姿态放松地闲聊。

蔡司对商陆"哎"了一声："你看过柯老师获奖的那片子吗？"

商陆没回，而是对柯屿说："请稍等——柯老师，麻烦你后退两步，我标对焦。"继而才回答蔡司，"看过。"

"学着点吧年轻人，像我做了五年小助理才升大助理，又做了三年才碰摄影机，到掌机位子五年了，都未必能拍出那种画面。"

商陆盯着取景框中的景深和对焦点，淡淡道："电影画面是光影、空间和表演的化学反应，只是听导演运镜的话，镜头当然是死的……"其他人都给听愣了，现场鸦雀无声。商陆一抬头，老傅咳嗽一声，蔡司脸都绿了。

柯屿咬着烟，低头点烟，唇角抿起。

商陆："老师说得对，我会好好学习的。"

蔡司愤怒地一挥手："拉倒吧，年纪不大口气不小，赵国四十万将士怎么亡的你知道不？"

商陆换镜头，边答："纸上谈兵亡的。"

蔡司："哎！这就对咯！"

柯屿笑得拿着烟的手都在抖。商陆无奈看他一眼，擦身而过的瞬间，一个说"傻子"，一个让"别笑"，柯屿干脆咬着烟笑出了声。

六点十分，一切准备就绪。还未日出，光线呈现出一种深蓝色的静谧，因为是夏天的戏份，柯屿脱掉外套进入景中，只穿着T恤的身躯瘦削挺拔，在黎明中有一种脆弱的单薄感。

这是他的独角戏，敲了门，菲姐没应，他扭头倚门缓缓坐下，精疲力竭的平静，点起一根烟面对日出的方向。骄阳火轮般升起，喷薄出朝霞，特写缓缓推上，对着飞仔的眼睛。他的眼睛倒映着霞彩，物理视觉上很亮，但眼神疲倦。

商陆跟在蔡司身边，注意力却全在柯屿身上。

唐琢喊咔："小岛，是不是没休息好？再来一条。"

柯屿下意识地看向商陆。商陆面无表情，蒙昧的光线下，他的眼神晦暗深沉，令柯屿捕捉不到。他心里莫名空了一瞬，像梦里从悬崖边一脚踏空。

他没什么情绪地点点头，又笑了笑，对唐琢"嗯"了一声。像商陆说的，最差的样子他都见过了……他只是，把最差的样子明明白白地演到了他眼前而已，跟在屏幕上看没有任何不同的。

绷紧的躯体下，一种狼狈不受控制地从缝隙中疯狂生长。一连NG了五次，朝阳越来越亮，色彩越来越淡，光线越来越强，蔡司一遍遍地推镜头，到后来不耐烦地"啧"一声，音量只有商陆能听到。

唐琢没别的话，看了眼时间："还能试两条，不行的话今晚上再琢磨琢磨，明天继续。"

大冬天的谁不想多睡会儿，导演这话一出，灯光组、摄影组、化妆组脸色都不太好看。

盛果儿给柯屿递上热水，每次一"咔"她就抱着羽绒服匆匆忙忙地跑上去给他披上，手碰到柯屿胳膊，只觉得她老板浑身上下都给冻僵了。热水顺着喉道滑下，熨帖脏腑，柯屿下意识地看向商陆。商陆的视线停留在取景框中，抱臂站着手抵唇沉吟，那样子看上去不是给蔡司推轨道的助理，而是他的领导。

蔡司嘟囔："他见了鬼了，这水平波动比我的股票还不稳定。"

商陆没理，仿佛没听到，半响，他走向老傅："换画面。"

老傅愣住，刚才听商陆那话脸色已经不太对，加上冷风里拍了这一清早愣是一条没过，已经很不耐烦，沉着脸说："在片场好好看好好学，这儿没有你说话的份。"

"表演大于景框，演员高于分镜。他状态不对，机位架高二十公分换俯角，特写换全景。"

老傅哼笑了一声，乐了："怎么，你跟导演说去？"

朋友家拜托来的小孩儿，虽说要给朋友面子，但也得讲规矩、讲礼貌是不是？唐琢是沈聆的学生，托他的福，在场可有一半是栗山的班底，拉出去个个那都是被别人敬烟的地位，什么时候轮得到他一个小摄影助理说话？

商陆对他的暗讽无动于衷，很平静地陈述："飞仔到丽城找菲姐，是爱欲的驱使，菲姐对他人生的改变就像是一张蛛网，他就是那张蛛网上的飞蛾，不管是对欲望还是对这种难以厘清的爱恨交织的感情，他都没有挣脱的能力。唐导是一个喜欢镜头隐喻的导演，他不会不明白这里换俯视的意义。"

老傅叼着烟的嘴半张，不耐烦的脸色被将信将疑所凝固，透着股不自在。

内容决定形式，形式就是内容。

商陆淡淡地说："唐琢导演是编剧出身，对摄影方面的把控，还是得仰仗您的。傅老师，你说对不对。"

老傅夹着烟。商陆几乎没有情绪，坚定的意味也并不强硬，但正是这种游刃有余的平静才让他显得更强势，无形之中仿佛可以掌控一切。俯角镜头不常用，有强烈的暗示意味，比如呈现困境、无力或某种被束缚的囚笼感，角色将会显得卑微。

老傅在眨眼之间做好取舍，走向唐琢。两人聊了几句，唐琢脸色凝重、频频点头，聊完，老傅拍拍他的肩膀，两人都有如释重负的松快。

柯屿立刻接收到讯息——不用拍特写了。

蔡司一扭头，刚想骂商陆擅离职守，一看这小子不知道什么时候又

站了回来。他咽下脾气,冷声冷脸地命令商陆把摄影机架高二十公分,焦段拉远、景深加深。

"姜还是老的辣,"蔡司想起刚才听到的几嘴,啧了一声,"老傅这剧本吃得是够透。"

商陆抿起唇角,把设备重新调试好。柯屿回到景框中,下意识地看了眼镜头的方向。商陆凝视着他,漫不经心地带点笑意,又轻轻点了点头。

柯屿垂眸收回视线,深呼吸。

一条过。所有人都松了一口气,盛果儿默默把药盒重新塞回口袋。药盒都在掌心攥出汗了。

休息间隙,盛果儿说着今天新看到的搞笑段子,柯屿没抬头也察觉到了商陆远远地隔着人群看了他一眼。什么内容他是没听进去,小姑娘自己倒笑得花枝乱颤了。他握着手机跟着笑了笑,看上去松弛而无事。

毕竟是初进高原,怕剧组谁起个反应、生个病耽误进度,所以前几天的拍摄都安排得相对宽松,第一天刚近黄昏就收工了。这儿离古城虽然有段距离,但去吃个饭喝个酒还来得及,老杜贴心地给安排了几辆车,没半小时人就都散了个干净。

唐琢去拜访朋友,程橙约了 SPA,柯屿给盛果儿放了假,洗完澡后他独自到院子里吃晚饭。商陆的房间灯也灭着,人不在。偌大的院子只剩了他一个人。西南菜重油重盐,管家给泡了壶普洱解腻,柯屿挂上耳机,在手机里点开《无聊》。不知道这是第几次点开了,多到甚至开始产生幻觉,觉得镜头里的那个人不是自己。

黄昏缓缓落下,月亮渐渐升起,背后的玉龙雪山被月光一照,黑暗中无比皎洁。院门口传来脚步声,他们一个回头一个抬眸,视线对上,柯屿问:"你没去古城?"

"在蔡司房间里看回放。"

"我看他上车走了。"

"嗯。"

柯屿明白了，这是蔡司把事情扔给了他做。

"怎么样，被使唤的滋味是不是很新鲜？"他似笑非笑地盯着商陆，对方拉开椅子在身边坐下，反客为主地给自己倒了盏茶，慢悠悠地说，"还可以，NG 很精彩。"

柯屿：……

商陆瞥他一眼："实际看到比电影冲击大。"

柯屿脸色难看："我说过了，我根本不会演戏，你现在就可以回……"

"我说真人比镜头里好看。"商陆把茶盏推给他，"三个小时，眼都看花了，越看越觉得不过如此，看到真人又觉得是镜头对不起你。"

柯屿一句话硬生生咽下，被月光照着的脸颊发烫。

丽城的月亮比太阳更晒。

"其实你不用自我否定，你的演技的确有很多进步空间，但每个演员拥有的天赋是不一样的。你有氛围感，这是难以雕琢的东西，你天生就有，这就是天赋。你昨天拍给我的剧本我仔细研究过了，如果你相信我的话，我可以帮你拆戏。"

"怎么拆？"

杯盏到唇边停住一瞬，商陆笑了笑："你知道你哪种戏拍得好，哪种戏拍不好吗？"

"越详细的对白、场景越明确的戏你发挥得越好，你设计的动作就越精准。像清晨的第一场戏，很暧昧，意味很深，要靠演员一层一层解构出层次，你做不到。栗山也发现你这个问题了，不是吗？"商陆定定地注视他，直到柯屿点头。

"我按照顺序看了你所有的作品——不是拉片，是从头到尾、事无巨细地看了。我给你的邮件里说，栗山只是在消耗你，你知道为什么吗？"

柯屿沉默以对。

"柯老师，你知道。因为他越来越不给你这种具体明确有层次的戏份，越来越偷懒，他是个镜头的偷窃者，用高明的灯光、布景和运镜偷走你所有的故事感。到后面的作品，你越来越漂亮，越来越沉默，不是像影

评人说的那样，因为台词不好所以只能让你闭嘴，而是你成为了栗山镜头下的花瓶——一个彻头彻尾的、像那些死的道具一样的花瓶。"

椅子因为猛然后退而发出刺耳的刮擦声，柯屿豁然起身，扭头就要走："别胡说。"没有激烈的言辞，只有迫不及待地逃离的念头。

商陆一把拽住他的胳膊："别走。"商陆从椅背上摘下羽绒外套，细致地为他披上，又拢了拢领口，温和而低沉地问："我有没有胡说，你比我更清楚，对不对？"

柯屿不回答，也不看他，长长的睫毛垂下，在苍白的眼底投下一洼阴影。商陆握着他的肩膀，温柔而霸道，催促中带着哄："回答我。"

柯屿内心的坚持在他漫长的注视中悄无声息地败下阵："对。"又拍下他的手："你是真的很没有分寸。"

商陆微怔，道歉："对不起。"

"你莫名其妙对我这么好，我会以为你另有所图。"

蓝色的月光下，柯屿吁一口烟，淡笑道："你看，反正我的名声也很差，大家都默认我是资源咖，也都自觉地认定我的资源是怎么来的，这种事情在娱乐圈也很常见。"他目不转睛地看着商陆，笑容和语气却都从容松弛："反正我都这样了，你也不必有心理包袱，不是吗？"

商陆眼神冷下来："柯老师，不要自然而然地接受一件错误但流行的事情。流行不代表是对的，向来如此也不代表是对的，所有人都这样更不代表是对的。"他顿了顿："如果已经做了，也请不要觉得一直这样就是对的。你不用暗示我，如果这番话是试探我，那就更加不必，我想要你当主角，是欣赏你的天赋。你不用做任何交易，我也一定会把最好的创作都给你。"

柯屿咬着烟，想了想："你昨天晚上很晚才睡，是在看剧本吗？"

他突然换话题，商陆只是微怔后便顺着回答："嗯，原本要出去打印的，跟你聊到了现在。"

"我陪你去。"

柯屿敲响管家的门，借了车钥匙，是一辆普拉多："我去拿剧本，全部复印给你。"

商陆跟着他上楼。木制楼梯狭窄但沉稳,柯屿走在前面,没头没尾地说:"你不用对我这么好,我会害怕。小时候考了好成绩才有好东西吃,才能买新衣服。如果不够好,就什么都没有。长大后阴错阳差当了演员,很多示好都是明码标价的。我们认识不久,你越对我好,我越担心后面是不是要失去些什么。没有无缘无故的好,如果你对我的好是毫无理由的,那我怀疑老天可能又要给我出什么难题了。"

柯屿闲聊般地说着:"别人是上帝关了一扇门就会开一扇窗,我是开了一扇窗就一定会给我关上一道门。"到门口了,他刷卡的间隙回眸看,笑了笑:"我没有做过娱乐圈那些不好的事,不要信。"

脚步在门口停住,商陆愣了一下,心口被一股莫名的力量撞击到,以至于从心脏到脑袋都似乎"嗡"了一声,连插在兜口的手指都发麻。

柯屿插卡取电,灯光轰然亮起,照出他干干净净的脸:"虽然你不是选道德模范,但不知道为什么,我不想被你误会。上次在酒会,我问你是不是不在乎我的一些经历,你很肯定地说不在乎。现在我告诉你了,我不是这样的人,你可不可以告诉我,你到底在不在乎?"

商陆动了动唇,还未出声,柯屿转过身,从屏风前的端景柜抽屉里抽出剧本:"你当时说不在乎,我挺难过的。"

商陆看着他的背影。商明宝科普那些黑料的时候,他只是当无聊的笑话听。在休息室听到钟屏和汤野的对话,他心口沉坠下去的感觉陌生而强烈。听到他说"我没有做过娱乐圈那些不好的事,不要信"时,一瞬间的情绪太过强烈,他甚至立刻便要闭上眼,强迫自己冷却下来。

"我在乎。"

石头村附近没有打印店,柯屿让商陆搜索附近的打印店,挑了一家最近的,开车过去二十分钟。他又戴上了口罩,黑色渔夫帽柔软地罩着黑发。

商陆问:"要不要我开?"

柯屿瞥他一眼，打开驾驶座的门："我可不想把命交给一个昨晚没睡觉的人的手上。"

"睡了一个小时。"

车子启动，柯屿打开空调，让商陆导航，边问："这次床垫怎么没带过来？"

"不方便。"

柯屿若有所思："那你以后自己的项目开机了怎么办？一直不睡觉？你今天晚上睡觉吗？"

"准备了安定。"

柯屿静了静，扶住方向盘："药要少吃，不要依赖。"

商陆应他一声"知道了"，又说："你好像我哥。"听语气不太爽。

油门轻踩，车子驶出院子的水泥路，在山路上颠簸起来。

"你几岁？"

"过完生日二十四。"

"好小。"

车子驶上公路，红灯。柯屿偏头看着商陆，他自然垂阖的状态遮住了这双瞳眸的锐利，整个人的桀骜消退去，留给人的只是单纯的好看。他眉骨很高，鼻梁直而笔挺，抿着的上唇是上翘的。用专业的话描述，这大概就是可以拿去当整形模版的鼻基底。他知道商陆没睡，问："介意我抽烟吗？"

车窗降下一线，冰冷的风从雪山涌入，吹散了柯屿额前的刘海。他低头点烟，商陆睁开眼睛时，正看到他被火光照亮的侧脸。火苗倏然寂灭了，一切又灰暗下去。夹着烟的左手搭窗支腮，柯屿抿了一口，扭头看商陆："喂，你不公开身份，长这个样子可是会被潜规则的。"

商陆抱着胸语调慵懒："那就直接打死。"

打印店藏在一条小巷子里，车子拐进去，小小的一间店面只有一个老板娘在吃面。柯屿拉好口罩，把厚厚一沓剧本递过去："把标签撕了再复印，印完一页再贴回去，不要搞错。"

老板娘："啊？"

"我加钱。"

有钱那当然是好说。两人站在机器旁，看老板娘操作了几页，放下心来。他贴的批注很多，红红绿绿、密密麻麻，商陆摘下一片仔细看了两眼，顺手贴到了他的额头上。柯屿瞪他一眼，撕下来贴在他手臂。老板娘斜眼看，像看两个小学生。

上百页的剧本一时半会印不完，商陆先打印了自己昨天写的戏，两人回到了车上。顶灯捻亮，照出纸上的字，还散发着油墨味。车外偶有行人经过，但到底天冷萧瑟，因而并不喧闹。商陆手上拿着两份："这个是昨天你拍给我的原版，这个是我拆分过后的。明天有三场重头戏，一场是你看到菲姐院子里有了另一个男人，一场是吻戏，一场是菲姐跟你哭诉求饶。"他似笑非笑，"吻戏对你来说没有难度。"

柯屿："你又知道了？"

"我看过了。"

烟灰扑簌簌落了柯屿一身，他骂道："谁让你看的。"

"你跟阿美的一场，跟菲姐的两场，我都看过脚本，很粗糙，是你额外创造发挥的。"商陆想着刚才在电脑里看到的片段，手搭着椅背微微靠近，意味深长地说，"不愧是谈过六次恋爱的人——柯老师，你很熟练啊。"

柯屿一把夺过剧本："闭嘴！"

飞仔在那个上午见到了菲姐。她还是穿旗袍，裹着一条鲜艳的摩梭族手工披肩，飞仔在古城里见到过，每家店都在卖，十五块钱一条。她身后跟出来一个男人，中年、精壮、眼窝深陷。

"菲姐。"柯屿跟着对白念道，抬眸静静地看着商陆。

"怎么来的？"商陆念着菲姐的台词。

"火车，从宁市到昆市，昆市转丽城。山洞好多，山好高。"

男人问："这是谁？"

柯屿等着商陆念下去，商陆说了声："停，眼神不对。"

"怎么不对？"

"飞仔在干什么？"

"在等菲姐介绍自己。"

"不是。"

"怎么不是？飞仔很紧张，不确定菲姐会不会欢迎自己，也不知道她会怎么介绍自己。"

"你演给我。"

虽然演技烂，但柯屿演戏的态度是专业的。在熏着暖气的车厢里，他两手揣进衣兜，掌心攥着指甲，裂开一个生疏的笑，讨好地身体前倾，又退了回去，同时下意识地看了眼旁边的男人。

"尴尬、紧张、自卑、不确定，但是还有戒备。你听说过雄竞吗？为了博得雌性的欢迎，他们会争奇斗艳、互相搏斗厮杀。飞仔很卑微，但他把菲姐当成自己的女人，而这个男人的姿态会让他觉得，对方也在把菲姐当成自己的女人。"商陆把自己改过的剧本递给他，"同时，你不要忘了，飞仔一晚上没有睡觉。通宵的人神经纤细敏感，任何刺激都会被放大十倍，往往更容易哭、更容易愤怒和感动，做出一些或示弱、或偏执、或事后懊悔不已的愚蠢决定。"

"所以半夜两三点不要逛淘宝？"

商陆笑了一下，顺手在他脑门上弹了个脑壳儿。

柯屿吃痛："你干什么！"

"我通宵了，现在就做了一个事后会懊悔不已的愚蠢举动。"

柯屿冷冷的："是够蠢的。"他低头看剧本，压下怦怦的心跳，下一秒，视线微怔，又意外抬眸，"这是？"

"飞仔的独白。"

在飞仔等待菲姐介绍的空白间隙，商陆言简意赅地写着："菲姐欢迎我吗？她好像很意外，又很平静。旁边的那个男人是谁？她胖了点，腰比那时候粗了，脸也更圆，如果我直接这么告诉她，她会不会生气？

这个男人和她是什么关系？他们是住在一起吗？他看着年纪比我大，比我矮，有点驼背……"

"试着用你的肢体和表情具象。"

柯屿卷着剧本，再度看了两眼："下车。"他站在车边，商陆站对面。

柯屿吸气，手插进衣兜，眼神落在商陆脸上："坐火车，从宁市到昆市，昆市转丽城。山洞好多，山好高。"商陆没说话，他的眼神克制地落在他的嘴唇上，又流连而下，从胸到腰，流露出一丝露骨和着迷的笑意，因为他想到晚上要和菲姐同床共枕，亲昵地取笑她的身材走形。

"这是谁？"商陆念着另一个男人的台词。

夜色下安静两秒，柯屿半张着嘴，有点愣地看向男人的方向，因为陌生和习惯性的讨好，他抿唇笑了笑，接着又收敛神色，微微瞥向菲姐。等待的过程中，他绷紧了腰腹，不动声色地挺直胸膛和肩膀，下巴抬起，嘴角下撇，眼神彻底回到菲姐身上。他不知道，这种刻意拿腔作调的姿态让他看着有点可笑，但在他的想象中，好像这样做就扳回了一局。

商陆点点头："过。"

柯屿从角色中抽离出来："你觉得好？"

"比刚才好，在镜头后看会更好。"

柯屿有一点狼狈地转过身，很突兀，暴露他这一瞬间的紧张。商陆笑了一声："你知不知道，每次我认可你的时候，你都很紧张。"

"我……"

"唐琢夸你的时候，你怎么那么坦然？"商陆饶有兴致地看着他，"你怕我？"

"神经。"

他否认得色厉内荏，对面有人经过，商陆低声道："不怕的话，你紧张什么？很像做了坏事被教务主任逮住。"

柯屿推开他进店付钱，拿了两沓剧本低声说一句"谢谢"，背影和脚步都透着仓促。

从市区回石头村,柯屿换了一条路。车子径自往山坳里开,将浩瀚的城市夜景甩在身后:"住过这边的山庄吗?"

山路上没人没车,没听到回应,他扭头看了眼,商陆就着很暗的灯光正在翻阅剧本。他"喂"了一声:"问你。"

商陆"嗯"了一声,翻到下一页:"没有,我第一次来丽城。"

"不是吧?"

"真的。"商陆与他一问一答,连头都没抬,"我十四岁出国,对欧洲大陆比对国内熟。"又问,"怎么,这边的山庄特别好?"

"没有,是这里的这条路很漂亮。"

方向盘调转,商陆只觉得一个头晕目眩,窗外浓黑夜色翻转,挡风玻璃骤然被璀璨灯火所覆盖。

"这是山庄旁边,雪山景区外面,还没下山,刚好可以看到一整个丽城的夜色。"柯屿靠上椅背,娴熟地咬上一根烟,"我之前也来这边采过风,没戴口罩,被粉丝追了半个古城,后来想散心了就来这边。白天不行,白天下景区的车多,只有晚上才够安静。"

灿烂、热烈但静谧。头顶银河倒悬,天际夜幕如丝绒,前方灯海星云,他停在这里,像世界的旁观者。

"当明星有时候跟囚犯差不多,出门不敢露脸,人多的地方不能去,逛街只敢去国外或者奢侈品店。我第一次进高原,虽然只是两千多米的海拔,但还是呼吸不过来,跑的时候感觉自己快死了,一想到明天头条可能是柯屿在高原因被粉丝追逐而猝死,就觉得好笑,跑着跑着就笑起来,更喘不上气了。"

商陆放下剧本:"后来呢?"

"后来我就停下来跟她们说,别追了姑娘们,行行好,饶我一条命行吗?"

商陆笑出声。

柯屿支着腮抿一口烟:"然后我就被扣在星巴克签了两小时的名。"

他安静地看着前方,灯火映在他的眸底,一条笔直公路延伸至城市中央:"如果可以的话,我希望我就停在这条路的中间,不近不远的距离。我看得见热闹,但热闹看不见我。"

商陆没有接话,两人只是默契地安静着。过了会儿柯屿回头,发现他不知道什么时候睡着了,微蜷的手掌里还捏着剧本一角。他捻灭烟,升上车窗,又打低空调风速。

商陆的呼吸绵长稳定,橘绿之泉的留香时间短,还剩下一个淡淡尾韵。柯屿转过身,搭着二郎腿,右手支着腮,天然上翘的唇形带点笑意:"喂,真睡着了?"

真睡着了,英挺的侧脸毫无波澜,只是条件反射地蹙起了眉间。

商陆不知道睡了多久才醒,椅背被放倒,身上披着外套,玻璃窗留了一线,风清爽地吹入。他起身一看,柯屿正斜坐在引擎盖上,指间夹着不知道是今晚的第几支烟。他虽然点烟勤快,但抽得不勤,一根烟大半被风给抽了,自己只想起来的时候才抿一口。

他其实很高,一米八三的身型就算是在娱乐圈也很够看,被黑色羊绒衫包裹的身体宽肩窄腰、胸背笔挺,虽然看着瘦但并不单薄。商陆看着他的背影,猛然意识到他的外套在自己身上。他抬腕看表,晚上十点五十。

烟被他带上车捻灭,车子重新启动,液晶屏上时间亮起。商陆问:"这么晚了,怎么不早点叫我?"

"看你难得睡着。"他又吩咐道,"等进村后你来开,如果被剧组的人看到了,就说我高原反应,你带我去医院了,明白吗?"

"至于吗?"

"至于,"柯屿笑了笑,"谁让你长得帅。"

进了村换了驾驶,车开得慢,果然在路口碰到了抽烟散心的摄影组。蔡司"嚯"一声:"您二位出去转啦?"重音放在"您"字上,听着调侃。

柯屿闭着眼没搭理,商陆不冷不热地说:"柯老师高原反应,没人在,我送他去医院了。"

"没人在"三个字可彻底惊扰了老杜,他大小挂着一制片主任的头衔,整个剧组大大小小的杂事都归他安排，要是柯屿真病了，他可能会被撕了。柯屿一口热茶还没下肚，老杜的声音老远从院外传入："柯老师？柯老师——哎哟，听老蔡说您身体不舒服了？"他人矮，脚步抡得飞快，夜底下只见他一溜烟地趟进院子，腰躬着，两手往前伸着，好像随时准备接住柯屿这位林妹妹。他进院心，抬眸一看，哎人呢？

柯屿凭栏而立，又悠悠地喝了口茶才出声："这里。"

老杜抬头一望，声音顺着风送上去："您怎么样？"

"还可以。"柯屿抿起唇角，"别紧张，丽城人民医院的急诊科护士挺漂亮的。"

老杜哭笑不得："有事您千万吱一声，您要有个三长两短，别说老唐得杀了我，你们汤总也不会饶了我。"

他嗓门大，三两句把唐琛也给招了出来。唐琛笑着回喊："我用不着，汤总肯定比我先动手。"

商陆在房间里没出来。窗帘仍没拢，他搬了剧组的电脑，正继续看回放，听到对话，握着鼠标的手停顿了下来。

柯屿眯起眼，云淡风轻地问："这里面还有汤总的事呢？"

老杜什么人精，马上察觉到这无声无息的不悦，"嘿嘿"一声："没有没有，您辰野一哥，出问题了他不得找我算账？下丽城前他特意给我打电话，让我务必仔细照顾好您。"

柯屿背转过身，留给老杜一个慵懒的背影，声音淡漠："我没事，你早点休息吧。"

商陆是临时编外人员，干完活儿得把设备还回去。他抱起电脑，沿着院子后的近路抄到摄影组的院子里。蔡司把烟头扔下："看完了？"

商陆点点头。

"让你看回放是为了你好，光虚没虚焦这一点就够你学的。"

"好。"

老杜叫住他："柯老师没事吧？"商陆摇头，他犹不放心地追问一句，"真没事？"

"没事。"

老杜拍拍他的肩膀："行了回去吧。"

别说世上没有不透风的墙，剧组压根就没有墙。柯屿大晚上去医院看急诊的消息，只一晚上的工夫就全剧组都知道了。商陆早就去了片场，没等吩咐就架起了设备。老傅要管灯光和摄影两组，抽空瞄他两眼，很满意，提点两句无关紧要的，想起什么，他凑近了悄声问："昨晚上你送柯屿去医院了？"

商陆点头，知道他还有下文，便等着。

老傅左右看看，揽着他的肩膀低声道："离他远点，别靠太近。"

商陆不动声色地问："为什么？"

"小孩子别问这么多，你踏实记着就行。"

要说起来还是盛果儿最受惊吓。她昨晚上睡得早，吃早餐时才听说这么一回事，吓得粥勺都"哐当"掉了："哥，我不是提前半个月就让你吃红景天了吗！"

柯屿冲她招招手，小姑娘附耳过来，听到她老板说："不是高原反应，是缺氧。"

"什么缺氧？"盛果儿脸色一变，"别是肺水肿了吧！"

柯屿托着下巴，仗着没别人便胡言乱语："被你的心动男嘉宾帅到缺氧。"

"我——"盛果儿嘴一闭手一捂，"我不心动！"

柯屿笑了笑，漫不经心地转过话题："来这里之前，汤野有没有找过你？"

"找……找过。"

"剧组是不是有人盯着我？"

"嗯。"盛果儿拉过椅子坐下，"之前你不是总看邮件吗，他问我你最近是不是频繁看手机。"

柯屿冷冷抿出一撇笑，没说话。

"我没有乱说,我说没有,你是看笑话推送……说是沈医生让这么干的。"盛果儿底气不足地瞄他,"汤总他……"

柯屿没回答,沉吟着,平静地说:"如果汤野问起商陆,你知道该怎么说?"

盛果儿先应了下来,才后知后觉地问:"他问商陆干吗?你们也不熟,要是长得帅的、漂亮的都问,那也问不过来……"

柯屿端起茶盏的手一顿,云淡风轻地笑:"你说呢?"

"我说……"盛果儿嗫嚅着,心想这我哪能说得好?

"我挺看好他的。"

盛果儿懵懂地问:"啊?哪种看好?"

柯屿垂下眼眸:"单纯对人格的欣赏。"到时间了,他推开椅子起身,走向化妆师所在的院子。

电影中,菲姐的男朋友名叫阿虎,虽然比菲姐小,但她仍唤他虎哥。虎哥是个在丽城驻唱的艺术青年,唐琢因此请了摇滚乐队"风声"的主唱阿卓,戏份不多,算客串。这场三人对手戏本应该昨天顺着拍的,但前段时间乐队正在全国做 live 巡演,阿卓昨天晚上后半夜才赶到片场。柯屿进去时,阿卓从沙发上起身,弓腰喊一声:"柯老师。"

他其实年纪比柯屿大许多,近四十,出道十来年。柯屿跟着颔首致意:"阿卓老师。"

虽然是第一次拍电影,但作为一支成名已久的乐队,阿卓拍过挺多 MV 和纪录片,对镜头习惯良好。他内心有个保底的声音:柯屿演技烂多了,到镜头前,谁"裸泳"还真不一定。

唐琢也不放心。妆化到一半,他推门进来:"小岛,用不用我给你讲讲戏?"

柯屿掀起眼帘,从镜子里淡淡瞥了他一眼,带出一点浅浅的笑意:"先不用。"

进入片场,各部门单位全部 stand by。柯屿放下剧本,起身的同时外套从肩头自然滑落，被盛果儿机灵地接住。他被围观拍戏久了，意识早就习惯性地忽视掉所有目光，他微微转头，遥遥地看了眼摄影机后的商陆。蔡司以为他在找镜头，便比了个OK的手势。商陆勾起唇角，高大的身影抱臂而立，果然是鹤立鸡群一般。

柯屿深呼吸，院门关着，对讲机传来二号机准备好的消息，黑色场记板在镜头前举起，唐琢捏着导筒："action！"

这是一个长镜头。上一个画面采纳了商陆的俯角镜，正连上阳光穿破云层晒上飞仔的肩头，他从短暂的困顿中醒来，扶着墙角站起。高原反应带来的晕眩让他一瞬间闭眼，身形轻微地晃了一下。画面外传来两声犬吠，蔡司穿戴斯坦尼康跟随，柯屿叩响门扉。

门响了，院内传来下楼梯的咚咚声，"来了！"飞仔挺了挺胸膛，但长期习惯于佝偻的肩膀很快又躬了下去。院门打开，一个还未收拾好的表情半凝固在飞仔脸上，随后变成生疏而讨好的笑："菲姐。"

这个笑的尺度把握得很好，明明是很高兴的，但因为骨子里的忐忑自卑，他很怕自己的到来不受欢迎，因而只笑了一半，喉结滚了滚。这是柯屿在城中村反反复复的观察中总结的画面。

接着便是昨天商陆帮他拆分过后的戏。一切如预演的那样开始推进，飞仔眼神的三层转变、视线的三次转移、手指蜷着的小动作、挺胸抬头但无济于事的单方面较劲、对菲姐一瞬间的回忆、着迷和狎昵——一切于无声中静静流淌。

唐琢捏着导筒的手指控制不住地发抖，两眼入神地盯着监视器，镜头在菲姐那声"老家来的弟弟"中结束，一声"咔"唤醒片场所有人。唐琢扔下机器大步冲向柯屿，一把抱住了他。柯屿双眸都意外地张大，他被抱蒙，只感到唐琢壮得像熊的躯体差点没把他给勒死。一双大掌在肩上猛烈地拍着，耳边咕咕哝哝、杂七杂八地说了些什么，他都没听清，因为注意力全部放在了商陆身上。

商陆站在院外与他对视，云淡风轻地笑着。柯屿跟着抿了抿唇，意识到什么，又猛地转开视线。

张副导发现了什么新鲜玩意儿："别抱了！柯老师脸都憋红了！"

唐琢松开他："好啊小岛！好！难怪不要我讲戏！"又在他肩上附赠了好几巴掌。柯屿咳得要命，撑着膝盖猛摆手："别……别拍了！"

所有人都笑得要死，盛果儿递上参水："缓一缓，缓一缓……"

"嘿。"蔡司叼起烟，跟商陆嘟囔，"我就说这水平比股票还不稳定吧。"

商陆没理他，点开手机给柯屿发了简短的一条"恭喜"，耳边听到唐琢吆喝："休息五分钟再保一条，阿卓老师调整下状态！"

就算是冬天，丽城的太阳也不容小觑，紫外线是美貌的最强杀手。盛果儿为柯屿打着伞，商陆不知道什么时候靠近，声音贴近响起的时候把小姑娘吓了一跳。

商陆问："手酸吗？"

盛果儿眨眨眼，商陆比了个"嘘"的手势，眼神落在柯屿身上。柯屿一无所觉，正点开微信，看着商陆发的那个"恭喜"。

"酸酸……酸的。"盛果儿咕噜咽一口口水，费劲地仰视着商陆，脸红得像蒸笼里的螃蟹。

商陆慵懒但坚定地从她手里接过伞："我帮你。"

盛果儿：……

商陆："你妆花了。"

"天啊。"那还得了！盛果儿两手一抹脸，惶惶然地奔向洗手间，到镜子前一看才意识到——她今天根本就没化妆！

柯屿完全没意识到身后的助理已经被人调包，手一伸："水。"保温杯被塞进他手里，杯盖拧开，冒着腾腾的热气和西洋参的气味。他喝完，保温杯被体贴地接走。柯屿两眼看着手机屏幕，打一行字"谢谢"，又删了。他抬头用视线梭巡一圈——人呢？又低头打一行"是你教得好"……不对，好冷淡。遮阳伞的阴影底下，微信界面一览无余。回复框来来回回、删删打打，商陆没忍住勾起唇，笑过以后才说："我在这里。"

商陆视线下的身体明显一僵。

"别回头。"商陆的声音低沉磁性，慵懒中自有一股漫不经心。

柯屿果然没回头,虽然极力若无其事,但手机却紧攥,问:"你干什么?"

"看你助理打伞辛苦,帮个小忙。"

柯屿思考了一两秒盛果儿的姿色:一米七的身材,个高腿长,虽然是个铁打的直女,但偶尔结巴起来也挺可爱……柯屿冷冷地:"离我的工作人员远点。"

余光里远远看到盛果儿跑回来的身影,商陆一手掌着伞一手揣着兜,遥望着村落后绵延起伏的十三峰,姿态闲适。片场的人往来穿梭,忙碌的、闲着抽烟的,偶一瞥到,只当他是突然被大明星抓了壮丁。

商陆漫不经心地说:"小岛老师,你亲口说的'谢谢'比打字好听。"

给他一副白手套和一面放大镜,他能直接甄别名画真迹赝品,怎么可能连点情绪变化都看不出来?但商陆没有点破,在柯屿什么话都没说的情况下温柔地回了一声"不用谢"。

盛果儿及时到位,一看气氛不对,立马一把夺过伞大声说:"谢谢商陆哥!我好啦!"

商陆对她笑了笑,离去的背影慵懒从容,盛果儿看得心怦怦直跳:"好帅啊我的天,我呼吸不过来了,呜呜呜……哎,哥?"柯屿反手抓下外套,面无表情、一脸生人勿近地从椅子上起身。

"你……你去哪儿?"

柯屿冷冷地回:"洗脸。"

带了妆的脸哪能真洗?院落里,连接雪山的自来水管道汩汩流出水,在阳光下反射出光斑,一双纤长白皙的手伸入。冲洗五秒,手被冰得透凉,手背贴上脸颊,反复三次温度退却。柯屿掩在太阳下的双眸镇定下来,他低声咒骂:"小屁孩。"

入戏

　　五分钟的休息时间眨眼而过。唐琢跟阿卓重新讲了戏，再次开拍，三人都在状态内，一条完美过。

　　这次是在院内，半公共的场合，隐秘的楼梯拐角。老傅指点着重新布了光，模拟自然光的质感。不过光线的分布是有寓意的，柯屿的脸暴露在太阳底下，程橙则完全隐藏在阴影里。灯光师有条不紊，商陆看着老傅交给他的布光图，打心底对他给予了肯定。

　　唐琢的分镜脚本中肢体动作画得潦草，但商陆明白，这场戏是"绝望的压制与示弱的掌控"。在浓重的暗影里，菲姐的脸孔像一朵湿润的花，只倏然一现又消失。这场戏中，隐藏在阴影里的菲姐才是真正的掌控者——像个蛊惑人心的恶魔。

　　因为难得有人来这儿拍戏，所以片场外围都是围观群众。清场是难清了，唐琢也是一脸无奈地抹了把脸："橙子姐、柯老师，你们看现在这个情况？"

　　老杜拿着大喇叭请人离场，半哄半骗半恐吓："谁要是掏手机偷拍，那就是侵犯隐私权、著作权！要是敢发到网上，那就是罪加一等……"

　　程橙听得笑出来："没事，随便吧，别折腾了。"

　　两人一起看向柯屿。围墙上趴再多人头在柯屿眼里都是萝卜白菜，他脸皮针刺般发麻,克制着眼神不敢看摄影组,对唐琢"嗯"了一声。

人太多,所有人都想争取一次性过。老傅亲自掌镜,犹不忘提点商陆,让他跟着好好看、好好学、好好体味。镜头他是没什么好体味的,他的审美强悍、强烈,而老傅还没到惊才绝艳的份上。商陆顶多首肯一句还不错,万万不可能为此左右了自己的风格。他的心神余了出来,没地方搁,都拿去体味柯屿的动作戏了。

第一条开拍,程橙不愧是老戏骨,打板声响后一秒入戏。

然而两位主演刚有所动作,围观群众就是一声"哇——"

唐琢:……

老杜烦得要死:"谁?谁在那儿哇?赶紧给场务派活儿,把周围都给清干净!"扫兴声此起彼伏。

跑剧组就是跑江湖,三教九流嘴上不把门的多得是。蔡司不避嫌,在下一秒心领神会到商陆也是个血气方刚的"小伙子",随即取下烟斜眼瞧他:"橙子姐身材不错吧?"

商陆咳嗽一声:"不错。"

"待会儿看柯老师怎么发挥。"

五分钟后,人散干净,柯屿将保温杯的水也喝完了。

盛果儿忧心忡忡:"哥,你紧张啊?"不能啊,这都第多少场了,他跟橙子姐也不是第一次合作,紧张什么?

柯屿把保温杯塞她手里:"闭嘴。"

第二条开拍,手摇晃动的镜头里捕捉到光柱下浮动的尘埃。程橙两手攀着木制楼梯,又被柯屿一把扣住,两腕交替拉过头顶扣在墙上,整个人呈现出一种扭曲的姿态。她回过头喘息着想索吻,被柯屿一把捂住下巴。

唐琢喊"咔"时,柯屿立刻退开:"冒犯了。"

程橙扯下旗袍,唐琢透过话筒命令:"可以捂嘴,很好,但不要一直捂。小岛,要吻上去。"唐琢想了想,觉得柯屿跟之前的状态不太一样,便鼓励他,"怎么今天放不开,不要收着,都是熟人。"

工作人员都笑了起来，柯屿下意识地抬眸找商陆，找到了又后悔，因为商陆也在看他。视线在烈日下明晃晃地相触又躲开，商陆手抵唇咳嗽一声。太阳打西边儿出来了，大少爷头一次低下了头。

因为最初的设计里并没有吻戏，柯屿特意临时去漱口，几分钟后，下一条开拍。柯屿依言先是捂住了程橙的嘴，晃动的画面里，程橙的眼神湿润地纠缠着他，他终究扣着她的下巴，狠狠地吻了上去。这是实打实的接吻，不是什么借位，柯屿闭着眼睛的侧脸被一览无余地捕捉。

一条过了，片场才敢窃窃私语。蔡司睨商陆，瞥见年轻人上下滚动的喉结，了然一笑："橙子姐是不是够顶？"

商陆脸色一变，破天荒很没礼貌地没回答他。他退了一步，继而转身大踏步走开。

柯屿从监视器后看回放，等着唐琢琢磨好还要不要再补一条。他眼神专注，等收拾好情绪才敢抬头，意外地看到商陆站墙角抿着烟。他不是不会抽烟吗？

中午有个把小时的休息时间，吃过饭大家都散回了各自的院子里午休。下午主要是程橙和阿卓的戏份，柯屿的戏在晚上，是菲姐跟他哭诉被家暴骗钱威胁的剧情。他台词少，跟上午一样，正是他最不擅长处理的桥段。

柯屿仰靠在沙发上，尝试酝酿愤怒。五秒后，他眼睛睁开，是平静无波的眼神。村子里的母鸡咯咯叫了两声，他烦躁起身，一身的火气都去跟窗帘较劲——他"唰"的一声拉上窗帘，晃动的缝隙中，看到商陆对着电脑的剪影。

手机的振动在一秒内唤回柯屿的神智。他点开，商陆的微信分行清晰："菲姐的台词透露出什么信息？每一条在飞仔的心里意味着什么？飞仔的个性？尝试列出三至五个关键词；为他的个性找到愤怒口；为愤怒设计出符合人物身份、背景、年龄、经历的动作。"

木制楼梯上传来一阵脚步响动，声音从楼梯拐角"咚咚"而下，穿过院心的石板路和连廊。柯屿在院子中的秋千藤椅上坐下，吱呀声透过窗纱传入房间。商陆转过脸，蒙眬地看着他的身影。

"我就在门外。"

"我知道。"

"我想进来。"

"现在又不避嫌了？"

"不演给你，你怎么知道我不对？"

"我大概能想象到。"

柯屿威胁："年轻人讲话小心点。"

"很小心了，我刚在电脑上复习过老师的过往精彩表演。"

柯屿扶额："有那么差吗？"

"流于表面，很肤浅，跟人物个性脱离，出戏。"

柯屿愤怒道："没有一点可取之处吗？"

"对五官和肢体的控制很精准，而且漂亮。"

见柯屿没回，商陆追了一条："你是不是又紧张了？"柯屿让他"滚"。

商陆笑了一声，没收着，声音透过纱窗纸递入柯屿耳中："你演得不好，不是你不会控制形体和表情，也不是你面瘫，而是你无法处理深层次的人物。不是每个演员都需要在看剧本时问自己这种问题，我让你这么做，是因为我发现你的小传以第一人称进行时，阐述得非常到位。我想这也许是你感知人物、共情人物的方式。"商陆想了想，把剩下的字删掉。柯屿的问题不止这一个，但他暂时难以准确描述，只能在一闪而过的直觉中捕捉。

不急。

午后静谧的院落传来藤编秋千的吱呀声，商陆再次回眸看，人走了，只剩秋千空荡荡地晃着。

柯屿一步一步地上楼，平心静气。菲姐的台词他甚至都会背，他翻阅剧本，再度逐字逐句地阅读、画线、拆分、寻找剧情线索、寻找对应行动来解读唐琢该死的、要命的隐喻。时间无声流淌而过，笔无数次被扔下，又捡起。他强迫自己，像学生时代做听译一样。心无旁骛之下，他对院子里的动静一无所知，不知道商陆提前早早地出去。

　　做功课睡着也是丢脸。等柯屿醒来时黄昏降落，要变天了，雪山上浓云翻滚，遮住了铅灰色的峰顶。剧组五点收工，正是吃晚饭热闹的时候。下场戏七点开拍，柯屿的答案早早发了出去，却还没收到回复。

　　他解得一塌糊涂，让他现在做高数题都不会比这更糟糕。他心情不佳，一顿饭只草草吃了几口就离座，盛果儿要跟，被他抬手止住："我一个人走走。"

　　降了温，雪山下的风卷起柯屿的衣角，他半长的额发在风中翻飞，背影被夜色下的呼啸裹挟，过了一会儿，雪籽扑面而来。柯屿温柔地想：古城下雨了。

　　雪山飘雪，山脚落雨，高原气候的铁律。

　　一把长柄黑伞撑上头顶，虽未说话，但气息已经表明了身份。

　　柯屿没有回头，径自走着："刚才没看见你。"

　　"厨房灶台上刻了很多古东巴文，多看了两眼，出来时刚好看到你一个人出来。"

　　"跟过来干什么？"

　　商陆笑了笑，声音在风雪中漫不经心："怕你小助理挨冻，帮个小忙。"到路口该左转了，商陆拉住他的手腕，"这边。"

　　走五十米到巷尾，一家纳西小院，手工纸灯笼在雪中飘摇，上面写着的"天雨流芳"四个字被吹得走马灯似的转。商陆叩响门扉，院内的脚步声在风中几乎听不见，等了几秒，门开了，一个裹着长巾的妇人把两人迎进去。

　　柯屿的心提起来，掌心攥紧，不自在地问："你干什么？"

　　"你不是要演给我看吗？以后就在这里演。"

　　"这里……"柯屿被风吹得迷了眼，一句话说半截，后半句吞咽在突如其来的强劲气流中。黑伞下压，伞骨瞬间被吹得几近弯折，天眨眼间暗沉，柯屿看不清路，脚下一个趔趄。伞被吹飞，在黑色的气流中被席卷着飘远。一瞬间撞入的气息比这夹雪带冰的冷冽更鲜明，兼尔温暖。

商陆扶住他，一手在前面为他抵挡风雪，耳边隐约传来一句："不好意思。"

好不容易跑到了正屋，柯屿猛跺脚，商陆帮他拍着身上的落雪，又解下外套给他裹上。见他头发湿了，商陆的手在半空中停滞一瞬，揉了上去。黑发在指尖被拨弄，扑簌簌地落下雪籽。几步路、几句话的工夫，这天气就变得彻底。如果刚才说出去散心还算合理，现在就该担心他的生命安全了。盛果儿的电话果然打进来："哥，你在哪里？你羽绒服还在餐厅，我给你送过来？"

火塘内发出噼啪声，柯屿蹲下烤着手，看了商陆一眼，对他亲密无间、无比信任的助理撒了个谎："不用，我已经回房间了。"

"啊？这么快？"

当着人面扯谎的滋味相当怪异，柯屿克制着忽略掉商陆似笑非笑的注视，平静地说："我睡会儿，不要打扰我。"

"哦好……唐导说风声太响，他们再想想办法，如果还这样今晚就不拍了。"

全片都是安静的，夏日午后与夜晚的沉闷，汗流浃背又胸闷气短的感觉，风声收了进去，意境就变了。这种级别的风，消音毯恐怕也无济于事。

"知道了。"

挂了电话，柯屿把消息转达给商陆，说："拍摄取消了。"

刚才迎两人进门的阿婶倒了两杯热茶过来，柯屿握着一次性塑料杯："那我先……回去了？"

"是拍摄改期，又不是这场戏取消。"商陆拨着烧得通红的木炭，玻璃窗被吹得"呜呜"作响，"再等等，等风小一点，我送你回去。"

"别了，"柯屿拒绝道，"你是嫌我凉得不够快。"

商陆笑了笑，扔下烧火棍起身，又蹲在了他跟前。柯屿坐在小板凳上：

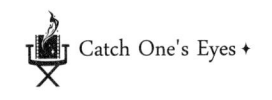

"你干什么？"

商陆人高，蹲着不比他矮，两眼无奈地与他对视，手伸进羽绒服口袋："拿剧本。"柯屿忘了自己还裹着他的衣服，手条件反射地跟着也伸进去要拿。掌尖相触，两人动作都是一顿，商陆低语一句："好冷。"

柯屿垂下视线，挣扎了一下："刚才被风吹的。"

楼梯上传来脚步声，柯屿脸色本能地一变，在再度出声前，商陆如梦初醒般从口袋里抽出卷成筒状的剧本。他神态自若地坐回去的同一瞬间，虚掩的木门被推开，阿婶提着银茶壶进来，弯腰看了看火，又对两人笑了笑。商陆把剧本递给柯屿，他的剧本没有带出来，只好坐到商陆身边，两人看同一份。

"演给我看。"

"给我句台词。"

商陆卷着剧本："阿虎打我，他不是人，你看我的胳膊，你看这些瘀青……"

柯屿一把扣住他的胳膊，猛地将人拉至眼前，眼眶微红，眼里流露出难以置信和愤怒。

"他还赌博……输光了钱就找我出气……"他五指用力，几乎掐进商陆的胳膊，抿着唇，呼吸灼热沉重，接着他豁然起身，商陆抓住他，继续读着对白，"只要一有人看我，对我笑，跟我讲话，他就打我、骂我——"

柯屿攥着拳，肩背颤抖，向前的脚步用力到"菲姐"几乎拖不住。

商陆换回正常的语气："然后呢？菲姐还有一百多字的台词，你要怎么演？"

柯屿从戏中抽离，气氛消沉下去。良久，他回眸看了商陆一眼，笑了笑："很糟糕是不是？"

商陆想了想："不要浪费你这么精准的身体控制力和塑造力。"

"听着像夸我。"柯屿勾过凳子坐下。

"是夸你，很多演员连控制五官表情都做不到，准确地传递情绪对他们来说很难。你很精准,虽然只是流于表面的模仿,但最起码说明你有深造的能力。"商陆举起剧本,"一段文本的信息和情绪,除了只看字面上的意思,你还要学会去找到隐藏在海面之下那十分之八的潜台词。唐琢是个成熟的编剧——我首先问你,菲姐是一个什么样的角色?"

"她……成熟、风尘、魅惑又善于利用和操控人心。"柯屿答得很快。

"飞仔又是什么样的人?"

"简单、偏执、轻信,对爱情还抱有幻想。"

"好,那么飞仔对菲姐又是什么感情?"

柯屿迟疑了一下:"介于爱和恨之间,很难厘清,占有欲很强。"

商陆在他身边坐下:"你能看穿的,菲姐都能看穿。"

"什么意思?"

"飞仔对她病态的感情,他的个性,她全部一清二楚。"

柯屿好像有点明白过来:"所以……"

"所以,她的每个字、每句话,都不是随随便便地讲出,而是循序渐进、步步为营的。你看——"商陆转开钢笔,"首先是家暴,其次是滥赌,再次是金钱的纠纷——阿虎一直找她借钱,甚至逼迫她重操旧业,最后才是阿虎对她的人身监禁。飞仔对菲姐的身体很爱护吗?你激情戏演了三场,镜头语言传达出的,都是野蛮、粗暴,是爱恨交加,是恨得要死但又不得不沉溺。阿虎打菲姐,你觉得他在不在乎?他老家那里对女人是什么态度你应该比我清楚。"

"所有物,无所谓。"

"好,第二层是滥赌。在沿海的小镇农村,赌是一个问题吗?飞仔在这样的背景里长大,他会不会觉得滥赌让他很愤怒?"

柯屿流露出震惊的眼神,又很快收敛住,他真的没有考虑过这个问题。思考了一会儿他才回道:"司空见惯。"

商陆接着在剧本上划下一行:"金钱。飞仔来丽城前,他在干什么?谁卖了他?菲姐。菲姐把他介绍给自己的姐妹,飞仔就顺着沉沦下去。阿虎打菲姐钱的主意,你觉得他会想什么?"

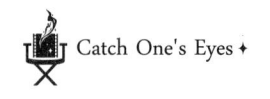

"活该。"

商陆就着灼热的火光,温柔而鼓励地看着他:"最后一层,你自己说。"

"阿虎对她监禁监控,把她当成自己的所有物,飞仔的情绪才开始上头。"

"菲姐最后的台词说的是什么?"

柯屿流畅地背出:"飞仔,姐姐只想要你。你带我走,我跟你远走高飞,丽城的院子我也不要了,只要你带我走。你来见我,我心里不知道多高兴——但是不行,他会打死我,他不会让我跟你在一起。"

商陆点亮手机打开微信,上面显示出柯屿发送的作业答案。他往上拉,回到自己的那五个问题:"我刚才说的,其实都在这里。"

柯屿垂着脸,脸上没有表情:"让你失望了。"

他真的很努力、很努力地条分缕析,但是为什么?他看不穿。

商陆转上钢笔笔帽:"没有。"

柯屿一瞬间涌出一股恐慌。他接收过太多次饱含期待的目光,又最终一次次亲手让这些目光里的火苗熄灭。从吹捧到失望,这就是他在娱乐圈的赛道。他不断地往返,徒劳无功地奔跑,最终只是鬼打墙一般地回到原点。

商陆的手被一把按住,他扭头,在柯屿认真的神色中愣住。他看出了柯屿的紧张。

柯屿轻声问:"这样的失望,你可以忍受几次?"

第几次的时候,你会像他们一样转头走开?一走就不再回头,认为柯屿就像栗山说的,只能做一个有氛围感的、有故事的花瓶。第十次?还是第二十次?这次是第几次了?第二次……还有八次。柯屿只是看着他,面无表情,眸光平静,仿佛心里的这些声音并不存在。

商陆勾了勾唇:"我有说过我失望吗?"

"我连剧本都……"

"对文本的共情和分析能力既是一种天赋,也是一项可以通过锻炼而获得的能力。娱乐圈有太多对剧本人物无法正确解读的演员,你没必要妄自菲薄。何况我说过了,你演得很好。"火光和灯光让他的目光温和坚定,有一种气定神闲的从容,让人无端便会信任他的话,连带着对自己可以被拯救这件事也开始确信起来。

"柯老师,你相信我吗?"

柯屿自哂一笑:"怎么,不信任你,我在这里陪你玩过家家吗?"

商陆笑了一声,反握住他的手。柯屿的掌尖好像总是很凉,火也烤不暖。

"你知道我家里有多少钱?"

柯屿没反应过来,直到商陆附耳报了一个数。他双眸不敢置信地睁大……在这样绝对震撼的数字下,这位少爷出现在这里简直就像神仙下凡一样。柯屿发自内心地说:"微服私访辛苦了。"

商陆揉了把他的头发:"不是这个意思。你要相信,我这种人真的没工夫也没耐心安慰人。我说你很好,就是很好,我说想让你成为令人不可思议的演员,就是在这么想,也一定会这么做。虚与委蛇这种事情我既没兴趣,也懒得去做。这世界上绝大多数的东西我都唾手可得,势在必得,谎言是达到目的不正当的手段,我不屑于撒谎哄骗。这不是我人格高尚,只是因为我不需要——对你也是一样。"

"对于我?"

"也是如此。"

柯屿要抽走手,商陆更紧地握住:"我说我没有失望过,就是真的没有失望,相反,我很惊喜。每一次陪你重新解读剧本,你都能做出准确的反馈。如果你始终不能正确拆分角色层次,没关系,我愿意陪你把剧本里的每句话都反复咀嚼,直到你懂为止。"

知道他是商家二公子后,柯屿曾经偷偷点进"Sean"相关的话题里,看到他们分析他的脸书推特,分析他的游学经历和学术背景,看他以前拍的作品和照片,看他用文字分享自己的日常和阅读随记。

商陆好像活在很好、很充沛的阳光下,热烈地感知着世界上一切美好的东西,就好像阴影这种东西,在商陆的人生里是不存在的。虽然他

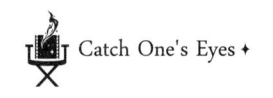

一张自己的照片都没放，但让人不自觉地勾勒出他的形象：恃才傲物，桀骜不驯，又自在从容。

柯屿心里酸了一下，仓促地避开他的视线："有天赋的人，你都很珍惜，是不是？"

商陆没有犹豫："是。"

"如果将来出现一个像我这样——或者比我更有天赋、更有镜头感、更有默契的演员，你也会不遗余力地去帮他，跟他合作？"

商陆思考了一瞬："会。"

他敏锐地意识到柯屿的微妙："柯屿。"这是他第一次郑重其事地唤他的全名，"人和人的缘分都是注定的，也许我会拍你一辈子，也可能我们只合作两部电影就会闹翻，分道扬镳，电影界这样的故事并不特殊。你有没有想过，也许你比我更有才华更有天赋，没有你，我可能根本拍不出什么惊才绝艳的作品。我和你的相遇，不是因为要你成就我，而是上天让我来成就你。"

他顿了顿，仍然握着柯屿的手，温和深沉地注视着他："也许在将来，你才是那个站在聚光灯下的人，而我只是在台下为你鼓掌。如果注定我只能送你一程，托你一把，即使那个时候，我们已经没有合作、相见的可能，我也不会后悔。"

窗外风雪不知道什么时候停了，喧嚣的风声静止，薄薄的雪覆盖在瓦檐上，被窗户透出的灯光笼罩出一弯干净的弧。推开院门，工靴踩在石板路上有咯吱的踩雪声。一场大风把云层刮得干净，柯屿仰头，轻轻说了一句："星星。"

商陆跟着抬眸，繁星缀着雪山，万籁俱寂，空间和时间都仿佛静止。

他讲话时，有白气呵出："后天收工，上次说想带你去的农场，你愿意去吗？"

柯屿站定，嘴角噙着说不好的笑意："你是不是伤了很多姑娘的心啊？"

"怎么？"

"不问想不想,而是问愿不愿意,你有没有觉得自己很不讲规矩?"

"什么规矩?"

"不要轻易挑战成年人的社交规矩。给你个机会再问一遍。"

商陆顿了顿:"你想去吗?"

"还行。"柯屿走到他身边,低笑着摇了摇头,"我开始心疼后面跟你合作的主演了。"

"我是一视同仁的。"

"你执着起来的样子不像一视同仁,反而让我以为自己很独特,足够特殊。怎么办呢,你说是一视同仁,就好像在告诉我,其实我也没那么特殊。"

"你就是很特殊。"

柯屿仰头笑了笑,眼睛比天上的月亮形状更好:"我知道了,所以对娱乐圈来说我可以做到很特殊,却做不到在你心里特殊。"

"我……"商陆蹙眉,仿佛陷入一个解不开的谬论。半晌,他只好说:"你在我心里也很特殊。"

柯屿好像就在这儿等着,站在月光下,穿着他的外套,对他说:"好,我记住了。"

夜深了,院落静悄悄的,两扇朱漆铜环木门闭得严丝合缝。柯屿身体一僵,脚步跟着顿住:"完蛋了。"

"怎么?"

柯屿不抱希望地问:"你有院门钥匙吗?"

"你有让管家留门吗?"

"你有管家的电话吗?"

柯屿抹了把冷冰冰的脸。

商陆:"我有制片主任的电话。"

柯屿:"你敢拨一个试试看。"

商陆掏了一半的手机又重新揣回裤兜里。

"好,大少爷,"柯屿点点头,"你知道找一个院子帮我讲戏,知

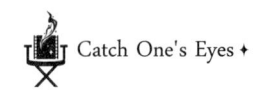

道跟老傅、蔡司请假,就是不知道让客栈留个门。"

"是你跟助理撒谎。"

柯屿慵懒地瞥他一眼,商陆乖巧地闭嘴,半晌道:"好冷。"

柯屿被气笑,咬牙切齿却又拿他没办法,准备脱衣服给他,又被他提前一步制止:"不用,你穿好。"

月光很亮,星星也亮,照得两个人落在彼此的眼神里,都亮亮堂堂的漂亮英俊。柯屿仰起下巴,瞪着他:"怎么办?回不去了。"

这木门开合的动静在夜里分外响亮,唐琢、程橙哪个被惊醒他都洗不清。商陆观察院墙:"翻过去?"

柯屿遗憾地微微一笑:"有监控。"

商陆:"敲门叫管家,你进去,我在外面找别的地方睡。"

柯屿:"商少爷,我的助理特别认真负责,我说我心情不爽先睡了谁都别来打扰我,她一定会在五分钟内,把这项会议精神传递给剧组的每一个人——所以,理论上,我早就在房间里了。"

"睡不着出来散心,但是管家不知道。"

"管家是傻的吗?"

商陆无奈地看着他。

"刚才那个阿姨家,你怎么找的?"

"看她没有开客栈、饭店、士多店,也没有做游客生意。她普通话讲得不流利,不会写汉字,而且是个党员——预备党员。"

柯屿:"这你都知道?"

"中午她让我帮她抄入党申请书。"商陆手抵唇轻轻咳嗽一声,"她不会写字怎么办……别笑。"

柯屿笑得站不住,又不敢放肆,整个人都在发抖。商陆无奈道:"三页稿纸,钢笔写干了,手也快断了——喂,别笑了。"

柯屿上气不接下气地说:"救命。"纳西阿姨等了多久才等到这么一个千载难逢撞上门的壮丁啊!

商陆生怕他笑晕过去,脸上不自觉地也带上了温柔的笑意。柯屿笑够了,喘着气断断续续地说:"那要不然……我们回去她那里?"

"留宿?"

"留宿。"柯屿思考着,"明天早上你可以直接去片场,我晚一点回院子,就算撞到了也可以说是早上散步回来。怎么样?"

好像是个办法。

两个人再度走回去。不长的距离,窄窄的小巷,化了雪的石头路被月光一照,像汪着水般,灯光仍亮在檐角。商陆望着灯笼上的"天雨流芳"问:"你知道'天雨流芳'是什么意思吗?"

"天上下雨了,像花草一样芬芳?"

商陆睨他一眼:"很有诗意,但回答错误——意思是读书去吧,古东巴文。"

柯屿默默记在心里:"好漂亮的四个字。"

"你知道一帆风顺用东巴文字怎么写吗?"

"怎么写?"

"三条波浪,一叶扁舟,舟头一个撑竹篙的小人。东巴文字是象形文字,像画一般。"

听他说话时,柯屿忽然发现了外套的口袋里有一卷质感粗糙的纸,像东巴手工纸。他掏出来,就着月光和灯光徐徐展开,上面用毛笔画着这幅"画",旁边写着龙飞凤舞的"一帆风顺"四字行书,右下角则是"赠小屿"三个正楷小字。他握着纸,猝不及防地仰头看向商陆。

"晚上在厨房偶然学到的,那家主人是这个村子的东巴,他教我写,一时兴起我就写了你的名字。"顿了顿,他又解释,"写着玩的,不用喜欢。"

"喜欢。"柯屿很快地说,"你的字好漂亮。"

"从小练,后来喜欢上画画就生疏了。"

说话间,门吱呀一声开了,纳西阿婶对两人的去而复返面露疑惑,随即反应过来,怕不是落下了什么东西?可是没有啊,房间里空空荡荡的。商陆用最简单基础的汉语说明了来意。

房间简单但整洁,二楼客厅熏着好闻的线香,不浓,顺着缝隙弥漫,正好入眠。洗漱有电热水器，阿婶约莫是很感谢商陆帮她抄入党申请，大半夜去了巷口的一家小客栈借洗漱用品。

柯屿背上的伤痕没好透，这是上次汤野让手下打他时留下的。水流漫过凸起的血痂，冲刷之下刺激着痒意，在陌生的、热气氤氲的狭小浴室里盛开出魅惑的花朵。柯屿紧闭着眼睛，手指摸索到伤口——贴了磨砂纸的浴室和洗手台分开，商陆就在外面洗脸。阿婶没有告诉他，这扇浴室门是关不紧的。它的锁芯会缩回去，门会很轻地咔嗒一声——自己打开，继而顺着惯性，一点一点地开得更大，直到完全打开，让里外两个世界都一目了然地没有秘密。

要想守住秘密，一定要扣上插销。

可是柯屿没有。

骤然侵袭的冷气让柯屿脊背一僵，人的直觉总是不讲道理的精准，他没有回头也知道商陆看到了一切。过了半晌，他保持着背对他的姿势回眸低瞥："喂，进风了。"

门被砰的一声摔上，柯屿收敛了伪装的从容，面无表情地插上插销。

等出来时，床头柜放着一罐掌心大小的瓷罐，盖子是打开的，飘出好闻鲜明的药草味。"问阿姨要的。"

柯屿擦着头发，只穿了贴身的短袖T恤："不用。"

"能帮助愈合和祛疤，这药是他们纳西族的秘方，你不应该洗澡。"商陆顿了顿，"怎么伤的？"

柯屿轻描淡写："被猫挠的，之前带褒曼——就那只布偶出门看病，回来应激了。"

商陆只是一瞥，在雾气和水流下并没有看得很仔细，只知道的确是鲜红的、长而闭合的血痂，听柯屿这么一说，便觉得的确很像挠伤。

柯屿抿起唇角，安静地看了商陆两秒，复又坐直："去洗澡吧。"

麦安言雷打不动地每天给他发微信，翻来覆去都是劝他不要解约的话术，里面几分真心几分是受汤野命令，柯屿分不清楚。他面无表情地看完今天的份额，依然只是回复一个"阅"，又问："猫怎么样了？"

麦安言回："你要是坚决解约，我就把这五只小崽子掐死。"放完狠话他又屁屁地发了十几张小猫的照片过来。

商陆洗完澡出来，便看到柯屿单膝曲着倚坐在床头，正对着手机笑。他虽然常笑，但笑里惯有一层疏离和戏谑，漫不经心的，并不容易看透。

"怎么养了这么多猫？"他拣起药罐，看了一眼就知道柯屿没有动，"趴好，我帮你上药。"

"不用——金渐层和布偶是买的，另外三只是流浪猫，在片场黏着我不走。"

商陆莞尔，又重复一次："快点。"

他眼神坚持，柯屿怀疑自己不同意的话会被他强制按趴。他背部的T恤被卷起上推，动作小心翼翼的，并没有擦到伤处。他把脸贴在交叠的手臂上："行吧，没想到你这种少爷倒也会照顾人。"

"我有个发小，十几岁就去法国留学了，后来一直跟我住一起。他比你还没用，没我照顾就废了。"

"是那个枝和？"

商陆挖了一指药膏，冰凉的触感，贴上伤口时，柯屿"嘶"了一声。

"疼？"

柯屿两手抓紧了枕头，埋住脸，瓮声瓮气地说："疼。"

商陆无奈，手上的动作更轻了些："是不是明星都像你一样娇生惯养？"就差把"娇气"两个字说出口了。

柯屿静了静，"嗯"了一声，得寸进尺地说："怕吃苦你有意见？"

"看你拍戏挺能吃苦的。"

柯屿笑了一声："你以为我想？那是为了养家糊口。"

屋子里一时没了声音，商陆以为他真疼到这地步，便陪他闲聊转移注意力："你怎么知道小枝的？"

"看你脸书和推特不止提过一次。"

"嗯，他是一个很有天赋的小提琴手。"

"上次你说的生病的朋友,是不是就是他?"

"是他,被人抢劫受了伤。"

"你为了他说回法国就回法国。"

"以为是很重的伤,回去以后才知道是擦伤。他很依赖我,乐团巡回表演上一定要看到我坐在第一排。"

柯屿认真听着,没有情绪地顺着说了一句:"真好。"大概是觉得这样的两个字意味不明,他开玩笑般补充说,"我怎么没有这样的发小?"

"不是从小就认识的。他是裴家的私生子,七岁才回本家,家里的兄弟姐妹对他敌意很强,他妈妈又没跟着一起,从小受欺负……"

"然后你挺身而出保护了他?"

商陆笑了笑:"不算挺身而出,有次宴会时我乱跑,看到他一个人在阳台上拉琴,觉得很好听,就认识了。"

"因为你是商家的少爷,所以裴家的人也因此对他客气了点。"柯屿帮他补充完下半句。

"算是。"

"你请几天假吧。"柯屿忽然道。

商陆:"什么?"

"不然你提前离组吧。"柯屿换了一种说法,"来了几天,我猜你总共睡着的时间没超过七个小时。"

商陆又轻又快地蹙了下眉,听到柯屿继续建议:"或者你明天就跟剧组请假提前回去,每天那么累的行程,你在这里睡也睡不好。你想了解娱乐圈剧组是什么样的生态,但以你的敏锐聪明也该看透了,没有必要耗在这里。"

柯屿望向他的眼睛,与他对视。似乎在这短短数秒的彼此眼神交汇间,商陆明白了他的问心有愧。他平静地看进他的眼里:"你呢?"

柯屿停顿了一下,笑了笑:"我怎么?你不是已经教过我,帮过我了吗?授人以鱼不如授人以渔,我想自己试试。难道我以后都要这样依赖你?"

商陆终于戳穿他:"你在赶我。"

"没有,"柯屿坦然地与他对视,开玩笑,"我怎么会赶你?我巴不得你帮我把剧本后半段都捋清楚。"

商陆看了他一会儿,瞥过视线,淡漠地拒绝:"我不走,后天还要去理城。"

"我有说过我想去吗?我没空,我有三组杂志封面和两个代言的新物料要拍,已经定好回宁市的机票了。之后我还要去应隐的剧组客串一天。戏杀青了,后续的采访也排得很密。再加上年底了,还有很多关照过我的老师需要我一个个约时间拜访……我还要回一趟家。"柯屿一项一项地数给他听,语速不快,但始终低着头,最后才轻轻巧巧地说,"农场什么的,下次有机会再说吧。"

商陆安安静静地听完,回给柯屿一个"好"字。"我明白了。还剩下两天,我会留到杀青再离开。"他又笑了笑,"为了避免误会,我们这几天还是保持一点距离更好。"

不知道为什么,如愿听到商陆这样说,柯屿心中竟生出几分失落。

他说保持距离,就真的保持距离,只是通过微信帮他把剩下的几场戏捋清楚。开拍时,那道认真熟悉的视线消失了,柯屿有时候忍不住回头望向摄影机,只看到蔡司认真的模样。他身边换了另一个助理,商陆不再跟机,至于在哪里、在片场的哪个角落,不是柯屿匆匆一眼可以找到的。偶尔看见,商陆倒是很讲礼貌,会远远地对他微笑,算打过招呼。

盛果儿打了两天阳伞,真是由奢入俭难,她总揉着肩膀意有所指地抱怨:"今天怎么没人来帮我撑伞啦?"

柯屿心疼她,也嫌她伞打得太高,干脆自己架在肩上。伞面压得很低,几乎遮住了整个半身。

杀青戏是跟阿虎的一场斗殴。飞仔怎么打得过阿虎?刚开始还能招架几回,后来便是单方面地挨打。太阳把尘土晒得又干又呛,阿虎一拳把飞仔打倒在地。他蜷缩着,仍只穿T恤,弓起的背部肩胛骨突出而脊

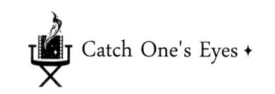

椎分明，被护在手臂下的脑袋发出痛苦的、无意义的呜咽。越是最后一场戏越是拿捏不好。动作都设计过，但阿虎的扮演者阿卓犯怵，就怕真伤着了柯屿，拳出去绵软无力，镜头难看得让唐琢唉声叹气。柯屿用手背擦了擦沾了尘土和汗水的脸，道："来真的。"

阿卓苦笑："柯老师您别逗，真一拳下去您粉丝不得撕了我？"

柯屿淡淡地说："我没有粉丝。"

最后还是唐琢拍板，那一拳就得真打才有感觉，要不是调性不符，他真想搞个高帧速捕捉。柯屿已经画好了被揍得鼻青脸肿的妆，阿卓捏紧了拳头从右边下颌用力打出去，一道血痕顿时擦出。柯屿用舌头顶了顶腮，"呸"地一口吐掉血沫，眼神很狠，但眼底又有一层戾，那种社会劲儿顿时就出来了。

张副导跟总制片偷摸着咬耳朵："是不是我的错觉，我怎么觉得柯屿的戏越来越好了呢？"

制片人撇着嘴深有同感地点点头："我看也是。"

两人达成共识：唐琢虽然是编剧出身，但好像比栗山更会启发演员。不过话又说回来，一口饼吃不成个胖子，也得亏了之前几部中栗山对他不遗余力的教导。

一声"咔"洪亮振奋，柯屿从地上起身，盛果儿第一个迎上去给他拍土。所有人都用力鼓掌，唐琢从老杜手里接过捧花："柯老师，恭喜杀青！"

花是香水百合，几米外就飘着香，后头跟着蛋糕。柯屿抱着捧花，心里想起宁市城中村开着月季的阳台，快落下的黄昏，打开的两罐啤酒，在风里飘着的白衬衫，以及干杯时易拉罐轻轻碰撞而晃出的气泡声。只有一个人的掌声，只有一个声音的"恭喜杀青"，他却一点儿都不觉得寥落。他越过重重晃动的人影，找到了商陆。他站在最外面，闲适的姿态，鼓掌的样子慵懒，嘴角噙着一抹笑，眼睛是注视着他的。

柯屿想起昨晚上唐琢在房间里给他讲戏，临走时忽然说："这部片也许可以冲奖。"

他心口一紧，还未有所回应便被唐琢一个熊抱抱弯了腰，等他再抬头时,人不见了,眼前只涌动着热烈的面孔。气氛一松,所有人都抢着合影。柯屿仍带着戏妆,娴熟的笑容,十足的耐心。摄影组在收拾器材,柯屿主动过去一一道谢,眼里没找到商陆的身影。

"好像人没齐,"柯屿不动声色,半开玩笑,"我没有落下哪位老师吧?"

"哎哟!"老傅一拍脑袋,"落了您的小粉丝。"

柯屿笑了笑:"你是说商陆吗?他不在?"

"他说有事先走了——嗨,年轻人吗,在这里憋了快一个星期,还不找准机会出去玩?聚餐也不参加!"但毕竟是柯屿主动问起,老傅便代商陆道谢,"我代小朋友恭喜柯老师杀青,祝柯老师的戏越来越好,票房保证,收视长虹!"

柯屿一怔,在好听的吉利话中勉强勾了勾唇:"这样啊。"

回客栈二楼,紧闭的房门口放着一瓶小药罐。

"这什么?"盛果儿弯腰捡起,小猫似的皱眉嗅了嗅,"什么药膏吗?怪好闻的。"

柯屿接过,轻轻说:"是帮助愈合和祛疤的,纳西族的秘方。"

"怎么会在这里?谁给的?……哦,肯定是老杜,要么是阿卓老师。"盛果儿竖着手指点点头。

柯屿握住小细瓷药罐,慢慢走近房间,"嗯"了一声,"我想也是。"

杀青了惯例要聚餐,聚餐的地方在当地一家特色的酒楼,以丽城的虹鳟鱼一鱼三吃为招牌。柯屿习惯了清淡的饮食,加上后续还有杂志物料要拍,所以吃得很克制。酒倒是没少喝。

大家都知道他天生酒量好,又是懒得应对劝酒的个性,有敬的来者不拒,所以一席下来,柯屿白酒少说喝了一斤半,到后期都喝高了。他嫌不尽兴,又连开了好几瓶红酒,光一人就干了一瓶。盛果儿不是第一次陪他应酬,但还是胆战心惊的。她老板面不改色,站着的身影都不曾摇晃过,衬得满桌子东歪西倒的醉鬼加倍滑稽。

宴席散，盛果儿开车，心里默默计时。十分钟后车被叫停，双闪按下的同时车门就被一把推开，跌下一连串凌乱的脚步。柯屿扶着贴了反光条的路障，吐了个昏天暗地。盛果儿拧开水瓶候在一侧。

到他这个地位了，这种聚餐就算滴酒不沾也没人敢有微词，但柯屿每拍一部戏就必亲自向从上到下的每一名职工道谢。上到大大小小的制片人、副导演、执行导演、选角导演等，下到灯光师、道具师、摄影助理等，他都没架子地谢过去，下面人自然也得有眼力见儿地回敬，到最后便成了每聚餐必被灌酒。

盛果儿微妙地叹一声气。娱乐圈这种丛林法则的生态，喝酒敬酒这种东西躲得过下面躲不过上面，相比于心疼，她还是庆幸他酒量好更实在点。水瓶接过去，没两秒就空得彻底，空瓶子在手里捏得噼啪作响。柯屿低头稍缓，哑着嗓子让盛果儿再拿一瓶来。

盛果儿依言打开后备厢，多嘴地说："可是哥，你今天好像醉得有点儿厉害。"而且醉得更快。

往常他上车还能睡一会儿才犯恶心，今天十分钟都没撑过去。

盛果儿拧开水瓶递出，嘀咕："难怪都说心情不好醉得快……"

柯屿双手撑着膝盖，闻言瞥她一眼："谁心情不好？"

盛果儿仰头浮夸地叹了一声："谁吐得厉害谁心情不好呗。"

按理说好不容易杀青了，且后面越拍越进入状态，明眼人都看得出他在开窍。他应该高兴轻松还来不及，但从收工到现在，他却一直是心不在焉的状态。

柯屿再次漱完口，倔强淡漠地说："是高原反应。"

玉湖离市区远，老杜很上道，把柯屿的酒店就近安排了。

盛果儿给他叫了碗清淡的鲜虾云吞暖胃，扭头一看，柯屿已经累得趴在沙发上睡着了。

"哥？"盛果儿把人扶起，柯屿应了一声，手被搭在助理肩上，半清醒地走向浴室。

热水没过身体，氤氲的热气中传来一声叹息。柯屿闭目搭着浴缸沿，半晌，吩咐盛果儿把手机拿进来。他是个没手机瘾的人，因而一旦依赖手机就尤为反常。盛果儿猜，能让他如此反常的就只有那个神秘邮箱了。她把视线转移到安全地带，手机递出，没过两秒就被稳稳接住。盛果儿嘴欠："大晚上的还发邮件？"

柯屿闭着眼睛按了按太阳穴："闭嘴。"

他早就查过了，商陆能赶上的最稳妥的一班航班应该在一个小时前就已经降落在宁市，他现在是能联系上的状态。他点开微信，两人的对话框还停留在有关剧本的往来对谈中，一本正经、公事公办的语气。绿色光标闪烁，柯屿拇指在键盘上游移不定，半晌，只打出简单的一行字："到宁市了吗？"

他做好了商陆不回复的心理准备，却没想到他几乎秒回："没有。"

"没有？"是航班延误？人又没有在天上……醉了的脑袋昏胀，柯屿勉强推测，"那是还在丽城机场？"

"在理城。"

哦。柯屿慢吞吞地打下一行"你怎么自己先去了"，又逐字逐句删掉。他是傻了，换上无关痛痒的一句"谢谢你的药膏"。

"不客气。"

对话到这里就该断了。商陆保持距离得彻底。如果在清醒状态下，柯屿便会立刻把手机关机——可惜他现在不是。他主动起了新的话题："你上次不是说你朋友不接待一个人吗？"

"不是一个人，朋友介绍了一个女生一起。"

柯屿牵起唇角："这么快。"

"没办法，提过很多次了，本来想拉你过来帮我挡一挡。"

柯屿不太高明地调侃："你不会只是临时起意吧？"

"我人品有那么糟糕吗？不会，有兴趣才继续接触。"

不能再问了。喝了酒本来就傻，再聊下去他该问"那你有兴趣吗"，人亲哥恐怕都没他管得宽。柯屿闭起眼睛，沉沉地舒了一口气，语音输入："早点睡觉，晚安。"

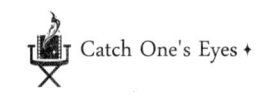

商陆过了好一阵子才回复："在陪她拍星轨，你最近辛苦了，晚安，宁市见。"

拍星轨是一件麻烦事：要在远离城市的郊区，要无风无云无月的明净夜晚，要定时拍摄，还要时不时出来查看，一整晚都睡不安稳。孤男寡女在理城的冬夜拍星轨，还是初次见面……这何止是"有兴趣"，简直是"有兴趣得不得了"。以商陆的绅士，他虽然没谈过恋爱，但显然与谁相处都游刃有余，可以把一切都处理得恰到好处。

"真浪漫。"柯屿礼貌地回复。

浴灯的灯光几乎带有温度，灼热地曝晒在他苍白的脸上。手机无声无息地滑下，振动的瞬间已经"咚"的一声掉入浴缸。

水声哗啦啦响起，柯屿"啊"了一声，被酒精侵袭的大脑反应迟钝，过了半晌，才后知后觉地捞起手机。

屏幕一花，已经报废了。

他并不知道刚才有一条新信息发了过来。

再见面就真到了宁市。房子交易过户迫在眉睫，他全权交给置业顾问去打理，没什么别的问题，只要求给一个月的搬家时间。没想到中介沟通完就为难地回话："买方不同意。"

"不同意？"柯屿愣了，"你确定买方是姓商名陆吗？"

"是商先生，但他也全权交给了顾问来处理，我没联系到他本人。"

柯屿：……

商陆正在园艺师的指点下把一株巨大的罗汉松移入新坑。树身高而树冠密，顶级品相，他握着铲子也不过是做个样子。纵使如此，园艺师还是在一旁胆战心惊，生怕他伤了根须——没别的，别说三百来万的天价多夸张，单就人家辛辛苦苦历经三代人精细培育才养出的灵性，多小心都不为过。

明叔捧着手机侍候在一侧："少爷，柯先生的电话。"

阴霾了好几天的脸难得浮现笑意，商陆扔下铲子，又慢条斯理地摘下白手套，挂上耳机："喂。"

柯屿单刀直入："中介说你要求我三天内搬走？"

"怎么可能？"商陆淡淡否认，"是不是他听错了。"

来回传达多少遍了，板上钉钉比钻石黄金还真！

"三天内我搬不走，房子还在找，你要是真心想交易——"

"我手上在交易过户的房子很多，"商陆打断他，"可能是我的顾问搞错了。"

柯屿噎了一下，耳边听到商陆说："我怎么会让你三天内搬走？你不用搬，爱住一辈子都可以。"

他扯了扯领结，旁边造型师忙着叫唤："柯老师柯老师，别动！这个领带容易皱，等拍完咱再脱。"

原来是在拍杂志。商陆了然，单手插兜站在庭院烈日下，眯眼看着远处的白茉莉花墙，道："柯老师，几天没联系也就算了，打电话给我就是为了兴师问罪？"听着有点委屈。

柯屿站着任由造型师在他身上捯饬折腾，张了张嘴还没来得及出声，商陆又说："我以为不管怎么说我们总算是朋友，没想到在你心里我是这种人。你让我很难过。"

"我……"

"你是不是该请我吃饭赔罪？"商陆好心提醒他。

"有这么严重吗？"柯屿狐疑。

"有。"商陆瞥了眼明叔，明叔立刻假装四处看风景。商陆咳一声，斩钉截铁地说："我最讨厌别人冤枉我。"

毕竟锦衣玉食一大少爷，上有爸妈兄姊宠，又一身肉眼可见的被祖师爷追着喂饭吃的才华天赋，长得也帅，老天把他扔到人间，的确不像是来受委屈、受气的。柯屿勉为其难地被说服，商陆乘胜追击："择日不如撞日，道歉要当天才有效，下午拍完我去接你。"

现在是上午十一点，他还剩下最后一套造型，预计拍完会是在下午两点左右。柯屿有种被安排得明明白白的感觉："你算计我？"

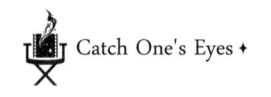

商陆笑了一声，温和地说："我怎么敢？"

挂了电话，明叔接过他抛过来的耳机，又把手套重新递上去，问："可以笑了？"

商陆睨他一眼："多嘴。"

明叔哪里会怕他，落后一步恭敬地跟着，听他吩咐道："晚上有人来做客，他是汕市人，喜欢吃海鲜，你看着准备。"

明叔笑道："有点挑战。"

家里没人抽烟，商陆事无巨细地吩咐："准备点云烟。"

"酒呢？"

"酒……"商陆沉吟，几次一起吃饭，柯屿都不像是爱喝酒的样子，"挑两支适合海鲜的佐餐酒——餐后不要茴香或者苦艾，选点甜型利口酒。"

"看来这位客人喜欢甜的。"

上次给他抹药时，他轻描淡写地说着自己不喜欢吃苦爱贪甜的样子，他还记在心里，商陆"嗯"一声："甜品好好准备，低糖低卡——还有什么？"

明叔忍不住笑出声。

商陆停住脚步，回头："你笑什么？"

"这是这栋房子第二次请客，上次大小姐和三小姐来，你可是什么都没过问。"明叔不客气地揶揄，商明宝也就算了，"看来是比大小姐还重要的客人。"

商陆懒得理他，径自走向园艺师，只是唇角难免勾起。

云归这片哪都好，唯一的缺点就是离哪儿都远，开车到杂志总部大厦近一个小时车程。商陆有严苛的时间观念，不愿意迟到。他洗澡换衣服，一身黑色休闲装打扮，左耳还钉了个黑曜石耳扣，桀骜之外比往常多了几分精致。

兰博基尼跑车滑下地下车库，商陆选了离 VIP 电梯通道最近的车位，五分钟后，手机收到信息："OK。"

蘸湿了的化妆棉刚擦到脸上，柯屿就接到了商陆的电话："你长千里眼了？"

商陆手搭着车窗:"你这种明星的行程,不是只要有钱就可以买吗?"

化妆室没别人,柯屿眼神里带笑,但声音故作冰冷:"你这算私生。"

挂了电话,商陆紧急搜索了"私生"的含义——见了鬼了,他还以为是私生子。过了十五分钟后,人才姗姗来迟。他的发型还是造型师做好的,有型有款、干净利落,卸了妆的脸苍白清冷,一件基础款衬衫穿出了高级简约的效果,包裹在西装裤内的长腿从玻璃门迈出来时惹眼得要命。商陆按了两下车前灯,柯屿拉开车门,用拉安全带的工夫打招呼:"少爷好。"

商陆手抵着唇笑了一声:"大明星好。"

柯屿边欣赏兰博基尼的仪表盘,边道:"我算二线,担不起'大'字。"

油门轻踩,引擎声好听得要死,音浪之中,比之更好听的是商陆的声音。他搭着方向盘,从容地说:"急什么。"

车子转进山路,夹道树影斑驳地落在挡风玻璃上。柯屿看到转角处硕大的"云归"二字,慢慢反应过来:"你家?"

怪不得路越开越偏,他还以为安排了什么僻静的饭店,没想到直接被带进了别墅区。右手边,视线沿着山体悬崖延伸,一直到海岸线的尽头。他之前买房子时关注过这里,属于咬咬牙也买不起的程度。圈里倒有一两位超一线住在这儿,被媒体曝光后冠以"过亿豪宅"的噱头。

"怕你在外面吃饭不自在,"商陆搭着方向盘,想了想,"介意的话,也可以现在安排别的地方,来得及。"

先斩后奏还在这儿装蒜,柯屿微讽:"不是很绅士吗,怎么这次不先问我意见了?"

商陆勾起唇,一副对他无可奈何、无计可施的样子:"绅士对你有用吗?躲得比谁都快。"

电动大门缓缓向两侧滑开,跑车驶入前庭,商陆边停车边介绍道:"刚搬过来没多久,还没完全收拾好,不要介意。"

光前庭花园就将近两百平了,草坪养护得比他家客厅的羊毛地毯还

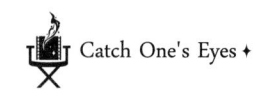

光洁。柯屿推开车门下车,心想……还要怎么才算收拾好?

一名穿着衬衫马甲的半百老人等候在廊下,他头发花白却站姿挺拔,一点佝偻的老态都没有,气度不凡而仪态倜傥。柯屿心都提了起来,社交恐惧症瞬间进化到八级——什么鬼!

商陆提前解释:"这是我的管家,你可以叫他明叔。"

"管家?"柯屿看看明叔,又看看商陆。商陆笑了一声:"你不会以为这是我爸吧?放心,要见家长肯定事先通知你。"

等真正走到面前,商陆才正式介绍:"明叔,这是柯屿。柯老师,这是明叔。"

明叔按下心里的惊涛骇浪,微微笑着娴熟地相迎:"柯先生,欢迎光临,久闻大名,很荣幸能与你见面。"

柯屿点点头:"你好,幸会,叫我小屿就好。"

商陆朋友很多,不是个个都家境显赫,多的是来做一回客拘谨放不开的,也不乏一些受上流圈子追捧的艺术名流,但在这种绝对的豪门面前,也难免露怯和受宠若惊。明叔不动声色地观察,发现柯屿身上竟没有任何局促拘束,也不刻意,很从容,带一点饶有兴致的意味。

商陆把车钥匙抛给明叔,吩咐他泡茶。人走远了,商陆低头凑近他身边:"喂,我跟你认识这么久,怎么不让我'叫你小屿就好'?"

柯屿瞥他:"我有不让你叫吗?"

云归

后院比前庭更精致空旷，尽头竖着靶子，全透明的封闭式小阳台展厅里挂着一排各式各样的弓箭，白色的遮阳伞下摆着茶几和两张藤椅，靠近走廊的地方，两位系着围裙的园艺师一人捏着剪子，一人握着铲子，正侍弄着一棵硕大的松树。

不知道哪里来的一声犬吠，一道棕色幻影在眼前闪过。

"奥丁！"商陆一声厉喝。壮硕颀长的杜宾犬正箭步猛冲扑向柯屿，牵引绳飘飘荡荡地拖着，后面隐约跟着一连串少女的疾喘和惊呼。

柯屿对狗的恐惧已经刻入 DNA，他头皮一紧，条件反射地往后猛退。青石砖铺就的步道有高低裂缝，他脚下一个趔趄仰倒。

"小心！"

摔倒的姿势被商陆堪堪扶住，空气中传来微妙的一声喀嚓，柯屿的手从树上移开，一截纤细的枝桠晃悠半响，终究是断了下来。

一阵诡异的沉默。柯屿回头，发现两个园艺师脸都白了。

匆忙的脚步声终于到了身后，商明宝扶着墙气喘吁吁："奥、奥丁你个小畜、畜生……啊柯屿！"

柯屿：……

两个人齐刷刷看向商陆，商陆轻咳一声："介绍一下，这是商明宝，我妹妹，这是柯屿。"又严厉地看向商小妹："没礼貌，叫柯老师。"

柯屿点点头："你好……明宝。"

商明宝大冬天也穿包臀裙机车靴，白嫩笔直的右腿上勒着一圈黑色皮带，看上去酷得要命，偏偏两手在身前紧紧绞着，别扭了一会儿才说："叫我 babe，小岛哥哥。"

商陆：……

柯屿只好重新问好："你好 babe。"

商明宝扭捏地点点头，含羞带笑的视线转开，看到惨遭断枝的罗汉松，脸色顿时一变："怎么回事？！"

两个园艺师面面相觑，商陆低声哄她，商明宝嘴一瘪，眼泪瞬间就积蓄了眼眶："这是我送你的礼物！算命的本来就说你命里缺木，怎么能断了？长了一百年才有这样的品相你又不是不知道，断了还怎么护着你——呸呸呸！"

柯屿明白过来了，不说这树到底多贵，但对商陆来说一定很重要。他低头看了眼狗，心里微妙地叹一声气……怎么办，总不能怪狗。

明叔适时出现，与商陆交换眼神，不动声色地说："三小姐，二小姐前几天给您寄了一双鞋子过来，就在楼上，要不要去看看？"

鞋子就是商明宝的软肋，她当即一抹眼泪跑了。商陆松一口气，回头见柯屿脸色不对，心里一顿。

"对不起。"柯屿抬眸看着他，语气一反戏谑，前所未有的认真。

"只是断了根无关紧要的旁枝而已，没关系。"

"听明宝的意思，是不是不太吉利？要不要找师父——"

商陆勾了勾唇，垂眸注视他："不用——你看，你早不来晚不来，刚好它今天移植过来的同一天才来，又断在你手里，知道这意味着什么吗？"

"什么？"

"意味着它命中注定要栽在你手里。"

柯屿跟着他走上纯白色的旋转楼梯。楼梯正对面便是巨大的落地窗，顺着庭院的草坪和花墙延伸出去，视野内是一望无际的蔚蓝海景。走在这样的图景中，令人的脚步都不自觉地变慢。

上到二楼，商陆引着他参观："明宝偶尔会住在这里，衣帽间都被她霸占了。"

柯屿随口问道："你不是在和女生约会吗？发展得怎么样？没事也可以联系我，朋友之间有来有往很正常。"

"也算不上约会，只是上次见了一面吃了顿饭。"

"你不是陪她拍星轨吗？"

商陆奇怪地瞥他一眼："我不是说了吗，是很多个朋友一起。"

柯屿懵了："什么时候说了？"

商陆反应过来："你没收到？"

"手机掉浴缸里了。"

"那我后面的一句话你也没有看到？"

"什么？"

商陆道："我说，有机会的话，我更想和你一起拍星轨。"他又继续说，"那个姑娘是学民族舞的，看过我给小枝拍的个人纪录片，想让我帮她也拍一支。"

柯屿的脚步已经很慢了，听了这句话，更慢到几乎停住。他没有回头，声音里听不出情绪："你答应了？"

"云南有很多少数民族，她这几年一直在各民族之间采风，如果做纪录片的话，应该会很有意思。"商陆沉吟，言语中带出自己的权衡，"我在考虑。"

柯屿没头没尾地说："她跳舞一定很漂亮。"

商陆笑了起来："是这样。舞蹈和绘画一样，都是很直观的画面和情绪的传达，她的舞很有生命力。"

一扇门被推开，柯屿握着门把手："这间屋子是做什么的？"

满墙书架半包围住整个房间，下嵌式的方形阶梯上陈列着舒适的沙发，一角的杂志架上随手放着看了一半的书。塞得满满当当的海量书籍让柯屿几乎因为眼花而晕眩，房间一角，顶级的乔尔格蒂书桌上架着四屏分屏式电脑屏幕，一左一右错落地放着一体机和笔记本，白色稿纸摞得高高一层。

"是我的书房。"商陆为他推开门，"请进。"

柯屿眼里写满了震惊："像图书馆。"

商陆失笑，温柔地说："按一下这个开关。"

柯屿顺着看过去，依言按下开关。扇形实木书架缓缓向两侧推开，露出了里面一层弧度更宽的内嵌式书架。

柯屿：打扰了。

"别用这种眼神看我，"商陆无奈地在他额上弹了一下，"你还没看完，只看了三分之一。"

"我知道你为什么没谈过恋爱了，"柯屿感觉灵魂都被洗礼，"因为你根本没时间。"

商陆无奈："怎么听着像个书呆子？"他捡起手边的一沓稿纸，心想既然柯屿主动走进了这里，那就顺便把新剧本……

"你就是个书呆子！"商明宝的声音硬生生地插入，转眼工夫她就换了新造型，连发型也变了，她花裙子一转，问柯屿，"小岛哥哥，你看我的鞋子好看吗？"

柯屿还没回答，商陆先不爽地问："谁允许你叫小岛哥哥？"

这人好小气……不是，是这兄妹间的感情真好，连这种事都能拌嘴。柯屿偷偷想，既然这样，就不能叫她 babe，还是叫宝安全点。

商明宝挨他挨得很近，巴掌大的脸仰起，明亮的眼睛里写满了崇拜："你知道吗？你比镜头前更好看，好看十倍！"

搞的哪出？商陆拽着她的胳膊将人拖走，低声问："商明宝，你搞什么？！"

商明宝抬眸瞄他："追星啊。"

"他不是你老公的对家吗？"

商明宝娇羞道："怎么会，小岛哥哥这么帅，又是你的事业伙伴、御用男主、专属缪斯，我看最适合当我老公了。"

商陆：……

他扭头看了眼柯屿，对方正揣着兜仰头看书架上的陈列，淡淡的神色让他整个人如海岛晨雾般，是一种难以形容、难以捕捉的美。

趁商陆愣神的工夫，她轻盈地三两步跑到柯屿身边："小岛哥哥，我们一起去游泳啊？你可不可以在我背上用防水马克笔签名？"她不过十七八岁的花季年龄，家里曾往来多少名流巨星，别说柯屿这种咖位，就是影帝影后过来，她也是撒起娇来脸都不红的。

商明宝牵着柯屿的手："我呢，一星期住在这里，一星期住在香岛。"

柯屿问："你不上学吗？"

商明宝眨眨眼："上的呀，但我这学期做心脏病手术，休学了一年呢。"

柯屿看她无忧无虑的样子，心里柔软下来："这样。"

"没什么大不了的，医生说了，今年没事的话，明年就可以安心去留学啦。你来，我带你参观我的房间。"

次卧套房被推开，满目的少女粉，墙上贴着硕大的钟屏的海报，立式书架上塞满了他的写真和杂志，还有个人行立牌立在床边。商明宝："呃……"

钟屏本人和柯屿倒没什么交集，两人只在栗山的片子里一起演过配角，双方粉丝倒是撕得昏天暗地，莫名其妙就成了对家。柯屿似笑非笑："你是钟屏的粉丝？"

"嘿嘿，都喜欢，都喜欢……"她大概也觉得离谱，改换口径地说，"最喜欢你，第二喜欢他！"

好家伙，第二喜欢的脸到处都是，最喜欢的明星的照片却一张都没有。商明宝拍拍胸脯："你在我的心里！"她又拉开衣柜，琳琅满目的全是泳衣，"我挑一套，你给我签上名，我让商陆给我拍照……"她絮絮叨叨地说着，也不见外，什么比基尼都往身上比，一会儿问这个好吗，一会儿问那个呢？

柯屿只管点头，闲谈般地问："裴枝和是你哥的朋友？"

商明宝在镜子前扭胯摆一个 pose："小枝哥是我哥的发小，我哥对他比对我还好，就算我有心脏病还比不过他。"

柯屿笑了一声，商明宝扭头也冲他笑，又一股脑地爆料："他们在法国这么多年，吃住都在一起。小枝哥满欧洲地巡回演出，商陆都在第一排，要我说小枝哥比我还金贵呢。他演出时，一定要在观众席找到我哥才安心，这话是他自己说的。我哥也给裴枝和拍过片子，不过比不过你——当然啦，他本来长得也不如你。"

商陆命令的声音出现在门外："商明宝，闭上你造谣的嘴。"

商明宝揪着泳衣吓得一缩头，又对柯屿噘起嘴："凶死了。"

门被关上，柯屿循着声音找过去，看到商陆正坐在外面小起居室的沙发上，手里慢条斯理地剥一个橘子。香气很淡地弥漫在空气中，商陆抬眸瞥他一眼："babe 性子被惯坏了，你不要介意。"

"挺可爱的。"

商陆递给他半个："坐。"

"你……"他纤长的手指翻来覆去地玩着橘瓣。

"没有骗你。"商陆知道他要问什么，"那天晚上都和你说了，我和枝和只是很好的朋友关系。他对我来说，的确是一个很重要的人，但不是像 babe 说的那样。"

柯屿斜他一眼："看书看傻了。"

门开了，商明宝穿着泳衣，戴着遮阳帽，赤脚走了出来。她拗了个风情万种又少女的造型："噔噔！"臭美不过一秒她便被商陆扔过来的毛毯扑头兜脸地盖住："穿好。"

"喊！"商明宝扯下毯子，眼神扫过柯屿，新奇地问，"小岛哥哥，你脸色怎么这么不对劲？"

"没什么。"柯屿躲过少女直接明亮的盯视，"你不是要签名吗？签哪里？"

商明宝美滋滋地亮出马克笔："签我背上！"

柯屿迟疑地看了商陆一眼，商明宝两指并起在额边赌咒发誓："你放心,我一定不会公开,我就自己拍照玩儿。"

柯屿担心的倒不是这个,而是她毕竟如花似玉的一个妙龄少女,签名在背上怎么解释都有种暧昧在里面。商陆的眼神里流露出无奈:"随她去吧。"

商明宝肤色是小麦色,脊背纤薄笔挺,两扇肩胛骨如蝶翅。比基尼是挂脖式的,在她颈后系出一个蝴蝶结。马克笔笔尖在肌肤上游走,激起一阵紧绷的战栗。眨眼间的工夫,"小岛"两个字游龙走凤般写好。她在镜子里欣赏,很满意地反手在签名边比了个耶,又命令商陆拿拍立得。胶片上的成像逐渐显现,有一种充满活力的性感。

二楼露天泳池恒温,阳光正好,少女跃入泳池,激起的白色水花泼到了两人脚边。她游泳的姿态轻盈悠扬,商陆陪着柯屿在沙滩椅上坐着,说:"babe 小时候就喜欢泡泳池,十岁时查出来心脏病后,就再没下过水。一直到她今年做完手术,才被重新允许游泳。"

"babe 真是她的英文名?"

商陆失笑:"嗯,是我妈亲自取的。她是我们商家的掌上明珠,的确是骄纵任性,签名照我会看住她不让她乱说。"

"没关系,不过我看她其实应该是钟屏的粉丝。"柯屿似笑非笑地拆穿。

"对,她在今天之前都是你的黑粉。"商陆出卖起亲妹妹来毫不手软,"我第一次知道'柯屿'这个名字,就是在她这里。"

"什么时候?"

"粉丝问你最近怎么没营业,你说就当你消失了。"

太阳晒得人脸热心烦,柯屿心里莫名一提,解释说:"我不喜欢发微博。"

"嗯,babe 问我这个人是不是很没礼貌。"

柯屿看着他,轻轻问:"你觉得呢?"

商陆回眸与他对视:"我觉得这个明星有点特别。"

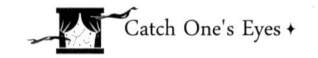

柯屿面皮发紧，顾左右而言他："她肯定被你气死了。"

"不止。她还命令我回国以后坚决不能找你拍片。"

柯屿："好狠……"

商陆笑了一声："录音就在她手机里，你可以让她给你听。"

"你食言了。"

两人坐得很近，始终只用彼此能听到的音量低沉地闲谈。商陆转开视线，看向泳池尽头的商明宝，淡淡说："如果柯屿是柯屿，你是你，我愿意为了她的任性买单。"

"你对裴枝和，是不是也是这么笃定？"

他问得突兀，商陆明显一怔："怎么？"

"像明宝说的，他连上台表演都一定要看到你才会安心。"

商陆说不出否认的话，只能说："他的身世特殊，的确对我很依赖。现在我回国了，他会渐渐放下。"

"你好残忍。"柯屿看着商明宝，见她优雅地钻出水面，笑着与她挥了挥手，用平静的语调继续说，"你很珍惜每个人的天赋，对于那些蒙尘的明珠，你不遗余力地去鼓励、肯定、帮助。但你却没有想过，你这样的人、这样的肯定，对于他们来说会是多么强烈的存在。士为知己者死，他们既然拥有过这样肯定注视的目光，一旦这道目光转向别的方向，转向别人，他们又怎么能像你说的那样，那么轻巧地放下？"

商陆还以为他在说裴枝和："他会有更多这样注视的目光，也会有很多拥趸和粉丝。"

柯屿笑了笑，回眸瞥了他一眼："不知道该说你聪明还是傻，也许你是真正聪明的，只是像我说的，也很残忍。"他站起身，点起烟深深地抿了一口，"我以前接过一个剧本，给我的角色受原生家庭影响，有病态缺陷，所以他很没有安全感。女主角对他施以援手，他就爱上了她，像抓着救命稻草一样紧紧地、死死地揪着她。可是怎么办，女主角有自己爱的人，她对他不过是好心的顺手，这道善意的目光注定会移开。他发了疯一样地想要占有她，病态、可怖、无从自控。最后，他也终于变成了一个难以理喻的,让女主角害怕、厌恶和憎恨的人。"

"也许你的裴枝和是一个温柔平和的人,但不是每个人都可以做到这样。还有许多人,就像这个角色一样,是个怪物。"柯屿顿了顿,从嘴边取下烟,轻描淡写地说,"南方池塘里有一种叫水葫芦的水生植物,它的生长速度很疯狂,一旦没有控制好,就会在短短几天占领整片水面。水照不到阳光,水底下的生物也不会再有氧气。看到水葫芦蔓延,村里的老人就会说,这片水域废了。有的人性格就像水葫芦一样,他也控制不了自己。这种植物的天性就是会蔓延滋长,直到遮天蔽日。你知道最好的治理办法是什么吗?"

"是什么?"商陆仍是坐着,仰头看向逆光而站的他。

柯屿温柔地抿起唇角,忠告道:"不要养。"

商明宝撑着池岸从水里跃出:"你们两个怎么这么多悄悄话?"

商陆瞥柯屿一眼:"没什么,在邀请他当我的主角。"他又抓起浴巾扔给她,命令道:"擦干穿衣服。"

商明宝擦着头发:"那我要来探班。"她脑洞一开,美得不得了,"我跟小岛哥哥住同一间酒店,然后被狗仔拍到,第二天营销号就发'惊!柯屿与妙龄少女同入酒店,疑似地下恋情曝光'!"

商陆随即说道:"我的下部片在澳城拍,你能在那里待超过一天,我给你买十双鞋。"

商明宝果然笑容消失:"无聊。"澳城和香岛她已经待到厌烦,要不是爸妈在香岛时常想她,她巴不得每天都腻在宁市。

这是商陆第一次提起电影。柯屿将那些牵扯不清的情愫抛到脑后,问:"澳城拍?是商业片?什么题材?"

"先吃饭,吃过饭给你看剧本。"

柯屿更意外:"你已经写好剧本了?"他实在难以想象商陆的工作效率和时长,但从城中村短暂的合租来看,他是个只要灵感上涌就可以昼夜不休的人。

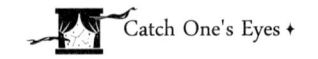

"只是初稿,你看过后刚好可以提点建议。"

明叔过来通知一小时后可以就餐,询问就餐是在中餐厅还是在户外,户外的话是在一楼庭院还是顶楼花园。商陆征询柯屿的意见,商明宝双眼鬼灵精地眨,抢着说:"花园,花园!小岛哥哥,花园浪漫。"

柯屿好笑道:"三个人吃要什么……"

"我不在这里吃,"商明宝咬着下唇绽开一个明亮的笑容,又摇头晃脑的,"我朋友过生日,我要去 party。"

商陆推了把她湿乎乎的脑袋:"还不滚去洗澡。"

柯屿才略略放下去的心又提了起来,却听商陆言简意赅地吩咐:"花园。"明叔意味深长地对商陆点点头,等走远了便对佣工们吩咐下去。

商陆绅士地护着柯屿的肩:"这边走。"

他让秦姨去泡茶,又问柯屿:"我之前看杂志采访,你接《坠落》这部片时,唐琢抓着你聊了十个小时?"

"嗯,从下午一直聊到咖啡厅打烊。"柯屿想起来就头痛,唐琢话又多又密,人又诚恳,他不得不全神贯注,以便能随时给出得体的应对,晚上梦里都是唐琢那张蓄着胡茬的嘴在张个不停。

"那我今天也找你聊十个小时,不过分吧?"商陆请他在沙发上坐下,"柯老师,同样都是新人导演,你可不能区别对待。"

柯屿眉眼中流露淡淡的无奈和生气:"年纪不大,套路不少。"

商陆轻轻地哼笑了一声,在桌面轻点两下,请秦姨斟茶,又亲自推到柯屿面前:"今天晚上别走了,吃过饭以后我陪你读剧本。你明天有什么工作安排?我提前吩咐司机准备。"

鎏金细瓷茶壶被轻轻搁下,秦姨双手交握,轻轻鞠了一躬。商陆慵懒而小幅度地一挥手,人退下,他才继续说:"从丽城那天晚上到现在已经过了一星期,你到底什么想法我不知道,但我已经充分认识到,不能惯着你。不能你说冷静就冷静,说保持距离就真的保持距离。你跑得又快,躲得又彻底,所以,"他一勾唇,"别怪我强势。"

柯屿抿了口茶,心里的乱糟糟反应到了眼神里。他不敢看商陆,一味地盯着茶碟上的手绘翠鸟："你只是请我演戏,我已经答应你了,不需要做到这种程度。"

商明宝洗完澡又换好衣服出来,噔噔噔跑到两人眼前,要柯屿给穿搭打分。商陆在男性中有多亮眼,她在女性中就有同样的亮眼,披个麻袋都好看的身材和脸蛋,柯屿衷心地打了满分。小姑娘欢天喜地地走了,没走两步又退了回来,拉住商陆的胳膊起身:"过来,过来!"

兄妹二人一走,偏厅落入安静,柯屿一口气深深舒出的同时才后知后觉……他怎么这么紧张?只要一跟商陆单独相处,他的神经就不自觉地紧绷,几乎失去了所有惯常的从容。商明宝关门前特意看了眼,见柯屿似乎很放松地闭目倚靠着沙发,才轻手轻脚地虚虚掩上门。

"你搞什么?"

话音刚落,商明宝垫脚捂住他嘴,道:"好哥哥,亲哥哥,你记得帮我问问小岛哥哥的那些黑料是不是真的。"

商陆挑眉,拽住他妹纤细的手腕:"你不是言之凿凿、千真万确、假一赔十吗,怎么,你不是真的要嫁给他?"

商明宝咬着唇娇羞状:"虽然他大我快十二岁,不过也不是不可以。"

商陆弹她脑门儿:"省省。"

"我就想粉个干干净净、人品过硬的不行吗?像钟屏那样的就行!你什么时候带钟屏回来做客啊?"

商陆欲言又止,又不好当着粉丝的面爆人偶像黑料,没好气道:"爱粉不粉。"

商明宝的一颗透明少女心提前未雨绸缪上了:"这怎么办呢,以后他当你的专属演员,当我的男朋友,万一真的很合得来,可是要结婚的呀……可是他都快三十了,合适吗哥?"

商陆哼笑一声,冷着脸一字一顿:"合适什么!"

等跑车轰鸣声隐去,明叔正好上楼来请:"餐桌已经准备好,柯先生,请移步三楼。"

正是黄昏时分，海边落日缓缓沉下，烧出了橘色的凤凰尾云层，浓墨重彩地倒映在电梯的玻璃上。商陆陪着柯屿一起远眺，用遗憾的口吻告罪："今天本来应该陪你四处散散心，被明宝一打扰，反倒让你无所事事地坐了一下午。"

柯屿心里诚恳地想：饶了我，我才不想跟你单独去海边漫步，被海水淹没都比跟你独处时的氧气多。走到三楼，他们顺着纯白的弧形阶梯上行几步，推开玻璃门，一片宽阔的露天花园出现在视野里。显然，因为他这位贵客的存在，就餐环境是特意打理过的。花枝掩映但没有喧宾夺主，长餐桌上铺着雅致的桌旗，彩绘瓷器里插着一束落日珊瑚，与远处天际线相得益彰。银色的烛台上，白色的蜡烛火苗颜色清透，飘出很淡很淡的香味。明叔亲自拉开椅子请他入座，又为他推入，同时呈上一本软皮对折皮夹，里面夹着精美的钢笔手写折页："这是今晚的菜单，请您过目。"

商陆跟着翻开菜单，轻描淡写地解释："我安排了汕市料理，不过我们家厨师不太擅长，你将就点。"

好家伙，冷盘、汤、主菜、甜品一应俱全。柯屿扫过菜单，松茸山珍汤、福禄原汁南非三头鲍、鲜竹笋龙虾汤吊东星斑、港式烧腊、刺身拼盘、卤味四拼盘……他面无表情地合上菜单。明叔让人接过，又弯腰托着一支干桃红葡萄酒，低沉着用绅士、专业、优雅的语调为他介绍这款佐餐酒。

酒倒上，人退远，柯屿终于找到机会问："你们家吃饭都这样？"

商陆抬眸看他一眼："怎么可能？是因为跟你熟才这么随便。"

柯屿：不是，你理解反了，反得离谱。

烛台和花瓶的摆位都有讲究，错落之间将主客的距离拉得恰到好处，疏离中带着亲密，又不必担心自己用餐时偶然泄露的不雅被对方捕获。不过柯屿想，商陆应该不存在这个问题。刀、叉、勺、筷，每一样餐具他都用得得体，动静很小而自有一股矜贵从容，连用餐巾擦嘴的动作都透着漫不经心的优雅。柯屿渐渐明白过来，这种他只在宴会上才会端着的姿态，是商陆习以为常的日常。商陆和他在城中村相遇，又一次次地在贫穷和平庸中互处，他都快忘了两个人根本处于不同的两个世界。

"口味还习惯吗？怎么了？"商陆笑了笑，"怎么好像心不在焉？"

"没什么，很好。"

"喜欢的话，我可以把厨师借给你。"商陆想起上次去柯屿家里时的那低卡早餐，"没进组的时候就让他去给你做饭。"

柯屿跟着无声地勾了勾唇："好大方。"

商陆放下刀叉："我其实不怎么用晚餐，只在有需要的时候才吃。"

"需要的时候？"

"比如晚上一定会工作到很晚，或者陪别人的时候。"

柯屿想了想，自如而平静地调侃："那我今天很荣幸。"

"招待不周，希望下次还有改过的机会。"

一餐饭从五点用到了七点，中餐也吃出了米其林的烦琐冗杂。天彻底黑了，月亮从海平面升起，在墨蓝色的波浪上照出一线淡淡的明辉，但柯屿的注意力却完全被剧本吸引。他手边的一盏茶从烫放到温，从温放到凉，始终没顾上喝一口。他蹙起的眉心也始终未曾舒展。

一晃四个小时。

商陆不打扰他，在柯屿看的时候，他也跟着重温。他取了隐形，换了框架眼镜，柯屿偶一抬头，总能看到他心无旁骛的侧脸，等到第三次时他终于忍不住说："你戴眼镜很好看。"

商陆没抬头，只笑了笑："别招我，这样我会骄傲。"

没头没尾的，他问："骄傲什么？"

"骄傲到每次都戴眼镜出现在你面前。"

"怎么，"柯屿戏谑地回，"有钱拿啊？"

商陆一手搭着腮，闻言漫不经心地瞥他一眼，合上剧本："能让我的主演对我充满耐心，以至于容忍我的专制和强势的事，我都会考虑。"

商陆玩世不恭地凑近他，英俊程度被无端放大了十倍，柯屿谨慎地盯着他，身体忠实地往后缩："你干什么？还有，你在片场到底什么德行？"

他退缩一寸,商陆就欺近一寸:"我的意思是,我每次在片场骂你时,要是都戴着眼镜,你能保证不跟我决裂吗?"

柯屿抿起一侧唇,很轻微的幅度,冷笑一声,他撇开商陆的脸:"不保证,这话你对女主演说去吧。"

室内安静了数秒,商陆轻轻笑了一下,话题一转,主动问起了剧本:"怎么样?故事好看吗?"

他其实只是粗略看了一遍,一目十行过得很快。柯屿心照不宣地配合他揭过刚才那一幕,点点头:"好看。"

这是一个流连于国内和澳城赌场的马仔捞偏门的故事。

"有关赌的类型片,九十年代已经做到了极致。所以这不是一部商业类型片。"

柯屿笑了一笑:"的确。"与其说是商业片,不如说是剧情、犯罪、人文片。剧情主线清晰明确,情节丰富充沛,情绪曲线鲜明饱满,赌场的戏份仅凭文字,就能让人感受到那种喘不上气来的节奏感。若是真正剪辑出来的话,爽度不会比商业片低。剧本就是地基,现在这个基础已经夯实了,其他的部分再怎么拉胯,都不会歪到哪里去。何况摄影、剪辑、配乐,商陆在哪一处的审美有短板?这个项目唯一的不确定性……就是男主角的人选。

柯屿指尖下意识地捏着页角,语气里透露着不确定:"你真的想让我演?"

"写后半段时,眼前浮现的画面都是你。"

商陆温柔认真地解释:"认识你的时候这个剧本刚好在写后三分之一,再提笔的时候,我总不自觉想起你的形象。"

"这个角色跟我没有任何共性。"柯屿迟疑。选角选角,有时候最重要的不是什么流量演技、路人缘,而是形象的贴合度。这么一个捞偏门的大佬马仔,如果是走正常的卡司试戏,选角导演多半会说他缺少了那股江湖的滑头和机敏。他在国内影视圈里摸爬滚打七年,各种级别的项目都参与过,耳濡目染之下,哪些是好项目,项目前景如何、风险如何、风险在哪里，他虽不动声色，但心里都有数。商陆这部电影只要别出现什么资本作妖，它是可以票房、口碑、奖项三丰收的。

"我建议你找专业的卡司团队公开选角，如果有更合适的人选……"

剧本发出翻页的声响，商陆凝神蹙眉，很快定位到某一段："看这场舞会。"

柯屿再度仔细揣摩："怎么？"

"这个角色一定要相貌气质都出众。"商陆明确地说，"如果我没有事先认识你，这出戏就不会这么安排，所有的对白、镜头、光影的设计全部都会是另一种样子。我知道，这个人物的层次很深，递进转变多层但含蓄，演起来有难度。但对你来说，这是一个很好的拓宽戏路的机会。"

柯屿托着下巴的掌心自然地捂着唇，只露出一双带笑的眼睛："你怎么把我经纪人的工作都给干了？"

"你这么说起来，我倒的确要找时间见见你的经纪人。"商陆顿了顿，又不动声色地说，"听说你的公司对你很器重，要请你拍戏的话，是不是也要会会你的那位老板？"

他看着柯屿的反应，但柯屿只是眼眸微敛，轻轻地"嗯"了一声："大概。"

跟商陆相处久了，他甚至快淡忘了汤野的存在，轻柔的敲门声唤回了柯屿的神智。明叔端着托盘，空气里飘入浓重的肉桂和果橙芬芳。

"少爷，客卧已经收拾好，夜深了，该休息了。"他又转向柯屿，"这是肉桂热红酒，也不知道您喝不喝得惯。"

柯屿端起杯子，红酒、肉桂、橙子、丁香和苹果的香味混合成一股令人舒心的馥郁，他笑道："很少喝，好像只在哪一年的圣诞节在朋友家里喝过。"

明叔收起托盘，很温和慈爱地看着他笑："这是安神助眠的，第一次留宿，就怕你跟我们少爷一样，是个认床的。"

柯屿两指穿过曲耳，闲适地握着热热的酒杯，闻言看了眼商陆："你们家少爷是豌豆公主，我不是。"

"豌……"商陆愣了一下,脸色一沉,"胡扯。"

明叔与柯屿对视一眼,彼此心照不宣地大笑。明叔又问:"那么客房您是喜欢荞麦枕、鹅绒枕还是乳胶枕?"

"鹅绒枕就可以。"

"好,那我安排下去,如果睡不习惯,您的床头右手边有个服务铃,随时都有人在。"

等明叔一走,柯屿支着腮,叫了商陆一声"豌豆少爷",举起酒杯:"多谢今天的收留,cheers。"

热度把红酒的果香和口感都更浓郁地提炼了出来,他先是小小地抿了一口,顿了顿,目光和五官的神情都不自觉地愉悦了起来。柯屿一抬眸,才发现商陆正似笑非笑地盯着他看,好像见到了什么了不得又有意思的事情。他便清了清嗓子,调整坐姿重回端庄姿态:"看什么看?"

晚上的佐餐酒和餐后酒都是精挑细选的,但柯屿喝得不多。两者相比,特意叮嘱要甜一点的餐后利口酒,他稍微喝得更多一些。

"柯老师,你好像不喜欢喝酒?"

柯屿答得干脆:"不喜欢。"

"那这个怎么样?"

"好喝。"

商陆把眼前的这杯推了过去:"这杯也给你。"他又想起什么,迟疑片刻,"算了,你明天是不是还有一个杂志要拍?"

柯屿仰起脖子,在商陆震惊的目光中一口气喝完了半杯:"不,明天没有工作了。"

"怎么会?"商陆蹙眉,"我记得……"

"你买的行程不够新,那个杂志封面拍摄取消了,换人了。"柯屿平静地说。

他刚刚才临时接到的通知,麦安言急得要给他打电话,被他一条微信潦草地安抚了过去,又把手机设置成了免打扰模式。临开拍的前一天突然换人,除非是有重大变故或不可抗力,否则基本不可能。《山》的票房口碑节节攀升，布宜诺斯艾利斯电影节的获奖余温还未降下，《坠落》刚刚杀青，柯屿在这一年的年末，用"未来可期"来形容一点也不需要脸红。向他递本子的已经排队预约到了年后，而他手上还有三个新代言合约在洽谈，年底的晚会活动密集扎堆，品牌主动通过造型工作室表示了提供超季高定的合作意愿。在这种时候他突然被顶替掉大刊封面——这是完全令人匪夷所思的。

他明白，这是汤野的警告，为他这段时间表露出的自由，和哪怕一丁点感觉到快乐的迹象。

"干什么用这种眼神看我？"柯屿回过神，微微侧过脸躲过他的注视，手指揉按着太阳穴，他笑着说，"不用担心水肿，也不用早起，这杯酒来得正是时候。"他再仰脖时，喉结滚动，一杯酒见空。

"别喝这么急。"

柯屿放下杯子，又倾身过去握起他的那杯："你真的不要？我代劳了。"

商陆扣住他的手腕，目光隐含探究和劝慰："你不会喝酒，喝得这么快很容易醉。"

柯屿抿了抿唇角，一个浅淡的微笑转瞬即逝："是吗？"

他知道，这是即将到来的暴风雨前，他的最后一杯甜酒。酒的度数不深，业内都知道千杯不醉的他却消沉得厉害。最后他是被商陆安顿好的，灯一关，室内陷入黑暗，只有顺着门缝透入的一线亮光，逆向笼罩着商陆高大的身影。

他走出去时顺手便掩上了门。柯屿的眼皮颤抖了一下，轻轻睁开，很轻地翻了个身，唇角抿起，渐渐的，像是一个自嘲的弧度。恍惚间，他想起上次见心理医生沈喻时的情形。

"最近有什么值得分享的开心事吗，柯老师？"

"没有。"

"虽然你的陈述还是一如既往的消极，但在催眠中是积极的、温暖的。"

"是吗？"

"是的，所以我需要调整你的治疗方案。谨慎起见，药就先停了——别急，听我说，我知道你要去丽城拍戏，上次的剂量应该还有剩下。柯老师，既然你的潜意识里感觉到了开心，就不要压抑。"

潜意识里感到了开心？有任何值得开心快乐的事发生吗？他只是在昨天晚宴上……再次遇到了商陆。

"如果有让你觉得温暖、喜欢，可以让你汲取到快乐、力量和决心的东西，就去追寻。"

"知道了。"

"知道了？"

"我不配。"

他是被外面的水声和低语声叫醒的。耳朵分辨出那是商明宝在游泳，至于杯碟瓷器的清脆声，应该是明叔在安排早餐。从窗口涌入的风被早上的太阳一晒，变得干爽温暖。月白色的窗帘鼓荡，柯屿盯着看了会儿。他冲了个澡，滚烫的水流冲醒了神智。他的手擦过弥漫水雾的镜子，照出一张苍白的脸，平静无波澜的眼睛里是淡淡的红血丝。等他换好衣服出门，门外早有用人等着："柯先生，早上好。"

用人将人领至泳池边。餐台果然已经布置好，商明宝正躺在气垫床上晒太阳。听见脚步声，少女"扑哧"一笑，眼镜未摘地说道："是不是小岛哥哥？"

明叔为他拉开椅子，柯屿小声说了一句"谢谢"，又笑着回商明宝："你怎么知道？早上好。"

"早上好。我哥的脚步声跟你不一样，这个时间点也不可能出现在这里。"

"那他在哪里？"

"在书房工作呢。"商明宝换成趴着的姿势，手指勾下墨镜，眼尾上挑睨着柯屿，"糟糕，我是不是粉丝里第一个看过你刚起床样子的人？"

柯屿啜了一口咖啡："丑到你了？"

"没有，小岛哥哥，你让我好想谈恋爱。"

柯屿呛了一口……这兄妹俩。

"你不知道，你就是简简单单坐在那里晒着太阳喝着咖啡，我就好想对你撒娇，"商明宝两条纤细的小腿交叠勾着，"跟你说一句'bonjour'。"

"bonjour"两个音节她念得娇俏，柯屿切开一块枫糖松饼，夸赞道："你会说法语？"

"我只会一点点，商陆会，下次让他说给你听。"

"你们的普通话也很标准。"

"我爸说一定要学好普通话咯，不过这个我比商陆好，听说他小时候没少挨揍。"商明宝嘻嘻笑着观察他，"小岛哥哥，我跟你说那些，你都不会害羞。"

柯屿云淡风轻，心想你的段位跟你哥比起来差远了。两人闲聊稍歇，明叔才适时说去请商陆，柯屿要拦，明叔微微笑道："是他的吩咐。"

两三分钟的工夫，柯屿一双刀叉握紧了又松开，松开了又握紧。脚步声在走廊上响起，他在眨眼之间深呼吸，身体做出松弛的姿态，神色如常地为自己切了一片草莓。脚步声到阳台了，他才不经意地抬眸，道："早上好。"

商陆与他对视，脚步微一凝滞后，随意地拉开椅子坐下："Bonjour。"

商明宝笑出声来："哥，你好像孔雀。"

商陆手搭着椅背懒洋洋地说："闭嘴。"又转向柯屿，"柯老师，昨晚上睡得怎么样？"

松饼送入口中，柯屿咀嚼下咽，礼貌道："很好。"

商陆递了个眼神给明叔，用人都退了个干净，只留下商小妹一个人晒着日光浴。水波轻柔晃荡，发出有一阵没一阵的水声，商陆用只有两人之间才能听到的声音说："看来只有我一个人失眠。"

他倒也没有刻意压低声音，用寻常的语气询问。商陆提着咖啡杯轻饮一口，目光看向海，听着看着就像早餐时亲密的闲谈。

柯屿明知故问："干什么了失眠？"

商陆转回视线，道："因为发现我未来的主演似乎有心事。"

刀叉在瓷盘里发出一点划拉声，柯屿手上的动作停住，但也只有一瞬，他对商陆笑了笑："别瞎猜。"

商陆盯着他："柯屿，你应该知道你的演技很烂。"

"我只知道我喝醉了，"柯屿放下餐具，慢条斯理地擦了擦嘴，"我掉了一个大刊封面，心情不好也是正常的。"

商陆的眼神平静淡漠，柯屿被他看得浑身每一根神经都紧绷，直到他眼中的质疑与那种不被信任的失落一寸一寸，像日落西山般很得体地藏到了山的后面。长久的沉默后，商陆恢复了那种漫不经心的模样，笑了笑："那就好。"

商明宝从小憩中苏醒，只觉得世界怎么如此安静，还以为阳台上只剩下自己，再转头看，原来商陆和柯屿都好端端地坐着，只是一个看海一个看花，都不说话。

手机振动的动静来得及时，像救命稻草一样。柯屿一点划开屏幕，视频自动接起，里面传来一道上了年纪的女声："岛岛。"普通话不太标准，带着浓重的口音，听着像"叨叨"。

商陆下意识地看过去，见柯屿从桌子上捡起手机，脸上已经收拾好了非常高兴的笑。他跟柯屿认识的时间不久，却也知道他不是那种会大笑的人。柯屿的笑是带有忧郁在里面的，就好像海上的小岛总弥漫着白色透明的雾气。

"失陪。"商陆低声一句，主动起身走了开去。

"奶奶，"柯屿盯着屏幕，笑得灿烂，像小时候一样天真，"今天好吗？"

奶奶笑起来时与他不怎么相像，一口牙齿掉得干净，上下两瓣嘴唇便如包子般瘪着："岛岛。"

柯屿支着腮，奶奶叫一声，他就笑着点一下头。三次以后，他察觉到一些不对劲："奶奶，你在哪里？阿华姐呢？"轮椅在户外推着，颠簸的镜头偶尔露出身后推轮椅之人挺括的条纹西装裤。他问出这句话,镜头里的风景停住不再移动。奶奶穿着花衬衫的肩膀上搭上了一双手,一双……右手食指上戴着一圈戒指的手。柯屿脑子嗡的一声,他捏紧了手机,看到汤野的脸出现在屏幕里。他握着奶奶的双肩,俯下身,脸贴在奶奶的耳侧:"小岛,阿华姐回老家带孩子了,我今天亲自来陪奶奶。"

奶奶讲话漏风,"嗨呀嗨呀"地应着。

"汤总。"柯屿的侧脸绷如石刻,又缓缓松弛,换上平静的神情。

汤野云淡风轻地笑:"今天天气不错,云归的海应该很漂亮。"

柯屿心里一沉:"你跟踪我。"

"怎么会?"汤野笑着,手在奶奶花白蓬松的头发上轻柔地抚着,手法娴熟,与他抚摸别墅里那头高加索猎犬的动作别无二致,像抚弄玩物,"你看,你的身后有缆车,有海,除了云归还会是什么地方?"

柯屿低声说:"你不要乱来。"

"我怎么会乱来?"汤野在奶奶的头发上亲了亲,"你为公司赚了这么多钱,我想,是时候给奶奶换一个疗养院了。"

"汤野!"椅子被柯屿猛然起身的动作撞翻,引来商家兄妹二人的回顾。商陆单膝蹲在泳池边,正与商明宝说着什么,见状就要起身过来。柯屿心里一空,手忙脚乱地按掉视频。

"怎么了?"商陆垂眸观察着他,手虚扶着他的手臂,但并不用力。

"没事,没什么,"柯屿摇摇头,躲过了商陆堪称绅士的动作,"临时有工作,我该走了。"

"我送你。"

"不用。"柯屿推开他,"你不是有很多工作要做吗?我打扰了你这么久……"

"那我让司机送你。"

"不用,谢谢,真的不用……"柯屿乱糟糟地回着,直到被商陆一把拉住,才茫然地抬眼,"怎么了?"

商陆蹙眉:"这里打不到车,走下山要半个小时——你真的不要紧?"

他顿了顿，又说，"有什么事可以和我说。"

柯屿紧紧咬着唇，脸上的神情却是柔和笑着的，眼里的茫然飞速退去。他用力地眨了眨眼："真的没事，就是突然有工作安排，车子已经在等了。你让司机送我下山吧，司机就可以，不要你……不是，是不用你亲自送，你忙你的……"

他推开商陆，闷头往前走，顺着白色的旋转楼梯下楼，动静急得连正在看报的明叔都摘下老花镜探出头。昨天上楼时，他觉得那扇四米高落地窗框着的景致是天下第一的好，这一次却连头都没抬。商陆跟在身后，言简意赅、语气深沉道："明叔，你亲自送。"

玛莎拉蒂 SUV 从车库中倒出，十几秒的工夫，柯屿等得脸色苍白。商陆握住他双肩："柯屿。"

柯屿把眼神聚焦在他脸上，听到他说："我不送你，是因为我不想在这种时候勉强你，明叔是我信任的人，你如果改变主意，任何话都可以跟他说。明白吗？"

柯屿点点头，好像听懂了，又好像一个字都没听进去。

商陆看进他的眼里："柯老师，我就在这里。"

"柯老师有没有跟你说什么？"SUV 还在盘山路上，明叔就已经接到了商陆的电话。

"他什么都没说。"在下山十几分钟的路程中，柯屿一言未发。明叔从后视镜抬眸瞥他一眼，发现他始终盯着手里的手机，连头都没抬。柯屿手机对话框里的命令简单明确，不容置疑。

到山脚下，柯屿终于出声："明叔，在第一个公交站台停就好。"他嗓音疲惫，脸色苍白。

这里人迹罕至，唯一一个公交站只有两班公交车经过，交替半小时间隔。车子徐徐停靠，明叔回头："确定是这里？这里不好打车。"

柯屿已经拉开车门："就是这里。"

在他下车前，明叔为他家少爷叫住了他："柯先生，你有没有什么话要托我转达?"

柯屿静了静,道:"没有。"

玛莎拉蒂驶远,渐渐消失在沿海公路的尽头。取而代之的,是一辆缓缓靠近的宾利。柯屿收回目光,看到阿州从驾驶座上下来,亲自为他拉开后座门:"请。"

在柯屿上车前,他伸出手:"手机。"

柯屿当着他的面关机,又慵懒地拍进他的掌心:"怎么样,是不是还要搜身?"

阿州对他的讽刺无动于衷,反而点点头:"谢谢提醒。"

他被搜过身才准上车,手机也被阿州看管起来,柯屿微讽:"你来得倒是快。"

阿州知道他在套话,但不戒备,答道:"一早就在了。"他平淡的视线从后视镜里观察柯屿,"老板几乎发了一夜的疯。"

柯屿听后沉默,或者说哑口无言了两秒,继而笑了起来,仿佛听到了一个天大的笑话。他是演员,笑和哭都信手拈来,笑得几乎都喘不上气了,但说停就停,他残忍地抿起唇角:"是吗,那他怎么还没被关进去?"

阿州沉稳地开着车:"老板对你不坏。"

柯屿搭着后座中控的手支着腮,以闭目的姿态轻轻问:"你认真的?"

阿州无话可说。

窗外景致变换,从滨海变成街景,又从街景变成寥落的村庄,村庄换为河道,河道成了密集的芦苇荡。柯屿一夜没有安睡,长时间维持警觉的意识逐渐消沉倦怠,终究抵抗不住睡了过去。等到醒来时,他已经分辨不出自己在哪里。

"不是去丽兹?"汤野在那里长期包有顶套,几年未曾更改,柯屿只要忤逆了他,就会被带到那里去。他对人像驯狗,高兴时才会带回住宅,作为长时间听话或讨好他的奖赏。柯屿对他只有忤逆,对他的住宅印象已经模糊不清了。

"不是。"阿州说完这两个字便不再开口。蔓延的河道从波涛转为静波，又倏然狭窄，似乎在顺着上游走。冬日雨稀，灰白色的河滩裸露，沿岸停泊小舟，浣衣妇提着水桶赤足涉水。柯屿后知后觉："你究竟带我去哪里？"

他从没有到过这里，附近只有村庄和芭蕉林，连路牌都没有一块，更别提任何可供参照的建筑和标志物。

"老板为你安排的。"阿州打转方向盘，车子驶入一段碎石路，"老板体谅你当明星没自由，一早就安排了这里，想给你惊喜。昨晚你住在云归，他的意思是既然你喜欢别墅，那么就在这里住一段时间。"

柯屿拉起车门——锁了。想当然的、不出意外地锁了。泥土路颠簸，倒也只是几百米而已。车子再度驶上公路，两侧芦苇荡飘扬，风中飘着苇絮，车子在一栋白色别墅的院内停下。在车门解锁前，两侧已经各围了两个山一般的彪悍保镖。阿州下车，保镖问候一声"阿州哥"，阿州点点头，亲自拉开车门，保镖自动让出通道。从车到大门之间只有十余步，柯屿走得万分艰难。阿州没有情绪地说："不要挣扎，柯先生，你会受伤。老板这次是动真格的。"

偌大的别墅华丽清冷，大门一闭，似乎阻隔了一切声音，只有后院的温泉池流着潺潺的水声。

"老板一小时后到，请少安毋躁。"

柯屿心里一沉："他不在岛上？"

他的家乡是一座海岛小镇，从城市驱车前往，要过近六十公里的跨海大桥，离宁市更是近七百公里，不是一天能来回的。他原本以为，既然汤野早上视频时还在岛上疗养院，那么最起码今天不会出现在他眼前。

阿州微微一笑："老板体谅你思亲心切，是动用私人飞机去接的。一个小时后，您就会看到奶奶了。"

柯屿扶着沙发缓缓坐下，良久，颤抖的手指插入垂落的黑发间。是他失策了，看到商陆的邮件，得到商陆买房子的承诺，就贸然对汤野亮出了底牌，却不知道，汤野根本就不是一个会按规则出牌的人。

汤野有一台商务机湾流 G550 和旋翼机，虽然从宁市到岛上旋翼机完全够飞，但以他的个性，绝不可能只轻率地开一架旋翼机去接人。那么……商务机是不可以随意停靠的，只能从正规的民航机场起落。从上午视频结束到现在已经过去了两个小时，他应该即将或已经落地。如果阿州所言属实，一个小时后汤野会到这里，也就是说，距离附近一小时车程内一定有机场。而他从云归到这里也不过将近两小时，还不够出宁市……这个机场一定就是宁市的仙流机场。靠近仙流机场，村庄种植产业为芭蕉，有河但没有码头和货运，有温泉……柯屿看着阿州，道："我们在南连。"

阿州磕着烟的动作一顿，没有承认，但也没有否认。柯屿知道自己在哪里，一颗心稍稍落了下来。阿州比汤野好交流得多，他还剩下一个小时……柯屿从阿州手里抢走烟，娴熟地叼进嘴里，同时命令道："打火机。"

打火机盖"啪"地打开，火苗燃起，柯屿低头凑近深深地抿了一口。烟雾弥漫，他很轻地挥了挥，眯眼看向阿州："喂，我给安言打个电话。"

"不行。"

"安言你也不信？"柯屿从嘴边取下烟，仍是挨得很近的距离，"他是你们汤总的得力干将，怎么，你嫉妒他？"

阿州垂下眼眸："不会。"

柯屿笑了笑："聊工作的事，你在旁边听也可以，录音也可以，都可以，随便你。"

阿州想了想，伸出手，一个保镖将手机递给他："用这个。"

柯屿不接，命令他："把安言的电话拨好。"阿州盯着他，柯屿掸了掸烟灰，"我就是很难伺候，你们老板没告诉过你？"

号码调出按下拨打键，直到嘟声响起，柯屿才接过手机。麦安言对陌生号码客气疏离，柯屿在沙发椅上坐下，闲适地搭起二郎腿："是我，柯屿。"那边麦安言不知道吼了句什么，柯屿把听筒拿离耳朵两厘米，等分贝低下才又开口，"我知道……粉丝那边怎么猜都可以，我安抚不了，让果儿去，嗯……什么？顶替的是钟屏？"柯屿怔了一下，轻笑一声，低声戏谑，"那很好啊。"

"好你个鬼！"麦安言又在他的办公室里转圈，"钟屏处处压你一头，封面被撤、营销号联动、各种难听的黑料满天飞，连片方都打电话来问这是怎么回事，你还不接电话……"

"我跟汤总在一起。"柯屿夹着烟的手揉按太阳穴，听到电话那头哑火，嘴唇露出了然微讽的弧度，但转瞬即逝，"封面的事帮我查查。"他故意说。

麦安言在那头口干舌燥："哥，这真的很敏感，杂志那边也不高兴多说。通稿已经配合发出去了，就说你从高原下来身体不适，行程又赶，低血糖在摄影棚突然晕倒，医生建议停工一段时间。"

"听着很像托词。"

"没关系，杂志和钟屏那边统一都是这个口径。"

三人成虎，既然这样，封面被撤的真相也就无所谓了。

"昂叶的叶总不是向来跟辰野不对付吗，怎么这次这么配合？"柯屿明知故问。

麦安言的反应比刚才要自然很多，嫌弃道："钟屏捡了个便宜，她还有什么不能配合的？"

柯屿点点头："我之前答应了小隐要去客串一天，是下周三对不对？帮我确认一下。"

麦安言那边让助理看了行程，确认道："是下周三。"

"你不用接我，"柯屿看了眼阿州，似笑非笑，"我有人接送。"他又状似不经意地说："我最近行程泄露，有私生跟踪，你帮我跟果儿说一声，让她出入小心。这几天我没空处理信息，所有的账号你让果儿帮我打理好，尤其是微博、微信和邮箱。如果有新信息、新留言，让她直接帮我回复。下周三在片场我要见到她，让她准备好。"

他安排得事无巨细又有条不紊，麦安言金牌经纪人的光环到了他这里，就自动退化成了小助理，只一边不住地点头"嗯嗯"，一边在便签夹上提笔记了下来。

电话挂断，柯屿把手机扔给阿州："放心了？"

阿州的确挑不出毛病，听着声音语气也真是麦安言无疑，便不再放在心上。柯屿在烟灰缸里按灭烟："失陪了。"他被阿州再度搜过身，继而在保镖的"带领"下走向二楼。

在遥远的法国，有一个有关蓝胡子的黑色童话传说。柯屿站在走廊的最后一间房门前，静静地驻足——蓝胡子有一间密室，里面挂满了折磨人、殴打人的工具，可以折磨最柔软的肉体和最坚韧的灵魂。蓝胡子折磨人没有理由，他只是单纯爱好如此，毕竟是那么高高在上的法国贵族，他似乎已经优渥到如果不这样，无聊的人生就找不到别的乐子的地步了。

柯屿拧开门把手。门后，五卷长度粗细都不同的鞭子卷着挂在一侧，那么高级的皮质，几乎细腻地反着光。鞭子沾着水打人时是最痛的，柯屿用肌肉记住了这个道理。可笑的是，他的脚底踩着的是那么厚实柔软的长毛地毯，足以淹没细瘦漂亮的脚背。

一阵引擎声由远及近，在楼底下熄了火。脚步声由远及近，伴随着一前一后两道扣上车门的声音，一声"老板"沉稳响起。这是阿州去迎接汤野。汤野习惯性地转了转食指上的戒圈，狭长冷淡的眼睑只是瞥了瞥，阿州便低声汇报："人在二楼。"

话音落下，汤野喜怒不形于色的脸上露出一抹微笑，他从下属手中接过轮椅扶手，提高音量亲昵地说："奶奶，我这就带你去见小岛。"

声音在晴空下攀上二楼，他抬头悠悠看了眼，推着轮椅进入别墅。电梯上升，梯门开启，轮椅划过大理石地面寂静无声，转过玄关甬道，布置气派的起居室出现在眼前。午后阳光笼罩，柯屿坐在沙发上，正削着一颗饱满熟透的苹果。

"奶奶，你看，这是谁？"

轮椅上的老人家用力分辨，含混地说出两个字："叨叨。"

柯屿手中的动作一顿，放下刨刀，用力深呼吸后换上乖巧的笑容，起身两步蹲到奶奶跟前："奶奶。"

奶奶镶了假牙的嘴仍习惯性瘪着,重复两句"叨叨",又没头没尾地"嗨呀嗨呀",眼睛笑成眯缝。柯屿抿着唇,将削得漂亮的苹果塞进她的手中。奶奶接过,却不知道吃,只是微笑着看他。几秒后,她又如梦初醒般喃喃问:"这是哪里?阿华呢?"

"在家里。"柯屿说。岛岛说在家里,那么就没有错,奶奶迷迷糊糊地点头。柯屿帮她拢了拢开衫的衣襟:"阿华姐过几天就回来。"

奶奶弯起眼睛,点点头,继续说:"嗨呀嗨呀。"

柯屿捏着她的衣襟,迟迟没有说话,良久,他慢慢地伏到了奶奶的膝头。奶奶的手抚摸着他的黑发,掌心布满做工磨出的老茧,那么厚,几乎要勾起他的发丝。但奶奶手上的动作却轻柔,一下顺着一下,她的目光出神远去,嘴里的声音也低了下去,只反复念着"叨叨"和"嗨呀嗨呀"。再怎么照料得当,清理干净,她身上依然有浓重的老人味,和着洗衣粉的清香。柯屿深深地呼吸,眼眶里涌出的灼热潮湿被硬生生地压下,等他再抬头时,已是神色如常的模样。

汤野饶有趣味地打量他,挥了挥手,佣工便上前接过了轮椅。他吩咐道:"送奶奶下去休息。"

用人小心翼翼地问:"安顿在哪边?"

汤野意味深长地一笑:"就安顿在二楼次卧。"次卧与那间房以一条不长的走廊相连,门门相对,有什么都听得一清二楚。

奶奶回过头来,依依不舍的面容里是不解的担忧:"叨叨……"

汤野在他耳边低语:"小岛,你这么懂事,怎么可以让奶奶为你操心?"

柯屿僵硬的身体机械性地一节一节松弛,他终究是转过脸去,对着奶奶的方向,嘴角牵起一个安抚的笑容。他这么做了,汤野才对用人点点头,吩咐她把老人推进次卧安顿,并特意叮嘱关上门。

人一走,柯屿立刻推开他,却又被汤野顺势扣住手臂:"急什么?有段时间没见了,你真是一点也不挂念我这个老板。"他的力气很大,柯屿被他捏得生疼。

"昨天晚上在云归住得开心吗？是不是我对你太好，才给了你一次次挑战我底线的勇气？"汤野慢条斯理地发问，半拖半拽地将人带进房间。门被疯狂地摔上，天旋地转间，柯屿被推得一摔，腰撞上尖锐的桌角，他脸色剧变，倒抽一口气，却什么痛声也没发出。

汤野居高临下地看着他："你是不是以为……搭上商家的人，就可以从我这里解脱了？"

柯屿竭力轻描淡写："你误会了。"

汤野解开袖扣："你知道你的房子为什么这么长的时间没有卖出去？我在每家中介都付了意向金锁住了房源。你以为这么低的价格怎么没人来抄底？整个娱乐圈都知道我汤野看中了这个房子，没有人会来找你交易。你觉得有人来买你的房子、给你钱就是你的救世主？你真是天真得可爱。谁给你钱，我只要动动手指就可以查得一清二楚。你的短片也是他拍的，你跟他……"他冷冷讥讽一声，"怎么，你觉得你找到自己的救世主了？"

柯屿紧抿着唇，倔强地不发一言。汤野缓缓靠近他，暴力地抬起他的下巴，继而捏住。柯屿的下颌几乎要被捏到脱臼："你觉得他是你的救世主，觉得他能拍好你、捧你、塑造你，能让你不当一个花瓶？你觉得自己找到了知己，他能懂你的表演、你的艺术——痴心妄想的废物！"

柯屿一言不发，只是面无表情地承受着他可怕的变脸和粗鲁难听的人身攻击。

"是我这几年让你像人了，才给了你自己是个人的错觉？你最不应该挑战我的底线。商家算什么东西？你以为傍上区区一个商家二公子就可以把我一脚踢开？"因为极度的愤怒，他被发胶定型的发丝也失态得垂落了下来，"你看看自己，你有什么地方值得他对你真的上心？是你滥赌赌到家破人亡的爷爷，你患有精神病而老年痴呆的奶奶，还是连你亲生父母都不要的孤儿身份？你有病啊你知不知道？你怎么这么天真？豪门导演，是你觉得是知己就是知己，是你想结交就能结交的？姓商的凭什么真心对你？全娱乐圈漂亮有天赋的人一只手数不完，你凭什么？"

柯屿死死咬着唇，剔透的黑色眼眸里浮现倔强而懵懂的色彩，仿佛在毫无防备的情况下被什么利刃刺穿。但比起痛，他更多的是迷茫。

汤野冷冰冰地笑了一声："阿彪！"

柯屿迟缓地眨了下眼睛，垂下视线，双手安顺地垂在身前。室内开始弥漫一股恐怖的、令人心悸的安静，连一楼留守的用人都面面相觑。死亡般的寂静中，一直侍立在汤野身后的黑衣保镖应声而出。良久，汤野缓缓地说："注意点，别打死了。"

楼下，贴身助理阿州抬眸看着天花板的方向。三分钟了，这一次比以往的动静都更加强烈，因为作为"物品"和"资产"的柯屿，这一次比任何时候都忤逆到了汤野的逆鳞。柯屿一声未吭，痛苦的声音被硬生生地咬在了唇间。汗从额发间渗出，血色从脸颊和嘴唇上迅速退却，继而染进了眼眶。柯屿认真地、专注地只盯着壁纸上的一个小纹路，像黑色的漩涡。小时候，他总是晕车。县际公交摇摇晃晃行驶在一眼望不到头的公路上，奶奶说："叨叨，想吐就看着一个点，只看一个点就不会吐了。"

专注地看着什么时，什么难熬的时光都会飞逝。

一共是七分钟。一切安静下来时，柯屿才知道自己的呼吸声有多滞重。他脱力地倚坐在墙角，因为咳嗽，胸腔发出带着刺痛感的空洞。"你还真是不怕我自杀。"柯屿抬起手背，擦着嘴角的血，汤野还要指着他赚钱，他的脸向来无伤，从脸上看，他还是白净如常，只有不正常的冷汗布满额头。

汤野摊了摊手："你有机会吗？"

"我是明星，每天接触数不清的人，随时都可以撞死、跳楼、在吊威亚的时候解开安全锁摔死，你随便试。有本事你就打断我的腿，折断我的手，最好连牙齿都一颗颗拔掉，否则，我还可以咬死我自己。拔掉我的牙齿，我还可以绝食而死。"

雪白的墙壁后是半开的窗户。窗帘顺着从走廊对涌而进的风飘出窗外,庭院里传来偶尔的鸟鸣声。汤野的目光深沉,那是最冷静的嗜血野兽的猎杀眼神:"你舍不得。"

一门之隔,一声"叨叨"凝固住了柯屿眼里所有的绝望。奶奶扶着墙,颤颤巍巍地一步一唤:"叨叨。"

用人匆忙地跟在她身后,嘴里一迭声地埋怨:"哎呀奶奶呀!你怎么回事,一没看住就乱跑?我不是告诉过你……"二人闯入门内,用人甩锅的小心思藏不住,被吓得哑口无声,"汤、汤汤汤总,奶奶她……"

汤野头也没回,只冷冷地命令道:"带老人家下去。"

紧盯的视线内,柯屿还是垂死的姿态,只是始终大睁的眼眶里滑下一行热泪。他仍是面无表情的样子,连眼神都坦然到透明,这行眼泪便成了他唯一的情绪。

"我知道你舍不得,我的小岛。你有没有玩过熬鹰?最倔强自由的鹰,也是最难驯服最难熬出头的,因为它的心里有蓝天,有曾经翱翔的记忆。即使它只剩下最后模糊的一点希望,也不舍得放弃,不甘心屈服。这种鹰,熬起来才最有趣,你明不明白?"他咧开唇,露出森白的牙齿,"你这一点最难得。你今天的倔强,也依然很让我愉快。"汤野对阿彪轻撇下巴,"让阿州带医生上来。"

他对待人,像对待狗。有的是野狗,有的是高级点的猎犬,有的是摆弄着玩乐的贵妇犬。一条肉脯扔下,招之即来挥之即去,这是他的乐趣。

柯屿垂下眼睑,气息很轻地问:"杂志是不是你安排取消的?"

"这只是一个小教训。"

"为什么是钟屏顶替?"

汤野为他突如其来的敏锐停顿一瞬,敷衍过去:"让昂叶捡了便宜。"

柯屿没拆穿,只是淡漠地勾起了唇,良久,他说:"下周三我要去应隐的片场客串。"封面已经让他丢了,又是在这样难得的时刻,汤野此刻想赏他一枚枣,妥协一步安抚道:"到时候再说。"

"你不信任我,可以让阿州跟着,能跟几天是几天,解约以后就没机会了。"

汤野脸色一沉："你不要得寸进尺。"

"违约金我会一分不少地给你，律师也已经找好，你要打官司我随时奉陪。"柯屿勉力起身，背部的伤口被衬衫摩擦得生疼，但他只是略蹙了下眉。他倚着墙，吃力地低头卷着衬衫袖口，边道，"唐琢的片子你们辰野是第二大出品方，虽然你不在乎这上千万的投资，不过要是收不回来，后续合作接连受影响你也好过不了。你想爆我的黑料，也没问题，你知道的，汤野……"

他抬眸无所谓地瞥了一眼，停顿一秒才接着说："我对于当明星这件事向来无所谓，所有的光环既然是你打造给我的，由你收回去也是合情合理。你想让我被全网黑，也没关系，反正奶奶看不懂字。我赤条条来去都是一个人，你觉得我像是会在乎别人怎么说的人吗？我还有两部网剧和一部上星剧待播，辰野都是出品方之一。我的十二个代言还在存续期，你如果想在我解约前黑我，让我承担违约金，也没问题。我有多少资产、多少钱都赔给你，不过你也要做好待播项目全部颗粒无收的准备。"

汤野笑了一声："好玩吗？"

柯屿挽好了袖子，偏头思索，抬起脸对他扬起唇，露出一个带着血迹的笑："好玩。"

每一次他被殴打到半死不活之后，汤野的人性才会像退潮时的礁石般，短暂地浮现出一点。柯屿在这个乡下别墅住了多久，姓汤的就陪了多久。年底应酬多，柯屿怀疑他最起码推了五场晚会。白天他处理生意，柯屿就陪着奶奶四处走动，身后远远地跟着保镖和用人，既无法逃跑，也无法发生意外。

奶奶每天最常重复的，只两件事：一件是问阿华姐在哪里，怎么不在？一件是问柯屿躲好了吗？她布满厚茧的手紧紧攥着柯屿的胳膊，仿佛盘曲的虬枝，力气却大得惊人，她嘴里惊慌地重复："叨叨，叨叨，快、快藏起来……"

那个滥赌的人不在了，她也不再拥有清醒，那种恐惧和保护欲却还是刻入了本能。柯屿挽着她的手顺着河道散步，冬日的芦苇荡在日光下发白，空气中弥漫着飞絮。风那么好，好像连带着吹走了奶奶记忆里的那层雾色。她偶尔会眯起眼睛问："我们叨叨是不是该讨老婆了？"

柯屿也用方言："没有老婆，有中意的知己。"

奶奶不懂知己的意思，问："哪里的靓女？"

柯屿一字一句地回："不是靓女，是靓仔。"奶奶便瘪着嘴"嗨呀嗨呀"地嗫嚅，柯屿知道自己在玩一个无聊幼稚且胆小的游戏，继续着说："他叫商陆。"

奶奶："嗨呀嗨呀。"

"他太傻了。"

奶奶："嗨呀嗨呀。"

柯屿站住，"扑哧"笑出声，过了半晌，他又问："周三如果真的能见到他，我就告诉他，好不好？你说'嗨呀'，我就不告诉，你要是说点别的呢，我就告诉他。"

奶奶仰头看他，柯屿被凝视着，不自觉吞咽，一如等待彩票刮开前的紧张。奶奶包子褶般的嘴唇一张，喉咙口挤出浑浊的发音："嗨……"

柯屿紧握着奶奶的手劲松了，他自嘲地勾起唇角，轻轻说："嗯，我在想什么，我哪里配得上他的认可？"只是奶奶的那两个字终究没有说完，她好像倏然忘了，眼神重新迷茫起来，改口唤他："叨叨……"

柯屿呼吸一屏，垂下眸，安静地看着老人家，道："我耍赖一次，好吗？就一次……这次不算。"他等着，看奶奶是说"嗨呀嗨呀"还是……

"叨叨？"

好景

等到柯屿要去客串的那天,他背上的伤也依然没有好透。伤口有多深,血痂就结得有多厚。他是被阿州直接送到片场的。他一路默默记着路牌路标,两小时后抵达,阿州并没有把手机给他:"老板吩咐,今天回去后就还给你。"

盛果儿早就等着他,撑了把大黑伞。柯屿一边抽着烟往化妆室走去,一边听她汇报这几天的工作。他脚步很快,盛果儿说得也很快。两分钟说完,人也到了化妆室外,柯屿脚步却停住了:"邮件有回复吗?"

盛果儿懵了:"没有邮件。"

柯屿不耐烦:"我说私人邮箱。"

"我说的就是私人邮箱。"盛果儿言辞确凿,"我每天都查看,真的没有未读。你是在等之前那个人的邮件吗?"

柯屿迟疑的脚步重新迈起:"算了。"

制片主任、正副导演、制片人和应隐都在化妆室等他,见人进来,应隐跑上去亲亲热热地圈住他的脖子一抱:"我可太想你了!"他和应隐多少年的同事,从最初满天飞的绯闻到现在全娱乐圈都默认的好朋友,应隐对他始终亲密如昨。在场的众人也见怪不怪,纷纷祝贺他新电影杀青,问候他下一步的打算,同时感谢他抽时间来客串。柯屿笑着摇摇头,熟络地寒暄。

这是一部民国时期的文艺片,男主角是著名影帝沈籍,地位德高望重,这会儿还没到。柯屿要客串一个国民党军官,一场舞会戏,一场办公室戏。戏服提前按照尺码定制好,他换好装束推开门出来,呢料军装挺括,墨绿色领带饱满,一条武装带勒出腰身,黑色长筒马靴锃光瓦亮地包裹着笔直的长腿。他一边走,一边垂首扯着白手套,一抬眸,就见应隐拊掌赞叹:"我天,太帅了吧!"

导演跟着开玩笑:"早知道就应该多排几场戏!"

柯屿笑了笑:"见笑了。"

舞会戏光群演就有百十来个,又是一段长镜头,从侍应生到客串的名流高官,再到主角之间,场面调度复杂。应隐趁人走了撞他肩膀问:"紧张吗?不会NG吧?"

柯屿好笑地反问:"你这么不信任我,还让我来干什么?"

应隐嘟嘴:"炒点话题热度啦。营销号都安排好了,回头就发你来探班客串的通稿。"

柯屿明白,应隐向来对于圈内异性往来慎之又慎,想炒话题只能拉着他最保险。客串的戏份没什么技术含量,他点点头,漫不经心地戏谑:"我倒不至于差到这个地步。"

应隐还没做妆发,没时间跟他细聊,只突出重点关心道:"你今天看着不太对,怎么心不在焉的?"

柯屿在扶手椅上坐下,眼眸微敛,做出要闭目养神的姿态,淡淡道:"没什么。"他自作聪明、自以为是、自视甚高,以为失联这么多天,商陆一定会千方百计地通过各种渠道找他。他也做好了心理准备,鼓足了勇气,豁出了面子想迈出那一步,却没想到——商陆根本没有找过他。

片场外人声鼎沸,粉丝举着横幅海报高喊"柯屿"和"小岛"。

"我大粉预告了你今天要来客串,现在外面都快被你的粉丝包围了。"应隐问道,"要不要出去见见?"

柯屿不置可否。化妆师要给他夹刘海,夹了半边,柯屿终于还是睁开眼睛:"请稍等。"他推开门,晴空下日光喧嚣,粉丝被铁马拦在外围。大概三四十个粉丝,附近保安巡逻驻守,场面看上去可控。粉丝一个个都眼尖,柯屿刚露面就被抓到了,尖叫声快到了扰民的地步,连保安都回头张望。

柯屿往前走了两步,准备去打个招呼。他也真的只是走了两步,就突兀地停住了——人群中,一个戴棒球帽和黑口罩的身影鹤立鸡群。他近一米九的个子,站在一群小女生中间显得好笑。粉丝都激动起来,互相推搡着要往前,他简直被挤得没办法,但仍是刻入骨子里的绅士。柯屿远远看着,微微抿起唇,目光安定而温柔。虽然商陆帽檐压得很低,但他莫名笃定,那下面的目光是属于他的。可能还带着埋怨,譬如……柯老师,这就是你的粉丝?

喊着他名字的呐喊声此起彼伏,渐渐汇成一股气吞山河的气势:"啊啊啊啊是制服岛!好帅呜呜呜好帅!""天啊我们小岛怎么这么撩人啊!"

三十多米的距离,柯屿在注视的目光和凌乱的尖叫声中走得从容。到近处了,他嘴角挂上恰到好处的微笑,戴着白手套的手接过马克笔和海报,龙飞凤舞地签上"小岛"二字,粉丝激动到快要晕厥:"柯屿我爱你!"

柯屿的声音慢条斯理:"别了吧,我也不能娶你。"

连续签了十几幅,大概是越热闹的地方越容易缺氧,大太阳底下,他觉得氧气都不太够用,鼓膜里几乎能共鸣到自己怦怦的心跳。他顿了顿,终于抬眸,似笑非笑的神情:"你也是我的粉丝?"

唰的一下,所有人都齐刷刷地仰头看。一道清冷淡漠的声音响起:"不是。"

听到这个回答,柯屿莫名地笑出了声。"那么你是应隐的粉丝?她在做造型,不能出来见你,这样吧,"他看着他的双眼,带着漫不经心的慵懒,"我帮她签,好不好?"他问完话,粉丝的目光又齐刷刷地平移到了这个一米九的男生脸上。几十张小脸巴巴仰着,那架势似乎他要是敢不识抬举说个"不好",便立刻要把他就地正法一样。

商陆："好。"

"但是你什么都没带，签哪里？"

在几十双眼睛的注视下，他牵起了商陆的左手。商陆碰到了一团纸样的东西，他低着头，挑了挑眉。

柯屿低头签得专注，宽大的掌心浮现出黑色马克笔字样。签完了，他把商陆的掌尖轻轻按回去："就委屈你当我一天的粉丝。"

商陆的声音很好听："不委屈。"

他又被粉丝淹没了。过分绅士只能让商陆被挤得越来越远，他渐渐站到了外围，远远地看着柯屿耐心地跟粉丝相处，矮下身与女生们合影自拍。之前看他不习惯营业互动，以为他厌恶粉圈文化，这么看来，他其实很珍惜影迷，只是不爱曝光。以为他出了什么事的心落下，商陆勾下口罩，垂眸，掌心平展开，露出里面躺着的字条和正儿八经签着的"柯屿"二字，后面跟着一个小笑脸。字条上是一行钢笔写的地址，是一个海岛上的小镇，时间是三天后。

听到他要回南山岛，汤野是拒绝的。

"奶奶在这里，你回岛上干什么？"他怀疑的目光并不掩藏，柯屿被他盯视着，轻描淡写："回去取点东西。"

"什么东西？"

柯屿只好坦言："奶奶虽然老年痴呆，但她在陌生的环境还是会不安，我去给她带点熟悉的生活用品，还有她以前给自己缝的寿衣。"

"寿衣？"

"她老家的习俗，一直带着的，死后要穿着自己亲手缝的寿衣，家里人才不会找不到她，她的阿爸阿妈才不会认不出她。"

汤野终究是让了步。柯屿不喜欢坐车，晕车的毛病到现在还没好，车一坐得久了就开始泛恶心，五百多公里的高速能要了他的命。因而汤野只好准了他自己坐飞机回汕市。盛果儿跟着他，但一落了地就被柯屿放了假。汕市美食天下闻名，盛果儿几年间吃了个遍，馋是馋，但还是

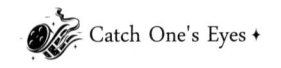

最想去岛上看风车。柯屿拒绝得不容置喙，只漫不经心用一句"台风要来了"打发了她。

台风的确要来了。冬天的台风不常见，在过去二十年间，也不过只两次登陆，这次是第三次。天气预报提前一周就发送了预警，柯屿的航班晚点四小时才起飞。盛果儿与他一起坐头等舱，短暂的休整后再看向舷窗，黑夜中电闪雷鸣，雨丝平行着滑过窗户，脚下城市灯火浩瀚，是暴雨也浇不灭的辉煌。

盛果儿拉下遮光罩，阻隔了让她心惊肉跳的闪电。她扭过头去，柯屿仍在闭目休息，也不知道睡着了没有。他的黑色渔夫帽帽檐压得极低，口罩不敢摘，只勾到了鼻尖之下。这样看他的话，乖得像个年纪小小的男生。盛果儿心里柔软泛滥，冷不丁见柯屿睁开眼眸："果儿，台风天，害怕吗？"

盛果儿赶紧收回视线，尴尬地没话找话："刚才登机前收到了明天航班变更的消息，会不会回不去？"

柯屿复又合上眼眸，闻言勾起唇："那就不回去了。"

"啊？那汤总……"

"我要跟他解约，你愿意跟着我，还是继续留在辰野？"

"这还用……"她扭头看了看周围睡觉的旅客，压低声音攥紧了柯屿的胳膊，"还用问吗？！当然是跟你。"

柯屿笑了一声："好，真乖，过完年给你介绍男朋友。"

盛果儿臭美且忧愁："我一米七二呢，男朋友不得一米九才能配我？我看商陆就不错，可是他又太帅了。"

柯屿保持着双臂环胸的姿势，头枕着颈枕闭目，语气跟表情一样淡漠冷静："忘了他。"

盛果儿演上了："当日雪山初相遇，一见商陆误终身。"也许是这句话改得太好笑，盛果儿看到她老板莫名便翘起了唇角，"也不知道商陆这样的会喜欢哪种女生？"她谈兴上来，见柯屿也不抗拒聊天的样子，就絮絮叨叨地掰起了手指，"跟他一样又潮又酷，比较飒的那种？或者温柔的？还是端庄有气质的大小姐类型？"

"也许他都不喜欢。"

盛果儿瞳孔地震，半晌才道："不会吧，要求这么高的吗？"

柯屿开始逗她："这样吧，我跟商陆你选一个。"

盛果儿："还有这等好事？"

"给你一个做梦的机会。"

"失败的成年人才做选择题，我都要！"盛果儿开始安排，"一三五陪你，二四六陪他。"

"星期天呢？"

"星期天还没想好。"见柯屿不答话，盛果儿安静了一会儿，以惊人的敏锐度小心翼翼地问，"哥……你是不是紧张啊？"一直闭目养神的人在听了这句话后破天荒地睁开了眼睛，继而毫无情绪地转向她："你星期天想和谁过，我有什么紧张的？"

盛果儿："不是，你想到哪里去了？我是那个意思吗？"

柯屿转回脸，面无表情道："换话题前通知一声。"

盛果举手："那……报告，我要换话题。"

"讲。"

"哥，我的意思是，"盛果儿斟酌了下措辞，"以前你坐飞机从来不聊天的，扣上安全带秒睡。"不管机舱是宽敞还是狭窄，氛围是安静还是嘈杂，柯屿都雷打不动地帽子一扣、口罩一拉，只留两个鼻孔出气。盛果儿随行这么多次，这是柯屿第一次起飞后这么久还没睡着。多久呢，眼看着都要进入下降阶段了！

柯屿不承认："咖啡喝多了。"

盛果儿善解人意地说："没关系，我懂，坐飞机打雷我也慌。"

空姐进行下降前的最后一次客舱安全检查。遮光罩被拉开，城市匍匐在暴雨之下。降落的过程一波三折，机长通知目前正在流量管制，暂时无法降落。在不安和焦虑的嗡嗡声中，飞机继续盘旋，柯屿双臂紧紧

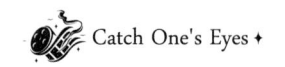

环着胸，表面看上去有多高冷，喉结的吞咽就暴露了他有多么紧张。汤野食言，今天才把手机还给他。未读信息塞满了微信，他像提把长枪般一腔孤勇，只想找到商陆的对话框。

商陆的确没少给他发信息，虽然措辞克制，但仍能读得出他的关心。他以为商陆收不到回信就会给他发邮件，所以才给盛果儿暗示，却没想到商陆是比他更有行动力的行动派，直接买了最新行程，跑到片场堵人来了。

柯屿赎回了通信自由，指尖停留在键盘上，却迟迟打不下第一个字。他已经留了纸条，如果商陆来了……那就在岛上见；如果他没来，不管是没读懂信息，还是不巧没空，还是心里生疑选择不过来，或者只是航班因为台风停航……那都算了。

三天过去了，他一个字都没给商陆，只等着今天的宣判。

"哥，原来你也蛮胆小的嘛。"盛果儿看穿了他浑身下意识的紧绷。

闪电照亮了舷窗，柯屿轻轻笑了一下："嗯。"没完没了地自己和自己下注互搏，赢了这一把，还有下一把。输了……输了那就没有以后。他比谁都擅长龟缩，比谁都擅长逃跑，也比谁都擅长假装若无其事。再没有人比他更胆小了。

如果有一天商陆跟他说，不想再玩闯关游戏了，他一点也不会惊讶。他只会轻轻松松地表示遗憾：你看，这关你就没有顺利走过去。好像错误的、没做好的那个人是商陆。

近二十分钟的盘旋后，飞机终于收到塔台指令，开始降落，落地声沉重。纵使机舱广播提醒还未完全停落，也依然架不住所有人都开始连接信号。柯屿是最慢的那个。飞行模式关闭，右上角的信号格逐级蓄满——手机嗡嗡振动，他点进微信，商陆的信息言简意赅："我到了。"

柯屿心里一惊，下意识地以为商陆跟他乘坐的同一趟航班……头等舱乘客寥寥无几，但一个个地被柯屿扫了过去——没有。他难道在经济舱？怎么可能。他再看一眼发送时间……才发现是半个小时之前。乘客有序下机，头等舱先行。盛果儿跟在他身后，听到他自言自语地说了什么，还以为自己幻听。

"到岛上了吗?"

商陆回得很快:"没有,还在路上。"他接着问,"你呢?"

柯屿如实回答:"我刚落地。"

人还没出舷梯,商陆的电话就进来了:"我来接你,二十分钟后出发大厅门口见。"

"叫了专车。"

商陆干脆利落:"我不放心。"然后就挂了电话。

盛果儿推着两个登机箱紧紧地地跟在身后,柯屿从她手里接过自己的箱子,欲盖弥彰地咳嗽一声,吩咐道:"等下专车来了你自己走。"

"啊?"盛果儿蒙了,"不是吧,你现在就要丢下我?"她又问,"谁来接你啊?"

"还不知道。"

"啊?"盛果儿彻底傻眼,"不知道?什么叫不知道?"本着助理恪尽职守的精神,她掏出手机,"那我要跟麦安言报备一下。啊!"她捂着头眼泪汪汪,"干吗打我?"

"不准跟任何人说。"

盛果儿仰头眼巴巴地看着他,眨眨眼:"你去干吗呀?"

柯屿蒙在口罩下的脸云淡风轻:"保密。"

保密?盛果儿看着手机里的航班变更提醒:"那明天我们还走吗?"

她高冷的老板今天尤其惜字如金,只说:"顺其自然。"

专车司机的电话切入,原来司机已经在停车场等了许久。盛果儿一步三回头,跟个老妈子一样操心过度:"哥,那你要保护好自己啊。"

柯屿:……

汕市机场不大,航班也不多,柯屿推着行李乘扶梯上三楼,进入候机大厅,把正对面的大门号发给了商陆,而后坐在长椅上,开始无所事事地等待。他不是个喜欢玩手机的人,但几分钟后,他两手搭着膝盖,开始垂首刷微博,渔夫帽挡住了整张脸。他的心跳快到要深呼吸的地步,

227

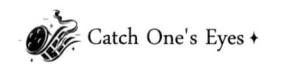

三次深呼吸过后，柯屿起身走向洗手间。镜子里的脸苍白，他沾了水的手背贴贴脸，带走了过高的温度。柯屿反复用冷水洗手，等意识到这样很浪费水后，他又不得不走出了洗手间。

他背着双肩包，开始在空旷的出发大厅里转圈。他两手揣在裤兜里，脚后跟打转，一圈一圈转得无聊。他一会儿低头看鞋面，一会儿仰面看电子公告牌，渔夫帽下的脸表情淡漠。他只知道满屏幕都是延误的红，看也不知道那还看什么。十分钟后，手机玩命般振动，商陆的名字出现在屏幕上。

柯屿小跑几步，又开始走，走也走不慢。等出了门，他才终于找到自己惯有的从容节奏。一辆特斯拉在雨幕中打着双闪，车门开了，先撑出一把大黑伞。商陆长腿迈下，绕过车头的几步走得大步流星。伞面一抬，柯屿怔住："怎么是你自己开车？"

"商会的车，借我用了。"商陆言简意赅，略过了把司机半路赶走的那一出，他撑着伞，把柯屿遮在伞下，"就你自己？"

"嗯。"他也顺便略去了把盛果儿赶走的那一出。

商陆看向他身后："没有行李？"

"没……"柯屿眼神一变，猛地回头往候机厅里跑，天，等人等得连行李都丢了！

商陆不好走开，机场安保随时会赶人拖车。好在几十秒后，柯屿推着行李箱又匆匆出现在了视线之中。这一次，他的道路尽头是商陆。

商陆长得过于帅气，来往进出的旅客都打量他。而商陆在伞下看着柯屿，柯屿便觉得，被他注视着的自己也顺便被所有人关注到，对任何聚光灯和众星捧月都习以为常的身体开始紧张。商陆从他手里接过行李箱，垂眸带点笑地调侃："柯老师，跟我见面这么紧张，连行李箱都记不起拿？"他以为柯屿会轻车熟路地调侃回来，用戏谑的语气和漫不经心的笑，以及依旧从容的神情。他的从容和别人不一样，那里面有一种慵懒。

但柯屿只是定了定神，抬眸看着商陆，"嗯"了一声。

行李箱被放在后备厢，商陆又绕到一侧为他拉开车门，手在车顶搭着，绅士得挑不出错。特斯拉起步平稳运转无声，驶出遮雨棚，只听到雨点噼里啪啦地砸在玻璃上的声音。风很大，几乎把行道树吹得弯折。柯屿摘下帽子甩了甩头发，商陆扶着方向盘瞥他一眼，觉得他像淋了雨的小狗。天气恶劣，只是八点多的光景，却让人疑心是深更半夜。车子驶出机场，没直接上高速，反而在收费站前的路旁缓缓停下。

"怎么了？"柯屿捏着渔夫帽，架着平光镜的脸在夜色下有些许茫然。

商陆解开安全带。他人高马大，只是稍稍俯身过来，身影就笼罩住了柯屿，连带着香水的清甜微调。

柯屿往后躲了一下："你干什么？"

商陆手撑着座椅靠背，另一只手伸出。柯屿愣了一下，眼镜便被摘走，镜腿弹回，发出轻轻的"啪"的一声，口罩也随即被拉下。商陆说："不干什么，确认你最近这段时间的心情和脸色。"

"没什么，"他吃不消商陆锐利探究的目光，只好垂下视线，又不耐烦地奚落，"别管这么宽。"

商陆重新坐回去，声音里带笑着说："看来你没事。"

从机场到岛上将近八十公里，雨天危险系数高，商陆不敢开快，近一个小时后才上跨海大桥。两侧黑沉沉的海浪翻涌，横风强劲，人坐在车里甚至有明显的晃动感。蜿蜒的跨海大桥在雨幕中看不到首尾，只有橙黄的路灯倔强地亮着。等下了桥，两个人明显松了口气。

柯屿不好意思道："对不起，约之前没看天气预报。"他在别墅里与世隔绝，气象厅连发数条橙色预警他都不知道。但商陆想必是知道的。从片场相会后到今天，中间还有三天的间隔，他有无数的时间看到通知继而改变主意，可他连问都没问，商量都没商量。

"我找你来……"柯屿盯着机械运转的雨刷，"是聊电影剧本。"

"在这里聊？"商陆沉吟着，"我以为这里是你的家乡。"

"是，也不是。"

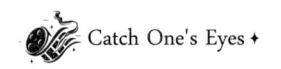

"上次听你跟奶奶说粤语,的确疑惑过。我以为你是汕市人。"

"汕市话也会说。"

商陆笑起来:"真行,汕市话我一点都听不懂。你的汕市话跟粤语一样标准?"

"不经常讲,有点生疏了。"

车子沿着滨海公路行驶,两侧黄色反光条勾勒出海岸线的弧度。雨势稍小,商陆又开了近二十公里,才看到了灯光。星星点点的灯,在这样的夜里显得寥落。这是个很小的镇子,街上一个行人都没有。柯屿给他指路,忽然想起来:"你酒店定在哪里?"

商陆打转方向盘,拐进他指的小路:"还没定。"

他定的酒店其实在市区,原本是打算第二天白天再上岛去找他,但这些都不必要跟柯屿说。巷子狭窄,他开得小心专注,只随口解释说:"把你送到家后就定,这种天气应该不至于满房。"车子又拐了一个弯,到巷尾尽头了,两座小屋成掎角之势坐落着。路灯间隔很远,这里便显得黑黢黢的。

"到了。"柯屿说着,解开安全带率先下车。鞋子踩上地面,溅起黑色的水花。他拉开背包侧兜拉链,取出一串老式的防盗门钥匙。商陆帮他把行李箱取下:"这么晚了,我就不上去打扰了。"

钥匙插进锁孔,柯屿淡漠地说:"不打扰。"

商陆怔了一下,遗憾地致歉:"不了,还没来得及准备见面礼。"

本来考虑着可能会见到柯屿的父母,便让明叔准备了礼品。明叔安排给了汕市商会,他们一向得体到位、各种服务一应俱全,礼物商陆也是打算第二天再提过来的。

大门传来两声解锁的咔嚓声,柯屿拧转门把手,并不看商陆,漫不经心地说:"这里没有人住。"他"啪"地按下开关,视线跳了一跳,一盏老式吸顶灯亮了起来,发出钨丝灯泡独有的电流"嗡嗡"声。

这是很传统的乡下房子,也无所谓什么玄关回廊的讲究。迎面而来的就是厅堂，贴着老虎年画；两侧是褪了色的对联，挨着翘头香案，案上摆着蜡烛香火和杂物。小香炉里插着三根烧到末尾的香，炉正对着的白墙上贴了一面小小的红纸，用毛笔字写着"天官赐福"四个字。占据堂前中心的是一张方方正正的八仙桌，倚着四条长条凳。柯屿把背包扔在桌子上，道："很久没回来了，可能有点落灰。"

商陆迈进门槛："你爸妈……"

"我没有爸妈。"柯屿挥了挥，赶走飘浮在呼吸间的灰尘，从上衣口袋里摸出烟盒，"我抽根烟。"

商陆一时语塞："对不起。"

柯屿咬着烟，淡漠又好笑地睨他："对不起什么？连我粉丝都不知道的事，你又怎么会知道？无所谓了。"

烟雾飘在暗淡的光线中，柯屿走进厨房。商陆跟在他身后，但空间狭小，只容一个人转身。他抱起两臂斜倚着门框，看柯屿拧开水龙头清洗了水壶，又蓄满了水。

"按照电影套路，我应该问你要不要进来喝杯咖啡。"柯屿随意地开玩笑，"不过这里没有咖啡，也没有酒，茶叶是有一点，但喝了你会睡不着。"

"没关系。"

柯屿转过身倚着案台，一手撑着，看着慵懒，"你不介意的话，可以睡这里。"他掸了掸烟灰，"这个镇子没什么高档酒店，只有快捷连锁，好一点的还要再开四十公里，去到岛的另一边。你能接受的话，我睡我奶奶的房间，你睡我的。"

"好。"

"反正对你来说都一样，"柯屿似笑非笑，"对吗，豌豆少爷？"

商陆无奈地辩白："行行好，睡不着觉很可怜的。"

水烧开了，发出沸腾的滚水声。柯屿打开橱柜，愣了一下，又面无表情地合上。

"怎么？"

"知了。"

"知——"商陆对他翻旧账的行为毫无办法,"蟑螂?"

"南方难免的。"柯屿换了个柜子,弯下腰取出两只搪瓷杯,"本来想说用一次性纸杯更干净,但是既然爬过蟑螂了……我还是给你洗洗吧。"

商陆意外地看着他的动作。本来以为他四体不勤、五谷不分,没想到做事却很娴熟。娴熟也带着点慵懒,似乎已经刻进骨子里。

"喝茶?还是白开水?"柯屿看着瓶瓶罐罐,翻着,"茶也不是什么好茶……嗯,不如喝这个。"一只红盖子的透明玻璃罐,上面还印着一只卡通红狐狸,看着有点眼熟,又过时。

"什么?"

"白糖。"柯屿笑了起来,挑眉,"喂,我小时候只有考试考好了才有这个喝的。"

商陆落井下石:"听上去成绩不怎么样。"

"还可以,不好不坏吧,忙着干活。"柯屿在两只搪瓷杯里注入热水,"这镇子上的小店我都帮过工,现在很多都不开了。"他放下水壶,转过身,对商陆举起手,"你看,很明显,这是一双干过活的手。"

商陆这时候才走进厨房,逼仄的空间里,他虚虚碰到柯屿的指尖,五指白皙修长,但有薄茧。

"看不出。"

柯屿低垂着侧脸,抬眸瞥了他一眼,嘴角扬起笑:"你的手也有茧,是画画磨出来的?"

画画、射箭、骑马、打高尔夫……他有太多会磨出茧的活动,但是此刻却笑着低语:"被老师打的。"

柯屿明显不信:"你一个少爷还会被体罚?"

"是少爷才更会被体罚。小时候爷爷还在,他从公司退休后闲得无聊,就盯我们兄妹几个的课业。我上面一个哥哥两个姐姐,都比我能学,成绩都比我好。"

"好惨。"

"我小时候学普通话,怎么都发不好音,念错一个字就挨一下打。"

柯屿失笑:"上次听明宝提过。"

商陆明显一怔,无奈道:"我看她是找打。"

柯屿很轻地说:"明宝好可怜。"

商陆看着他,声音低下去:"明宝的哥哥呢?"

柯屿勾了勾唇:"明宝的哥哥锦衣玉食,长得也帅,又有普通人羡慕不了的天赋,一点也不可怜。"

"还是有地方可怜的。"

柯屿抬起头,一根烟刚好抽到末尾,他顺手捻灭:"比如?"

"比如一直想要拍的主演,迟迟没有给我坚定的答复,"商陆更凑近了他一点,"一直想要认真相处的朋友,似乎也没有真正信任我到这样同等的地步。"

柯屿觉得自己好像被套路了。他的呼吸都有香味,柑橘调的苦甜里有木质调的温柔悠长。

一大一小两个卧室都在二楼,是子母嵌的奇怪格局,小的房间在里面,大的房间在外面,共享一扇门。小房间的人要想出来,必须先经过大房间。柯屿领他到小房间,推开门:"这是我以前的房间,你睡是挤了点,但反正就今天一晚,将就一下好了。"

一张一米二的单人床靠墙放着,床尾并排立着一面书架,上面放着满满当当的东西,收纳得满而不乱。柯屿打开衣柜,从里面抱出干净的床单和被褥。

"搭把手。"

商陆没反应,柯屿一回头,见商陆垂首盯着书架,兴致盎然。

"都是课本。"他把被子扔在床上,跟着站到他身边,"我高中三年的课本、练习卷还有乱七八糟的课外书。我奶奶舍不得扔,总觉得有用。后来她患上老年痴呆,直到现在还觉得我还在读书。"

商陆抽出一册翻了翻："跟我学的不一样。"

"废话。"

他翻着翻着，翻到两张夹着的纸页："这是什么？"商陆拿起来，纸页上女孩子的字迹工整隽秀，开头写着"柯屿：展信佳"。他跟着念道："我喜欢你很久了，每次做早操——"

柯屿劈手要夺，他手一举，背过身去命令道："嘘，别闹。"

"你一定不知道，看到你笑一下，我就觉得今天的天晴了。看到你不开心，我也跟着不开心。我在去食堂的路上与你擦肩而过，我的呼吸都会停止……"商陆咳了一声，觉得不适合再看下去了。他回眸，柯屿正冷冰冰面无表情地盯着他，黑得纯粹的眼睛里像是有点生气……不，是气鼓鼓的，气得可爱。商陆笑了一下，把信纸递回去，"前女友？"

以柯屿的长相气质，学生时代想必收到过数不清的情书，但他却将这封保留得完整。

"不是。"柯屿将信纸对折，再对折，又顺手塞进什么书的缝隙里，"以前喜欢过的一个女生。"

商陆微怔，没想到柯屿这么坦诚，问："那怎么没在一起？"

"没资格。"柯屿自然而然地说，"没结果的事情为什么要开始？"

商陆觉得自己的心态不太对了："她有这么优秀，连你都觉得自己配不上她？"

"情人眼里出西施，在那时候的我的眼里，她就是最好、最漂亮、最温柔的。"

商陆没说话，扭头扯开床单抖落。柯屿给他搭手，不动声色地问："换你你会接受吗？在明确知道一定不会有结果的情况下？"

商陆黑着脸说："不会。"床单抖得跟有仇一样。

柯屿的动作略一停顿："这样。"

他们换完单人床换双人床。床都有点年头了，加上海岛的潮气日夜侵袭，哪怕刷了清漆也依然有股挥之不去的霉味。浴室想当然是只有一个，裸露的水泥墙上钉着简易的置物架。商陆先洗，睡衣和毛巾放在外侧，柯屿好心提醒他，热水和冷水的方向是反的。

商陆洗了一半，灯跳了一跳，屋子陷入黑暗。柯屿就在外面的八仙桌旁坐着，冷静的声音传过来："可能跳闸了，你等等……"听上去是见怪不怪的淡定。柯屿点亮手机的手电，摸索着找到老旧的电表箱，声音隔了距离而显得模糊："不是跳闸。"

商陆隔着贴了磨砂纸的玻璃门，只看到一束光在走动，人影长长地倒映在墙上。

"是停电了？"他问。

过了一会儿他才听到柯屿的回答："嗯，应该是停电了。"这对于海岛来说是常有的事，尤其是台风天，每个钟头可能都在电路抢修。商陆有夜盲症，柯屿依稀记得他曾经提过，敲敲门："我给你打灯。"

"你把手机给我，我放在置物架上。"

"放不了，我试过。"柯屿拧住门把手，一瞬间的迟疑。浴室里氤氲着热气，空气中弥漫的都是洗护产品的味道。水流冲刷，两人谁都没出声。柯屿从裤兜里摸出烟点上，看着门内的影影绰绰出神。这让他想起遥远的高中寝室生活。

水声停了。

商陆嗓音低沉："可不可以把毛巾递给我？"

柯屿从外面够到毛巾，手臂平直伸出。商陆接过，窸窸窣窣的细碎动静。柯屿咬着烟，语气不耐烦："动作快点。"

"好了。"黑暗中，在剥夺了视线只剩下听觉的境地里，声音随着人的靠近而格外清晰。

"让让。"商陆把人轻轻撒开，"我睡衣在你后面。"灯光打着，一只青筋鲜明的手臂抓起搭在椅背上的柔软衣物，又慢条斯理地抖落开，"转过去。"

柯屿木头一样跟着命令行事，乖巧地转过身去。停了电，好像把冬天停回了夏天。空气闷热潮湿，连一呼一吸都变得沉重有声。柯屿昏头胀脑，自始至终背对着商陆："好了没？"

商陆两手抓着 T 恤往头上套，身体的肌理都因为这一动作变得鲜明，像某种慵懒狩猎的野兽。他把 T 恤穿好，经过的时候顺手撸了把柯屿的头发："当演员不能这么没耐心。"话音落下，屋内陷入漆黑，商陆迟疑道，"喂？"

柯屿咬着烟从他身边从容经过："自己待着吧。"

脚步声由近及远，听着像上楼。商陆紧张地吞咽一口："柯屿，别闹。"

没人理他。柯屿抱臂倚在楼梯转角，看着商陆被困在黑暗中迟迟不敢走动一步。半晌，商陆似乎是确定了柯屿已经离开，伸出手试探性地向身前摸索了一下——摸了个空。他身前空空如也，连可以让他抓、让他扶的东西都没有。柯屿吁了口烟，饶有兴致地垂下手掸了掸烟灰。

商陆摸不到东西，犹豫了一下，往前走出，一步，两步，三步……"砰！"脚尖踢到了桌腿。柯屿明显看到他受惊般地一抖，继而彻底站住了，只是扶着好不容易摸到的桌角站着，乖巧地一动不动，像抓住了什么了不起的救命稻草。柯屿的视线居高临下，给了他一种错觉——快一米九的商陆看着像个孩子。分秒的流逝把静默拉长。不知道过去了多久，久到一支烟烧到了尽头。站着不动不像是商陆的个性，柯屿后知后觉地反应过来，脸色一变，扔下烟蒂匆匆奔向他："商陆！"

他一把握住商陆的手——冰冷得可怕。一个刚洗完澡出来的人，是不应该这么冷的。商陆很轻地颤了一下，好像做了一场梦刚醒，迟钝地牵起唇角，无声地笑了笑。柯屿更紧地握着他，感受他掌心冰冷的潮湿，那都是商陆刚刚出的冷汗。商陆是看不见，可他看得见。他明明看得见商陆的眼睛本能张大，却什么影像都捕捉不到的仓皇茫然。

"对不起。"

"别开灯。"商陆出声制止，顺着胳膊搭住柯屿的背，要更明确地确认他的存在，汲取在黑暗中的安全感，"别误会，我真的很怕黑，两秒就好。"

"怎么这么怕黑？"柯屿轻轻地取笑，手贴上他的后背安抚性地拍了拍。

商陆声音闷着,轻描淡写:"小时候有个家政阿姨的小孩夭折了,她觉得命运不公平,就把我藏了起来。"

"藏了起来?"

"嗯,藏在家里楼梯间的地下室里。"

"后来呢?"

"不记得了,我大姐说警察把我找到时,我正睡着。"

柯屿弯起了唇:"几岁的时候?"

"四岁。"

"好乖。"

商陆听着有些郁闷:"后来一直做噩梦。"

"夜盲症跟这个有关系?"

"不是,这个是先天的。"

柯屿用灯光照着,陪他回房间,而后在橱柜里四处翻找了起来,半晌,真找出半截红蜡烛。"好了,不用怕了。"他用火机点燃,又去楼下找出了烛台,立在了商陆的床头,"这可是我奶奶求神拜佛用的蜡烛。"柯屿开玩笑,火红的烛光跳了跳,他的笑有一种淡漠的温柔。

商陆低声唤他:"柯老师。"

"嗯?"

"如果有一天拍电影,我想把停电的这段放进去。"

南方冬夜的闷热潮湿,台风前的山雨欲来,跳断的电流,萦绕着香氛的浴室,一盏打着的手电筒,一个靠着门框抽烟的男人,一种欲盖弥彰不说话的氛围。柯屿静默,好像真的置身在了镜头下,身上冒出燥热的汗。他从烛台上直起身:"随你。"

他下楼去,摸黑冲了个冷水澡,又打开门,站在门口吹了几分钟的风。雨停了,路上的积水倒映出圆月,遥远的海边,月下涌着巨浪。他静静地抽完了一支烟,冷静下来,不知道这场停电要持续到什么时候。

第二天早上醒来时，天气似乎有了好转的迹象。空气中涌动着雨后独有的清新，混杂着淡淡的海洋气息。云被吹散，露出奶白色的天空。柯屿第一反应是看手机电量，好歹是充上了。小房间里没人，柯屿下楼去，见商陆蹲在门口，正逗一只小土狗。

"怎么起这么早？"他跟着蹲下，对小狗伸出手"啧啧"两声，说一声"早啊"。

商陆听得笑起来："狗有早安，人没有？"

柯屿搭着他的肩膀起身："狗有早安，人有早餐。等我洗漱好带你去吃，有一家海鲜汤配粿条很好吃。"等他到镜子前一看，头发乱得惨不忍睹，眼神里却是压抑不住的笑，心情和天气一样好。柯屿对自己笑了笑，摇了摇头："跟狗比。"他平常穿衣服就简单，回了家乡后，更是从头到家一身居家服完事。连帽卫衣运动裤配帆布鞋，渔夫帽压着脸，看着就柔和舒服。木门落锁，商陆跟在他的身后在窄巷内穿行。

台风的预警让岛民心慌，到处都是搬货物、钉木框的忙碌身影，但生活还是要过，沿路两边该摆的摊位一个没少，箩筐簸箕里盛着鲜灵灵的瓜果蔬菜，红色水桶里游着河鱼，海鱼和贝类则整齐码着。秤还是古老的杆秤，电动车腾挪转移灵活又拥挤，讨价还价的声音都是汕市话，商陆只能听个热闹。他偏过头去看柯屿，对方破天荒地没有戴口罩，一张明星脸坦然地暴露。

两人到路口了，又转进小巷，一家简易的门面外支着几张圆桌，已经有客人光顾。柯屿走进屋子，用汕市话喊"忠叔"。硕大的灶台下沉嵌着一口大锅，锅后掌勺的男人抬头看过来："岛岛！"

他一喊，食客都回头张望。柯屿竖起手指"嘘"一声："两碗海鲜汤配拌粿条。"

柯屿拣了张没人的桌子坐下，给商陆倒茶。汕市人走到哪儿，茶就喝到哪儿，从睁眼喝到闭眼，从清晨喝到深夜。

"我以前在这里帮过工。"柯屿支着下巴看商陆，眼神被帽檐遮住了，商陆帮他卷了卷，露出漫不经心的双眼。

"上次去你家,还以为你不会做饭?"

"是不太会,偶尔兴致来了对着食谱试一试而已。小时候在这里我只是帮忙磨米浆,做肠粉时帮着打包、打下手。"

"雇佣童工犯法。"商陆压低声音。

柯屿笑了起来:"好天真啊少爷,他不雇我,我连学都上不起。"

"你奶奶……"

柯屿笑容淡了些,热气腾腾的海鲜汤端上,他给商陆递过筷子:"先吃饭。"

海鲜汤卧着鲜虾、青口、蛤蜊和生蚝肉,汤色清亮,鲜香扑鼻,粿条是拌沙茶酱的,入口口齿生香。

"吃得惯吗?"柯屿问。

"嗯。"商陆回他,觉得一口海鲜汤把整个人从里到外熨帖。行动胜过言说,他吃得干净。柯屿托着腮调侃:"我要是有个像你这么乖的弟弟就好了。"

商陆没理他,等付过钱走上街,他很轻说了句:"不要是弟弟。"

两人走回巷口开车,柯屿连蓝牙,在 App 里找到收藏的地点:"跟着导航走。"近四十公里的路,地点在山上。

上午九点未到,滨海公路上空无一人。这里的天一刻一变,早上还澄澈的天空现在已经布下了阴云,连带着海水都看着浑浊。

"你的电影是有关赌徒的,所以我今天带你去见一个真正的赌徒。"盘山公路越走越高,因为风大的缘故,满山的风车都已经停止运转,只巨大而静默地站立,就像机械怪物。

"你剧本里描写的那种赌徒的癫狂太悬浮。赌到倾家荡产从楼顶跳下的有,但还有一种赌徒,他本身就没有钱,本身就是下水道里的蛆,他是绝不会跳楼的。好死不如赖活着,他宁愿被放高利贷的人围堵追债,宁愿逼自己的妻子出去乞讨,宁愿东躲西藏暗无天日,也还是要赌。"柯屿平静地说着,转过脸面对商陆,"我今天就带你去见见。"

半个多小时后,车子在一栋白色楼房前悄无声息地停下。见有车来,保安出来询问,戒备的脸半道变成客气的笑脸:"柯先生。"

柯屿点点头,商陆随他走进院内,一个穿护士服的人迎上:"柯先生好。"护士又看向商陆,"这位是……"

"你不用管。"

护士点点头:"良叔在活动室。"

楼很老了,但看得出来有翻新修葺过,看着像厂房,又像学校。格局很奇怪,面朝外的长廊一间挨一间,只有很小的窗户和门。

"只有最外面的房间可以看到天。每个月,表现最好的病人才有机会搬到这些房间里,其他的都在无窗房里。"柯屿介绍得漫不经心,甚至笑了笑,"是不是很科学?"

护士微笑着点头:"对的,我们遵循完全科学的治疗方法,激发每一位病友积极的自救、自证之心。"

病友?商陆抹去这是个疗养院的看法,低沉询问:"什么病?"

护士疑惑地睁大眼睛,又客套地笑了起来:"是精神病,先生,我们是一所精神病院。"

穿过中庭,一个巨大的罗马风的座钟型门洞出现在眼前,洁白的外墙看着明净简洁,但跟刚才苏联式的风格连起来看,只觉得怪异。门洞纵深足有三十米,商陆跟在她身后,不免抬头看了看封得严实的洞顶。这上面坐落的,就是柯屿所说的不见天日的病房。穿过门洞,一道阶梯出现在左手边。上二楼,护士与值守保安打招呼,在登记簿上写下时间和到访人。窗户开得很高,以商陆的个子才能一窥究竟。里面三三两两坐了七八个人,有的口角流涎,有的三两聚在一起高谈阔论。电视里播放着机械的精神安抚录像,屏幕荧光闪烁,看着电视的几个人无不是眼神呆滞。

"这里就是我们的活动室了。病友们每天都会轮流在这里放松一个小时,可以打牌,可以聊天,也可以看电视。当然,有些病人不适合社交活动,所以是不能出现在这里的。"护士介绍道,敲敲一扇窄小的玻璃门,"带良叔去一号房。"

像探监一样,只是写的是探亲。

探亲的一号房用玻璃隔开。过了片刻,一个形容佝偻的老头被另一个男护士领了进来。他很瘦,不同寻常的瘦,简直瘦得应该出现在戒毒所。他走路颤巍,一只手半举着,不住地颤抖,另一只手却是只剩下了一节胳膊,是硬生生从手腕处齐齐断掉的,经年累月,只留下一个碗口大小的浑圆的疤。

老头子走进房间,抬起头,掩藏在花白头发后的浑浊双眼迸发出精光,他猛地上前一步抱住柯屿的双腿:"叨叨!我没病,你让他们放我出去!我没病啊……"人老了,对身体的控制不如从前,几句话的工夫,已经难看得涕泪横流。商陆要把他拉开,柯屿抬手制止了他,男护士很熟练地把人拉起,固定在靠背椅上。

"医生没说你痊愈,我怎么接你出来?"柯屿在他对面坐下,两手支着交叠于下巴,饶有兴致地观察着他,"几个月不见,你看上去气色好了不少。"

"我没病,我没有精神病,你知道的……"名叫良叔的老头神经质地重复这句话,"是你!是你说我有病,把我送进来……"他褐色的眼珠在已经泛黄的眼白里空洞地左右闪烁,"我没病,你把我送进来就是要折磨我……六年了,六年了,够了叨叨……"

柯屿温柔地看着他:"爷爷,您又在说糊涂话了,我怎么会故意把你送进来?难道我能串通这么多的医院,这么多的医生护士吗?"

良叔抖了一下,眼里闪过浑浊的疑惑,喃喃:"对,对……不对,不对——"

商陆吓了一跳,眼看着他抱住脑袋开始砰砰往桌上撞。他看向柯屿,柯屿温柔地凝着笑,眼里也是带着笑的,浑身却散发出冰冷嫌恶的气息。意识到商陆的视线,柯屿几不可察地抖了一抖,回眸看向商陆。商陆眉头蹙起,对他轻微地摇了摇头。

他不该带商陆来的……他为什么要带商陆来看这些,为什么要让他看到这个不堪的畜生和自己罔顾人伦的下作手段？不，商陆一定会对他失望。自始至终，他看到的柯屿，都是那么好。是他游刃有余的姿态和手腕，漫不经心的从容，精致的皮囊，众星拱月的星光。商陆喜欢他，就像那些粉丝一样，都在喜欢他光鲜的、正常的一面。如果他看见这样的他……卑劣、下作、胆怯又卑鄙的他，一个阴暗的角落里自始至终都照不到阳光的他，他是会躲开，还是……

"叨叨……你让我出去，我一定会好好对阿华的，我再也不去赌了！"老头子的话像猪圈里发出的嗬嗬声，唤回了他的神智。

"晚了，"柯屿轻轻地说，"阿华认不出你了。"不仅认不出你，也不再认识自己，把"阿华"的名字放在另一个女人身上，放在护工身上，千方百计地对她好，给她糖吃，给她买衣服。她攥着寿衣看半天，也不认识当初自己一针一线绣上的那个好看的纹样……是"华"。

"你当初也是这么说的，但第二天就变了。"

有外人在场，良叔窘迫地瑟缩了一下，道："我那时候鬼迷心窍……鬼迷心窍……"

"把我带到澳城要卖给外国佬，也是你鬼迷心窍，是吗？"

商陆猛地抬头，死死地盯着柯屿："你说什么？"

"十四岁那年，他说带我去澳城打工，能赚得比国内多，说澳城十四岁就算成人了，不算雇佣童工。澳城赌场外面的那片贫民窟，里面有数不尽的赌馆和高利贷，他把我带过去，把我扔在那里，就为了换一万赌资。"

良叔低下头，半晌，谄媚地笑了起来："你看，你不是跑出来了吗？我那时候就知道你肯定有出息！叨叨，你看你现在，穿得好，吃得好，是不是在外面做大生意，当大老板？"

"住嘴！"说话的却不是柯屿，而是商陆。他冷冰冰地睨着良叔，高大的身影像山一样，黑沉沉地压着他，让他连脖子也直不起，只吊着一双眼睛觑他。良叔硬着头皮虚张声势："你……你又算个什么东西？"

"买卖儿童犯法。"

十四岁的柯屿在澳城岛无尽的暗巷里疯狂奔跑，鞋子跑掉了，手掌擦破了，趾甲翻了。他不停地跑，跑过霓虹灯闪烁的旅馆，跑过乌烟瘴气的麻将馆，跑过凶神恶煞的高利贷马仔，凭记忆和路牌仓皇地跑向海关。

同一年，九岁的商陆在父亲的宴会上无所事事。商家与别人合资拍下的赌牌正式挂牌运营了，香槟酒、水晶灯，他西服西裤穿得整齐，小领带打得板正，觉得今晚的管弦乐队不够悠扬，而他怎么都发不好平舌音和翘舌音，老师一定会打他。

二十九岁的柯屿把最难堪的伤疤袒露给他看，听到"买卖儿童犯法"六个字，忍不住在心里莞尔，他说得不是不对，只是天真。二十四岁的商陆依然天真，被保护得那么好的天真。

"十四岁了不算儿童了嘛，"良叔勾着肩膀嘿嘿一笑，"再说了，叨叨不是亲生的，供他吃、供他穿到这个岁数，已经很仁至义尽了嘛。喂，靓仔，怎么，你和叨叨很熟？"等良叔真正笑起来的时候，才知道他缺了好几颗牙，但还留着一颗氧化了发黑的金牙，这让他本来就下流的笑看上去更加不堪。"我们家叨叨长得漂亮，我知道，"良叔挠了挠头发，"要不然卖不上价钱。真去了外国也很好啊叨叨！那里客人都有钱得很，不亏的啊！"

砰！良叔整个人连椅子带桌子都被一脚踹翻在地。桌子压着他，压着他孱弱如柴的胸膛，他呼呼喘气，哀哀呻唤："肋骨断了……肋骨断了……来人啊，这里有人打、打、打……"一句话未出，他呜咽一声翻起白眼，被商陆的又一脚当胸踹得痛晕了过去。护工鱼贯冲入。良叔年纪大了，又经过这么多年黄和赌的摧残，两脚下去就已经有出气没进气，被七手八脚地横着抬了出去。

柯屿拉住商陆往后撤。商陆平复了下呼吸，消沉地抹了把脸："不好意思，没控制住。"

柯屿淡淡道："我是怕你把他打死了。"探亲室一片狼藉，他抛给商陆一支烟，"缓缓？"

商陆失笑，凌空接住咬进嘴里，但不点燃："既然这么恨他，为什么还要顾他死活？把他扔在外面自生自灭不是很好？"

"试过，被缠上了。"柯屿轻描淡写。

"缠上？"

"我找到工作以后，他就三天两头问我要钱去赌，那时候我奶奶的老年痴呆还没这么严重。老人家守旧，被折磨了一辈子也不忍心丢下他，他就利用我奶奶威胁我，几千几万隔三岔五地要。"

他没有，只好跟公司预支。一次两次，终于被汤野知道。不知道怎么回事，老头子也同时找到了汤野，以为他是柯屿的雇主老板，说自己是监护人，有权利保管他的所有工资。从那以后，就都是汤野垫资。从几万到十几万，老头不是没怀疑过柯屿在做什么工作，幸而那时候柯屿根本没什么曝光机会，老头也根本不看电视，所以始终不知道他是去当了明星。出道第二年，柯屿有了一笔属于自己的不菲积蓄，终于把他关进了这家精神病院。

汤野不是没怀疑过良叔的去向，柯屿说他死了。

两人走出病房大楼，回到绿荫草坪中。柯屿被风吹得迷了眼，沉沉地吁一口烟后，笑着问商陆："是不是觉得我很恐怖？我每次来看他，不是为了确定他过得好不好，有没有改过自新，我只是为了看他求我，像刚才那样一把眼泪一把鼻涕地哭着说自己错了，哭着说自己没有精神病，求我放过他。他老当益壮，快七十了还跟人赌台底，欠了六百多万，如果还不上，那些人就要砍我奶奶。这种跑偏门生意的，没什么所谓的祸不及妻儿。你欠我钱，我就搞你家里人。这笔钱，是我老板帮我还的。"

"汤野？"

"嗯。"柯屿淡笑着，低头掸了掸烟灰，"奶奶的疗养院和护工也是他找的……不，疗养院就是专门为她建的，就在那里。"山脊绵延起伏，他指向西边，仔细分辨的话，会看到一栋白色的房子。

商陆分辨着柯屿的神色和语气："为什么要跟我说这些？"

"顺便想起了而已。"柯屿扔掉烟头，"导演，可不可以求你一件事？"

"说。"

"刚才你看到的这个赌鬼,名字叫梅忠良,可不可以把他写进你的电影剧本里?"柯屿半真半假地问,笑了起来,"我片酬给你打骨折。"

这个剧本有几个支线人物,其中一个赌徒角色的设定跟他很像,但远没到这么丧心病狂。或者说,是商陆的见解有限,没有想到赌徒竟然可以到这种地步。

商陆不置可否,笑道:"你这个报复方式倒是很清新脱俗。"

"汕市人讲究光宗耀祖,死了到地底下是要见祖宗汇报工作的,"柯屿冷漠而认真,"他活着,我要他困在这里,每天饱受监禁和镇静剂的折磨。等有一天老天眷顾他,让他死了,他也休想安安稳稳地进宗祠、立牌位、受香火,我要'梅忠良'这三个字,遗臭万年。"

他以为商陆会对他的阴暗不寒而栗,却没想到他两手插着裤兜,似笑非笑地问:"像葛朗台那样?"

柯屿微怔,继而笑了起来。他越想越是好笑,不由得扶住商陆的肩膀笑得喘不上气:"对,就是这样。你好自信啊商导,你有比肩巴尔扎克的才华吗?"

商陆:"你觉得有就有。"

柯屿收敛了笑:"我要是觉得有呢?"

商陆垂下眼眸,认真地说:"高山流水,士为知己者死。"柯屿与他对视,涌动的海风中,他的额发向后拂起,露出如画的眉眼,语气沉静而声音很轻地说:"善哉,吾之心而与子心同。"

商陆没明白,想要追问时,柯屿却松开手,自顾自走向了车子。商陆帮他解锁,他坐进驾驶座:"我来开。"

"不等人醒过来再走?万一真死了怎么办?"

柯屿发动引擎,仪表盘亮起,他看着转速表,很无所谓的样子:"那我就狠狠讹你一笔,怎么样?"他吹一声口哨,"偷偷告诉你一个秘密,那里到处都是摄像头。"

商陆:……

"不过祸害遗千年，他要那么容易死，就不会折磨我这么久了。"车头调转驶下山坡，柯屿继续说，"小时候他去搓麻，不知道听哪个老赌鬼说童子摸牌时来运转，所以他每次都把我抱在怀里，一到听牌的关键时候就让我摸。牌摸得好了，他就亲我一口，摸得不好，就把我扔地上，像扔狗一样。"柯屿顿了顿，握着方向盘的手收紧了。

商陆骂了句脏话。

柯屿分辨了一下方向，满山的风车让他迷失东西，他指挥商陆："导航搜一下 Carpen Diem 咖啡馆，我带你去那里喝杯咖啡。"

"Seize the day。"

柯屿笑了一声，扶着方向盘回眸看商陆："少爷，你怎么什么都懂啊？"

"巧合。"

商陆在地图里找到这个咖啡馆，在山顶，似乎离海不远。

"我奶奶其实什么都知道，但她自身难保，无非是护着我一起挨打罢了。小时候家里很穷，夏天没有空调，只有一台电扇。我跟他们睡在一个房间，我很害怕，就故意磨牙说梦话，把我奶奶吵醒。赌鬼的话不能信，他们为了讨彩头，什么话都能说，什么事都能做。过一阵子，风向变了，说要小孩子在旁边大声喊'精神啊，老板'，这样就会鸿运当头。我呢，就被他套上红衣服，带上虎头帽，像个小宠物一样站在牌桌边，摸一张牌就大声说：'精神啊老板！'""精神啊老板"这句话，商陆知道，他在赌场里听叠码仔喝彩过。

"你现在知道我为什么成绩上不去了？真的没时间写作业和复习预习，我能每天出现在教室里，已经是奇迹了。"柯屿懒洋洋地低笑一声，"好想抽烟啊，商导，可不可以帮我点一根？"

在山路上怎么点？商陆从中控台拣起烟盒，抽出烟和火机，问："怎么点？"

"上次不是教过你了吗？"

商陆怔住，按他之前教的方式把烟点燃了，递给了柯屿。柯屿半抬起手，修长的两指夹住烟，轻巧地抿入了唇角。他的云烟很淡，只是闻着时,有淡淡但不令人厌烦的烟草味。柯屿降下一线车窗,空气中满是山雨欲来的潮湿。

柯屿咬着烟的唇角勾起:"刚才讲到哪里了……对,总而言之,我小时候是在麻将馆、牌桌边长大的。他赌红眼的状态很恐怖,我一直觉得赌就是精神毒品,一旦真的被那种快感、刺激攫取,就再也回不去了。他赌运最好的时候,嘴里镶了五颗金牙,刚才你也看到了,金牙几乎都被拔光了。可以去澳城以后,他变本加厉。我十八岁的时候被他带去玩过一次,跟我奶奶一起。他那段时间手气不错,赌场给他送房券,他带我们去享受。实话实说,那里是真的很豪华,我第一次住那么豪华的房间,奶奶也是。她早上离开的时候,会帮他们从里到外全部打扫干净,连床都铺好,就怕酒店找我们赔钱。"

"老赌鬼一进赌场就是几天几夜不出来,浓茶一杯接一杯。你知道赌场的氧气含量都比外面高,就是为了让你始终兴奋。他那次没找叠码仔带,压了几把赢了五十倍,要去窗口换钱。赌场每个台都能换筹码,但你要把筹码换成现金码,就只能去窗口。我记得很清楚,他一边走一边骂'藏这么远'。其实窗口就在眼前,就在尽头,但一路上弯弯绕绕要经过无数的台桌,路过无数开牌的喝彩声和懊恼声,老赌鬼怎么经得住这种勾引?没走一半他又坐下了。奶奶不能去劝他,她害怕,便只能紧紧抓着我的手腕。"

商陆静静听着,不带情绪地说:"商家在澳城有半块赌牌。"

"这是干什么?"柯屿失笑,"我难道要因为他的关系去一起憎恶你吗?"

"一个人开始赌,精神基本也就废了。嫖娼家暴,毫无底线,什么爽来什么,什么来钱快干什么。我奶奶一边打工一边给他还债,动不动被他拳打脚踢。后来他欠的钱越来越多,就想让奶奶去卖命,最好连我一起。那时候我不小了,就跑去派出所报了警。他只是意图,没有犯罪事实,警察也没办法,只能警告他。"

商陆早就想问了:"奶奶从五六十到现在七十多了,都一直在打工吗？"

"是吗，她看着七十多了啊……"柯屿怔愣，声音低下去，"其实她只有六十五。"

"只差三十几岁，为什么是叫'奶奶'？"

"嗯，按常理，我应该叫她妈妈的。"柯屿静了会儿，在路边缓缓停下车，"不用跟过来。"他推开车门，下车，一个人走向悬崖边，浪循环往复地拍打，他静静站着，抽完了一整根烟，回来时他面容平静，甚至还微笑了一下，"好了。我的身世……就留到咖啡馆再说吧。"

"可以不告诉我，"商陆斟酌而慎重，"我的意思是，如果这会让你难过，你可以不说，我什么都不会问。"

柯屿系安全扣的动作停顿了下来。他松开手，在安全带回抽的声音中跪着越过了中控台，上身很低地俯近商陆："是我想告诉你。"他撑着椅背，眉目温柔地垂敛，"我想告诉你。"

咖啡馆果然坐立在悬崖上，面对着一大片空旷的海域。那儿或许是港口，里面停满了船只。这里已经远离了风车山，四处只有茂密的森林，巨大的树冠在风中摇晃不止，屋檐下的风铃也跟着"叮当"转动。临着海的一面做了一长栏开放式的木质吧台，因为台风的缘故现在已经合上了玻璃，形成了一面严丝合缝的拼接式落地窗。

柯屿推开门进去，吧台后的姑娘头尚未抬起便说："不好意思客人，我们今天已经停止营业了……"姑娘一边说一边抬头，声音戛然而止，"老板？！"

柯屿慵懒笑道："台风还没来就提前打烊，扣工资。"

小姑娘一边拧起围裙擦手一边迎出来："你怎么来了！不是台风吗！"

"晚上就走。"

"这是……"姑娘觑了商陆一眼。

"我朋友，带他来喝杯咖啡就走。"柯屿又转向商陆，"喝什么？"

商陆把目光从格调很高的吧台上收回来："你是老板，没有推荐的吗？"

柯屿吩咐下去："两杯手冲。"

"好的！"姑娘冲了出去，又活泼地退了两步回来，"帅哥，你也出道了吗？"

"没有。"

"那……"她娴熟地掏出手机，调出二维码，"加个微信？"

柯屿咳嗽了一声，温和但坚定地按下姑娘的手机："小白，上班期间不要处理私事。"

手冲咖啡上得慢，小白先给上了两份曲奇饼和玛德琳蛋糕。柯屿问："今天就你一个？"

"对呀，现在本来就是淡季，又有台风，根本没顾客嘛。你要是晚五分钟来，我就已经打烊下班啦。"小白嘻嘻一笑，从围裙兜里摸出柯屿的写真照，超级厚一沓，"谢谢老板！就当过年福利了！"

柯屿接过马克笔，失笑着说："你倒是会占便宜。"这么多，拿去卖二手都能卖万把块钱。

商陆陪在一边看他低头签名。他又快又稳、从容不迫，但写的都是"小岛"两个字："你上次给我手心写的怎么是'柯屿'？"

"不喜欢？"

"小岛很可爱。"

柯屿停下动作："奶奶叫我岛岛，不过她乡音重，念成叨叨。"

"小岛是粉丝取的？"

柯屿微妙地沉默一瞬，才说："算是吧。"

"那你为什么给我签'柯屿'？"

他笑了笑，认真地说："我给你签'柯屿'，是因为我很喜欢这个名字。小岛这两个字不属于我。"他垂眸，再次在写真照上写下这两个字，"总有一天，我是要还回去的。"

小白端着托盘过来，将咖啡、奶和方糖一一放好。飘香浓郁滚烫，在台风天尤其熨帖。外面风是越来越大了，海面上浪一波接一波地高打，天很阴沉，柯屿托着腮："今天天气不好，海不漂亮。我小时候最喜欢跑这里来发呆，骑自行车到山脚下，然后一个人爬上来。以前这里没有修公路，但有近路可以抄，我爬上来以后，就坐在草地上发呆。那是我生活中最自由的时刻。"

"所以后来你就在这里开了咖啡馆？"

"嗯，每个月都在亏钱。"柯屿笑了笑，"晴天的时候，这里真的很漂亮。海很蓝，一望无际的蔚蓝，两边山坡上开满了荆棘野花。黄昏时，正好可以看到落日，沙滩也会变成一片金黄。我有几次贪玩，忘了时间，自行车还没骑到巷子口，就听到奶奶拉长了声音喊'叨叨，快回家吃饭'。她不知道我是跑到那么远的山上去了，一声一声的以为我能听到，听到就会回家。"

商陆捕捉着他的神色，见他平静，心理松了松，安抚道："不要自责，你现在开心，她就值得。"

"她其实是宁市乡下人，梅忠良才是岛上的原住民。她三十二岁时，在汕市一户教师家里当保姆，有天清晨去菜市场，看到垃圾桶旁边有个襁褓，襁褓里的婴儿就是我。在汕市的那个年代，被弃养的女婴不少见，但男婴罕见。谁家生了儿子，邻里都是要贺喜的，怎么会有人舍得把儿子扔掉？就算养不起，也会选择过继给亲属，或者送人。奶奶说，我小时候比现在可爱，"柯屿抿起唇，有些不好意思地低了下头，"周围人都说，小孩子长得圆圆滚滚的，还是个男孩，怎么会扔掉？一定是有病。这个逻辑没有破绽，除非我有什么治不好或者烧钱的病，否则我一定不会被丢弃的。"

"奶奶就把你抱了回去？"

"嗯。你知道吗，她把我放在菜篮子，说一扭头，就看到我抓着一把小芹菜往嘴里啃，还傻笑。"

商陆跟着莞尔："后来呢？"

"后来，那家老师带我去做了检查，一切正常。他们自己有两个女儿，正在准备怀第三胎。刚好我出现了，他们决定领养我。那时候双教师家庭算得上现在的中产，养我没什么压力。奶奶也很开心。"

商陆一怔："那后来怎么……"

"后来他们离婚了，很快，只是一年多的工夫，连户口都没来得及给我上。他们夫妻一人带一个女孩，我成了多余的那个。女老师跟我奶奶说，让奶奶先带我回岛上住，等她安顿下来，就来带我走。"

"她食言了。"

柯屿摇摇头："她来看过我，最开始也给过奶奶抚养费。不过女人换了丈夫就是换了家，她终究会有自己的新主意。男老师……也来看过我，"他停顿了一下，"那是两三年后了，他换了妻子，也还是没生出儿子，所以想起了我。我跟你说过，那时候我四五岁，天天被老赌鬼带去麻将馆出洋相，被男老师看到……"

商陆的心跟着他的沉默提了起来："看到怎么？"

"他觉得我晦气。"柯屿沉沉地舒出一口气，照片的边角被他手指下意识地反复揉弄，已经卷了边。

商陆一只拳捏得紧了又紧，终究"砰"的一声狠狠砸上了桌。

咖啡杯和精致的小银勺都蹦撞了起来，柯屿自嘲地笑了笑："他对我没有义务，我不能怪他。人和人的缘分是注定的，这是我从小就知道的事情。我留在了岛上，奶奶不想让我跟梅忠良一个姓，却也觉得她一个女人家，没资格让我在不冠父姓的情况下去冠母姓，所以柯这个姓……是抽签抽到的。"他偏过头去，唇角向上翘起，"酷吧。"

商陆说："酷，特别酷。"

"嗯，我也觉得。大人都以为小孩没记性，其实，小孩子虽然不记事，但会记得住情绪。如果感受到快乐，那就记住快乐，如果感受到恐惧和提心吊胆，那记住的就会是恐惧和恓惶。我知道自己是被遗弃的，不止一次被遗弃。虽然奶奶对我很好，但我一直害怕姓梅的让她再次遗弃我，或者她觉得我是个累赘，养不起我了，或者她有了自己的孩子……我每一天，都做好了被丢弃的准备。"

商陆不再说话，他知道，柯屿也不需要他说话。

"小时候奶奶以为我真的有什么病,因为我很少说话,除非被逼。我的户口上了以后,她问我,可不可以叫她姆妈。"柯屿用力睁着眼眶,迟迟不敢眨眼,"我不想叫,因为我怕。怕叫着叫着,就当了真,就真的把她当成了妈妈。如果有一天她也不要我了……"柯屿喘了口气,掂起咖啡杯像喝水一样用力吞咽了一口,"那我就是被妈妈扔过两次的人。"

"我就对奶奶说,你不是我的姆妈,我不要没学问的姆妈。"柯屿说着,仰起头,深呼吸的脖颈上青筋突起,过了一会儿,他起伏的胸膛渐渐趋向平静,才笑了笑,"她以为我还想要那个女老师,从此以后她再也没提过这件事。"

"别这样,柯屿,"商陆用力握住他,"那时候你还小。"

"咖啡冷了。"柯屿敲敲桌子,"不要浪费我们小白的心意。"

商陆不喝,逐渐意识过来,深深地盯着他:"为什么突然跟我说这些?"

"一个人的性格、心理健康,早就被无声无息地写好了。我没有父母,没有姓氏,没有家族,上香时别人说祖宗保佑,我连祖宗都没有。你那天问我,高中跟喜欢的女孩子两情相悦为什么不在一起,因为我知道,我不会那么幸运。我不会成为被爱的那个,不会是被坚定选择的那个。我没有办法经营任何一种感情,因为我不仅不相信对方,我也不相信自己。我自始至终都是悲观的,就像我不愿意开口叫姆妈一样。"柯屿深深地低着头,后半句随着战栗的呼吸缓缓说出,"我在任何关系里都做好了随时抽身的准备。"

商陆推开椅子起身:"到此为止吧,我不想听。"

柯屿没回头挽留,用不大的声音说:"我已经说完了。"有关柯屿这个人,无聊的、微不足道的、有所保留的过往,你已经比任何人都要清楚。

小白从吧台后懵懵懂懂地赶到:"怎么了怎么了?帅哥生气了?吵架啦?哎我的签名照!"

柯屿低头看,好几张都已经被糟蹋得不成样子,已经签了的也被模糊了字迹。小白痛心疾首，柯屿宽慰她："回头给你签蓝光影碟，那个更贵。"

小白眨眨眼："老板，那个真的是你的朋友吗？你这么多年，只带过果儿来哎。"

柯屿看着商陆走到室外的高大背影，没有回答。

商陆站在悬崖边，柯屿猜不透这五分钟里，他到底想了什么。等回来时，他神色如常，眼神平静，从椅背上抄起外套："走吧，该去机场了。"

台风唤起的巨浪好像压到了胸口，柯屿心里涌起铺天盖地的窒息和惶恐，然而只是短短一瞬，快得都还没从眼神里暴露出来，他就已经压抑了下去。他只是有一点磕绊地，但下意识地笑着问："是吗？你几点的航班？要不要吃——"

"不用。"商陆顿了顿，看着他，"关于电影，你还有什么要提的建议吗？"

"没有了。"

"好，那，"商陆抬腕看了下表，"商会那边还有些长辈要打招呼，你飞机几点？你是跟我一起走，还是之后自己走？"

柯屿用力握着杯子，指骨都有些泛白，语气却很自然，自然而客套："我自己走，你先去忙。"

商陆的眼神和气息更冷了一些，好像被刚刚五分钟的海风吹得冷透了，半晌，他点点头："好。"

"帅哥走了啊？"小白出来送客，看了眼柯屿，觉得气氛微妙却也说不好，只好笑嘻嘻地帮他推开玻璃门，"期待您的下次光临！"

特斯拉引擎无声，柯屿并不知道商陆是什么时候开走的。他心里不知道为什么便下意识地读秒，一，二，三，四……咖啡杯碟被豁然起身的动作带到，打翻在了地上，冰冷的褐色液体泼洒在他浅灰色的运动裤上。小白惊呼一声，柯屿连抽两张纸巾，又带了甜品勺，连带着玛德琳蛋糕一起滚落地面。

"老——"小白的声音消逝在震惊中，柯屿一阵风似的跑出去，玻璃门在狂风中来回晃荡，风铃的叮当声在风声中清脆地响着。

别走！停车坪空无一人，他的脚步只停顿一瞬，就调转方向疯狂地跑向山道。他怎么可能追得上？就算只是四十迈，这个时候也已经拐了三道弯，他注定追不上的。列祖列宗保佑……不，他没有列祖列宗，不会有人庇佑他，不会有人把这样的幸运、这样的好运时刻分享给他。

"祈求天父做十分钟好人。"

他对谁祈祷？如果祈祷有用的话，他的妈妈呢？如果祈祷有用的话，快把奶奶的记忆还给她，好让他叫她一声姆妈。如果祈祷有用的话……就饶恕他的胆小，饶恕他的懦弱，饶恕他的卑怯……

让他看到好景……

银色特斯拉停在路边，打着双闪。

让他看到好景降临。

柯屿气喘吁吁地停下，在离车十米的地方。他用力地吞咽，胸腔几乎烧起来，口腔里充满了剧烈运动后的血腥味。一步一步，迟疑着，逐渐慢了下来。他心跳快得要从心口跳出来。每一次震动，都像是要残忍地爆炸。柯屿彻底站住，求死般屏住呼吸，眼泪从右眼中滑下。指尖几乎掐进掌心，他终于不顾一切地再次用力地跑了起来……

跑向那辆等着他的车。

他一边跑，一边哭，一边扬起了唇。破碎的喘息中，响起了他的笑。短促的、好像要飞起来的笑。跑到车尾时，车门被推开，商陆下车狠狠摔上门，一把扣住了他的手腕。

"不是随时都做好了抽身而退的准备吗？不是没自信、没资格开展一段关系吗？不是想把我吓跑吗？你又来干什么？"商陆眼底的浓云比台风过境的天空更让人慌乱，"柯老师，我从没见过比你更无耻、更高傲、更自私、更胆小的人。"

商陆抹去他一行一行滑下的眼泪："但是怎么办？我知道你的懦弱、愚蠢、自卑、自矜，知道你的一切庸俗手腕、欲擒故纵、以退为进，知道你所有无可救药的悲观、没完没了的试探赌注，但是我还是想选择你。导演选择他的演员，艺术家选择他终身的缪斯，一个生命选择另一个生命。"

柯屿凝视着他，深深地看进他的眼里。风把天地蓦然吹瘦，寂寥的山上，商陆的白衬衫被风吹得鼓荡。车载电台传来天气播报："台风'云雀'将于今晚提前登陆本市，请市民做好避灾救急准备，有关部门……另据机场最新消息，受台风影响，从本市起落、停经的所有航班已全部取消，请市民和旅客朋友谨慎安排出行计划……"

扑火

灰色的雨滴从云层中坠下，打在商陆的肩头："要下雨了。"

不仅仅是下雨，更是狂风怒嚎，海面的浪掀起数米高。从雨滴到暴雨只在眨眼之间，两个人被浇得透湿。柯屿蓦然笑出声来，拉开驾驶座的门，把商陆推了进去："你刚才那种话，换别人是会挨揍的。"

他坐进副驾，顺手点开空调暖气，又抽了两张纸巾扔给商陆，自己则甩了甩打湿的额发。车载电台再次进行天气和航班预警，到第二遍时，他才真正捕捉到女主播究竟在说什么。他动作停住，凝神细听："糟了。"

"你有通告？"

"后天有三家媒体采访，还有一个品牌的跨年站台。"柯屿眉头蹙起，这边电话已经响起，盛果儿急三火四："哎呀哥！打你好几个电话了你都不接！航班取消了，你看到通知了吗？"

"高铁票还有吗？"

"有，我已经先买了。"

柯屿稍稍定下心来，又猛地反应过来："不对。"

"怎么不对？"

柯屿扶着额："我还在岛上，这种天气跨海大桥已经封了。"

"也就是说……你出不来了？"

他在打着电话，商陆这边明叔也来电。为了不让盛果儿起疑，商陆主动推开门迈了出去，柯屿瞥了一眼想拉住他，但晚了一步。商陆扣上车门，站在雨里给明叔报平安。听说他滞留岛上，明叔难得动气："胡闹！"

"没那么夸张，柯老师跟我一起。"按这降雨量，商陆估计再多说两句，手机得进水报废，便言简意赅地吩咐，"不要告诉任何人，包括明宝。"几句话的工夫，人被浇了个透湿。商陆捋了捋头发，接过了柯屿递过来的外套。

"快下山。"

树几乎被吹得折腰，一些幼小的树苗恐怕明天就会被连根拔起。特斯拉静音降噪，外面的末日景象便好像是与此无关的默片。商陆主动问："你的工作怎么办？"

"只能跟媒体和品牌方解释，媒体那边还好，品牌方是有点麻烦。"

"什么品牌？"

"八厘米星球。"

"那个一束玫瑰一千的鲜花直送？你是全球代言人？"

"你知道？"

"我去过他们店里。"

"所以你走进了法国的 Eight Centimeter，精挑细选买了一束漂亮的玫瑰，然后直到现在才知道我是代言人。"柯屿得出结论，"知道了，物料铺得不够广。"

商陆直觉当中缺少了一环——他想明白了，缺少的那环是——在他一年前就已经进过专卖店的前提下，在他跟柯屿当了大半个月室友，每天无数公交车的电子广告牌穿梭过城市的同时，他也依然没有认出他。除非"商陆是傻子"，否则就是"物料铺得不够广"。

商陆点头肯定道："确实，物料铺得不够广。"他努力回忆起买花时的一切细节。花团锦簇的火红玫瑰掩映着一张慵懒冷峻的脸，从 logo 到花瓣，再到那个人的眉眼气质，没有一样不写着"矜贵"两个字，凌驾于好看之上。

"其实是有注意到的。"记忆一旦从深处浮现,便会风吹春草般鲜活起来,甚至连带着店里熏着冷气的香味也萦绕回了鼻尖,"当时只觉得这张亚裔面孔很漂亮,连一张硬照也很有故事感。"

"那你怎么一直没认出我?"

雨刷摆动不停,商陆若有似无地勾起唇:"真人比海报好看。"

柯屿不信:"海报是精修的。"

"不一样。"商陆稍踩刹车降下车速,转过一个大弯后认真地回眸看了眼柯屿,"海报很精致,但本人更有真实的感觉。就好像一个精致的不落尘埃的花瓶,和一只落满烟火气的飞鸟。"

花瓶还是第一次当鸟,小巧,不那么精致,可爱得微不足道。柯屿目光柔和下来。花瓶是要封在玻璃柜里纤尘不染的,而小鸟可以飞到很远的地方。直到它不想飞了,飞不动为止。

电话响了。他超过两次振动未接,商陆问:"怎么了?"

柯屿垂目看着汤野的名字,终于点开屏幕。手机贴面,他的声音与刚才完全不同,淡漠生疏,透着一丝下级对老板的恭谨:"汤总。"

商陆心里一顿,察觉了柯屿的不自然。

"航班停了,你在哪里?"

"在岛上。"

"我让人去接你。"

"不用,跨海大桥封了。"

汤野那边沉默数秒,低笑一声:"小岛,你耍我?"阿州看着他叼着烟在车边烦躁地转圈,声音蓦然严厉,"你是不是早就算好了?"

柯屿冷静又平静,只是始终低垂着视线:"这是意外。"

"你跟谁在一起?"

柯屿停顿了一下:"就我自己。"

汤野在电话那边微微一笑:"小岛,你知不知道,如果旁边没别人,你都不会这么好声好气地跟我说话。"柯屿的好声好气到了头,他直接挂断了电话。

商陆不说话,他的一颗心无穷无尽地下坠,欲盖弥彰地说:"是我老板。"

"我知道。"

等到了山脚下,风没那么恐怖了,但柯屿明白,这只是暂时的假象。街道上空无一人,他给商陆指路,空旷的露天停车场已经停了不少车辆:"把车停这里,砸坏了我报销。"

"怎么不停地下车库?"

"会积水,积水的概率比被树砸的概率高多了。"

商陆倒车入库,柯屿给他发了一个定位:"你去这个酒店,我回家钉一下窗户。"

"我帮你。"

"不用,我自己……"柯屿在商陆的目光里改口,"好,你帮我。"

他想下车,却被商陆拦住:"怎么?"

商陆想了想:"汤野的电话其实不用和我解释。"

柯屿顿了一下,"嗯"了一声,说:"我知道了。"

风大得伞刚撑开就飞了。两人用外套勉强挡雨,一路小跑着抄近路回了家。老旧的窗户外原本就钉着木框,大概是经年累月地遭受狂风暴雨,已经有了裂纹。柯屿衣服来不及换,先从储物间里拖出一厚摞实木木板。他被积灰熏得疯狂咳嗽。商陆弯下腰:"我来。"衬衫湿了不舒服,他不知道什么时候已经脱了,肩背和手臂肌肉随着抱起重物的动作而贲张。

柯屿一边扇灰一边笑了一声:"好的弟弟,谢谢弟弟。"

窗户从一楼开始钉起。寻常不觉得,此刻就嫌窗户多了。这种民间自建房大多四四方方,每个房间都开一扇方形推窗,数下来足有八扇。柯屿从工具箱里扒拉出铁锤和长钉,只有一把,不等商陆说话,柯屿直接塞给了他:"你来。"

商陆:……

柯屿义正词严:"谁让你长得高。"同时又教他,"四个角和中间都要钉死,锈得太厉害的钉子就不要用了,木板钉上后再加固两根木条成'x'形,明白了?"

商陆揽活,他就在一旁打伞,顺便给他递钉子,偶尔扶木板。木板厚度都超过两厘米,又是高密度纯实木,扶久了沉甸甸地压手。风太大,长钉也经不住这风力,他不敢抓一把摊手心让商陆自己拣,只能他递一根,商陆钉一根……到头来,这帮闲的感觉比商陆还忙。商陆倒是气定神闲,柯屿睨他:"这是不是你第一次劳动?"

"别把我讲得好像废物一样。"

难得有邻里匆匆跑过,莫不是忙着搬仓库。他们一边跑一边狂骂台风不讲信用,瞥见商陆裸着半身,"呵"一声:"精神啊靓仔!"把柯屿笑得要死。

商陆咬着钉子,也跟着哼笑一声。长钉取下嵌入木板,他漫不经心地说:"上学的时候,同学间经常互拍短片、排话剧,很多道具都是自己做的,比这个复杂。"柯屿没想到台风天里他还能有这聊天的闲情逸致,焦灼的心倒也慢慢平静了下来。积水从屋檐滴落成串,雨声交织天地间,形成一股密集的白噪音。在这白噪音中,只有小锤敲击长钉的规律声音。

"以前台风的时候,都是我自己做这些,奶奶在旁边帮我。"淋着雨,雨水滑进眼睛里让他视线迷蒙,措手不及间锤子就锤到了手。后来他学乖了,天气一预警他就钉上窗。室内连续昏暗数日,他就在这种茫然无声的焦灼内,安静等待着那场即将来临的台风。

从一楼转战二楼,雨打在玻璃上噼里啪啦,但耳边骤然没了风雨,反倒有种难以形容的静谧。

"楼上的钉室内。"

"外面玻璃会碎吗?"

"听天由命了。"

木板钉完,天彻底转黑。柯屿扔给商陆一条毛巾:"赶紧去洗个热水澡。"他想起明叔照顾他的精细劲儿,估计在商陆二十四年的人生里,他是唯一一个连续跟他三次相遇在"穷乡僻壤"的人。

商陆攥着毛巾，半边唇角勾起，悠然自在地盯着他："不急。"

柯屿直觉不妙："你想干什么？"

"我白天说完了，但是你还没回复我。"

"我……"

"柯老师，你不能一而再再而三地伤害一颗二十四岁的心。"商陆一本正经地说，但眼神倒不怎么认真。柯屿语塞，又想当鸵鸟。老天，不是每个人都有一个足够坦荡的灵魂，能说出任何郑重话语的，他连跟奶奶说一声"奶奶我想你"都要犹豫半天，尴尬半天，再鼓足勇气半天。商陆直截了当地命令他："说你选择我。事业、理想、电影，随便什么，你想选的都给我选上。"

柯屿吞咽了一下，转身说："该去酒店了。"

商陆把毛巾往床上一扔，从行李箱里随手捡起一件T恤套上，慵懒道："行，我明白了。"

商陆高大的身影走向他，又与他擦身而过，戏谑语气里的温度已经很冰冷了："你不说，我默认你是不选。"

"选选选。"柯屿叫住他，在商陆脚步停住的时候，欲盖弥彰地说，"你人挺好的，也很有品位，很有能力，能拍好电影，能实现理想，能帮我拨云见日……"

什么乱七八糟的。商陆简直被气笑，到头来得到一张好人卡，他恶作剧般揉了下柯屿的头发："那你告诉我，你追出来干什么？"

柯屿躲不过他的凝视，硬着头皮说："给你送伞。"

"给我送伞？"

"让你路上小心。"

商陆挑眉："那你哭什么？"

"我没哭。"柯屿说，"是雨。"

密闭的窗子将台风的凉爽都关在屋外。屋子里，闷热和潮湿交替盘旋上升，连呼吸都如同有了实质。商陆等了三秒、五秒，笑了一声："行了,不逗你了,我接收到你的选择了。"

虽然只是下午两三点的光景,但天已近乎全黑,耽搁不得了。柯屿匆匆下楼,从杂物间里取出两把伞。这里地势低,台风过境每每被淹,他永远忘不了小时候去一楼涉水拿碗时,身边被一条水蛇环游的恐惧。从这里到酒店差不多有七八百米……冒雨顶风他也必须要过去!门闩拉开,门还未开边便被冷气流疯狂顶开,瞬间把两把伞吹骨折了。

商陆:……

他看了眼雾茫茫、灰沉沉、下着倾盆大雨的天空,和被风吹得摇摇欲坠哗啦作响的广告牌,问:"你确定要在这种情况下去酒店?"

柯屿嘴里咒骂一句,用肩抵着门用力往外推:"帮把手!"门闩艰难推上,两人听着外面的呼啸声齐齐喘气。对视一眼后,商陆率先失笑出声:"还去吗?"

"靠。"柯屿走向厨房。橱柜不多,眨眼间便被全部打开,他像进村扫荡一样,开始盘点还剩多少吃的。依照经验,这样的狂风暴雨最起码会持续三天,小镇上没有任何商店会开张,其他事先放一边,当务之急是要先填饱肚子。终于被他找到了三把挂面。商陆跟着他蹲下,认真地看着眼前贴着红纸插着松叶的挂面。

"不知道什么时候吃酒送的。"柯屿托着腮,"肯定是阿华姐。"他捻出一片干枯泛黄、已经被压扁了的松针——看日子是有点久。他掏手机拨电话:"喂阿华姐?柜子里的面是不是你的?嗯我在岛上……没事,奶奶很好,什么?半年前的?好的,我知道了……不用不用,不用麻烦送过来,太危险了。"挂了电话,柯屿冷静地复述,"半年前的,阿华姐说应该没坏。"

"应该。"

"对,应该。"柯屿抱起三筒面起身,掂起调味罐端详一阵,"好处是,最起码有盐。"虽然受潮了。

不知道谁的肚子传来一阵微弱的抗议声。

商陆说:"不是我。"

柯屿揭开锅盖,从水壶里注入昨晚剩下的水:"等着,你电影道路上坚定的同行人、精神的知己、共同奋斗的同志——柯屿,给你煮面吃。"

商陆抱臂挑眉:"你头衔挺多。"

柯屿笑得锅铲差点从手里滑下:"谢谢封赏。"

商陆现在知道不好意思了:"你的言语好随便。"

柯屿"嗯"一声,抽出一把面:"你才知道啊?这么多够不够?"

商陆没有什么概念:"不够吧?"

柯屿也没概念:"我也觉得不够。"

好,那就下半筒。燃气灶已经开到了最大,只等水开。清澈的水流冲过柯屿细长白皙交缠的十指,他从筷筒里取出一双细长筷子,探入面汤里拨了拨。

"第一次见你的时候,你不是排骨做得很香吗?房东还夸你。"商陆问。

"那是意外。"

商陆懂了,降低期待,温柔地说:"能吃就行。"

清水变白汤,空气里飘入浓郁的小麦香。柯屿看着结成一团扑腾的面条:"好像放多了。"他打开调味罐,小勺铲起一勺盐,"够吗?"

商陆迟疑地问:"够吗?"

"不够。"柯屿自信地又挖起半勺,"多了也没关系,补充电解质。"

"我没想到你竟然真的不会做饭。"

柯屿笑了笑:"我知道你的意思,穷人的孩子早当家,换新闻里,三岁就会站灶台上烧水了。"他拨弄开面条,"奶奶很疼我,用的穿的短缺,是她没办法。我得出去勤工俭学才能交学费,也是她不得不低头的现实。可能正因为这样,她才更不舍得让我做这些。只要我在家里吃饭,她就不允许我进厨房、摸灶台,我偶尔洗个碗,她还要心疼半天。其实想想也挺好玩的,我在别人那里磨米浆、搬货、理货架、看店,每一件事都比给她做一顿饭更辛苦。"

"她只是想尽可能地对你好。"

"我知道，所以你看，结果就是我真的不会做饭。"他捞起一筷子面条观察颜色，递到商陆嘴边，"熟了吧？"

商陆勉为其难地尝了一口。

"熟了吗？"

"熟是熟了，"商陆拧起眉，深吸一口气，含蓄地说，"就是有点咸。"

柯屿："一点点没关系……呸！"这是一点咸吗！柯屿把面捞出来过三遍淡水，又把碗和筷子一起推给他，"你说的，能吃就行。"

商陆："你就不能在我对你的标准上稍微提高一点自我要求吗？"而且这也太多了吧！

柯屿诚恳地说："你今天辛苦了，多补充些电解质。"

商陆吃了两口，实在觉得好笑，夹着筷子扶着碗就笑了起来。他一脸惨不忍睹地捂住眼："战友，你的面真的好难吃。"

入了夜，台风正式登陆，窗户和脆弱的墙壁都被吹得震颤，整个二楼都仿佛地震般摇晃。鬼哭狼嚎的浓黑中，一直醒着的商陆感到床沿重量下陷，是柯屿坐到了床沿。

"你梦游呢？"

游魂出声了："醒着。"

商陆本来也认床睡不着，索性坐起身："怎么了？"

"害怕。"

"真的假的？"

"假的。"

柯屿笑了一声："好了，只是来确认你睡没睡着。"

"没睡着。我刚才在构思剧本。"商陆叫住他，"正好，别走了。"

"什么内容？"

"男女主被困在台风里，男主角想吻她，但是他不确定台词。"

"'我想亲你'，或者'我可不可以亲你'。"柯屿顿了顿，仰面，

"你觉得呢？哪种更好？"

商陆用他低沉的声音说："如果你是男主的话，'我可不可以亲你'好。"

柯屿点点头："然后呢？"

"还在想。"

"你就想了个开头？"

商陆无语："想深入的时候你来梦游了。"

"女主角想了想，说可以。"柯屿想了下，"你等我。"

他跳下床，黑暗中传来一阵窸窣摸索声，倏然传来火石划动的声音，光线一跳，打火机的火苗从柯屿指尖燃起。他与商陆面对面掌火而坐："男女主可以这样，双人中景，怎么样？"火苗持续燃烧，笔直微弱的一簇，却足够商陆看清他的脸。他微微眯眼，像看一幅画。半晌，他松开柯屿按在火机上的拇指："火光熄灭了。"

"男女主在黑暗中接吻。浓郁的暗夜下，男主角应当扣住女主的后颈，将她压在自己怀里，与她激烈缠吻。在这场电影的画面里，喘息声与火焰燃烧的气味氤氲在了一起。"商陆在黑暗中失去一切视觉，只有想象力在眼前鲜活。他的耳畔听到打火机按下的声音。火苗再度亮起，成为火红的星星，倒映在柯屿亮如星海的眼底。他收敛着气息，注视着商陆说："情侣激烈亲吻过后，还要有一点温存。"

商陆看着柯屿，脑海中浮现出油画般质感的画面。在橙红的、带有灼热温度的火光下，男主与女主对视，凝视她的双眼，偏过头，嘴唇贴过她的下颌，吻过她柔软的脸庞。火苗会有难遏敏感的战栗，女主仰起头，露出修长的脖子和细致的锁骨，男主的吻就落在颈侧。火终于又熄了，被掌心攥热的蓝色打火机无力地落在角落。

"柯老师，你很有设计场景的天赋。"商陆中肯地说。

仿佛听到了天大的笑话，柯屿脸上浮起自嘲的微笑。只是在黑暗中，商陆看不见。他不知道这句中肯的夸赞，是对柯屿最深的讽刺。柯屿揪着床单，低着头："我是一个差生，你越认可我，越对我拥有期望，我就越惶恐，越怕辜负你。"

"讨好型人格？"

"有一点。"

"平时看不出来。"

清冷的，慵懒的，分明是什么都不放在眼里的从容，把所有的认可都捧给他，他也只会轻掀眼帘，说一句"知道了"。

"要是被看出来，岂不是谁都能使唤我了？"柯屿开玩笑，商陆也跟着笑，"每个人都说，柯屿，你真好，你不会让我失望吧？借我十万块。"

商陆失笑："就是因为这样，所以你才躲了我这么久？"

"也没有多久。"

"从丽城到现在，快一个月了。"

"其实你不必对我的期待抱有紧张，也不必试图去完全满足。艺术工作者，很容易把对缪斯、美、艺术本身的喜欢和欣赏，投射或者说转移到人的身上。不能说这是种彻底的假象，因为有的艺术家可以和他的缪斯走一辈子。但更多的是走到一半，随着艺术风格的转变，或者艺术理念的冲突，这种美丽的幻觉破碎了，连同对人本身，对这种灵魂上的联系也索然无味起来。"

"好绕。"商陆只好说，"不要把别人安置在你身上的目光当回事，包括我。那是他者的凝视，跟你有什么关系？想开点，说不定我们半路就分道扬镳了。"

柯屿："你安慰人的方式还真独特。"

"其实上次在我家里，我没带你参观完。我有一间画室，里面挂着几幅我很喜欢的画。情绪太激烈的时候，我就会把自己关在里面，强迫自己去临摹冥想，让自己冷静下来。我一直在刻意训练自己在这方面的阈值，这样才不会让自己的情感触觉脱敏，但这不是对你。其实你白天说选我——虽然僵硬而且敷衍，不过我还是高兴得不知道怎么办才好，你知道我在想什么？我在想，幸好我不是在宁市，否则我就必须强迫自己走进那间画室，打断自己的快乐和疯狂的心跳。我不想那样，我只想把这个快乐的时刻保留得久一点，再久一点。你看，我跟你一样。"

柯屿仿佛回到了那个喝醉酒泡澡的晚上，滚烫的洗澡水不断地上涌，没过他的身体，没过他的下巴、嘴唇和脸颊，他整个人都被浸泡得发烫。早知道相识以来所有的彷徨、失落和乍悲乍喜都不是他一个人的独角戏，他就不会醉得那么快。思绪又跑回了去他家做客的那个漫长的午后。难怪他觉得那天的商陆咄咄逼人得让他喘不过气，每一言每一语都锋利直白、势在必得，原来……他从那时候就已经有了决心。

"到你了。"

"到我什么？"

"到你坦白，从我家离开的那一星期，你为什么又消失了？"

柯屿早就料想到了商陆会有这一问，只是早就打好腹稿的谎话此刻却难以启齿，他尽量轻描淡写地说："奶奶生病了，我一直在医院陪她。"

"这么忙，连我给你的信息都不回？"

"没心情看，都交给助理了。"

商陆对他的特立独行毫无办法，想了想，问："如果那天我没出现在片场呢？"

如果没出现在片场……那就算了。如果这都是命定写好的，代表着他和某一个人的缘分就是到此为止，他会接受。如果不接受的话，也就像他那天追着男老师踏上计程车的脚步一样，哭着喊着叫他"爸爸"，最终也不过是男老师蹲下身来，温和但阴冷地告诉他说："我不是你的爸爸，我家里还有小孩，我不能让你把晦气带给她。"他那时候就知道，如果要强行去追一段走到尽头的缘分，是徒劳且不体面的。

"没出现在片场的话，就给你打电话。"柯屿弯起唇，撒了个无伤大雅的谎。聊着聊着，声音彼此都低落下去。

柯屿听着他的呼吸，不敢轻易翻身，便轻声叫他："商陆？"

没有回应，商陆睡着了。

他竟然睡着了。

封闭的窗户颠倒日夜，令人不辨晨昏。商陆再醒来时，要看手机才能确定现在是上午十点。柯屿还在睡着，商陆小心翼翼地翻了个身，小幅度地活动了一下，掀开被子下床："我去！"

冰凉的液体没过脚踝，他"啪"地拍下开关。柯屿睁开眼睛，便看到他一脸震惊外加茫然地站在床边，想了想："涨水了？"

商陆认真地问："这就是你昨天一定要去酒店的理由？"

柯屿闭上眼睛缓了会儿，坐起身往四周看了眼。连续多天的雨，浑浊的海水混着沟渠稻田里的灌溉水、山湖溪流水一起没到了二楼。这种情况以前不是没有过，但很少见。他鼓鼓掌："恭喜你，商先生，你遇到了二十年一遇的洪水。"

商陆给面子地说："原来这就是请大明星当主演的代价。"

柯屿笑得滚成一团，商陆无奈："别笑了，现在怎么办？"

"等水退去。"柯屿看了眼时间，"到下午就会退到一楼。"

水涨到了这个程度，真就什么都干不了了。他拿起手机准备给盛果儿报平安，顺便问问麦安言品牌方那边处理得怎么样了。信号格显示 E。

"你有没有信号？"柯屿大声问。

商陆正在冰冷的海水里艰难跋涉，准备给他倒杯水："手机在床上，你自己看。"柯屿四处摸了一阵，摸到商陆的手机，他的微信没有进行隐私设置，未读信息和发件人就直接显示在桌面上。

裴枝和给他发信息说："我回香岛了。"

柯屿把目光挪向信号格，也是 E。他锁屏，将商陆的手机安安分分地在原位放好，继而翻身仰躺，举着手机翻看信息箱。他果然看到上午七点的短信，说信号塔损毁，正在抢修中。看来是直到现在还没有修好。"啪嗒"，手机从掌间滑下，结结实实地拍在了脸上。柯屿捂着鼻子，听到商陆一阵毫不留情的嘲笑。

"你有没有给你的鼻子上保险？"天赐的鼻子，不上保险，被手机拍断了就太惨了。

柯屿斜他一眼，报复道："小心，水里可能会有蛇。"

商陆一个激灵，一口水呛了出来。

柯屿笑得喘不过气："我不骗你。小时候涨大水，我去一楼拿碗，一条五彩斑斓的蛇就在旁边游。"

"五彩斑斓的是海蛇。"

"那就是海蛇。总之，我完全不敢动。二楼姓梅的还在骂我拿个碗拿半天，奶奶劝他，那是我最早知道'死'这个概念的时刻。"

"知死而后生，知道'死'，就是个体构建自我意识那道最初的闪电。"

"不仅知道了'死'，还明白了'孤独'。当你生死一线的时候，你最亲近的人也许只是在为了鸡毛蒜皮的小事喋喋不休。我奶奶说我虽然很乖，但好像养不熟，她为此很伤心。我想，这大概就是那个时候开始发生的事。"

商陆接过他喝了一半的水杯，很自然地喝完了剩下的水："这就是你身上氛围感的来源。"他重新坐上床，顺便拿起手机，"有信号吗？"

柯屿翻了个身，趴着在手机上胡乱点开什么，说："没有。"

商陆看到了裴枝和的微信，又垂眸看柯屿，主动说："小枝回国了。"

柯屿支着腮，眼里不知道乱七八糟地看些什么，自然而然地"嗯"了一声："刚刚不小心看到了。"

"你要不要和我一起见见？"

"不了，"柯屿想了想，"那是你的私事。"

"好。"商陆点点头，"枝和的妈妈你应该认识，我之前答应过她，回国内拍片一定要给她角色。"

"是吗？"柯屿来了兴趣，依稀想起之前听商陆提过，裴枝和是私生子，"他妈妈是？"

"苏慧珍，九十年代曾经红极一时的影后。"

"苏慧珍？"柯屿结结实实地被震惊到，"我看过她的电影。"而且不止一部。她走红的时间很短，选美小姐出身，第一部片就拿到了星云最佳新人奖。但对于那个年代的影坛女星来说，男性凝视严重，苏慧珍浪费了大把的时间，一直辗转在各种类R级喜剧、合家欢片中，或者在一些热门题材的商业片中当花瓶。三年后，公司运作加上她本人也争气，终于把影后桂冠摘回了家——这就是她事业的巅峰，也是戛然而止的终点。这之后，苏慧珍与同时期的女星一样，最终无可避免地走向了与豪门牵扯不清，继而陨落为小报边角料的命运。

柯屿努力回想："我不记得苏慧珍有过孩子。"

"她息影就是为了枝和。"

"我记得你之前提过，小枝是九岁才被认进裴家的。"

"嗯，裴阿姨是很厉害的人，如果苏慧珍怀孕的消息被她知道，基本就是母子一起消失的下场。"商陆轻描淡写，对豪门的腌臜手段一带而过，"按苏慧珍的意思，她是想养到快成年了再公开的，不过没有什么料可以瞒得过香岛娱乐记者。枝和九岁的时候，就被接回了裴家。"

柯屿之前被应隐科普过，裴家曾经的大小姐"娶"了一个穷小子入赘。看来，这个大小姐就是商陆口中的裴阿姨，而这个入赘的男人，就是裴枝和的亲生父亲。他自己尚且要仰人鼻息，被他抛弃的苏慧珍有多微如草芥，就更不用提了。

"那苏慧珍……"

"她拿了钱封了口，谈了几个男朋友，这些你应该有所耳闻。"

"的确。"柯屿点点头，还有她被什么乐队男朋友骗钱、骗投资当街崩溃大哭的新闻，但随着香岛电影业的式微，这样的新闻连热搜都上不了了，他翻身坐起，"你们豪门好复杂。"

商陆笑了笑："怎么把我也一起骂进去了？"

"你们商家不一样？"

商陆换了一副纨绔语气："我们商家兄友弟恭、夫妻恩爱、长幼有序、和睦恭谨，往上数三代都是爱国企业家，你觉得我们商家一样吗？"

柯屿第一次听他主动提起家族，比上次说的多少千亿的资产更明确。他忽然意识到，有人是可以直接出生在罗马的，金碧辉煌、花团锦簇，周围洋溢着的都是爱和阳光，拥有被缪斯和雅典娜共同亲吻过的天赋，一睁开眼就是最好的世界。他看着周围黯淡灰色的海水，看着被暗淡灰色的海水所包围的一切——包括自己，突然不知道商陆出现在这里的意义是什么。这种念头幽灵般浮现，又悄无声息地隐退，甚至都来不及反映到柯屿的眼中。他闭了闭眼，认真听着商陆继续介绍苏慧珍。

"她不是科班出身，但出生在那个年代的影星，培训和片场的要求都比现在更严格，技巧和经验都是一流的。这次的项目里，梅姨这个角色我准备留给她。"

"你跟她好像很熟。"

"枝和回裴家后，偷偷见过她几次。后来他成年了，裴家看他没那么严格，见的就更多了。"

柯屿一时间没明白，迟疑地问："裴枝和见自己妈妈……你都在？"

"不是每一次，"商陆想了想，"最开始是每次都在，后来只是偶尔碰巧才见。她也会来法国陪他，就跟我们住在一起。"他看了柯屿一眼，从来懒得解释的事情此刻一言一语地认真说道，"我跟他认识的时候他才九岁，因为偷偷见苏慧珍被裴家打得半死。后来苏慧珍发现他跟我聊得来，才出主意让我假装带他出来玩……"

"实际上是见她。"

商陆没有表情地说："裴家要看我面子。"

"你也才十一二岁。"

"就算我只有四五岁，也必须要看。"

柯屿哑口无言："所以你从那个时候就被苏慧珍利用。"

商陆带笑地瞥他一眼："主演，你聊天技巧好像不太高明。"简称情商低，"谈不上利用，其实我都知道，只是看小枝可怜，顺手而已。"

柯屿想，他对裴枝和的继母尚且客客气气叫一句"裴阿姨"，对苏慧珍却从头到尾以全名相称，大概也是颇有微词的。两人聊着聊着觉得饿，饿着饿着开始觉得困，等一觉睡醒，水果然退到了一楼。水流所过之处，一片狼藉。各种不明塑料袋、卫生纸沾在水泥楼梯上，柯屿小心地避过脏物，瞄了眼水线——谢天谢地，也就到腿弯左右。柯屿翻出一双胶筒靴："我去煮面。"

271

再不搞点东西填饱肚子,他俩就要成孤魂野鬼了……听着怪傻的。商陆跟着下楼,柯屿抬手制止住他:"不要来添乱。"

"只是陪你。"商陆经过他身边,裤腿挽到膝盖的双腿一步一步没入冷水中,"如果再有什么蛇游过来,我不想你身边没人。"

柯屿好笑道:"怎么,你替我挡一口?"

商陆没理会他的调侃:"氛围感很好,不过那种生死一线的孤独,我觉得你体验一次就够了。"

柯屿蓦然一怔,眼眶也莫名跟着发热。等商陆回眸时,只看到他仓促低垂下的脸。

"随你。"他最终意味不明地敷衍了一句。商陆一边扶着他一步一步小心翼翼地步入浑浊洪水中,一边说:"当然随我,这是导演的首要权益。"

他们在这栋老房子里一共逗留了三天,刚好把三筒挂面吃完。信号时断时续,好的时候两人就各自忙着处理工作,不好的时候无事可做,便胡乱聊天。没有太阳、月亮和星星的屋子里,两耳只听得到风声震动窗框。柯屿有时候聊得快睡着了,又醒过来,心里迷糊地想,他什么时候这么多话?除了不能说的,他好像把所有的都说给了商陆听。甚至小时候的各种糗事。柯屿说完以后沮丧地想,他为什么要跟商陆说这些?

商陆却听得好笑:"再多说一点。"

他当时不明白,很久之后才懂得,那时候的柯屿对于商陆而言,就像是一场相遇的雾。雾是捉不住的。他多说一点,雾之后的岛屿才更清晰一点。柯屿没有想过,原来商陆也曾经想要将他抓住。他此刻不明白的,要过很久才能明白。而将来才明白过来的道理,都不过是迟到的道理。

后面两天,商陆浸了脏水的小腿轻微过敏,柯屿翻箱倒柜找药膏,最后也只能用润肤霜代替。柯屿在暗淡的钨丝灯光下安静地给他涂抹上药,继而抬眸,就着身体前倾的姿势与商陆对视。确定彼此的选择之后,两人眼神交汇的时候有很多,睡前醒后,聊天中途,但这次不一样,柯屿模糊地想。

不可思议的是,商陆一天比一天入睡得快。柯屿原本以为是自己老家的床与他奇迹般地契合,但在每一个聊到入睡的夜晚,听着他安静绵长的呼吸声,柯屿渐渐迷糊地反应过来,也许商陆的入睡是因为周围有熟人的存在。这样的推测不无道理,但越深想一分,就越觉得自视甚高。

这是他们在岛上度过的最后一个夜晚。第二天清晨,肆虐的狂风、连绵倾盆的大雨和最后残留的洪水一并消退。柯屿移开门闩,一股雨后初晴的清爽微风从狭窄的巷子口奔涌而来,在转瞬之间拂起了他的额发。他两手扶着两扇门,在风中眯起眼睛。过了一会儿,他扭头看向商陆:"天晴了。"

只有一跨之宽的露天甬道里,两条泥鳅在清晨的阳光里被晒得翻肚皮。柯屿弯腰捡起,把它们扔进盛了浅水的桶里。他跨过门槛,走向巷子尾挨着的山沟。他和商陆都好狼狈,小镇也好狼狈,一路坑洼积水,泥点甩上他们卷得一长一短的灰色裤腿,被狂风折断的树枝倒在路边,市政的人已经开着拖车来清理。

柯屿想抽烟,商陆从他手里接过晃荡的红色塑料水桶,一边短袖卷上肩膀,露出了结实好看的手臂肌肉。柯屿站住点烟,再抬眼时,只觉得他的背影和脚步都透着闲适散漫,不知为何越看越好看。一路有乡邻打招呼,人人都透着一脸遭了罪后的怅惘和喜悦。泥鳅在桶里跳了一跳,居然真活了。商陆拎起桶,两条活物随着清水在空中抛出一道澄澈的曲线,一齐落入充沛的山沟中。

柯屿蹲下身:"好没礼貌的小东西。"

商陆跟着蹲下,那两条灰不溜秋的东西早就没影了,他笑了一声:"你无不无聊。"

木板被钉上时有多用心,摘下时就有多麻烦痛苦。但钉子被一颗一颗拔下,光从缝隙中一点一点透入,继而把整栋老屋子重新照得亮亮堂堂的。看着这个过程,柯屿咬着雪糕心里很畅快,何况干活的人又不是他。

商陆卸下最后一块木板,十几度的天气里也出了一身汗。他慢条斯理地摘下染脏了的白手套,扔进柯屿的怀里。剩下的事不需要他们处理了,交给阿华姐打扫就好。机票已经处理好,商陆合上行李箱。他眼睛尖,在简单叠好的几件衣物中发现了露出来的信封一角。他抽出,上面写着"商陆收",柯屿正在另一个房间跟盛果儿通电话。他拆开,里面是一张奶白色的哑光卡片,写着"我选择你"四个字,上面是柯屿的签名,后面跟着一个小小的笑脸。

他当面死活不肯说,却在临别前偷偷塞进别人的行李箱。一个字一个钉子,商陆一颗心都被这几颗钉子钉得严严实实、心甘情愿。他成全了他的自矜,把信封重新掩了回去,装作没有发现。

柯屿还记着诓骗汤野的话,他打开主卧的一只螺钿小立柜——这是这栋房子里最贵重的家具,是当年奶奶的父亲给她打的嫁妆。镶着铜环的对门吱呀被拉开,铺着绒布的第一层柜板上,放着一套黑色的寿衣。柯屿小心翼翼地取出寿衣,闻到一股令人安心的樟脑丸的香味。他细细地摩挲,掸掉上面的浮灰,继而收到了行李箱底下。

停车场更靠近小镇中央,一路上坡,商陆把两人的登机箱合拢并推,与他并肩而行。滚轮的声音回荡在湿润的晴空下,不时有拆板子、撬钉子的声音。仓库洞开,推车拉着货物进进出出,一片忙碌的静谧。往来的人不多,但不是没有。柯屿戴着渔夫帽,听到商陆低声问:"怎么不怕被人看到了?"

他心情很好地笑了一声:"放心吧,我们汕市人才没这么闲。"

"那在忙什么?"

柯屿瞥他一眼,笑道:"喝茶和发财。"

到停车场时,特斯拉果然安然无恙,只积了厚厚的一层落叶和枯枝,都是被雨打落的。商陆一一扫过。柯屿倚着敞开的车门,边抽烟边等,两手插在裤兜里懒洋洋地看得起兴,拿他当一道景了。

"少爷,帮个忙。"商陆叫他。

"少爷我金枝玉叶。"柯屿咬着烟含糊地答他。

说完两个人都笑起来。

到跨海大桥收费闸口，红灯绵延，车子一直排到了滨海公路上，大家都赶着进市里。对面上岛的车倒是不多，零零散散的几辆，从柯屿半开的车窗边"唰"地驶过，激起浅浅的水雾。这是双向的两车道，两车擦身的距离很窄，窄得足够看清对方的面容。柯屿从挡风玻璃前瞄到宾利的前脸时已经有了不好的预感。

电话响起，柯屿知道自己必须接。手机振动三下，他镇定地挂上了蓝牙耳机，却不敢立刻去回给商陆一个眼神。

"通桥了，我让阿州来接你。"汤野的声音出现在入耳耳塞里，恍如隔世般的清晰。

"不用，我已经定了机票。"

汤野似乎是喝了一口茶，心情不错，语气便也佳："我让阿州顶着雨开了一夜，就是为了能在第一时间接到你。定了机票没关系，让他送你去机场吧。"

柯屿只好说："我已经出岛了。"

电话那端顿了一下："我发给你的信息，你没有看？"

柯屿没好意思说，虽然信号塔早就已经修好，但他在这三天里把所有无关紧要的人都设置成了免打扰。"信号时好时坏，可能没有收到。"他镇定地解释。车流缓缓移动，他鬼使神差地撇过头去看了眼商陆，见他扶着方向盘，另一手搭着车窗支着腮，薄唇抿着。察觉到柯屿的视线，他回过视线笑了笑。

汤野那边没有说话，半响，他抬手松了松领带，只意味不明地留下一句话："小岛，我是不是不应该放你回去？"柯屿不作声，听他最终说，"我后悔了。"

电话挂断，柯屿摘下耳机，缓慢忍耐地舒出一口长气。他静了静，不动声色地从后视镜里打探身后队伍的长队。就算现在阿州调头过桥，与他们也隔着十几部车的距离。桥上限速四十且不允许变道超车，等阿州也下桥，他们应该早就甩开他了。计算好这一切，柯屿才看向商陆。

"是我老板。"

商陆"嗯"一声，跟着车流轻踩油门："我知道。"顿了顿，终于直接问出口，"他是不是对你不好？"

"对你不好"四个字太轻，让柯屿这几年的地狱似乎都变成了荒谬。他胸口窒了一息，没有情绪地说："怎么这么问？"

"上次在酒会，他的意思是要用钟屏取代你。"

柯屿慢慢地"嗯"了一声，把藏在心底的计划说给他听："没关系，我准备解约了。"

汕市机场不大，车子沿边缓缓停下，柯屿重新戴好帽子眼镜，自己开行李箱取行李，仿佛商陆是个商务司机。"司机"一脚油门走了，把车开往停车场，商会的人在那里等着交接。盛果儿在贵宾安检通道入口处等他，见人全须全尾地出现，心里长松了一口气，顺手接过登机箱。柯屿心情很好地开她玩笑："果儿，你瘦了。"

"你还好意思说！消失这么多天！我都快被麦安言骂死了！"

柯屿"嗯"一声，走向安检通道，似笑非笑地说："我知道，你们都想我想得茶饭不思。"

贵宾休息室非常静谧，盛果儿开着平板跟他核对接下来的行程。柯屿综艺上得不多，出剧组以后算不上忙，也就年末事情都赶一块儿了，才显得有些焦头烂额。有几个地方台的晚会给出了邀约，要等跟麦安言开会后再做筛选。杂志之前已经拍完，剩下的也就是一些重要的应酬和采访。两人核对完，距离登机时间还有半个多小时。盛果儿看新闻，问："听说岛上都涨大水了？那你这几天怎么过的？消息也不回一个？"

柯屿无奈地长叹一声："妹妹，不是每天都跟你汇报平安了吗？"

盛果儿扭扭捏捏："台风好吓人，嘤嘤嘤，我都没敢出门。"

柯屿闭着眼睛假寐，眼皮子都懒得掀："有话直说。"

"我这几天都在吃酒店餐。"盛果儿飞速暗示。

柯屿好笑道："行，我报销。"他说报销就报销，当即掏出手机给盛果儿支付宝转账，敲了个"5000"下去，盛果儿"天啊"一声，掩唇惊呼。

柯屿："你至于吗？"

"不是！"盛果儿攥住他胳膊，"你看！快看！那个是不是商陆？！"

柯屿微微抬起视线，见商陆在空姐的引领下步入贵宾厅。他压着棒球帽，一手揣裤兜一手推行李箱，分别时与空姐略一颔首，继而注意到了盛果儿明亮到灼热的视线。盛果儿"噌"地站起来疯狂挥手，好在贵宾厅里的人不是忙着敲键盘就是正在打电话，并没有人注意到她。滑轮在地毯上静声，商陆走到两人跟前，居高临下的。他先跟盛果儿打招呼："果儿。"

盛果儿合着掌、仰着脸拼命点头，欣喜道："好巧啊，你怎么也在这里？"柯屿默默扶住了额。

"处理点私事。"商陆说着，视线瞥向扶额拧眉的柯屿，唇角微微勾起，"柯老师。"

柯屿这才抬头，搭着的二郎腿并未放下，只是点头致意，稍显冷淡地说："这么巧。"

商陆低下头笑了一声，眼神温柔地锁着他："说明我们很有缘分。"

盛果儿没发现不对劲，还觉得柯屿有点高冷，便发挥社交精神，热络地拉着商陆在一旁坐下，可是……哎？他怎么这么自觉就坐到了柯屿旁边？拜托那是她的位子！盛果儿只好转坐到对面沙发，八卦地问："你也是汕市人？"

商陆答："香岛人。"

盛果儿心里想，果然。

"那你过来是旅游？还是踩点？"她还记着商陆摄影助理的身份。

商陆一手搭着沙发支着腮："来找一个重要的人。"他说着，凝着一点漫不经心的笑，并不看柯屿。

盛果儿的少女心破灭："什么？女朋友吗？"

"当然不是。"

盛果儿心口酸楚，仍不忘八卦："肯定就是女朋友，你女朋友是不是特漂亮？"

柯屿莫名出声："果儿，别问了。"

盛果儿眨眨眼，柯屿一本正经地说："没礼貌。"

商陆绅士地说："没有没礼貌，柯老师言重了。"他又转向盛果儿："第一，真不是女朋友，但也很重要；第二，他好像不喜欢我跟别人提他。"

柯屿淡定地从书报架上取下一份时尚画报抖落开，掩住了自己的脸。半晌，从画报后传出一道声音："倒也不至于。"

盛果儿得寸进尺地问："那你这个很重要的人，是温柔型的？还是御姐型的？"她沉吟思索，"抑或甜美型的？"也可能跟他一样又酷又潮，两人一起上街，从头到脚、从里到外都透着股生人勿近的气场。

"不是很温柔，也不甜美，"商陆看了柯屿一眼，"年纪倒的确比我大。"画报在他手中翻过一页，发出了果然不太温柔的哗哗声。柯屿轻描淡写地问："是吗？"

盛果儿跟着问："是吗？原来你喜欢姐姐型的？"她不知道想到哪儿去了，自言自语地补充上，"的确姐姐型的比较性感成熟，而且放得开。"

商陆被热茶呛了一口，耳边听到椅子挪动的刮擦声。柯屿终于受不了这见了鬼一样的气氛，扔下画报站起身："我抽根烟。"

商陆严肃地纠正盛果儿："忘了说了，这位重要的人物性别为男。"

吸烟区离得不远，一块深色玻璃阻隔了缭绕的烟雾。柯屿勾下口罩点上烟，远远地看着商陆。他一根烟抽到头，出去时刚好遇到空姐来询问是否要提前登机。盛果儿二百五一样，后知后觉地问商陆："你跟我们是一班飞机？"

柯屿习惯了最后登机，不等他提醒，商陆主动错开，先行登机。等他们也上了头等舱，空姐已经在进行安全检查。柯屿位子靠窗，他扣上安全带，套上颈枕，心悬着，等着盛果儿被商陆强行要求换位子。然而直到客舱进行起飞播报，他可爱的小助理都还安然坐着。柯屿压下帽檐，盛果儿骤然觉得身侧气温下降了十来度。

柯屿气着气着就睡了过去，再醒来时是送餐时间。他嗅觉比意识更早地发现身边已经换了个人的事实。商陆为他重新掖好毛毯，用只有他才能听见的音量说："主演，你装睡也这么烂。"他扭头看见盛果儿瞪大了双眼，商陆似笑非笑地竖起食指，"嘘。"

盛果儿到下飞机也没想通，这两人之间奇奇怪怪令她融入不进去的氛围到底是怎么回事。可是看他们相处，又明明就是不熟。譬如说道别的时候，商陆还是那样绅士周到、一视同仁，先跟在场唯一的女士盛果儿说拜拜，随后才转向柯屿，只是拜拜换成了下次再见，前面加上了"柯老师"三个字，听着像有了约定。

公司的车就在通道尽头等着，柯屿的声音闷在口罩里，视线从帽檐下抬起看着商陆，不紧不慢地问："下次是什么时候？"

盛果儿又开始迷茫地在两人之间做视线左右平移运动，仿佛在做眼保健操。

"下次，"商陆给了肯定的答复，"应该是唐导请吃饭的时候。"

柯屿微怔，笑了笑："好，回见。"

唐琢的事情一直悬而未决，商陆不担心，柯屿却放不下心。之前提出由他组局，请他和唐琢见面赔礼道歉，算是把这件事私下了了。但之后商陆为了帮他，以摄影助理的身份出现了在片场，跟唐琢当面道歉的事就尴尬地被搁置了下来。台风天两人东拉西扯地闲聊，也顺便问了商陆关于这件事的打算。柯屿知道，商陆出让版权，放弃全球艺术院线巡展，他做这一切都只是因为牵涉的是他。

商陆获奖的影片《无聊》，只沿用了柯屿为飞仔设计的独白，但其实和《坠落》的主线剧情毫无关系，乃至整部电影的主题内涵也完全不同。在《无聊》中，整部电影就在他的独白、个人影像、街道空镜和弹贝斯的画面中进行。除了柯屿叙述着自己和菲姐的感情纠葛外，几乎没有实质的剧情。商陆用蒙太奇很大胆，有时候声画的时间线完全被打乱，一秒里好像在同时进行两个故事，听觉和视觉割裂，但情绪曲线在这种紊乱中前所未有地被拎了起来。

之前商陆考过他，晚上的画面颜色是红色，代表欲望和危险；白天小卖部的影像却是白得发亮，灼热、无聊、令人困乏。宽而远的取景，但因为这样曝光强烈、明暗对比的设置，反而让人有一种被压迫的窒息感。柯屿在夜晚不停地走，画面纷杂热闹，他与菲姐的种种纠葛在烟雾弥漫中被叙述开。他在白天无所事事，只是守着小卖部看着人流影动。他唯一的喘息口在天台，那一罐啤酒、夕阳和晾衣绳上飘着的白色衬衫。

之后便进入了弹贝斯前的调音和对话："贝斯这种乐器，很无聊的，但会上瘾。"

"为什么？"

"因为它够无聊。"柯屿咬着烟，在惨淡的城中村白炽灯下，看着谱子断断续续地弹完了旋律，面无表情中透着慵懒，慵懒中有专注，专注中又觉得不耐烦，想快点结束。

短片公示后，柯屿看过不下百次。他最喜欢的影评出自香岛影业一位德高望重的老师，他说："《无聊》这部片子，比以往任何一部120分钟、140分钟乃至200分钟的长影片，更准确地触及了人生的真实。人生就是无聊，无聊就是人生，一切看似紊乱的蒙太奇、神经质的和画面对应不上的独白、炽热冰凉的霓虹夜晚和白到发闷的小卖部影像，这是无序的，但又有恒定的旋律，那就是无聊，像影片最后柯屿弹的那一曲贝斯。

"我不知道别人的观影体验，我第一次看的时候心里就在想：我去，真的够怪。电影工业发展到现在，什么实验的、革新的，千奇百怪的路子都有过。讲实话，什么手段都已经不觉得新奇。形式主义的导演可以发明一万种故弄玄虚的形式，但内功在于怎么让形式成为内容。

"这个导演有这个内功，因为他完全用的是现实主义的拍摄手法。你看他的灯光都是最简单的就地取材，一个破城中村，一个破码头，一条破江，一个破小卖部，来来回回地走。要我说，我没见过比这更穷的获奖电影。

"虽然电影很穷，但显然电影不丧。那句'无论我多么平庸，都不妨碍这个夜晚很美'，我觉得很有存在主义的内涵。人生是很无聊的，来来去去、形形色色、匆匆忙忙、平平庸庸，但人生这个东西，它本身就很美丽。我无聊我的，活着美丽着，这就是活着的本身，生命的主体成了人生的客体，便有了游离的凝视。我想引用英格玛·伯格曼评论塔可夫斯基说的一句话，用在这位导演身上，很贴切：看他的电影就是一个奇迹，觉得自己是站到了一个房间门口。过去从没有人把这个房间的钥匙交给我，我一直渴望能进去，但他却走进去了，行动自如，游刃有余。"

"我今年七十三岁，能看到这样的短片是我的幸运。"这位老师最后顺嘴夸了一句柯屿，"柯屿的表演我很难撑过五分钟，这几年要不是栗山，我是想让这个年轻人滚出我的视线。但我不得不说，他咬着烟对着镜头弹贝斯的最后三十秒，是他迄今为止最性感的三十秒。"

老师地位太高了，话一出粉丝敢怒不敢言，还要挨个儿排队去下面说："谢谢阎老师，青年演员柯屿未来可期！"影片公示的一个多月，他公司的信箱被塞爆，盛果儿一趟一趟地用大储物箱给他搬信。信太多了，但柯屿一封一封拆得饶有兴致。开玩笑，他还没演过哪个角色，能这么让观众惦记。他拆到后面发现一半都是因为找不到商陆，所以托他跟导演"告白"——好消息是，还有另一半总算是属于他的。

影迷比粉丝可爱。柯屿知道自己有相当一部分粉丝其实不看自己的电影，但对自己的物料、代言、海报、八卦、咖位兴致勃勃，很奇怪。影迷说，看到影片的后面莫名其妙就开始哭，一个人呆呆地坐在黑黑的空房间里流着眼泪。有的人和他忏悔，说自己的人生就是这样一团糟糕，看上去像霓虹灯一样漂亮，实际上是一潭死水、白得发闷的生活；有的人写长长的影评，说一切漂亮的、欲望的、危险的关系和叙述，都是夜晚的自主沉迷，太阳一出，所有都将消逝，主人公看上去在步入正轨的生活，其实只是一种呆滞的、自以为是的消耗；有的人不这么悲观，说电影只是试图描绘出了一种本质，本质本身是没有褒贬属性的，最后扯了好长一段存在主义的阐述……

柯屿从来都知道，把商陆从这部片子的版权中除名，是彻底的不公。一个飞仔的破故事，一些陈词滥调和独白再写出花来，影史上一石头砸下去也能砸破一百张关于这个的 DVD。是商陆的天才照亮了这块平庸的屏幕，飞仔和菲姐的故事，飞仔的身份设定，都只是这个故事里最庸俗的一环。在绝对的天才面前，任何才华都显得不堪一击。所以唐琢那几天一直在闭关。他白天让副导演咬着牙拍，自己关在房间里一遍遍地看剧本、看电影，甚至萌生了改剧本的念头。如果不是因为这件事牵扯的那个人是他，商陆也许也是不甘愿放手的。

"我想让律师出面，代我道歉。"

"听着好傲慢。"

"我们之前在片场见过，已经失去了最好的和解机会。既然我已经放弃了版权，这部片从此以后都不会再和我有关系，我出不出面也无所谓。Sean 这个名字，不会再出现在荧幕上。"商陆无奈地笑了笑，"否则真的见了面，唐琢会认为我和你一起在耍他。"

在震颤的台风中，柯屿想了想："不，你还是要见。"他看人尚准，知道唐琢本质惜才且直接，没有那些弯曲肮脏的底色，"不仅要见，而且要把你的名字重新署回去。"

商陆微怔，又轻描淡写地拒绝："之前和你说得很清楚了，这件事的是非对错牵扯不清，到最后唯一受损的只会是你。我不想。"

柯屿只道："我相信唐琢。"

见唐琢的这件事不能让柯屿牵头，必须是地位凌驾于三名创作者的、说话更有分量的人出面才行。明叔接到人，刚驶上机场高速，商陆的电话也拨了出去。

陈又涵从凌乱的被褥间摸到震动的手机。窗外天寒地冻，他缓了缓，手机点开接通电话，听到对面一声玩笑似的"姐夫"。

顾岫接到了陈又涵的指令，以 GC 文娱副总裁的身份给唐琢和柯屿发去了宴会邀约。邀请函是直接发送到工作邮箱的，麦安言一手打理，比柯屿更先看到。凡是 GC 文娱相关的事，四舍五入那就是他的事。

柯屿看着工作室提供的几套无尾礼服方案，半晌："不至于。"

麦安言仿佛没听见，自说自话地续上："还得有个女伴才行。哥，这样吧，你把小隐一起带上。"

他好心提醒："她在剧组。"

"请个假的事情，问题不大。"麦安言一锤定音，"我也一起去。"他又看向助理南希，"我是经纪人，陪同出席是不是天经地义？"

南希竖起大拇指，一字一顿地撇嘴点头："天经地义。"

等真到了赴宴的那天，虽然没那么隆重，但他倒也还是乖乖地穿了西服、打了领带。应隐虚虚地挽着柯屿的手臂，一路巧笑倩兮、端庄大方，边悄声咬耳朵："GC 怎么突然请你吃饭……哎，那不是商陆吗！"

商陆手里举了杯威士忌，正与落地窗边的一个男人闲谈。两人声音不高，但看着相谈甚欢的样子。他的姿态闲适倜傥，专注地听对方说着，笑一笑，偶尔抿一口酒。应隐的端庄一下子出走，喃喃自语道："不愧是商家二公子的风度和气场。"

麦安言的一颗心都放在了顾岫身上，并没有听清她在嘀咕些什么，只暗暗地撞了她一下作为提醒。应隐便立刻又换上了甜美大方的笑容，听麦安言热络地打招呼："顾总，又见面了。"

顾岫从与商陆的闲谈中回过神："麦总。"他放下杯子，以握手礼相迎，又分别看向两位明星，"应小姐，柯老师。"

柯屿与他握手，目光不动声色地与商陆交错，凝起一抹若有似无的笑。顾岫引荐："这位是商陆，之前是我的助理，最近正在准备自己的电影项目。"

"助理？"应隐疑惑地重复了一遍。柯屿低咳一声，抢先道："原来你是顾总的助理，之前怎么没听你提过？"这就演上了。

商陆彬彬有礼地致歉："是我的错。柯老师，我不该瞒你。"

顾岫心知肚明，笑道："我差点忘了，柯老师都当过你的主角了，怎么还用我介绍？"

这下轮到麦安言和应隐同时吃惊："主角？怎么时候！"麦安言看向柯屿的目光充满了痛心疾首外加谴责，他竟然背着他堂堂一个金牌经纪人私自去接项目！

顾岫的演技不知道在哪儿练的，水到渠成得比柯屿还自然："怎么，原来你们都还不知道？"他又看向商陆，"商陆，这就是你的不对了。"

商陆放下威士忌酒杯，颔首承认，将捂了这么久的秘密轻飘飘地就说了出来："之前那部获奖的短片，导演是我。"

"我……"应隐一句粗话到嘴边硬生生地被咽下，她掩唇乖巧地说，"我、我好意外哦。"

麦安言不愧是混了这么多年的经纪人，他心念急转间立刻捋清了当中的利益关系。《无聊》那部短片本就备受瞩目，之前业内掘地三尺也没挖出来导演身份，柯屿又闭口不谈，大家都快接受这是某个名导的马甲了。他如果这个时候公开身份，对国内影业来说无异于是横空出世。

一场重量级的宴会，GC文娱一把手亲自组局带上他，两人又是前同事这样密切的关系，这足以说明商陆背后的资本必有GC。结论还用问吗？上！别说他的项目到现在还没个苗头，将来立项公开后，无论他拍的是什么小众题材，抑或跌破眼镜的庸俗喜剧，柯屿都必须要上！

麦安言再开口时，已经自如地换了语气。他伸出手与商陆重重一握，叫他"商导"，熟络热烈地说："我们家小岛能出演你的片子，真是三生有幸，我这个经纪人也是深感荣幸！"

商陆从容地寒暄回去："过奖了，承蒙柯老师不弃。"他说这句话时，眼神温柔地停留在柯屿身上，又一勾唇，"柯老师来的时候有没有吃点什么？"

柯屿一怔，摇了摇头。

"等下要喝酒，还是先吃一点。"商陆唤过侍应生，"看看应小姐和柯老师想吃什么。"

待应生报上简餐和点心名,柯屿要了半份鲜虾云吞,应隐只要了一份马蹄糕。待应生看向麦安言,麦安言终于有了被惦记的感动,深吸一口气微笑道:"没关系,我胃好。"

简餐放在了一侧的花厅,麦安言与顾岫和商陆攀谈,柯屿和应隐细嚼慢咽吃着,偶然抬眼,便看到商陆也在关注他,两人眼神只是轻轻一错便各自转开,商陆不动声色地继续话题,。

柯屿和应隐许久未见,叙旧一阵,说话间,唐琢姗姗来迟,圆滚滚的身材眼见着是内收了一圈。他来得晚,风风火火地推门进来,又满屋子寒暄一番。在场的柯屿与他最熟,熟稔地给他抛了支烟,余光瞥见商陆从宴会厅外回来,知道两人已经错过了最佳的引荐机会。他心里尚分神地想怎么再把话题引回去,下一秒便已经自自然然地调侃道:"老唐,剪片子好玩吗?"他平时清冷又游离的样子,认真社交起来却是另一种风度,慵懒又从容,有一种并不市井的江湖气。

唐琢叼上烟:"要死!"几个人都笑,他把话题又转回到柯屿的身上,"别说,片子剪得怎么样说不准,但你的表演我是看出来了,那叫一日千里!"

"好!"麦安言喝彩一声,带头鼓掌,"有唐导这一句话,我心里的石头算是落下来了。"

唐琢嘿嘿直笑:"安言,小岛进组两个月,你探班的次数我一只手都数得出来,是不是看小隐漂亮偏心小隐?"

麦安言跟着吞云吐雾,边摆手:"嗳,我怎么敢!"

"丽城的那几场戏你是没看到,小岛的表现真让我们所有人刮目相看!哎?"唐琢取下烟盯着商陆,他挠挠头,"这个弟弟看着是有点眼熟的,是不是在哪里见过?"

麦安言介绍道:"这是顾总的前助理,商陆。"他留着导演的那层身份没说。他有数,这种重量级的话轮不到他来宣布。

商陆伸出手:"唐导,幸会。"

唐琢一边与他握手，一边回头找柯屿："这……你有没有印象？我怎么觉得我们仨什么时候一起见过呢？"

柯屿夹着烟的手抱胸搭着，吁出一口烟笑了笑，道："是见过。"

在唐琢的满头雾水中，商陆礼数周全、滴水不漏地说："我之前在丽城剧组当了一个星期的摄影助理，在傅老师的引荐下，我们曾经见过一面。"

"哦——"唐琢一拍脑袋恍然大悟，"对就那个，跟我们住一个院子的，对吧？"

商陆笑道："对。"

"那你怎么会在这里呢？"唐琢终于问到了重点。他快人快语，倒没发现这句话多没礼貌。商陆心里默想，之前柯屿说他和娱乐圈的其他人多少有些不一样，现在看来果然如此。

"我是来给您赔礼道歉的。"他说。

顾岫适时地出声："这件事说来话长，我们还是坐桌上说吧。"

冷盘已经上好，助理和商务请众人移步餐厅就座。一路引领周到又不动声色，原来每个人的座次都已经提前安排好。顾岫坐首席，唐琢一愣，发现自己竟然是他右手边的二座，而另一边的三座则是商陆。这是怎么回事？他是主宾，这已经够让他惊诧了，商陆居然是副主宾？他与麦安言面面相觑，但麦安言内心想法显然与他不同，只是更咬准了一定要上商陆片子的念头。

他又看向在自己身旁落座的柯屿，压低声音问："怎么回事？"

柯屿吃了小半碗云吞，已经是有备无患，只亲自给他斟酒，说："你之前不是很想见一见天才吗？今天天才陪你不醉不归。"

唐琢是聪明人，听柯屿这么说，心里已隐约有了朦胧的预感，但顾岫已举杯说祝酒词，他没来得及细问，只跟着众人一并站起来，喝完了浅浅的杯中酒。这种商务酒席都不是认真来吃饭的，座次决定了主角。在场所有人都明白，今天要陪高兴的不是顾岫，而是唐琢。因而他两筷子凉菜刚下肚,麦安言便起哄道:"唐导今天迟到了,是不是该表示点什么?"

投资人坐在这儿,唐琢心一横,举起白酒:"路上实在太堵,怪我,我自罚三杯!"仰脖三杯下肚,从嗓子眼一直辣到了肚脐眼,他坐下后头都有点晕,接着问柯屿,"你刚说什么天才?谁是天才?"

场子还没热起来,现在道歉直接就让气氛冰到地底了。柯屿没说话,顾岫举起酒杯给唐琢敬酒。他连推带拒的,柯屿漫不经心地自省:"我知道了,一定是我悟性太低,给你添麻烦了。"唐琢张了张嘴,还没来得及说什么,柯屿从容地说:"我理该自罚三杯,再敬您三杯。"

商陆就坐在圆桌对面,闻言挑了挑眉,看着柯屿面不改色地喝完了三杯白酒。应隐坐他下手,很轻地哼笑一声,俏皮地说:"完啦完啦,我们小岛酒量好着呢。"

唐琢蓦然又被套路了三杯,整个人都麻了,他抹了把脸:"实不相瞒,我本来打算吃完饭还回公司继续剪片子。"

GC 的商务站起来说:"有唐导这样敬业的导演,是我们中国电影界的福气,唐导来年有好项目,一定要第一时间考虑我们明锐计划啊。来,我敬唐导一杯!"

应隐忍不住笑出声来:"什么呀,你们这一会会儿的,快让唐导歇歇。"她递了个眼色给柯屿,托着腮,一双美目明亮含笑地盯着唐琢,"唐导,听说我们小岛在丽城的戏发挥得特别好?"

唐琢总算能喘口气,边抿了口茶边竖起大拇指:"精准。"

应隐乖巧天真地眨眨眼:"真的啊,刚进组时您不是还老批评他吗?"

唐琢指着柯屿笑道:"好啊柯老师,工作摩擦怎么还给小隐告状呢?"他倒又握着热茶感慨起来,"说心里话,刚进组前一个月,我是真给磨得没底气了。一个小镜头反反复复地拍十几次,怎么都演不好。不过你说你这人也奇怪,批评一顿,休息一阵,再来演,呵!又经常让我大开眼界!"

柯屿笑容淡了些,不知为何不自然地瞥了商陆一眼,见他认真听着,心里一顿,轻描淡写地略过道:"还差得远。"

应隐接过话:"柯老师演技是忽上忽下的,差的时候吧,我都看不下去。好起来吧,你看,连塞斯克都想跟他合作。"

唐琢一愣,笑容讪讪略带尴尬地说:"是,是。"他又想起了自己没日没夜反复观摩那部片子的日子。黑暗的房间只有投影仪的荧幕照亮他的脸,连同他向来自诩高八斗的才华,也一并被照得灰暗。

良久,他放下茶,重新端起酒杯:"小岛那部片是演得好。"

在没人敬酒的情况下,他自顾自地饮了满杯。

柯屿与商陆对视一眼,又轻扫过顾岫,点点头,说:"老唐,之前你一直问我那部短片的导演是谁。"

唐琢已经飘忽的大脑迟缓地运转,茫然地问:"是谁呢?"他想起柯屿曾经交代的,"你说你也找不到人。"

一场城中村的偶遇,对方以为他就是飞仔,说的演的都是自己的故事,在柯屿同意的情况下拍了剪了,违背诺言发布了——这是一桩扯不清的案子。

"我后来又遇到他了。"

唐琢眼神一愣,缓缓地反应过来,看向在对面始终沉默的商陆。桌上每个人都敬过他了,连顾岫都敬了,只剩他没有动作。商陆站起身,动作跟唐琢刚开始自罚三杯如出一辙。他一手白酒杯,一手分酒壶,斟一杯道:"唐老师,很抱歉在未经你同意的情况下,就用了飞仔的故事。"

商陆面不改色地喝完,他再斟一杯,又道:"也很抱歉在丽城时,始终没找到机会说明这一切。"又干了底。

第三杯他转向柯屿:"也给柯老师添麻烦了。"

他很谦逊,礼数也周到,姿态也已放低,但到底是世家公子哥,道歉也是不卑不亢的,气场拿捏得正正好好,让这份歉意显得恰到好处的厚重,但并不心虚。

唐琢蒙蒙地半张着嘴,半响:"你就是那个导演?"

商陆略一颔首:"我就是导演。"

一阵沉默还没来得及蔓延,应隐一手掩唇一手捂心口,同时脚下狠踩了麦安言一脚:"天啊!这是真的吗?!"

麦安言脸色一白,如梦初醒地用痛得变了调的语气道:"今天这是什么好日子?顾总您说实话,是不是您攒局儿拿我们寻开心?"

出乎所有人意料,唐琢第一句话是:"你怎么这么年轻?多少岁?"

商陆微怔,点点头:"刚过二十四。"

"刚过二十四……"唐琢沉吟,还没过年,也没到元旦,他问了第二句出人意料的话,"就是刚过完生日了?"

商陆看了眼柯屿:"是刚过完。"他这一眼没逃开柯屿的注视。刚过完?是什么时候?之前在丽城问年纪,他也是这样的回答。那他生日应该就是在这段时间内,他怎么从来没提过?

唐琢狠狠抹了把脸:"小岛,我想听你讲。从头讲起,这件事到底是怎么回事?"

柯屿便把从城中村由合租而起的相遇,到他为了贴近飞仔的人物心理,继而跟商陆伪装自己的故事原原本本地说了一遍。唐琢夹着烟听愣了,烟灰都掉了:"所以你以为他是小白脸,他以为你是……"

应隐想到第一次商陆那惊悚含蓄的"姐姐我还年轻,不想那么早放弃努力",一瞬间笑得想死,又不能失态,只好掩着唇拼命掐自己的大腿。

唐琢再道:"所以你以为你在跟他取经,他以为你在跟他交流经验?"这下子谁都忍不住了,不知道谁先"噗"的一声,所有人都哈哈大笑了起来。

唐琢又道:"那怎么还拍起电影了呢?"

柯屿也点起烟,一手搭在餐桌,纤长的手指点了点。他咬着烟,似笑非笑地说:"刚开始是他偷拍我,后来看他拍得不错,一方面是想提前在镜头里进入到角色状态,另一方面嘛……"他低头笑了笑,"就当顺手帮助一个心怀梦想的年轻人。"他说这句话时抬眸看向商陆,歪了歪脑袋问,"小商陆,对吗?"

过了会儿,柯屿微信收到新消息,商陆发了串"……"给他。应隐眼见着这头商陆打字,那边柯屿就低头看手机,看的不知道是什么内容,唇角都忍不住勾了起来。

顾岫笑着总结:"好,我是听明白了,商陆犯了个错,错在于明明答应了柯老师片源绝不公布,却还是公布了出来。柯老师也犯了一个错,错在自信于自己看人眼光准而轻信了他,又太过好心。"

唐琢举手:"合着到头来我真就是无妄之灾。"

顾岫又道:"商陆和柯老师,都觉得自己犯的是一个可以控制的错误。一个是以为自己只侵犯了隐私权和肖像权,准备私了,还想捧他进娱乐圈;一个是以为对方就算剪了片子发布了,也是小范围流传,而且是在国内,柯老师完全可以靠自己渠道肃清。"他三言两语说得清楚且在理,又是有地位的,唐琢也跟着点头,补充道:"这说明什么?"

麦安言捧哏:"说明什么呢?"

"说明还是要怪小岛不够有名!知名度不够!否则,一开始见面商陆就说'您能给我签个名吗',哪还有后面这些事?"

他愿意开玩笑,柯屿心里长松了一口气,举起酒杯道:"老唐说得对,都是我的错,我得自罚一杯。"商陆陪一杯,唐琢便也跟着陪了一杯。三人同饮,顾岫心里知道,这事情妥了。

席面重新热络起来,酒过三巡,唐琢从烟盒里抖出一支烟:"说实话,其实刚开始我还以为是栗山挂的名,全娱乐圈,只有他能把小岛拍到那个程度。但是我问我的老师沈聆,他说栗山那几天也在反复看这个片子,我就知道不是他。我又以为是什么外国的导演,毕竟什么推特、送展、参赛,都是在外国,但是这部片子我掰开了揉碎了看,写剧本这么多年,我知道这里面有一股我们东方人才懂的东西,所以,也不是什么老外。"他叼起烟,抬眸看了眼商陆,再度定定地重复了一遍说,"你这么年轻。"

唐琢耳朵红了,脸也红了,酒劲上头,他憋了许久的话,终于在此刻不吐不快。他看了眼柯屿:"预告片出来的时候,我是很生气的,那休息室的门都被我一脚踹烂了,是吧小岛?"

柯屿笑着点点头。

"这个剧本我打磨了很多年,磨着磨着成了自己心头的一种执念,就想着组自己的班子,自己亲自拍。我那天的愤怒,与其说是担心电影的票房成败,不如说是来自一个创作者被截和的最直接的愤怒和恐惧。"他字字发自肺腑,没人作声,他长叹了口气,"第二天公布的时候,我记得很清楚,那天是 GC 明锐计划的发布会,因为这部片子,我发布会和晚宴都没参加。"

柯屿暗忖,难怪商陆去剧组时他都没起疑心,还以为他脸盲到这地步,原来压根就没见过。

唐琢顿了顿:"我没参加,一直在车里拉进度条,反反复复地拉片,一遍一遍地看。我想给自己找点愤怒的理由,但是没有,只有心灰意冷。如果你的片子只是一场庸俗的闹剧,我告你告一辈子也不解恨,但是我知道不是。你拿奖,跟我的剧本没有任何关系。小岛那段独白换成别的故事,比如……"他敲敲脑袋,"比方说换成一个通缉犯,一个流浪汉,或者干脆一个帮会混混,都可以,因为我们都知道,这不是灵魂。"话到尽处无话可说,唐琢嘴唇细微地颤抖着,半晌,他深吸一口气,摆了摆手。

顾岬缓和气氛,温言道:"那天唐老师是应该来的,来了就能早见到了。"

唐琢掸掉长长的烟灰,又抽了口:"小商陆跟 GC 是什么关系?今天这一出戏,可太劳烦顾总了。""小商陆"三个字听得人一愣,柯屿掩着唇,挡去了忍不住上翘的唇角,被商陆无奈地用眼神警告。

顾岬也点了支烟。打火机扔上桌,他眯了眯眼,淡笑道:"商陆之前是我的助理,我一直知道他有才华,但没想到这么厉害。他之后的项目由我们明锐计划出品,去丽城剧组也是我拜托的人,给唐老师添麻烦了。"

唐琢问道:"来我剧组干什么?"语气里有隐隐不悦。一想也是,虽说片子得奖没借他任何东风,但后脚就在心知肚明的情况下潜伏到了剧组,这事儿谁想谁不痛快。

"一方面是进组多学一学，多认一认人。谁不知道您是沈老师的得意门生？栗导把最好的班底都给你了，这时候不学，要等什么时候？"他一番马屁拍得高明，也没过分捧高，让唐琢心里舒服，脸色也稍缓。

"第二嘛，"顾岫夹着烟瞄了柯屿一眼，"自然是想说服柯老师出演这个项目。我们GC文娱和明锐计划都是刚起步，商陆也是新导演，像柯老师这样潜力无限的演员，又是栗导的御用人选，我怎么也得让商陆提前去抢人，你说对不对？"

麦安言也飘了，一脸按捺不住欲言又止的模样，奈何实在不是打断的时候，被自己给憋得一脸通红。

唐琢快人快语："那是有点难，栗老师的新片过完年开始拉盘子，演员全部提前进组训练三个月，等拍完都下半年了。"他看向柯屿，"男二号，你知道的。"

麦安言可算找到机会说话了："对，之前栗导亲口允诺的！"

"沈聆给我看过本子，太妙了，不输《山》——不，比《山》还要好，更商业，更艺术，给你的人设比阿杀还要好！"

柯屿还未说话，麦安言眼睛都快发光了："这是真的？！"

顾岫代为肯定道："是真的。"众人齐刷刷地看着他，他儒雅地笑道，"GC也是出品方之一，之前已经对谈过一轮，柯老师的名字是写在名单上的。"虽然只是"拟邀"，还未建立合同，但谁都知道，没有人可以拒绝这个邀约。而以栗山对他的数年偏爱，也绝不可能最后换人。

麦安言问："明锐计划不是只投新导演、小导演和蓝海类型片的项目吗？"

顾岫摊了摊手，遗憾地说："钱太多了，忽然发现用不完。"

麦安言：……

唐琢清了清嗓子，视线转投向商陆："你很有天赋，是个天才，但是一部完整的电影和短片是不一样的，就好像能把短篇小说写到世界之王的地位，但去驾驭长篇，还是会力不从心、捉襟见肘。小岛进步很快，这样紧要的时候，应该再去好的剧组和成熟的导演手下磨炼，就跟打通任督二脉一样。我说这话不夸张，去你的项目，就荒废了。"

风月

一场宴席宾主尽欢，唐琢的酒量明显属于"人菜瘾大"。他到后面喝高了，捉着柯屿一边喝一边掏心窝子地聊，絮絮叨叨、反反复复，柯屿耐心很好地陪着，眸中没有醉色，反倒透着无奈。毕竟有关沈聆让他挂名一个差劲剧本总编剧的八卦，他已经反复吐槽到第八次了。商陆与顾岫聊着天，眼神却始终没离开柯屿这边，怕唐琢发起酒疯来他身边没人护着。

顾岫看得通透，笑道："还没正式合作，就这么关心了？"

商陆轻描淡写："导演关心演员，是天经地义。"

"柯屿刚才没有正面答复，如果他决定去栗山的剧组，你怎么办？"

"我可以等。"商陆顿了顿，"何况，他未必会这么选。"

"你打算什么时候正式递方案？"

"剧本有一些新的改动，也许是过完年。"商陆从短暂的分神中抽离，举起酒杯示意，"这次还是要感谢顾总。"

事情都是陈又涵交代的，商家二公子的人情，他可承不起。顾岫笑了笑，与他轻巧碰杯："等又涵从北京回来，你可以亲自感谢他。"

说话间，唐琢醉醺醺、满面红光地走向商陆。"小商陆，"他嘿嘿抖着肩笑了两声，"你讲实话，屿儿在丽城演得好，是不是你在教他？"

"屿儿？"儿化音是所有南方人共同的天敌，唐琢念起来是一个字，到商陆嘴里就是一板一眼轻重相同的两个字。唐琢笑得一肚子肉在颤抖，酒杯都端不住，逗趣儿似的也用他的方式念了一遍，骂了句："好嗲！"

柯屿慵懒地跟在身后："老唐，你醉了。"他这德行是完全忘了投资方也在场，跟剧组聚餐时没什么两样了。

顾岫抬腕看了眼表："我看时候也差不多了，不如就此结束吧。"他又唤过助理："唐导的房间开好了吗？"他事先就预料到了这种局面，用助理和商务的身份证预定了三间房，现在看来是只有唐琢需要了。助理点头，从小巧的手包里取出房卡。

众人饮尽杯中残酒，顾岫微微一笑，极具风度地说："希望下次再与诸位聚在一起时，是开庆功宴的时候。"

唐琢被男商务扶着，脚步都不太稳，但仍执着要找商陆好好聊聊。到电梯口，他一手拉柯屿一手拉商陆不放手了："没喝尽兴！"他含糊地嘟囔，"没喝尽兴……这才多少……我还有问题要问小商陆……"

麦安言要上来劝，柯屿看了眼明显精神困顿了的应隐，对麦安言轻微地摇了摇头："你带小隐回去休息。"

"那商导？"麦安言看向商陆。

唐琢拽着他不放，他点点头："我陪陪唐老师。"

麦安言闻言，热络而不失客气地说："那就拜托您帮我多照看点儿柯老师。"

商陆垂眸瞥向柯屿，一脸要熟不熟的淡定，气场从容地说："无妨。"

电梯门合，唐琢熊一样的身体倒向柯屿。虽然他被后期工程搞得心力交瘁瘦了不少，但也仍是熊一般的。柯屿被他撞得一歪，腰侧稳稳扶上一只手，稳住了他的身体。GC的女商务睨着，商陆的手并未松开，帮他一起支撑着唐琢的重量，绅士地说："柯老师，小心。"

柯屿脸上却没有什么表情，说："谢谢。"

唐琢什么也没察觉，一只铁臂只紧紧地钳住他的肩，他嘴里胡乱道："你跟小商陆，你们沆瀣一气……"

柯屿笑着叹了一口气："我看你是真的醉了。"

醉鬼也有醉鬼的固执："没有。"

他们径直到了客房楼层，两名商务先走，唐琢精力无限的样子，还有神志找到酒柜取出红酒，可惜一切都在找开瓶器的过程中戛然而止。鼾声响起，柯屿无语地看着他左手红酒右手开瓶器，四仰八叉晕倒在沙发上的英姿，咳一声看向商陆："您请？"

商陆从身后锁住唐琢两肩，拖死猪般将人从沙发上拖了下来，衬衣下的肱二头肌暴起。短绒地毯上显出纹理倒竖的痕迹，看着活像凶杀现场。柯屿终于良心发现，屏着呼吸抬起他的两腿，跟商陆一起吃力地把人半扔半抬到了床上。商陆插着腰长舒了一口气，又单手松了松领带："他多重？"

"一百……七八十？"

商陆："这是我这辈子干过最重的苦力。"

柯屿笑出声，弯腰捡起咕咚滚落的红酒，又从唐琢蜷着的手里取下开瓶器："拜托，我还帮他脱鞋。"他还故意把手举到了商陆眼前。

商陆眼看着脸色一变，虽然并没有闻到什么可疑气味，但已经摆出了近乎捏着鼻子的神情，蹙眉屏息道："洗手。"

柯屿笑得想死，被商陆推进洗手间。出来时，他一看唐琢的鞋子还半掉不掉地挂在脚上，好人做到底，真弯腰帮他脱完了鞋子，又给他盖上了被子，最后贴心地唤醒 Siri 给调了个上午八点的闹铃。鼾声在窒息的边缘再度响起，柯屿想了想："呼吸暂停睡眠综合征——我该劝老唐减减肥。"

做完这一切，他与商陆共乘客梯下行。商家和盛果儿都开着车等在地下车库入口处，见两人出现，两辆车同时按下双闪。竟然刚好是挨着的。

商陆看着他那辆加长版路虎盛世，有点意外："你的车？"

"怎么？"

霸道强悍又华丽，商陆说："没什么，只是没想到。"

"我试过了。"

商陆洗耳恭听，以为他要说什么性能对比，柯屿悠悠道："这个车后座睡觉最舒服。"

商陆无语，继而无奈又颇觉好笑地笑着摇了摇头。他笑起来的样子不好形容，只是纯粹的迷人，倜傥也磊落，漫不经心地带着点戏谑。被他眼神专注含笑地凝着时，柯屿想，应该没有人可以在这样的商陆面前撑过三十秒。

裴枝和在车里看得一清二楚。如果是在拍电影，柯屿和商陆之间便是传统的正反打单人镜头，一来一回地剪辑切换，镜头间拉扯得恰到好处。但是有了裴枝和，就成了被凝视的同框，有了被窥探的隐秘感。

裴枝和诧异地张了张唇，半晌，他说："是他。"听不出语气，也听不出情绪。隔了这么长的距离，他也仍觉得柯屿站在商陆的身边过分养眼。明叔一句话还未说出口，裴枝和便推开门走了下去。

"商陆。"还剩几步距离的时候，裴枝和便开口叫了他一声。

商陆和柯屿同时回过头去，裴枝和弯起唇笑了笑，在两人的注视中淡然地走完了剩下的几步，自然而然地站到了商陆面前，仰头问："你什么表情？看到我不高兴吗？"他比两人都要矮，看着不到一米八。

商陆的确是见了鬼的表情，蹙眉意外地问："你怎么在这里？"

明叔已经从车上下来了。出来接人的事原本是安排给了司机，但裴枝和晚上忽然到访，听说要去接商陆回家，便要跟着。他到底是裴家的小公子，也是商陆很看重的朋友，明叔不好拒绝得太僵，只好亲自开车带他来接。他先跟柯屿点头致意，才回答商陆的话，也算是为裴枝和解围："小枝听说你出来应酬，怕你醉了我一个人照顾不好。"

"小枝"两个字确定了柯屿内心的猜测，他就是裴枝和。近距离看的时候，他的气质和眼神里的疏离天真都更直观地落入了柯屿的眼中，就是一名艺术家的样子。

裴枝和皱了皱鼻子，鼻翼小动物般翕动，嫌弃道："果然一身酒味。"

商陆无语："没喝多少。"

裴枝和跟他并肩而立，侧了侧身，微妙地成了与商陆一起面对柯屿

297

的样子。他笑道:"这是你朋友?"

商陆最初不认识他,裴枝和也不认识。柯屿无聊地想:这说明什么?这说明他的知名度完全没有打入艺术圈。可是他跟商陆的关系这么好,没看过《无聊》的可能性有多少?又有多大可能认不出他?柯屿微微一笑,颔首道:"你好,柯屿。"

"柯老师是《无聊》的主角,你没看出来?"商陆显然有点费解。他跟裴枝和的相处是放松、松弛的,难得有了符合年纪的大男孩模样。柯屿见过了他在社交场上的游刃有余,见过了他在剧组的自信从容,也见过了他平日里的温柔绅士,忽然眼见如此,便勾起唇,饶有兴致地盯着商陆,眼里有些说不清道不明的戏谑。

裴枝和不确定该如何称呼:"你好,柯……屿哥?"

"柯屿就可以。"柯屿轻描淡写地回应,冲亮着灯的路虎盛世看了一眼,"时候不早了,改天再聊。"

商陆提醒裴枝和:"你可以跟明宝一样,叫他小岛哥哥。"

裴枝和笑容一凝,又柔风般化开:"好啊,小岛哥哥。"

柯屿点点头,没有做什么回应,反而递了个眼神给商陆:"借一步说话?"商陆一怔,对明叔说:"去车里等我。"说着便跟着柯屿走向路虎。

两人先后上车,车门锁上,盛果儿轻快地打招呼:"陆哥哥,又见面啦。"

柯屿从西服口袋里掏出一个很袖珍的黑色方体物件:"收好。"

商陆接过,脸色一变,抬眸看向柯屿:"录音笔?"

"从我进门就一直开着,回去以后把内容保存好,不要让任何人知道。"难怪赴宴的前一天晚上,柯屿跟他打了很长的一通电话,把事情的来龙去脉都说了一次,在酒席上又再度一字不落地复述了一次。中间数度被笑声和疑问打断,他都云淡风轻地又扯了回去,近乎刻板地把每一个因果细节都捋清楚,关键处有节奏地停顿,等待众人的一一反应。商陆不是没觉得奇怪,他知道,柯屿虽不到惜字如金的地步,但也不是会废话的人。或许是商陆的眼神太过意外,柯屿把他的掌心按下合拢,似笑非笑:"怎么,吓到了?"

"不是。"

"觉得我心机深沉吗？"

商陆垂着视线凝视他，轻微地摇了摇头。

"防小人，不防君子。"柯屿轻声道，"就当我是以小人之心度君子之腹好了。"

商陆把东西收进口袋："知道了。"

"不到真正必要的时候，不要让人知道你有录音。娱乐圈是个封闭的圈子，圈子里怎么样都可以，因为大家都心知肚明，也不会有谁捅出去，大家都是利益共同体。如果让别人知道你有什么录音，所有人都会防着你、孤立你，明白？"柯屿顿了顿，"我想以老唐的个性，他应该不会反口。文件你自己收好，切记。之后律师那边怎么处理公证、拟约是另一回事，你一定比我懂。"

商陆叹了口气："说点别的。"

柯屿还想聊些什么，想来想去，问："你跟小枝相处的时候，跟和我相处时不一样。"

"当然不一样。"

柯屿笑了笑："喂，我教你念儿化音。"

商陆用低沉的音色一个字一个字地叫他："屿儿。"

柯屿勾起唇："屿儿。"同样是南方人，他念得就标准。果然发音天赋是与生俱来的。所有人都以为他们在聊什么正经事，实际上却是在消磨时间但也认真地学习"屿儿"。商陆学了数次，舌头都打不了卷儿，觉得跟儿化音真是一生之敌。

分开后，盛果儿将车沉稳地开出地库，从后视镜看，柯屿在后排搭着二郎腿坐着，按理说是闭目养着神，波澜不惊的样子，却偏偏扯着领带松了松，仿佛觉得烦躁。

盛果儿问："商陆怎么也在呀？"

"他要当导演。"

盛果儿惊诧道："真的假的？他这么厉害？有人投资吗？"

柯屿"嗯"了一声，盛果儿又说："刚才那个是来接他的？他的朋友？"

"怎么？"

"没什么，就是气质挺好的，看着养尊处优的，又开玛莎拉蒂，感觉是个富家公子。"她顺着猜想，"商陆气质更好，他是不是其实也是什么富二代？"

女人的直觉灵起来就没福尔摩斯什么事儿了，柯屿笑了笑，问："气质比我还好吗？"盛果儿握紧了方向盘，隐隐品出了点微妙的感觉，扬声笑道："怎么可能！谁是明星谁气质好，谁众星拱月谁气质好！"

玛莎拉蒂驶上坡道，车外霓虹街景后退，商陆按了按太阳穴，感到了一股迟来的晕眩。他虽然酒量不差，但向来喝酒只管自己高兴，从来没这样陪着往死里灌，在柯屿身边尚能忍耐，人一走，他就全身上下都不舒服了起来。

明叔把泡了西洋参的保温杯递给裴枝和："让少爷喝一点。"

裴枝和拧开塞到他手里，叹口气："商少爷，我以为你回国内是实现理想的，怎么成了陪酒的了？"

商陆没搭理他的奚落，抿了口茶沉沉地松了口气，问："怎么不打招呼就来了？"

"我在香岛等了你五天，后天就要飞维也纳了，你自己食言还不许我来找你？"

"忙忘了。"

明叔笑了一声："小枝少爷，你知道的，他之前一直在外面，根本就睡不好。前天回来倒头就睡了十几个小时。"

裴枝和音量收低，哼了一声："矫情。"

"先前柯老师还笑他，说他是什么……"明叔想了想，爽朗笑道，"豌豆少爷！"

商陆也跟着慵懒地笑了一声，对明叔道："你别跟他学坏。"

提到柯屿，气氛一下子变得松快起来。明叔回道："我不敢，不过三小姐的嘴你是管不住的。"那完了。商明宝一嚷嚷,整个商家连同旁支就都得知道了,过不了多久,商明羡和商明卓就都会在电话里叫他"豌豆少爷"。

裴枝和一直是侧对商陆的姿势,听他们聊得有来有回,觉得脖子和腰都有些累,默默地靠了回去,但仍挺得板正。他下意识地玩着自己金贵的上了保险的手指:"柯老师来过家里了啊?"

商陆应了他一声:"来过一次。"

明叔说:"少爷在柯老师面前,就像一个粉丝。"

商陆又喝了一口茶,精神稍霁,半笑着警告他:"别把我跟商明宝混为一谈。"

裴枝和显现出一些插不进话题、融不进氛围的茫然,继而定了定神,说:"我听说他演技很差的。"

商陆不觉得冒犯,轻描淡写地说:"不会,他是一个天生的演员。"他说这话的样子,让裴枝和想起很多年前,当他在练习室哭到崩溃摔琴时,他也曾经这样跟他说。他说:"枝和,你知道吗,你是一个天生的提琴手,是天生要坐上首席的。"

裴枝和心里一紧,天才不常有,一个伯乐怎么能发掘两匹千里马?

酒店原本就在市区,回公寓不远。柯屿逗了会儿猫,布偶褒曼被他抱在怀里,慵懒地,却又迟迟感受不到抚摸。它轻轻喵呜一声仰头,却看见他只是望着夜色出神。猫跑了,柯屿怀里一冷,被惊醒。他想了想,鬼使神差地登录了推特。商陆的主页被他收藏着。他看到最新发的一条文字内容,是他们在岛上经历停电时的画面描述。他的文字简洁而富有氛围感,柯屿看着,也跟着一起回到了那个夜晚,很奇怪,又闷热又凉爽的感觉似乎还停留在肌肤上。只是,他想不起商陆仰起头的剪影了。当时一瞥而过时,只觉得轮廓也透着英俊,现在想再忆,脑海中却是黑沉沉空白的一片。

评论区下面寥寥几条,高赞是"Happy birthday",昵称是 zhihe。

原来那天就是他的生日，商陆被他大老远地从宁市使唤到破落孤独的海岛上，还要忍受狂风暴雨、老旧的房子、烧开后带着奇怪味道的自来水以及无厘头的停电。柯屿想起来了，自己还捉弄他，知道他夜盲，仍故意吓他。如果他没有跟商陆约定，那么那天的商陆会怎么度过他的二十四岁生日？刚刚拿了国际大奖，又获得了知名大导的赏识，一切都让他显得那样意气风发而踌躇满志。

柯屿努力地回想自己的生日。他没有确切的出生日期，身份证登记的便是奶奶捡到他的那天。从前生日没得过，一碗面条卧一颗鸡蛋便是天大的礼物，这几年他听从公司的安排办了一次生日见面会，倒是很热烈。柯屿用最好的经验去幻想，也只能幻想出一个鲜花簇拥高朋满座的场合。

他犹豫着，手指还是点进了"zhihe"的账号主页。最新的消息是一张海报，是维也纳国家歌剧院的新年演出信息，他和指挥占的篇幅最大，几乎平分秋色，用娱乐圈的术语解释，就是双C位。柯屿耐心很好地逐条翻看，虽然动态发的不多，但也让人感觉到他生活的多姿多彩。他偶尔发练习日常，也分享技法，粉丝说他是天才少年，这些仰慕和赞叹来自全球不同肤色不同语种的粉丝。柯屿发现他们经常用的一句话是："不愧是让我连呼吸都要放轻的小枝。"他滑到稍早些的时候，看到了同样的话，有一万多赞，转推更是高达了三千。

那条写的是："门德尔松E小调协奏曲，充沛诗意的幻想，松弛而华丽的演绎，是让人看了连呼吸都不由自主放轻的天才级表演。"评论昵称是Sean。裴枝和还在下面回复了，让他请吃饭。

柯屿关上手机。正对面江心的邮轮绕过三匝，他拨出电话给商陆。

商陆正跟裴枝和喝茶聊天，看到是"小岛"二字，滑开屏幕接通："怎么了？"他以为柯屿有什么事要交代。

柯屿安静了好一会儿，商陆耐心等着，听到他最终问："房子什么时候签合同？"

商陆从沙发上起身："看你时间，都可以。"

柯屿说"好"。商陆回头看了眼裴枝和，走得更远了些，拉开了通往庭院花园的门:"就问这个?"

"嗯。"他问完了,却也不说道别。

"把你最近的行程发给我好不好?"商陆问。

柯屿说"好",商陆想了想,语气低缓下来,问:"背上的伤好了吗?"结的痂不是那么容易脱落的,只是那种强忍着痛去剥离的畸形欲望消退了。这一次,这些伤前所未有地在认真愈合。柯屿很轻地吁了口烟:"怎么关心这个?"

"怕你疼。"

柯屿轻轻笑了。"好,"他掸掉烟灰,"等不疼的时候,就告诉你。"

商陆折返回去找水喝。冰桶里的冰块原是为裴枝和准备的,被他哗啦倒进杯里。水成了冰水,他提起杯口仰脖灌了两口。柯屿听到他喝水的动静,跟着站起了身。黑沉沉的落地窗框着宁市灯火,在这之上,倒映着夹着烟的、沉静慵懒的他。

商陆在裴枝和的注视中喝完了水:"让你的猫乖一点。"

柯屿看向无辜背锅的五只小东西,弯腰抱起金渐层拊着:"知道了,小陆哥哥。"

裴枝和等着他打完电话,没有问是谁的,只是抿了口威士忌,顺理成章地问:"飞维也纳的机票订了吗?"

马上就是新年音乐会,还在法国时,每年一月一号去金色大厅跨年已经是他和商陆的惯例。他要和商陆一起坐在观众席,听乐团指挥带着成员对观众说出惯例性的那句"Prosit Neujahr",才算是真正的辞旧迎新。虽然也有因为各种原因无法成行的时候,但今年,裴枝和不想商陆失约。在这之后,他的乐团在国家歌剧院另有三天演出,商陆刚好可以出席,票他已经留好了。

商陆正在 iPad 上登录邮箱,查看柯屿发送过来的行程邮件,闻言一时没反应过来:"去维也纳干什么?"他连头都没抬,视线只停在屏幕上,边分屏切换出日历,边在上面做着记录。裴枝和一时间没有出声,商陆也没有发现。

安静的时间过于久了,他后知后觉地抬起头:"怎么了?"

裴枝和面无表情,控制着自己的视线不要去看他在记录的事情,用平稳的语气轻声问:"新年音乐会,不去了吗?"

商陆一怔,笑得温和:"这么快,原来已经又要到新年了。"

"你新年不记得,自己的生日也不记得,却在这里把什么明星的行程一个字一个字记到日历里。商陆,你到底怎么回事?"

商陆按下锁屏键:"枝和,我和你说过,不要看我的隐私。"

"对不起,我不是故意的。"裴枝和控制着自己的语气,胸口压抑着起伏,"你从来不追星的。你才回国多久,为什么要对一个戏子这么上心?你答应过我的,只要我回国你就一定会在。后天我就要走了,如果我今天不来找你,你会去香岛找我吗?"

"会的。"商陆首先回答了他,继而纠正,"不要用'戏子'这样的字眼,演戏和导戏都是艺术,也是工作。苏阿姨也是演员,你心里这样定义,她会伤心的。"

他不提苏慧珍还好,一提,裴枝和便腾地站起了身:"我妈妈是影后,你把一个演技烂到这种程度,连阎老师这样温和的人都要公开点名批评的人跟她相提并论?"

裴枝和这样说,商陆敏锐地反问:"你明明对柯屿很了解,刚才为什么要装作不认识?"

裴枝和猛地住口。他不屑于辩解,直白地说:"我是故意的。"

少爷脾气、特殊身世再加上艺术家的性格,商陆向来知道他个性里的古怪、尖锐和敏感。商陆想了想,问:"你是不是不喜欢他?"

裴枝和懒得撒谎,被商陆这句关切莫名搞得心口一片酸楚,带着鼻音说:"嗯。"商陆早就感觉到,因而并不意外,只说:"你会喜欢的。"那片因被关切而涌起的卑微的感动戛然而止。裴枝和哑口无言,半晌,觉得可笑地呵了一口气:"凭什么?"

"babe 原来也讨厌他,后来见了面就喜欢了。" 商陆对他的冷意一无所察,甚至勾着唇笑了笑,"柯屿不是你想的那种人。"

裴枝和站着听着,手指连着身体同时开始泛冷:"你都不问我为什么不喜欢他。"商陆没明白他的意思,也不想从自己的好朋友口中听到有关柯屿的谬误和偏见,于是轻描淡写地说:"这不重要。"

裴枝和安静地垂首站着,目光停在商陆身上。他关心的是"柯屿不被肯定"这件事,想要实现的,是"柯屿应该被喜欢而非被误解"。至于他裴枝和为什么不喜欢他,又有什么关系呢?

"商陆,"裴枝和叫了他一声,见他抬眸看向自己,才眨眨眼勉力牵出一个温和好看的笑,"我还是你心里的天才吗?"

伯乐找到了他新的天才吗?九岁时在裴家晚宴的阳台,他的琴声吸引住商陆,像吸引了一个不切实际的梦,那么瑰丽,那么梦幻,让他寄人篱下、惶恐终日的心开始患得患失地颤抖。可是这个梦里的人始终那么笃定,笃定到连做梦的人也开始以为,这是真实的。他没日没夜地练习,练到手指变形、失魂落魄,只为了应得起他口中的"天才"两个字。欧洲哪个国家最高级的歌剧院他没有去演奏过,从坐上首席开始,他就是古典音乐圈难以忽视的新星。但他所有的紧张,只为他出现在观众席坐定的那一秒。

商陆的话还是那么笃定、平静、令人心动,他说:"枝和,不管是在我心里还是在别人心里,你都是天才。"

裴枝和遏制住内心汹涌的崩溃,用一种疲惫到极点的语气问:"那我的新年巡演,你来吗?你不坐在台下,我会害怕。"

商陆没有犹豫:"对不起。"

"一次都来不了吗?"

"枝和,"商陆也从沙发上起身,见裴枝和脸色极度苍白,瘦削的身形摇摇欲坠的样子,先是伸出手背探了探他的额温,确认没有发热后,才绅士地揽过他的肩,将他推向电梯,"去休息,明天再聊。"

裴枝和执着地又问了一次。

"一次都来不了。"

"为什么?"

"因为总有一天,你要习惯没有我在台下看着你。"

裴枝和握着电梯门的手用力地捏紧:"如果我不能习惯呢?"

商陆帮他按下数字,但没有跟着一起进去:"你会的。"

采访进行到后期,气氛松弛下来,记者开始聊一些安全但更有个人色彩的话题。现在的采访都是多媒体传播,文字的人物专稿和剪辑后的访谈视频会同步播出,被问到情感问题时,柯屿在镜头前明显静了静。茶几边放着水杯,他提起杯口,用非常随性的方式喝了一口,嘱咐道:"这段记得剪掉。"等摄像点头后,他放下杯子,对记者摊手示意道:"再问一次,重新开始。"

"之前你在综艺节目里自曝说曾有过六次恋情,但出道多年,除了应隐外,你并没有别的绯闻曝光。"

"我跟小隐是很好的朋友,不过,对于成为对方交往对象这件事,我们都一致觉得很可怕。"

记者笑了起来:"那么是不是说,出道近七年,你对圈内谁都没有动过心?"

柯屿慵懒地笑了一笑:"这种显而易见的套话,你觉得我会回答吗?不会。"

记者知道他不会上钩,问了个套路的问题:"好吧,那你的心动款,会是哪一种?"

"小隐那样的。"

记者明显无语,他无奈地叹一口气:"柯老师,你真是糊弄学大师。"

"那我认真一点?"

"认真一点。"

"我会心动的……"柯屿搭着二郎腿,支着太阳穴,目光微垂唇角勾起,沉吟半晌道,"长得好看,要乖一点,对待长辈前辈很有礼貌,让人觉得乖巧得可爱。"

柯屿笑了笑,从沙发椅上起身:"好了,送了这么多问题也够赔罪了,今天的采访就到此为止吧。"

摄像关机，记者握着话筒的手垂下，不死心地追问："柯老师，你还没有回答你是不是有喜欢的人了。"

柯屿回眸，微微勾起唇："怎么会？我当然还是单身。"

麦安言全程都在，数次欲言又止，但因为柯屿极度不喜欢在说话时被打断，便识趣地忍着，忍到心力交瘁，而后长长舒了一口气。见记者捏紧了话筒震惊惶惑的模样，他上前一步："柯老师喜欢开玩笑，这你是知道的。"

记者反应过来："明白，放心吧，我不会乱写。"

麦安言这才微微笑着鞠了一躬："有什么问题随时沟通，我一定全力配合。"

为了上镜好看，柯屿还是做了一些造型的。时间还早，他洗脸卸妆，镜子明晰忠实地映出他那张湿漉漉，骨相极致流畅的脸庞。麦安言在旁边等着："你什么意思？"他难得真对柯屿动气了。

柯屿慢悠悠地挤出洁面泡沫："你不是也知道，我一向喜欢开玩笑吗？"

"出道这么多年，什么玩笑能开，什么玩笑不能开你心里没数？你说得那么清楚，粉丝该疑心了。"

"无所谓。"

柯屿俯下身冲水，在充沛的水流声中，他扶着洗手台，从镜子里与麦安言对视："你不用担心，我马上就要离开辰野了。一个演员，谈不谈恋爱、谈过几次恋爱都不应该成为话题，但也没有什么好避讳的。你帮我约汤野吧。"

麦安言抱胸搭着的手臂垂下，不敢置信："你还是决定好了。"

"嗯。"柯屿抽出两张纸巾，慢条斯理地擦着手。

"汤总这几天问过你。"

柯屿笑了笑："是吗，问我什么？"

"行程，抑郁症，问我你这几天还开心吗。"

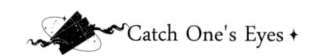

柯屿顿了顿，看着镜子里这张苍白的脸，嘴角勾了勾，勉强算笑："知道了，帮我跟他约时间吧。"

麦安言看着他走出的背影，半晌，叹息一声："我还是没有把你留住。"

柯屿站停："安言，不要遗憾，是我一直在给你添麻烦，我离开，你应该放鞭炮庆祝才对。"

商陆上午亲自送裴枝和去香岛机场，苏慧珍在候机厅等着，见商陆出现，养尊处优的脸上细纹松动，像是隐约安了心。

裴枝和薄唇抿成一条直线，似乎一整天气都未消。苏慧珍知道他是为了商陆不能去维也纳闹脾气，噗嗤一笑，拧了拧裴枝和的脸颊："几岁的人了？商陆也有自己的事要做，怎么能一直陪着你？"

裴枝和一被安慰就更委屈，差不多该安检了，他恹恹地挥了挥手，眼睛不看商陆，只说了句"回见"。苏慧珍温柔挽住他："宝贝，陆陆是特意来送你的，快，笑一笑再道别。"

裴枝和不笑，商陆垂眸看着他，没什么难舍难分的临别赠言，只说："落地平安，新年巡演不要紧张。"

真要走了，裴枝和鼻子蓦然一酸，握着拉杆的手攥得很紧。回头看，商陆仍站在原地，仍是倜傥而英俊的模样，对他笑了一笑，说："枝和，去做世界的天才。"

交易房产的置业公司内，银行的人已在等着。柯屿一进了会议室，就看到商陆搭着二郎腿坐在沙发上，正在 ipad 上修改什么，微蹙的眉心下目光专注。他一上午从香岛和宁市往返，开车的虽不是他，但他也没闲着，既然答应了柯屿要把梅忠良的角色设计进去，便一直在做修改。

脚步声响起，商陆抬头。

"商先生。"柯屿还是戴着渔夫帽，黑色帽檐下的唇似笑非笑，跟他装不熟："这么认真，是在工作吗？"

商陆放下 ipad 站起身，与柯屿的视线轻触，淡定地与他握手："你好。"

他身边跟着的资产顾问也跟着起身:"柯先生,久闻大名。"

柯屿在沙发上坐下,把手里的文件推给置业顾问,散漫地说:"四百六十平,坐北朝南,绝佳的隐秘性和五星物业服务。商先生,这笔交易还满意吗?"

商陆纨绔中略带冷峻:"贵了点。"

等着银行核对材料的空档,柯屿看着他的眼睛,手指在桌面上轻敲:"这样吧,我送你一个签名怎么样?"

随行的资产顾问已经快无语了,结果听到他的大少爷从善如流:"好,签哪里?"

柯屿拔下马克笔,在他 iPad 的透明亚克力背板上写下龙飞凤舞的"柯屿"二字。商陆问:"笑脸呢?"柯屿笑了一声,已经合上的马克笔再度旋开,在尾巴处添上一个小小的笑脸尾缀:"你还真是锱铢必较。"

商陆从他手里接回平板,手小心地没有碰到未干的笔迹。他意有所指地说:"并不是都这样。"

打印机运作不停,处理完一切流程后已经接近黄昏了。柯屿在吸烟室收到了麦安言的微信,说已经约好汤野。他前头刚读完信息,一口烟未舒,汤野的电话就拨了进来。事情一桩桩一件件,像马蹄后脚打着前蹄,都追着赶着他。柯屿深呼吸,按了静音,却也没挂断,只继续抽他手中未尽的烟。电话自动挂断,等第二次拨入时,他的烟也到了尽头。烟蒂被捻进烟灰缸,柯屿滑开屏幕:"喂。"

汤野并不质问解约一事,只悠然地说:"我前天去别墅,以为你会在,没想到你不在。你现在在哪儿?"

"在给八厘米的新店站台。"

"奶奶问我说,叨叨在哪里,怎么还不回来。我也想问她老人家,小岛在哪里,为什么还不回来?我一直以为你是个孝顺的人,没想到你也可以这么狠心。"

柯屿淡漠地说:"谢谢你照顾我奶奶。"

309

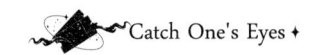

汤野的笑声透过听筒传入柯屿耳朵:"我把她当自己家里人,照顾得怎么样都是分内之事。只是我不知道,七年过去了,你还是没有把我当作自己人。"

回答他的只有沉默。汤野习惯了他的沉默和讽刺,长长地叹了口气:"我让阿州去接你,解约也是要当面解的,我想你也该见见奶奶了。"

所有文件签署好后,银行的汇款通知也同步到位,柯屿对商陆懒洋洋地伸出手:"商先生,谢谢你的救命钱。"

他喜欢装不熟,商陆遂他的性子,疏离地说:"不客气。"等私下无人时,柯屿才恢复本性,忽然道:"怎么办,我无家可归了。"

商陆闻言挑了挑眉,没有表情便透着冷峻的脸此时显得一本正经:"柯先生这是在表达什么?"

柯屿托着下巴:"演一部戏免我五年房租好不好?"

那片公寓的月租金是四万,虽然很高,但对他这种吸金能力的明星来说,其实根本算不了什么。商陆知道他在开玩笑,半真半假地说:"免一辈子也没问题。"

柯屿闷笑了一下:"商导是个好人。"

商陆察觉出他不合时宜的散漫和心不在焉,想了想,将声音略压低了些问:"是不是有什么事不开心?"

柯屿摇摇头:"只是要做一件很重要的大事,有一点紧张。"

商陆:"我陪你?"

"不用,"柯屿弯了弯唇,"你怎么都不问我是什么事?"

商陆顿了顿:"不想听你撒谎,也不想看你为难拒绝我的样子。"他知道柯屿不想说,他也不是扭捏作态的个性,想说、能说的话,在这场对话的一开始便说了。柯屿心里泛起柔软细密的疼,为商陆的敏锐,也为商陆全然的尊重和信任。他的前半段人生,不过短短三十载而已,却总是天翻地覆:一会儿委入尘埃,一会儿又被捧上云端,一会儿千疮百孔、身陷泥沼,一会儿又跌入另一个艳丽的噩梦。好的,坏的,都那么不可思议……最不可思议的,是商陆这么好的人,选中了这么糟糕的自己。

"谁说我会为难?"他煞风景地说,"说不定我拒绝得特别干脆。"

商陆拿他无可奈何,笑了一声哄他:"听上去更难过了。"

盛果儿送他回公寓,感慨道:"这个买主好好哦,全款买了房子又不着急赶人走,还让你继续住着。这就是明星待遇吗?"

柯屿没听到,凝神看着手机里麦安言整理发过来的片约和未到期的代言合同。到楼下后,他让盛果儿把车开走,自己上楼去洗了个澡,换了一身衣服,动作细致而从容不迫。滚烫的热水从头顶冲刷而下,流过后背曲曲绕绕的瘢痕,刺起酥麻的痒意。

记忆再往前追溯,便回到了他和汤野还正常相处着的时候。他一边出道一边受训,在镜头前无所适从,面对话筒时惯常的从容也消失殆尽。汤野最常去形体课上看他,公司有专门的教室,一目了然的大落地窗,镶嵌四周的镜子永远都明镜无尘,形体老师训练他的站、走、坐姿,矫正他所有长此以往有害的恶态,在课程末尾又教他如何漂亮地松弛。他姿态仪态已经足够好,一要调整便是细微到极处,难度反而加倍。辰野签约的新人一批接一批,但不是每个人都像他一样,有这样事无巨细的培训待遇。

汤野那时候就在教室外看他,看形体老师用一柄折扇当作教具,顶他的腰,敲他的肩,轻抬他的下巴,或者狠狠拍打他的膝盖和脚踝,口中念着:"下巴收一收!腹式呼吸、山式站姿。你怎么就是记不住?"光是符合标准地站着,他就出了一身热汗,回眸时,被汗打湿的额发垂下。他看到汤野慵懒地站在门外,衬衫马甲一丝不苟,两只袖子挽到手肘,看着他似笑非笑。

手机铃声打断了柯屿的回忆。他拧上花洒,双手将湿漉漉的黑发后捋,灯光下微微仰起的脸上,垂敛的眼睑苍白颤抖。静了半晌,柯屿推开门踩上地巾,看着屏幕上显示的"阿州"二字未理,继续慢条斯理地护肤,继而吹干头发。

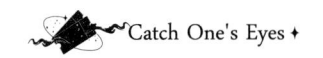

阿州见到他时觉得哪里不太一样。想了想，大概是因为他今天穿得特别像学生，一件宽松的白T恤，一条普通的灰色烟管裤，纵然有星光养着，也未免过于朴素了。他为柯屿拉开后门。车子启动，柯屿看着窗外后掠的街景，声音里带着懒散笑意，说："阿州，七年间，你好像成了我的专属司机。"

他是汤野的贴身私人助理，可堪大用的关系，这几年干的最多的事情却成了接送他来回。

"是我的荣幸。"阿州说。

"以后想看我的电影，告诉我，我请你。"

车子还是行驶顺滑，只是后视镜多了一瞥。阿州瞥着他，看到柯屿一手肘搭着车窗，只是淡淡地看着窗外的景致出神。奶奶已经被从郊野接出，转移到了市区的别墅。她仍是将糊涂又未糊涂的样子，见到柯屿的第一眼问："叨叨，你放假了？"

柯屿推着她的轮椅出庭院，又搀着她，陪她缓缓地走着圈。等到第三圈时，车库里传来引擎声。过了半晌，身后的青石阶响起沉稳的脚步声。汤野看着他穿着白T恤的背影怔神。他瘦削背上的蝴蝶骨随着俯身的动作突出，果然像一对蝴蝶翅膀，精致，又有力量。

"小岛。"汤野一颗一颗地解开扣子，将马甲递给侍立一旁的用人，说，"你还是要飞走了。"

柯屿将奶奶在轮椅上安顿好，一边给她腿上掖好毛毯，一边淡淡地说："谢谢你这几年对我和我家人的照顾，我不欠你什么。"

汤野将袖子卷上手肘，垂首侧脸整理袖子的动作倒有一股符合年龄的优雅，声音也不紧不慢，仍带着若有似无的笑意："这句谢谢我收下了，不过，你觉得会这么简单吗？"

身后跟着的保镖前后走出，一人从柯屿手里强硬地接过轮椅，一人伸手挡在了柯屿和奶奶之间。阿州始终站在一侧，低声说："不要反抗，奶奶会受伤。"

奶奶惶然地回头找柯屿："叨叨……"

汤野蹲下，细致地帮她整理着薄毯："奶奶，一会儿再把叨叨还给你，好不好？"

保镖推着轮椅走远，汤野抬手挥了挥，剩余守着的人也都鱼贯而出。阿州走在最后，不知为何，多余地回头看了眼柯屿。

汤野微微一笑："挺厉害，连阿州这样一条狗都敢关心你。"

柯屿蹙眉，语气中带着淡淡的嫌恶："不是每个人都跟你一样冷血。"

汤野缓缓抽出鞭子，步步逼近他："冷血？如果我真的冷血，你以为你还能站在这里，还能站在灯光下，站在摄影机前，若无其事地当着你的明星吗？柯屿，有时候我真想打死你……"他的脚步在柯屿身前停住。

柯屿攥着手心，脸上仍是无动于衷的苍白。他看着汤野，目光还是最初的干净沉静："要我谢谢你吗？"

汤野深深地凝视他，眼尾的细纹眯起，又动容地舒展开："你是我的摇钱树，我舍不得。你明白吗？我舍不得放你飞走。"

柯屿一哂："我帮你说吧，你舍不得看我为别人赚钱，更舍不得看我为自己赚钱，舍不得看我被你打了六年，精神打压了六年还能全须全尾地离开。对吗，汤总？"

一阵陌生的心悸短暂地攫取了汤野近四十年来冰冷坚硬的心，他闭起眼睛缓了缓，语音缓慢低沉："你说得对，一只鹰没熬出头就飞走，这对熬鹰人而言是耻辱。"

昏暗的吹着冷气的小众艺术影院，一双递出名片的慵懒的手，和一双比现在更年轻、更睿智、也更令人信赖的眼睛。

"有兴趣当明星吗？"汤野始终记得清楚，那天的柯屿也是这样学生气的打扮，被他拦住时，冷淡的面容浮现微微的意外，开口说话的声音也是那么冷淡："没兴趣，谢谢。"

他没兴趣，可是却需要钱。宁市的教师公职对于他来说杯水车薪，半个月后，他终于拒绝了那所著名私立高中英语教师的邀请，走进了辰野娱乐的大门。

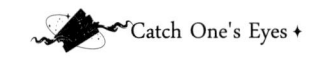

七年，他已经快忘了那些熟悉的教案和刻到骨子里的英语语法。

"如果再有一次，我不想再遇到你。"柯屿微微勾起唇，不是嘲讽的，却像是真心实意，"我不会再去看那场电影了。"

"你想都不要想——"汤野的语气蓦然变得凌乱，他双目阴鸷赤红，咬牙切齿道，"你想都不要想，没有下一次，没有再来一次。你走进了我的办公室，就没有回头路。"

"有的。"柯屿平静地叙述，像尘埃落定，"我们马上就解约了，违约金和这几年你为我花的钱，我都记着。汤野，我不用回头，我要往前走了。"

"你敢！你……"

柯屿不近不远地站着，看到一个从未得见的汤野。他好像被人打了一闷棍，额发不体面地搭落，对什么事都游刃有余的姿态此刻仿佛陷入了可怕的泥沼："你攀上了商陆！是不是？回答我！"

柯屿被他吼得一阵晕眩，本能地闭了闭眼："什么叫攀上？我可怜你，你比我更不懂什么是正常的人际交往，什么是真正的情谊。是啊，我'攀'上了商陆，然后呢？汤野，感谢你，我是用这暗无天日、地狱一样、噩梦一样的七年，才换来了一个转机。"

"啪——"柯屿被打得侧过脸，一道血丝从唇角缓缓流下。他迟迟没有抬头，等他抬起头时，只看到汤野不敢置信地瞪着眼睛，打了他的手仍举在半空中，控制不住地发着抖。五个指印鲜明地印在了他的右脸上。柯屿抬手蹭过磕破了的唇角："怎么，你什么表情，好像这么多年第一次打我？你好笑吗？"

他目光冷而倔强地迎视着汤野，嘴唇的弧度嘲弄："哦，我忘了，为了不耽误我给你赚钱，你的确从没让人打过我的脸，那么这一巴掌，就当我谢谢你签我出道。"他的唇继续动着，说着话，汤野在嗡嗡上涌的血气中迟钝地听清了后半句，"如果不是这样，我也不会遇到他。"

柯屿甚至笑了笑："你知道吗，因为可以遇到商陆，我觉得我的前半生也不是那么糟糕。遇到他之后，人生好得那么不可思议。世界上没有这么便宜的事情,过去的一切,只不过是等价交换。"

汤野拽住他的领口,将人一路拖行。不管柯屿这几年怎么锻炼保持力量,汤野的体格仍明显健壮于他。他被拖得跌跌撞撞,被死死卡着的脖子窒息般地咳嗽,身体因为离心惯性一晃,又重重撞上沙发。汤野暴怒下蛮横地捏住他的下巴:"把话收回去——柯屿,我给你机会,你把话收回去!"

柯屿沉重地喘息着,倏尔笑了起来:"你不是一直想靠你的鞭子、棍子和精神打压,熬死我、驯服我吗?我告诉你,如果过去我对你有任何的臣服恐惧,那都是假的!今天最后一次,我不想陪你演了。汤野,我恶心你。你的暴力、阴晴不定和神经病一样的歇斯底里,包括你这个人,我都觉得恶心!你不是想知道为什么我愿意信任商陆吗?没有原因,没有任何条件,他光是站在那里,就比你好一万倍。好到你现在越是靠近我一厘米,我就更恶心一点,好到我隔着电话听到你的声音、你的笑,我都忍不住反胃。"

汤野死死地抿着唇,暴怒将他的脖颈和脸都染得通红,颈侧青筋根根凸起,手上的力道几乎要将柯屿的下巴捏到脱臼。柯屿无力地闭上眼睛。为什么要激怒他呢?他终究还是忍不住激怒了他。死亡般的安静中,传来庭院里的两声鸟鸣。柯屿心中一静,糟糕地想,这几天恐怕都不能见商陆了。

卡着他下巴的手劲不知道什么时候松了。

"你就这么看我,"汤野压抑着声音,"我对你不够好吗?我对你做的这些,难道不都是为了让你变得更好?"

他说完这句话,偌大的庭院和别墅陷入了更深的死寂。

柯屿深邃幽冷的黑眸里一丝动容也没有:"我不知道你什么意思。"

"你怎么会不知道,"汤野一字一句,"我每一次骂你,每一次打你,哪一次不是因为你做错事,哪一次不是为了让你变得更好,更优秀?我不这样对你,你在娱乐圈这七年,怎么挺过来?"

"汤总。"柯屿轻而嘲弄地叫他,"你要脸吗?"

汤野不为所动:"我捧你,还不够尽心尽力吗?"

"是吗?那么你跟钟屏,是什么关系?"

"你什么意思?"

"你们的交易现场,我就在呢。"

汤野脸色一变,用力地回忆,想他当天和钟屏有没有说了什么不可救药的话,让柯屿听到,想到了从衣柜里走出的商陆。他脸色一变,不知道是愤怒还是心虚,他反过头来质问:"你跟商陆,你们那天就在一起?"

柯屿嘲讽地勾了勾唇:"在谈事,倒没想能听到这么精彩的谈话。"

屋子里静得可怕,汤野屏着呼吸,想起商陆那晚的模样。可笑,他一个久居高位年近四十的人,竟然也有落得去跟一个毛头小子比相貌、比气场、比身体的一天……他被耍得团团转,只当他是 GC 的什么小助理,趾高气昂地扔下名片。那个时候柯屿在做什么?他躲在衣柜里,听着他和钟屏的蝇营狗苟,听商陆耍他,听他被耍而不自知,看足了他的笑话。

汤野吞咽着,控制住体内恼羞成怒的暴虐:"我跟钟屏没什么,我对他和对你……"

"省省吧汤总,你觉得我会感兴趣吗?我问你这个,不是在乎你和他的交易,更不是在乎我是不是辰野无可取代的唯一,你不用自以为是地跟我解释。"他顿了顿,"我和你,是老板和员工的关系,是你一厢情愿地对我进行人身禁锢与精神凌辱。我但凡要是有一丁点在乎过,你有没有想转捧别人,我都会看不上自己。"

施虐者从不自认为有错,更绝无反省。汤野赤红着眼眸咒骂:"好,你现在觉得我帮不上你,商陆帮得上你!商家豪门贵胄,你算个什么东西,他凭什么非找你拍戏不可?你觉得你攀到了更好的高枝就想把我一脚踢开,你想过他什么时候会一脚把你踹开吗柯屿?你以为每个人都像我一样有耐心?有耐心忍着你的糟糕演技捧你七年!他想当导演,你上赶着要去当他的主演,你配吗?看看你的演技,看看你一塌糊涂无可救药的天赋,再看看你的病!"汤野呼呼喘着气,在暴怒中忽然低低地笑了起来,"我都忘了,你的心盲症已经无药可医!你是天生的有病!"

柯屿瞳孔针刺般地骤缩，在他如同恶魔般的低语中往后瑟缩了一下，被汤野更紧地捕获——心盲症，罕见的先天性缺陷，患者没有图景的存储和描绘能力。一扇窗户，哪怕在眼前推开千千万万次，再闭上眼时，虽然知道它就在那里，但他无法在脑海中绘出它的形状。一张脸，哪怕他想到刻骨，哪怕对着照片怀念过千千万万次，再闭上眼时，他也无法在脑海中描摹出有关他的任何画面。

他引以为傲的数学成绩在步入高中后一落千丈，因为他无法做任何立体几何相关的题，他想不出——锥体、方体三维与展开的二维平面，他一条线条都想不出。

这是先天的残疾。

"商家二公子知道吗？你敢告诉他吗？"汤野欣赏着柯屿眼睛里黑色的空洞，"小岛，心盲症是天生的，华佗在世也治不好。我对你不够尽心尽力吗？我为你问了多少医院医生，国内外的名医我哪个没有介绍给你？是你不争气啊，治不好你懂不懂？我帮你守着这个秘密，你是怎么回报我的？没有我，栗山怎么一部接着一部戏给你拍？是我在背后投资！你喜欢演戏，演得烂，我就当花钱买你个开心。剧组从导演到场务，哪个不知道你柯屿演技无可救药？每一次、每一次都是我亲自去剧组打点关系，让他们对你耐心、对你包容！我让人打你，那又怎么样？你是死了、残疾了还是毁容了？你不是好好的当着你的大明星吗！"

汤野急促地笑着："心盲症你怎么演戏？栗山不止一次地跟我说找不到你的精气神，你脑子里都没有，怎么演？吃药？你能在商陆面前装一辈子抑郁症吗，你能用药刺激自己一辈子吗？药是有成瘾性、有抗性的，等将来你吃药把自己吃成一个废人，你的天才导演会对你不离不弃吗？！"

柯屿颤抖地闭上眼睛，一句"他会"终究沉在了心底。

"你还没告诉他，对不对，你不敢……"汤野干涩地冷笑，面色沉为一种冰冷的狠戾，"我最了解你，你勇敢起来比谁都冷酷无情，害怕起来比谁都胆小懦弱。要不要我帮你告诉他，嗯？要不要我帮你说？说你的心盲症，说我是怎么虐待你的……你不敢说的一切，我都帮你说得清清楚楚。"

柯屿安静地睁开眼眸，静静地与他对视，倏尔牵起唇角，沉沉地笑了一笑："好啊，你去跟他说。我信任他，我把他当作我的知己，愿意把我所有的片约都签给他，这跟他有什么关系？你去告诉他，看他会不会在乎。

"他要是在乎、嫌弃，我信任他；他要是不在乎、不嫌弃，那我就谢谢你，而且更信任他，更庆幸自己遇到他；他如果对我退避三舍，我就隔着远距离继续支持他；他如果觉得我恶心无药可救，那我就无药可救地继续注视他。你不是想看我认命，想看我求饶，最后丧失一切正常人的意志力和底线吗？你永远都别想得逞。你口口声声说商家算什么，你呢？你连云归都不敢进去，只能在外面等我一夜，废物。"

"阿州！"一声怒吼让厅外侍立的随从和用人都抖了一抖，阿州阔步而入，颔首沉声道："老板。"

他的视线从柯屿身上扫过。很奇怪，他隐隐约约听了这么久，以为柯屿是处于下风狼狈不堪的那个，真的看到了，却觉得他一双眼平静从容得不得了。

"打……打给高高在上的商家二少爷！我倒要看看，他究竟有没有你说的这么高贵、善良、宽容！"

阿州掏出手机，调出之前存档的资料。"嘟"声响起，现在是晚上近八点，柯屿心里默默计算，想他应该是在画分镜，或者是跑步。他工作时，电话便由明叔代管，三声未接，应当是明叔在把手机送进书房的途中。

汤野默等着，看着柯屿的双眼。他太冷静了，虽然瞳孔里仍有惊惧波澜，但更像是在等一场悬而未决的审判，而不是害怕东窗事发。

"慢着——"

"喂，"商陆冷峻但绅士的声音从听筒传出，"请问哪位？"

他的声音出现在这死寂一片的厅堂中时，汤野明显看到柯屿颤抖了一下，眼睛刹那点亮，像一堆灰烬上燃起了红星，但很快地，便又继续陷入那种淡漠的平和之中。汤野无声地挥了挥手，阿州悄然退下，手机贴面，他匆匆地说："抱歉，打错了。"

"你在利用我。"威压的禁锢松开，汤野缓缓直起身，"你今天，就是想逼我主动把这一切替你告诉商陆。"一阵低笑声盘旋，他转了转指上的戒圈，"小岛，我实在低估了你。"

一身激烈的情绪潮水般回落，在缓慢踱着步的同时，汤野已经看穿了柯屿的意图："我该说你什么好？"他牵动唇角，却并没有笑意逸出，"你想借我的口，把这些你不敢说又不得不说的事情告诉商陆，然后——"他站定回首，看着垂首搭膝坐着的柯屿，"等他来做选择？"

柯屿冷静地抬眸回敬他。

"你真的很喜欢猜我。"汤野不置可否地笑了一声，长叹道，"小岛啊小岛，我再没有见过比你更胆小的人。"

柯屿微微勾了勾唇，露出一个嘲弄的弧度，并不否认。

"你不敢说，因为你怕他厌弃你、误会你、离开你，就算一时之间没有表示，时间长了，也难免心生嫌隙。"

柯屿把脸撇向窗后无边的夜色中，从茶几上抄起火机和烟盒，垂眸点烟的同时淡漠地问："我给你机会了，你到底打不打？"

"你真的选择把他放进你的生命里？"

柯屿夹着烟的手几不可察地抖了一下，他将烟抿进唇："别这么多废话。"汤野倚坐上窗台，一身暴戾顷刻间消弭于无形。他与柯屿一上一下漫不经心地对峙着："你既不敢说，又觉得必须对他坦诚，宁愿破釜沉舟来逼我，也不愿意对他撒谎。你这副既害怕失去他又不想欺骗他的样子……"他微微俯身，想要触碰柯屿的脸，被柯屿侧脸躲过。汤野手落空，他笑了笑，"我觉得真是有意思啊。"

柯屿叼着烟起身："你不说就算了，把奶奶还给我，我们到此为止。"

"赌一把吧！"声音自背后沉稳地传来，汤野哼笑一声，用低沉迟缓的声音魅惑道，"就一直瞒着他怎么样？就听天由命！你不是很爱赌吗，

319

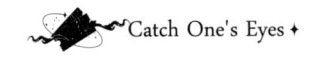

就跟你的命赌一把又怎么样?"

柯屿站住:"你什么意思?"

汤野跟着吁出一口烟,眯眼道:"我什么都不会说,就让我跟你的命赌一局,看是我赢,还是你赢,看你选择全身心信赖的商陆到哪一天会发现这件事。要是你命好,像你说的,用前半生的厄运去换一个他,你们真的能长长久久地一起合作下去,那就当我汤野输一局,我心服口服。要是你命不好,有一天东窗事发,我倒要看看他会不会厌弃你。"

柯屿垂下眼睫:"你很无聊。"

"我不无聊。你要知道,让你认命,不一定要我亲自动手。"汤野慢悠悠地走向他,一如既往地像欣赏一件展柜里的花器,"看你一边珍惜他一边提心吊胆的模样,我怎么会觉得无聊?我觉得有意思极了。"

柯屿躲过他:"神经病。"

汤野仔细端详着柯屿的脸:"你的艺名是我取的,你的演艺事业是我送给你的,我有权利把你一毁了之,让你失去所有、一落千丈、众叛亲离。但我没有,从你提出解约开始,我就在让安言为你筹备个人工作室,你甚至都不领情。"

柯屿从未听麦安言提起过这个方案,但他拒绝得平静:"我不需要。"

汤野欣赏着他倔强淡漠的脸:"按照我们签的合同,我要给你成立个人工作室,你是拒绝不了的。不过,就算我今天毁了你,又有什么意思?我太了解你,你失去一切,不过是回了来路,你求之不得。所以,我今天放你走。从今以后,辰野的所有资源、人脉都不会再照顾你,业内将对你隐性封杀,你所有的资源都会被钟屏接手。你那么天真,觉得去剧场当助演也能接受,那你就去。一场戏一年演一千次,看看你还剩多少激情。

"全中国三十万演员,你柯屿离开了辰野,就是最底层的那一个……我忘了,商陆会帮你是不是?"他笑道,"这就是有意思的地方。你的心盲症,足够他对你千次百次充满耐心吗?你能瞒到什么时候?我很想看到他对你耐心告罄的那一天。"

汤野抬起夹着烟的手，垂眸静静凝视着他的颤抖："你跟我之间的事一笔勾销，我一句话都不说。我就跟你柯屿糟糕的命运赌一赌，看这次你的命会不会眷顾你，让这件事到死都被瞒着。如果有一天他知道了，那也是命运使然，你知道那意味着什么吗？"他俯近柯屿耳边，"意味着到那一天，你会真正意识到，不是我汤野在对付你，是你的命在对付你。你柯屿一辈子逃不过我，你柯屿见到过阳光又失去一切，是你命中注定的。小岛，我知道你好倔强的，你对我倔强了七年。但是我很乐意见到你对你的命低头臣服、垂头丧气、自暴自弃的那一天，我会愉悦成什么样子，我很期待。"

柯屿沉默地听他说完，垂在身侧的指尖冰冷到失去知觉："你打错了算盘，我今晚回去就会告诉他。"

汤野轻飘飘地笑了一声："你不敢，你不舍得，你怎么舍得？赌一次，说不定你命好呢？不过是合作电影而已，不用把所有的事情都告诉给他的，对不对？"他给了他足够合理的理由，"你连谈过六次恋爱这样的谎都撒了，还有什么谎你没撒过？隐瞒一次又怎么样？嗯？连小学生都知道骗老师自己智商一百二，你有心盲症不说，不是什么大错，我说得对吗？"

汤野盯视进他的眸中，以一种冷血动物猎杀前的冷静笑了一笑："阿州，把奶奶带出来，好好地送小岛和奶奶回去。"

奶奶靠着轮椅睡着了，柯屿俯身把她抱起。她那么轻，像抱一把枯柴。他抱着奶奶一步一步地走向敞开着的宾利。这辆车载着他春去秋来，载着他无数次驶向噩梦深渊，现在，他要最后一次踏上这辆车了。

"叨叨。"奶奶喃喃含糊地唤着他，失去焦距的目光短暂地找到了她爱怜的叨叨，两只枯瘦的手臂轻轻挽住柯屿的脖子，布满皱纹的手拢着他的黑发，"我的叨叨……"柯屿拼死咬住牙根，眼睛死死地睁着，一眨也不敢眨，齿尖在内唇留下渗血的齿印。

汤野站在门边目送他步入浓重的夜色中，直到要上车前，他再次叫

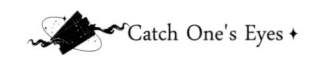

了他一声"小岛"。

"如果我曾经控制过心里的那只魔鬼,你会不会……"他很急地喘息了一下,心口却觉得窒息,两指掐着白色的烟管,"你会不会少恨我一点?"

柯屿没有回答他,也没有回头,只有奶奶越过他的肩头看着廊下孤身站着的汤野,又开始无意义地重复说:"嗨呀嗨呀……"

车子驶出园林,驶上主干道,将汤家的别墅甩在了霓虹灯深处的夜色中。奶奶打起了瞌睡,只觉得肩头伏着的叨叨好像回到了他小的时候。可是叨叨已经穿上了成年人的衣服,他再也不能随心所欲地跑向那座夕阳很美的悬崖。

将人送到公寓楼下,阿州下车从后备厢取出轮椅,最后一次为柯屿打开车门,从他手里小心翼翼地接过奶奶。他只觉得柯屿疲惫极了,疲态弄红了他的眼眶,但他脸上的神情仍么从容平和。

阿州为奶奶盖好毛毯,直起身来:"柯老师。"

柯屿勾了勾唇,沉静地与他对视。

"祝你万事精神,追风赶月勿耽误。"

〔未完待续,《惹眼·追风赶月》即将上市,敬请期待!〕

图书在版编目数据

惹眼 . 1 / 三三娘著 .
—武汉：长江出版社，2022.3
ISBN 978-7-5492-8080-3

Ⅰ.①惹… Ⅱ.①三… Ⅲ.①长篇小说 - 中国 - 当代
Ⅳ.① I247.5

中国版本图书馆 CIP 数据核字（2021）第 244291 号

本书经三三娘授权同意，由北京晋江原创网络科技有限公司委托天津漫娱图书有限公司正式授权长江出版社，在中国大陆地区独家出版中文简体版本。未经书面同意，不得以任何形式转载和使用。

惹眼1　三三娘 著

出　　版	长江出版社	
	（武汉市解放大道1863号　邮政编码：430010）	
选题策划	漫娱图书　徐　珊	
市场发行	长江出版社发行部	
网　　址	http://www.cjpress.com.cn	
责任编辑	罗紫晨	
特约编辑	马飞	
总 策 划	两脚猫工作室	开　本　880mm×1230mm 1／32
装帧设计	徐昱冉　罗　琼　吴冬玲	印　张　10
印　　刷	恒美印务（广州）有限公司	字　数　288千字
版　　次	2022年3月第1版	书　号　ISBN 978-7-5492-8080-3
印　　次	2022年4月第1次印刷	定　价　46.80元

版权所有，翻版必究。如有质量问题，请联系本社退换。
电话：027-82926557(总编室)　027-82926806（市场营销部）

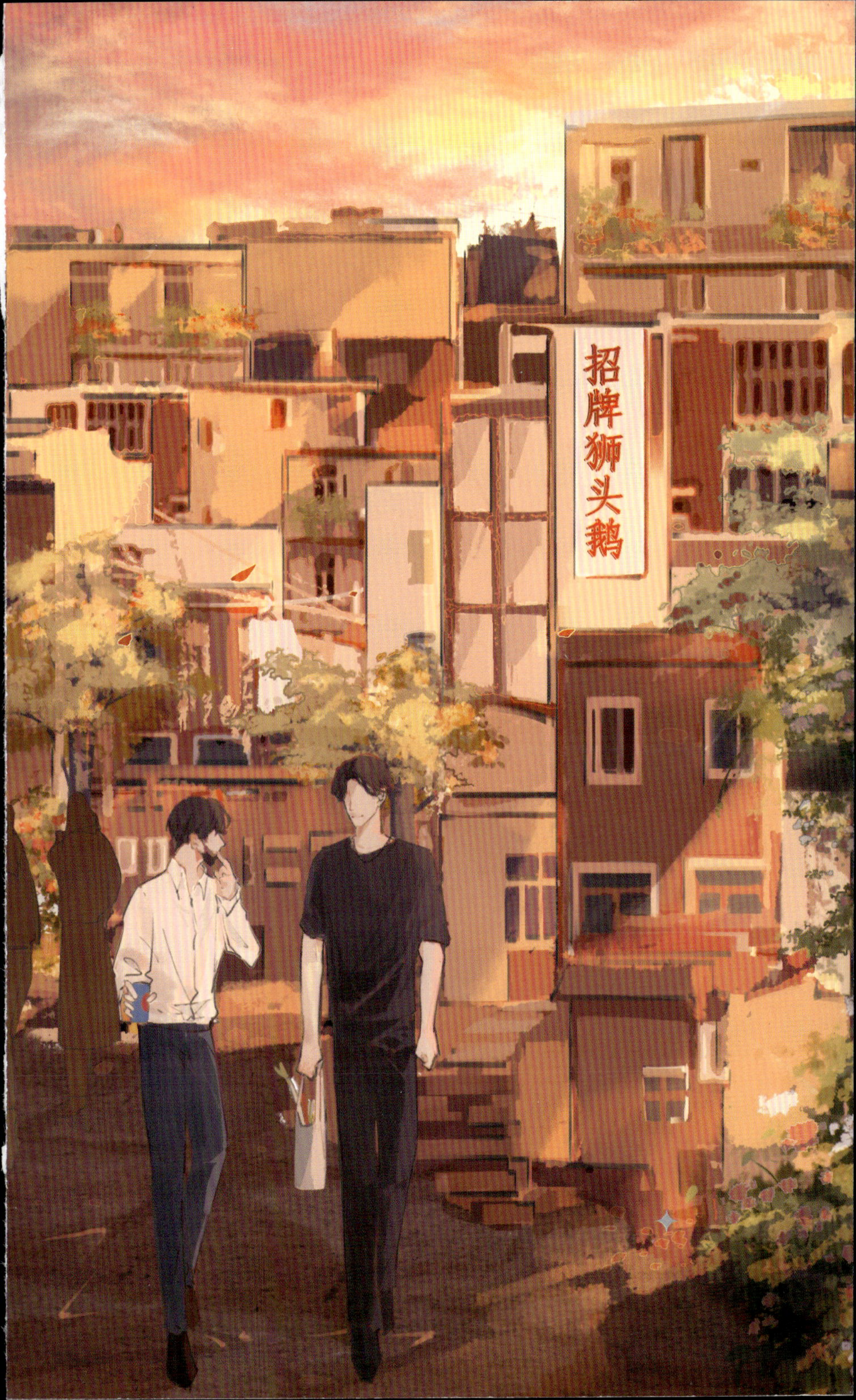
招牌狮头鹅

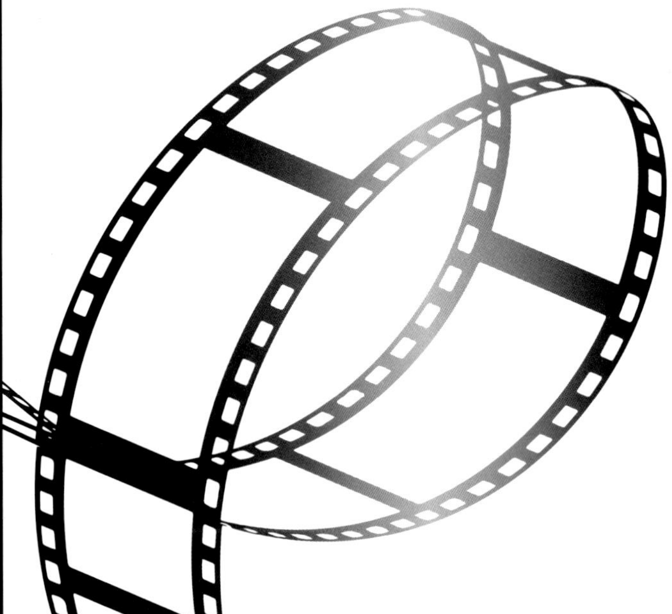

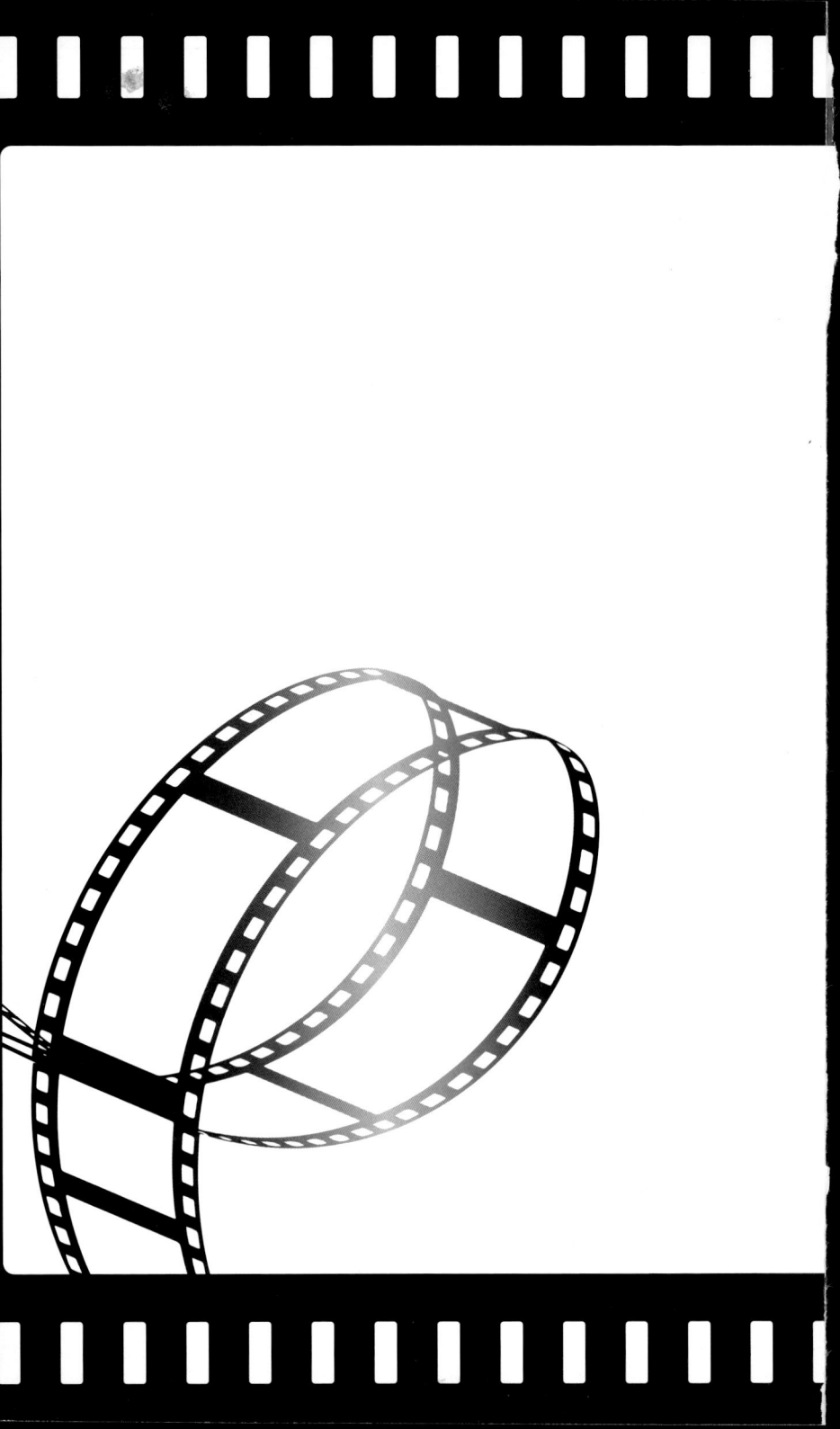

惹眼
Catch one's Eye

士多店

"祝你万事精神,
　追风赶月唔耽误。"

es

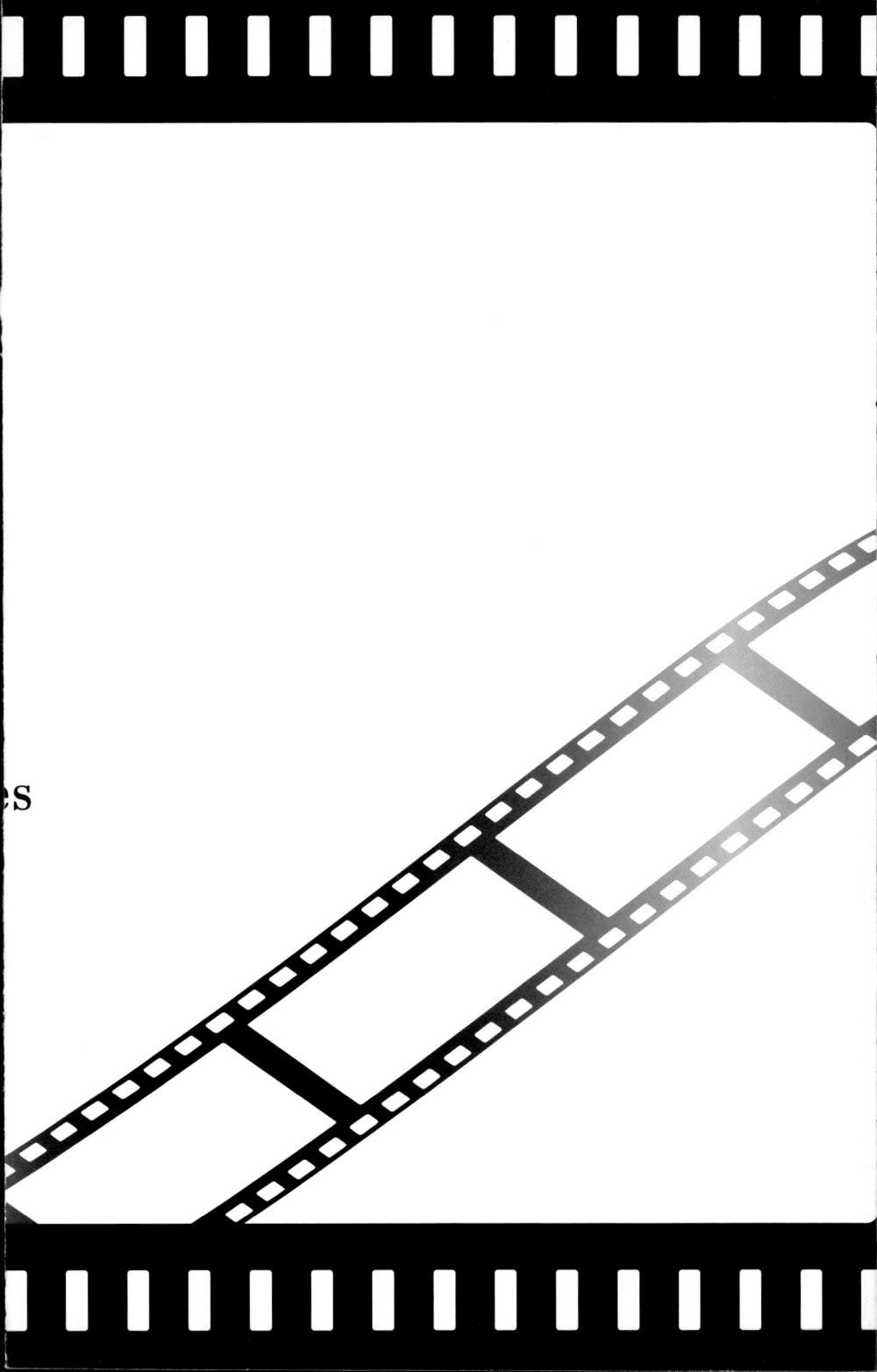